BEDYDD tân

DYFED EDWARDS

bwthyn
GWASG Y BWTHYN

© Dyfed Edwards 2021 Ⓗ

ISBN: 978-1-913996-16-1

Cyhoeddwyd gyda chymorth ariannol
Cyngor Llyfrau Cymru

Dyluniad y clawr: Siôn Ilar

NODYN GAN YR AWDUR

Daw'r dyfyniadau Beiblaidd a ddefnyddir yn y nofel o Feibl William Morgan (1588, 1620).

DIOLCHIADAU

Gwasg y Bwthyn, ac yn enwedig Marred Glynn Jones
Gareth Evans-Jones
Alun Cob (hael a charedig efo'i glod)
Mariam Keen, fy asiant
Cyngor Llyfrau Cymru
Siôn Ilar
Huw Meirion
Mam, Rhys a Llifon
Marnie Summerfield Smith, fy ngwraig ryfeddol

Gŵr traws a huda ei
gymydog, ac a'i tywys
i'r ffordd nid yw dda.

DIARHEBION 16:29

I: SEIAT DIAFOL

Mesur ei hun wrth ei ffrwythau

Mawrth 1–2, 1979

LLANGEFNI ar nos Iau: Dydd Gŵyl Dewi. Newydd droi hanner awr wedi un ar ddeg. Nos y bleidlais, a'r nos yn cael ei hollti gan — fflach, fflach, fflach y camerâu. A'r wlad wedi cael ei hollti; y tŷ wedi ei ymrannu — fflach, fflach, fflach. Lleisiau'n driphlith draphlith; lleisiau'n lluchio cwestiynau. Pwnio, gwthio, baglu — fflach, fflach, fflach. Ac o'r fabel, trwy'r fflach, fflach, fflach, un cwestiwn:

'Chdi laddodd Robert Morris?'

Wedyn: 'Gnewch le! Gnewch le!' Dau dditectif; pedwar plisman mewn iwnifform: 'Gnewch le! Gnewch le!' Hogyn ifanc mewn handcyffs.

A'r lleisiau'n plethu, a'r geiriau'n gweu, a'r cwestiynau'n heidio — fflach, fflach, fflach — i un cyfeiriad — fflach, fflach, fflach:

'Chdi laddodd Robert Morris?' —

Fflach, fflach, fflach —

Ac wedyn cri:

'Christopher! Christopher!': gwraig dila, gwraig fregus, gwraig ffyrnig; ei llais hi'n tafellu'r twrw. Hyrddiodd o'r tŷ, tŷ cyngor; hyrddio i mewn i'r dagfa gan weiddi: 'Christopher! Christopher!' —

Fflach, fflach, fflach — camerâu'n cythru ynddi hi; ei

13

rhewi hi am byth — fflach, fflach, fflach — ar ddu a gwyn
— fflach, fflach, fflach — pictiwr o boen.

O'r fabel, y plismyn: 'Gnewch le! Symudwch orwth y car!
Dorwch le i ni!'

O'r fabel, y wasg: 'Wt ti'n euog, Christopher?'

Christopher yn y car Panda, a'r wraig — mae'r haid wedi
dyfalu mai hi ydi'r fam — yn gweiddi: 'Gadwch lonydd iddo
fo'r cythrals!'

Fflach, fflach, fflach —

A'r holi'n troi ar y fam:

'Mrs Lewis! Mrs Lewis! Dach chi meddwl na Christopher
laddodd Robert Morris?'—

Fflach, fflach, fflach —

Fflachio'r goleuadau glas yn troi'r fagddu'n ffair. Ceir yn
rasio oddi wrth y tŷ; oddi wrth yr haid. Teiars yn sgrechian,
injans yn rhuo, mwg egsôst yn mygu'r awyr —

Fflach, fflach, fflach —

Yr haid yn cau'u cegau fel un ac yn troi at eu nodiadau ac
yn troi at eu cyfoedion ac yn dechrau malu awyr; ac un llais,
un sgrech, un enw'n rhwygo'r eiliad:

'CHRISTOPHER!'

*　　*　　*

Tua hanner awr ar ôl yr halibalŵ smociodd John Gough, tri
deg pump oed, John Player Special yn ei Volvo, y car wedi'i
barcio tu allan i'r tŷ o lle'r oeddan nhw newydd lusgo
Christopher Lewis.

Roedd Motörhead fel monswn o'r peiriant caséts. Lemmy
o Fenllech yn rhuo 'Iron Horse/Born to Lose' —

He rides a road, that don't have no end,

An open highway, without any bends...

Meddyliodd Gough am benawdau fory: Cymru wedi
gwrthod datganoli, meddan nhw; y fôts ddim i mewn, ond

dyna'r oeddan nhw'n ddarogan. Mwyafrif o'r Sgots, ar y llaw arall, wedi dweud Ia yn eu refferendwm nhw. Mwyafrif, ond dim digon o fwyafrif. Be fasa'r Groegwyr wedi'i ddweud? Mwyafrif oedd mwyafrif, siŵr o fod. Ond beth bynnag: roedd yna fyd newydd wedi gwawrio a hithau'n ddu bitsh tu allan, a Lemmy'n dal i ruo:

He lives his life, he's living it fast,
Don't try to hide, when the dice have been cast...

Rhagwelodd Gough helbul, rhagwelodd dyndra, rhag-welodd chwyldro. Ar ôl Gaeaf o Anfodlonrwydd, fasa'r wlad yn chwilio am haul. Rhagwelodd Gough y basa hi'n cael ei llosgi'n ulw.

Trodd Motörhead i ffwrdd. Trodd y radio ymlaen. Roedd hi'n hanner nos: Mawrth 2 wedi landio. Penawdau Radio Cymru cyn i'r wlad fynd i'w gwely, a'r brif stori:

'Pleidleisiodd Cymru i wrthod datganoli heddiw. Er nad yw'r pleidleisiau i gyd wedi eu cyfri, mae'n ymddangos bod llai na chwarter y boblogaeth wedi pleidleisio o blaid.'

Gough yn smocio. Gough yn myfyrio. Mike Ellis-Hughes ar y radio: un o sêr newydd Plaid Cymru. Hen bardnar paffio i Gough o'i gyfnod yn Lerpwl. Gwingodd wrth feddwl am hynny; ei godwm. Beth bynnag: bu Ellis-Hughes ar flaen y gad trwy gydol yr ymgrych ddatganoli. Ellis-Hughes a'i wên, Ellis-Hughes a'i sbondwlics. Parchus rŵan, ond stiwdant tanllyd oedd o pan oedd Gough yn ei nabod o. Nid bellach: hogyn swel fasa Mam wedi'i alw fo; sarff fasa Gough wedi'i alw fo.

Gwrandawodd ar Ellis-Hughes — I-Hêtsh — ar y radio: 'Ni fu dwthwn fel y dwthwn hwn...'

Dyfynnu Bardd yr Haf. Dyna foi.

'Rydan ni wedi'n llorio. Ein cred mewn cenedligrwydd Cymreig wedi ei thanseilio. Ergyd drom. Ond nid dyma'r diwedd.'

Aeth yna rywbeth trwy Gough; rhyw gysgod oer. Sgytiodd ei hun, gwrando ar weddill y penawdau:

Yr Alban yn pleidleisio o fwyafrif o blaid datganoli, ond pedwar deg y cant o'r etholwyr heb gefnogi'r cynnig; gweithwyr y Gwasanaeth Iechyd yng nghanolbarth Lloegr yn bygwth streicio i sicrhau codiad cyflog o naw y cant; corff Sandra Mellor, merch bedair ar ddeg oed o Gaer ddiflannodd bum niwrnod ynghynt, wedi'i ddarganfod, a'r heddlu'n lawnsio ymchwiliad i'w llofruddiaeth; David Waddington yn dal ei afael ar sedd Clitheroe dros y Ceidwadwyr mewn isetholiad.

'A nawr, dyma'r tywydd—'

Cnoc, cnoc, cnoc ar ffenest y car, a Gough yn neidio: jest â gollwng y sigarét ar ei lin. Trodd i weld pwy oedd yno; sgyrnygodd. Twmpath bach tew yn syllu trwy'r ffenest arno fo.

Elfed Price: yr un oed â Gough. Gwallt at ei sgwyddau; sbectol fawr goch fatha Elton John; pum troedfedd a hanner modfedd yn ei sanau; dwy wraig — ta pedair? Roedd Gough wedi anghofio. Chwaraeai Elfed efo'i gamera fel tasa fo'n goc; mochyn budur.

Agorodd Gough y ffenest, oerni'r nos yn rhuthro i'r car. Rhoddodd fflich i'r sigarét allan ar y pafin a dweud: 'Gest ti lynia o Mami'n mynd o'i cho?'

'Be ti' feddwl ydwi, washi? Amytyr?' Tuchanodd Elfed a mynd at wal y tŷ. Tynnodd ei bidlan o'i falog. Pisodd: sŵn y piso a stêm y piso ac oglau'r piso'n troi stumog Gough. Rowliodd ei llgada a gwneud sŵn ych a fi.

Elfed Price: meddwl mai fo oedd bia'r ynys yma; mai fo oedd eitfedd Tŷ Aberffraw, mwn.

'Ewadd, todd y refferendwm yn glec, dŵad,' medda Elfed, golwg sorllyd arno fo rŵan er iddo fo wagio'i bledren.

Roedd Gough wedi cael llond bol ac isho diod o rywle,

mynd adra i sortio'r llanast oedd yn aros amdano fo'n fanno. Roedd Helen yn gandryll; wedi bod felly ers Lerpwl, i ddweud y gwir — a digon ffacin teg. Llai na mis cyn iddi roi genedigaeth i'w hail blentyn. Beichiogwyd hi dros y ffin pan oedd pethau'n fwy solat o safbwynt arian; pan oedd y duwiau'n gwenu arnynt a'r proffwydi'n darogan dyrchafiad i Gough. Ond wedyn: Y Godwm. A be oedd dyn yn ddisgwyl? Dyna roeddan nhw'n ddweud: Be ti'n ddisgwyl efo John Gough, de? Beth bynnag: ffraeodd y ddau'n gynharach. Eto. Mynd i yddfau'i blydi gilydd go iawn. Eto. Ac yn ei chanol hi, dyma'r blydi ffôn yn canu.

'Y blydi dyn tynnu llynia 'na,' medda Helen ar ôl ateb y ffôn. 'Ma'i'n ddeg o gloch nos.'

Elfed ar y lein: 'Blydi hel, Gough, washi. Doro inc yn dy fin. Ma nhw'n mynd i arestio Chris Cadach am waldio'r ffarmwr 'cw i farwolaeth.'

Gough yn meddwl: Chris pwy? Yr enwau yn golygu dim iddo fo. Mab afradlon oedd o, wedi'r cwbwl: trodd ei gefn; ymfudodd i wlad bell.

Rŵan: Elfed yn stwffio'i goc i'w drowsus wrth gwyno am y refferendwm. Elfed yn halio'i gamera a datgan: 'Eith petha o ddrwg i waeth ar ôl heno, sti.'

Ond nid dyma'r diwedd.

'Ti meddwl?' medda Gough.

'Dwi'n gwbod.'

'Welsh Nash 'im yn derbyn democratiaeth?'

'Blydi democratiaeth. Wt ti di ffonio Gwyn South?'

'Be ti' feddwl ydwi, washi? Amytyr?'

Chwarddodd Elfed. 'Cont. Faint odd yma heno fasat ti'n ddeud?'

'Wn i'm. Hannar dwshin, ẃrach: BBC; *Daily Post*; Harlech; Arthur.'

Hen dro, ond mi gyhoeddwyd y *County Times* echdoe

bellach — dydd Mercher. Fasa'n rhaid aros wythnos cyn mynd i'r afael â stori arestio Christopher Lewis. Prin llwyddo i wasgu hanes llofruddiaeth Robert Morris i'r papur ddaru nhw, a hynny ar y funud ola. Lladdwyd o ar Chwefror 27; nos Fawrth: noson dedlein y papur. Roedd hi'n strach, ond mi fedrodd Gough grafu digon o fanylion at ei gilydd i gael pwt ar y dudalen flaen. Papur wythnosol ar ei hôl hi bob tro. Crinjiodd ei ddannedd. Meddwl am fod yn Lerpwl. Dwrdio'i hun; casáu'i hun; cosbi'i hun. Meddwl wedyn am yr haid a pwy fasa'n cael y blaen arno fo, ac ar y *County Times*:

Roedd y moelyn dwy a dimai o'r papur am ddim yn rhy dila i ddal rhaw, felly dim ond y ffeithiau moel fasa'n y rhacsyn hwnnw fore Mawrth. Pwy arall? Wel: Llusgodd Tom Lloyd o'r *Daily Post* ei hun o'r Bull i fod tu allan i'r tŷ. Gleuo hi'n ôl am y dafarn wedyn, jest rhag ofn basa Tina'n ei adael o'n ôl i mewn, rhoid *lock-in* iddo fo. Riportar da yn ei ddydd, ond wedi ei ddifetha gan gwrw a chlecs. Lerpwl, meistri gogledd Cymru, yn ei drin o fatha baw. Ond mi arhosodd o lle'r oedd o: joban hawdd; cyflog go lew; llonydd. Mi ffoniodd o Lerpwl o'r ciosg tu allan i'r Bull, bownd o fod, erfyn arnyn nhw i gyhoeddi mymryn bach, o leia, am yr arést. Ar ôl methu perswadio Tina i'w adael o'n ôl i'r bar, off â fo i'r bogs cyhoeddus efo'r homos erill, bownd o fod. A'r lleill? Wel: Roedd yna bedwar gohebydd o'r Bîb. *Pedwar*. Gorwario a gormodedd fel arfer. *Pedwar*. Un ar gyfer BBC Cymru, un ar gyfer BBC Wales, un ar gyfer Radio Cymru, un ar gyfer Radio Wales. Wast ar adnoddau. Ond er y gwario, yr un ffeithiau moel fydda gan y pedwar — *pedwar* — a fasa'r un ohonyn nhw'n tyrchio rhyw lawer. Nesa: y styllan flin o HTV, gnawas ddi-glem, byth yn gwenu, prin oedd hi'n sgwrsio efo neb. Uchelgeisiol, meddan nhw. Mi fethodd hyd yn oed John Gough, yr arch-ferchetwr, ei swyno hi. Ac yna, bydd y rhai olaf ... yn olaf: Arthur Jones, gohebydd ar ei liwt ei hun, arbenigwr ar sioe flodau a ffair foch. Ond mwrdwr? Un diog oedd Arthur rioed, annhebyg o dyrchio rhyw lawer. Chwarae teg, roedd o'n saith deg oed bellach, ac yn dal i botshian efo papurau newydd.

'Aru pawb 'i heglu'i o 'ma'n o sydyn,' medda Elfed.

'Off i'r polîs steshion, debyg,' medda Gough. 'Gweld 's ga'n nhw wbath yn fanno. Chân nhw'm ffac ôl.'

'Fasa'n amgian i ni fynd draw, dŵad?'

Taflodd Gough fawd dros ei ysgwydd i gyfeiriad y tŷ. 'Dwisho gair efo hon i ddechra. Sa neb arall di potshian.'

'Ddaru hi'm byd ond 'yn rhegi fi gynna pan dynnish i'i llun hi.'

'Fasa'r Pab yn dy regi di, Pricey.'

Chwarddodd Elfed, yn falch o'i enw drwg. 'Ddudith hi'm gair o'i phen. Jispshiwn 'dyn nhw. Neu bobol ffair: siewmyn, ia dŵad? Di symud i frics, chwadal y tincars — dwy dair cenhedlath yn ôl, meddan nhw.'

Brathodd Gough ei dafod. Roedd Elfed yn un handi i'w gael o gwmpas: nabod pawb; gwybod bob dim. Ond yn aml, clecs oedd ganddo fo; anwiredd. Ond gwell clec na thudalen wag. Taniodd sigarét arall; dweud dim. Digiodd Elfed, sgut am gael ei fwytho. 'Un blin ti, Gough: sa gin i bâr o frestia sa chdi'n wên i gyd.'

'Gin ti bâr o frestia'r twmpath saim.' Honc honc ar frestiau Elfed.

Herciodd Elfed o'r neilltu, rhoid chwelpan i ddwylo 'honc honc' Gough, rhegi: 'Cont.'

Trodd Gough a gwthiad giât y tŷ ar agor, y colfachau'n gwichian a Gough yn brathu'i wefus. Crynodd y cyrtans. 'Diawl,' medda fo dan ei wynt. Roedd yna olau ymlaen i lawr y grisiau o hyd. Doedd 'na'm dwywaith eu bod nhw'n dal ar eu traed: wedi cael homar o sioc llai nag awr yn ôl, pentwr o geir heddlu'n landio a llusgo Chris o'i wely, debyg iawn.

Cnoc, cnoc, cnoc, a'r rhifau pres — 14 — yn ysgwyd ar y sgriwiau llac. Edrychodd dros ei ysgwydd eto: Elfed yno fatha oglau drwg. Crwydrodd ei feddyliau am adra. Gobeithiodd y bydda Helen ar ei thraed iddyn nhw gael sgwrs; lleddfu mymryn ar bethau. Edrychodd ar ei watsh. Roedd hi wedi hen droi hanner nos: jest iawn yn chwarter-wedi. Meddyliodd am Fflur wedyn ac aeth yna wayw trwyddo fo. Doedd o ddim am fod mewn sefyllfa lle fasa fo ddim yn ei gweld hi bob dydd; fasa hynny'n ei dorri o. Doedd o ddim am golli Helen chw—

Mi agorodd y drws a dyma pethau'n newid yn syth bìn, y dydd blin wedi mynd: rhyw oleuni newydd sbon yn y byd.

Roedd hi'n ei hugeiniau cynnar. Slasan go iawn. Gwallt du bitsh yn tŵallt dros ei sgwyddau. Croen lliw hufen. Llgada llydan gwyrdd oedd yn llawn pethau ffyrnig a chyntefig. Gwisgai grys-T tywyll a jîns, a'i thraed hi'n noeth.

Cymerodd Gough lai nag eiliad i fwydo arni hi; cymerodd Elfed fymryn yn hirach i godi'i gamera. Ond wedyn clywodd Gough clic-clic-clic o'r tu ôl iddo fo, gweld fflach-fflach-fflach yn adlewyrchu yn llgada'r ferch.

Lluchiodd yr hogan law ar draws ei gwyneb, dweud: 'Dim llynia! Pidiwch â tynnu ffycin llynia!' Roedd 'ffycin' o enau mor dlws fatha swadan i Gough. Dywedodd y ferch: 'Ma hi wedi hannar nos, be dach chi'n—'

'Sori, Miss—' medda Gough, oedi, cynnig abwyd: dweud dy enw, 'mechan i.

Ond ddaru him ddim; roedd hi am gau'r drws.

Camodd Gough ymlaen. 'Rhoswch, Miss—' Rhoid lle iddi lenwi'r bwlch eto.

Ond yn hytrach na syrthio i'r trap, dyma hi'n dweud: 'Dan ni'm isho siarad efo chi, reit.'

'Rhoswch! Plis! Miss—' Roedd o'n edrach i fyw ei llgada hi ac mi oedodd hi am eiliad fach.

'Pw dach chi?'

'John Gough. *County Times*, Miss—'

Rhoid faint fynnir o le iddi neidio i'r affwys — ond roedd hon yn gyndyn o lamu.

Ysgydwodd ei phen. 'Dan ni'm isho siarad efo neb. Dan ni di hel y bobol telifishion o 'ma'n barod. "Na" fydd yr atab hyd at Ddydd y Farn — ac mi gewch chi'ch barnu am hyn.' Roedd ei llgada hi'n fawr ac yn benderfynol ei bod hi'n gywir yn ei phroffwydoliaeth.

Doedd gan Gough fawr o amheuaeth chwaith: Caf, bownd o fod, meddyliodd. A heb boeni am lynnoedd tân na dim byd felly, cymerodd gam bach arall ymlaen; troed ar y rhiniog.

'Ylwch, ylwch — dwi'n dallt fod hyn yn anodd i chi, ac i Mrs Lewis hefyd. Ond papur lleol dan ni: ddudwn ni'm byd cas.'

Cynnig cusan Jiwdas iddi: ond roedd hi'n gallach, ac a hithau'n gwybod mai dyna'r oedd hi, dweud: 'Gnewch, mi newch chi.'

'Ewadd, na. Dim ond gair efo chi. Gair sydyn? Am Christopher druan; am ych mam. Os dach chi'm isho iddo fo fynd i papur, hidiwch befo — jyst gair, gair sydyn. Su' ma Mrs Lewis?'

'Su' ma hi? Di torri'i chalon, siŵr dduw.'

Dyna fo — y dyfyniad. Reit handi.

'Andros o sioc, debyg.'

'Be dach chi feddwl?'

'Ga i ofyn pw dach chi?'

'Gewch chi ofyn.'

Ac roedd hi'n dawel wedyn ac yn syllu; yn syllu'n galed, a'i llgada hi'n beryg bywyd.

'Ŵrach fedra i geshio,' medda Gough, gwenu; un o'i sbeshials o. Dim effaith o gwbwl: syllai'n galed arno fo o hyd, ac mi fasa fo wedi taeru nad oedd hi wedi blincio unwaith. Plethodd yr hogan ei breichiau ar draws ei brestiau, Gough a hi'n edrach ar ei gilydd. Gough efo'i llgada llo; hon efo'i llgada barcud. Y ffordd arall oedd pethau i fod: y riportar oedd yr heliwr; y gwrthrych y prae.

'Chwaer,' medda Gough.

Blinciodd y lefran. 'Be ma nhw mynd i ddeud?'

'Pwy?'

'Chi: y papura newydd. Clwydda, mwn.'

Ysgydwodd Gough ei ben, gosod golwg onest ar ei wyneb. 'Dim o gwbwl, Miss ...'

'Lewis, de.'

Da was, Gough. 'Ga i'ch enw cynta chi?'

'I be?'

'Ar gyfar y papur.'

'I be ma'r papur isho'n enw cynta fi?'

Roedd hi'n dal i syllu'n galed ar Gough: fatha'i bod hi'n edrach yn syth i'w enaid o ac yn gweld y drwg yno.

'Hidia befo,' medda fo, mynd am yr anffurfiol — mynd am y 'chdi'. Wedyn: 'Chawn ni'm deud pentwr ar ôl iddo fo gael 'i gyhuddo—'

Aeth ei gwyneb hi'n llwyd.

'Ac mi gawn ni'r ffeithia i gyd wedyn, a'r hawl i'w cyhoeddi nhw: 'i enw fo; 'i oed o; cyfeiriad hefyd.' Gwnaeth sioe o wyro i edrach ar y rhif ar y drws, yr '14'.

Gofynnod y ferch: 'Fama?'

'Ia, fama.'

'Sgynnoch chi hawl gneud hynny?'

Nodiodd Gough fel tasa fo'n cadarnhau bod gan rywun ganser.

'Geith o'i gyhuddo?' medda hi wedyn mewn llais bach oedd yn atgyfodi emosiwn tadol yn Gough.

Sgytiodd yr emosiwn o'r neilltu a dweud: 'Bownd o fod,

sti. Ond y peryg ydi, fydd y papura erill yn sbeciwleitio cyn hynny: holi cymdogion, teulu, mêts — sgynno fo fêts? — i gal clecs am Chris. Felly sa hidia i chdi siarad efo fi; neu fy'na bob math o rwtsh amdano fo allan yn y byd.'

Sigodd y Miss Lewis yma rhyw chydig: cythru'n ffrâm y drws i sadio'i hun. 'Ddudwch chi'm petha cas amdano fo?'

Ysgydwodd Gough ei ben: ystum gŵr onest eto. 'Esgob annwl, swn i'm yn meddwl gneud y ffasiwn beth. Papur lleol dan ni, de. Dim ryw racsyn o Lloegar.'

''Na fo ta,' medda hi, fatha'i bod hi wedi penderfynu. Gwyrodd yn ei blaen; gwyrodd at Gough. Ei oglau yn ei ffroenau: oglau'i chroen, oglau'i gwallt, oglau'i doniau. Gwyrodd Gough yn agosach. Canodd ei ystlys rwndi. Rhoddodd y ferch ei gwefus wrth ei glust o. Disgwyliodd Gough gôr o angylion.

'Ffyc. Off,' medda hi efo'i llais melfaréd.

A dyma hi'n camu'n ôl a rhoid hwyth i'r drws, a'r drws yn cau'n glec ac yn waldio blaen troed Gough, a hwnnw'n baglu'n ôl a rhegi. Sgyrnygodd, bawd ei droed o'n fellten o boen. Daeth sŵn iâr o rywle: Elfed Price yn chwerthin.

Gough yn clywed Lemmy'n canu:
Yeah tramp and the brothers, all born to lose...

* * *

Ar ôl iddyn nhw luchio Christopher Lewis i gell, safodd y Prif Uwch-arolygydd Hugh Densley yn y coridor: teils oer ar y pared; linoliwm llipa ar y llawr. Roedd ei freichiau wedi'u plethu, ei ben i lawr, griddfan yn ei stumog o.

Llusgwyd y siwperintendent o'i wely awr ynghynt gan alwad ffôn o'r steshion, y Ditectif Insbector Ifan Allison yn galw i ddweud: 'Sori'ch deffro chi, syr, ond dan ni di'i arestio fo.'

Dim enw; jest *fo*.

Ar y pryd, caeodd Densley'i llgada. Rhwbiodd ei dalcen. Lyncodd a llyfu'i wefus, a dweud, Dyna ni felly — a dim gair arall. Gofynnodd Allison wedyn oedd Densley'n iawn, syr? Ond ddaru Densley ddim ateb, dim ond gofyn yn Saesneg — am mai rhyw hanner a hanner oedd o'n arfer siarad — *'How was the poor lad?'* Go lew, oedd Allison wedi'i ddweud, ac yn barod i gyffesu, bownd o fod, rhowch awran i ni.

Rŵan: hanner awr wedi un y bore, Gorsaf Heddlu Llangefni — brenhiniaeth Hugh Densley. Agorodd y brenin ei geg. Roedd o wedi ymlâdd, hithau wedi bod yn ddiwrnod hir. Ar ei draed cyn chwech ac i'r gwaith i baratoi ar gyfer y refferendwm. Ofnodd helbul, y *nationalists* yn debyg o fynd dros ben llestri ar ôl y canlyniad. Stiwdants o Fangor wedi heidio i Sgwâr Llangefni i godi twrw ac i harthio'n erbyn y Saeson. Ond y canlyniad ydi'r canlyniad, ac roedd yn rhaid derbyn barn y bobol — nid bod hynny'n arferiad ymysg y cenedlaetholwyr ifanc. Ddegawd ynghynt, a Densley newydd ei ddyrchafu'n arolygydd, roedd mwyafrif o'r Cymry'n falch ynglŷn ag arwisgiad Charles yn Dywysog Cymru. Ond doedd lleiafrif o'r nashis ifanc yn hidio dim am hynny: roedd yn rhaid rhoi stop ar yr achlysur. Methu ddaru nhw, wrth gwrs; fel maen nhw wedi methu erioed. Ond roedd yn rhaid cyfathrebu: Am ddeg y bore, mi ffoniodd o Mike Ellis-Hughes:

'Chân ni'm *violence and anarchy* heno, na chawn, Mike?'

'Ai ceidwad fy mrawd ydwyf fi?'

'Yes you bloody well are.'

Eiliad a dawelwch cyn i Ellis-Hughes ofyn: 'Faint o gloch dach chi'n 'i arestio fo?'

'Ar draws yr *eleven-thirty* 'ma.'

'Oes rhaid? Heno?'

'Very sorry, Mike. Y *top brass* yn mynnu. *Out of my hands.'*

'Tydi hynny'm cweit yn wir, nacdi, Hugh.' Roedd o'n flin. 'Tasa chdi heb ...' Darfu ei lais ac anadlodd yn ddiamynedd. Wedyn: 'Pwy sy'n mynd?'

'Allison a Jones, yr *investigating officers*.'

'Rarglwydd, Ifan: Jones? Sgin ti'm DS arall? Di'r dyn ddim ffit. Mi fytith o berfadd y llanc.'

'*My officers, my business*, Mike.'

Dim gair o ben Ellis-Hughes. Arhosodd Densley yn yr affwys am ymateb. Dim hanes o un, felly dyma fo'n dweud: '*Mike, are you still—*'

'Gwatshia di dy iaith, Densley.'

'Sut?'

'Dallta, frawd, y medra i dy fagnu di dan fy sowdwl; gofannu dy gwymp oddi wrth ras yn fy ffwrnais. Wt ti'n dallt hynny'n dŵt, Hugh?'

Chwiliodd Densley am ei lais a dŵad o hyd iddo fo'n cuddiad yng ngwaelodion ei stumog yn rhywle. '*Crystal*,' medda fo.

*   *   *

Drws yn cau efo homar o glep ddaeth â Densley 'nôl ato'i hun. Cododd ei ben; gweld y DS Robin Jones — Yr Octopws — yn dŵad o'r gell lle'r oeddan nhw'n holi Christopher Lewis.

Syllodd ar y DS Jones. Mop o wallt tywyll. Llgada fatha llgodan fawr. Craith ar ei foch dde. Fel y dywedodd Mike Ellis-Hughes, byddai'n bwyta perfedd dyn dim ond iddo gael hanner cyfle. Roedd llewys crys Jones wedi'u rowlio at ei ddwy benelin o, tra'i fod o'n sychu'i ddwylo efo cadach wedi'i staenio; diferion o goch ar ei grys gwyn.

Llyncodd Densley, cau'i llgada. Gwadu'r hyn oedd y dystiolaeth o'i flaen o'n brofi; gweu chwedl arall; creu byd o'r newydd iddo fo'i hun — gwadu'r feioleg. Ond ni ellid gwadu beioleg. Dyma'i fyd; doedd yna ddim dengid rhagddo. Roedd o wedi'i raffu, a dyna fo.

Densley, yn fab i gapten llong a ffermwr cefnog o Gaergybi, am gyrraedd brig yr heddlu'n lleol pan adawodd o Holyhead Grammar yn 1949. Felly: ymunodd efo'r heddlu yn Sir Fôn yn syth o'r ysgol. Ond y flwyddyn ganlynol cyfunwyd heddlu'r ynys, heddlu Sir Gaernarfon, a heddlu Sir Feironnydd yn un: y Gwynedd Constabulary. Dechreuodd Densley ei siwrna tua'r pegwn efo'r rheini. Dyrchafwyd o'n brif uwch-arolygydd yn 1973, pan oedd o'n ddeugain oed; ond erbyn hynny roedd Sir Fflint a Sir Ddinbych wedi dŵad i'r babell. Ac yn 1974, ffurfiwyd Heddlu Gogledd Cymru. Teimlodd Densley'n gorrach ymysg cewri. Ond felly mae hi: roedd yna frawdoliaeth i'w fwytho fo, o leia. Daeth o hyd i drysorau; setlodd am ei radd gymdeithasol.

A dyma fo: pum mlynedd cyn ei ymddeoliad; pum mlynedd cyn y bydda fo'n myfyrio a mesur ei hun wrth ei ffrwythau. Rhai pydredig oedd o'n weld hyd yma.

Edrychodd ar y DS Jones a gofyn: 'Ydi'r bachgan di rhoid *confession* i chi, Jones?'

'Jest iawn, syr. Mae'r DI'n dysgu iddo fo sut i gynganeddu.' Chwarddodd Jones; winciodd Jones — gôr o berfedd ei brae rhwng ei ddannedd miniog. 'Cael gwers ar y gynghanedd groes mae o'r funud 'ma, dwi meddwl. Ac mae hi'n un groes ar y naw—'

'*That's enough* rŵan, Jones.'

Llithrodd yr hwyl o wep yr Octopws.

'*Get back to it*, Ditectif Sarjant.'

Trodd Densley a mynd i lawr y coridor. Methu dygymod efo hyn; methu byw. Ond heb ddewis arall. A beth bynnag, roedd gwobr yn aros amdano fo.

*   *   *

Doedd Gough ddim i fod yn dreifio; doedd o'm i fod yn dreifio ers mis Ionawr: ers yr achos llys; ers iddo fo gael ei ddal ar ddiwrnod Dolig yn neidio i'r Volvo'n feddw gaib ar ôl gadael y bwrdd bwyd a'r twrci a'r teulu er mwyn mynd â phresant Dolig i Jenny Thomas.

Helen o'i cho; Helen yn trio sortio'r tŷ, nhwtha ond wedi symud i mewn rhyw fis cyn iddo fo gael ei arestio.

Mi symudon nhw o Lerpwl ar ôl i Gough gael y sac gan y *Liverpool Echo*. Cwymp dyn: o fod yn un o brif riportars papur boreol y ddinas fawr i fod yn ddyn papur newydd ar racsyn wythnosol ar Ynys Môn.

Felly Gough, y diwrnod Dolig hwnnw, yn feddw dwll. Gough, y diwrnod Dolig hwnnw, yn ffraeo efo Helen. Gough, y diwrnod Dolig hwnnw, yn cael chwilen yn ei ben a phenderfynu mynd â'r presant brynodd o i Jenny Thomas iddi hi.

Jenny, saith ar hugain oed, athrawes Gymraeg Fflur yn Ysgol Gyfun Llangefni. Gough wedi'i chyfarfod hi pan aeth o a Helen â Fflur i'r ysgol am sgwrs am y tro cynta; ar ôl iddyn nhw orfod dychwelyd i Langefni mewn sachlïan a lludw. Gadawodd Gough i'w reddfau ennill y dydd — fel arfer — ac o fewn dyddiau roedd Jenny a fyntau'n tynnu amdanynt.

Beth bynnag: diwrnod Dolig a naid i'r Volvo ar ôl ffrae; Helen o'i cho, ac ẃrach mai hi ffoniodd yr heddlu, dweud, Ma ngŵr i newydd fynd i'r car, Volvo coch, a mae o'n bwriadu dreifio ar ôl beth bynnag pedair potal o Newcastle Brown, a tri whisgi. Ẃrach, wir. Ddaru o ddim cyrraedd tŷ Jenny. Blydi Glas ar ei din o mewn dim. Blydi Glas yn dweud, Ewadd, Mr Gough, ylwch. Mr Gough, riportar newydd y *County Times*. *Blow into this*, Mr Gough, riportar newydd y *County Times*. A doro fo'n dy bapur newydd wedyn, washi.

Ban blwyddyn er y begian. Ban blwyddyn er ysu i'r ustus

ei drin o'n deg. Ban blwyddyn er y llith o esgusodion. Esgusodion fatha: Mi nadith y ban fi weithio; mae gin i wraig a phlentyn, a maen nhw'n dibynnu ana fi i ddreifio. Roedd gynno fo esgusodion eraill hefyd: Mae gin i *bit-on-the-side* a rhai' fi gal dreifio er mwyn picio draw i'w sodro hi bob hyn a hyn; mae gin i gast drwg o yfad gormod a mi dwi angen gweithio i gynnal yr arferiad, ac mae dreifio'n hanfodol. Awgrymodd ei dwrna mai annoeth fydda defnyddio'r ddwy ddadl ola.

Ŵrach fasa'n well tasa fo *wedi* gwneud: roedd yr ynad yn ddifaddeuant. Blwyddyn heb drwydded a 'dwi'n gobeithio'n arw y bydd eich papur newydd yn cyhoeddi hyn'.

Dim ffiars: Gwyn South, golygydd y *County Times*, yn dweud, Dim dewis, Gough. Trin pawb yr un fath. Tudalen tri amdani.

A'r stori yn y blydi papur dan y pennawd: REPORTER BANNED FROM DRIVING. Tynnu coes wedyn. Tynnu coes yn para misoedd. Tynnu coes wrth iddo fo neidio i'r Volvo ar ôl tri dybyl whisgi'n y Bull; neidio i'r Volvo fatha'r funud yma, efo'i sigarét, a meddwl: Mae gin i dri dewis — draw i'r steshion; adra at Helen; picio i dŷ Jenny.

Sugno'r mwg; astudio'r stad lle'r oedd Christopher Lewis yn byw. Y nos wedi cau am y tai. Y lle'n fwy llwyd nag arfar. Rhesi a rhesi a rhesi o dai cownsil wedi'u slotio efo'i gilydd fel bocsys. Y lle'n drewi o dristwch. Y lle'n fwrlwm o fwrddrwg. Y lle'n gwaedu efo gwehilion. Diweithdra; drwgweithredu; tai'n pydru; pobol yn pydru. Meddyliodd am y llywodraeth, a'r modd roedd cyfundrefn Lafur — cyfundrefn sosialaidd — wedi gadael i hyn ddigwydd. A rŵan, roedd y wlad ar fin troi'i chefn ar sosialaeth ac ethol disgyblion y Farchnad Rydd i ofalu am y siop siafins yma. Dangosodd pôl piniwn fis Chwefror bod y Torïaid ugain y cant ar y blaen. Roedd sôn y basa hyd yn oed Môn yn syrthio i grafangau'r Ceidwadwyr. Oeddan nhw'n mynd i wella cyflwr y dosbarth gweithiol? Ysgydwodd Gough ei ben: Na, siŵr dduw. Sugnodd ar y smôc, mwg yn cynhesu'i frest o, y mwg yn gwmwl trwchus yn y car.

Edrychodd o ar ei watsh: 1.55am. Caeodd ei llgada, rhegi'n ei ben. Rhegi'r byd a rhegi fo'i hun. Fasa Helen wedi mynd i'r gwely; dim sgwrs heno; dim setlo pethau — eto. Ac mi fasa hi'n corddi hefyd; corddi am ddyddiau. Roedd hi'n flin am be ddigwyddodd yn Lerpwl; blin eu bod nhw wedi gorfod dychwelyd, dan gwmwl, i'w man geni. Doedd Gough ddim yn debyg o gael maddeuant am hir iawn. Triodd ei orau glas i deimlo be lasa hi fod yn deimlo, ac er iddo fo brofi'r rhwyg yn ei frest, roedd hi'n andros o job mynd i ben lefran. Haws mynd i'w gwlâu nhw. A dyna'r drafferth: tasa fo'n medru dallt merched, fasa fo byth yn tramgwyddo fel yr oedd o.

Twt-twtiodd ei dynged. Rowliodd ffenest y car i lawr rhyw fymryn, rhoid fflich allan i'r sigarét. Cau'r ffenest a thanio'r injan.

*   *   *

'Wel?'

'Wel be?'

'Mae hi wedi dau, Gough: oria mân y bora. Ti'n landio o nunlla; dwi heb glŵad siw na miw gynno chdi es jest i bythefnos.'

Cododd Gough ei sgwyddau. Taniodd smôc.

'Be tisho?' gofynnodd Jenny, ac yna sylweddoli'n union be oedd o isho. 'Hy! Cwestiwn dwl. 'Run peth ag arfar.'

Cododd Jenny o fraich y gadair lle'r oedd hi wedi bod yn eistedd. Roedd hi'n beth handi. Gwallt melyn lliw gwêr cannwyll. Siâp da arni hi. Gwyneb telifishion. Llgada llwyd-las. Digon o r'feddod. Roedd hi'n gwisgo coban fer. Mi fedra Gough weld trwy'r goban jest iawn. Ac roedd o'n methu'n glir â pheidio edrach ar ei choesau hi — hir a llyfn.

Ystynnodd Jenny flwch llwch oddi ar y shilff ben tân, dweud: 'Un rheswm sgin ti i ddŵad yma.'

Mi gymerodd o'r blwch llwch gynni hi, dweud: 'Hang on, Jen, tydi hynny ddim yn wir.'

'Mae hynny'n blydi hollol wir, Gough. Dŵt ti mond yn landio pan tish— pan tisho—'

Trodd oddi wrtho fo: gwthiad dwrn i'w cheg; brathu'r dagra. 'Be dwi i chdi?'

Doedd Gough ddim yn dallt y cwestiwn. Doedd y cwestiwn ddim yn rhan o'i bwnc dewisiedig. Doedd ei bwnc dewisiedig ddim yn cynnwys: ymrwymiad; ffyddlondeb; perthynas. Felly mi ysgydwodd o'i ben. Sori, Magnus, *pass.*

'Be di hynna? Be di ysgwyd dy ben? Dŵt ti'm yn gwbod?'

'Jen, tyd laen, dwi'n meddwl y byd o'na chdi, ti'n gwbod hynny.'

'Na, dwi ddim yn gwbod hynny. Dwi ddim. Dwi rioed di gwbod hynny chos ti rioed di deud, Gough; rioed di deud es i chdi'n llgadu fi pan ddoist ti a … Helen … a Fflur—'

Gwingodd Gough: dim awydd clywed enw Helen, na Fflur yn enwedig, yn y cyd-destun yma: Jenny'n ei choban fer efo'i choesau hir, siâp ei chorff.

Roedd Jen yn dal i harthio: '— es i fi fod yn ddigon gwirion i ffycin—'

Gough yn gwingo eto: athrawes Gymraeg, aur ei fyd o'n ffycin rhegi fatha ffycin llongwr.

'— fynd i gwely efo chdi, a dal i ffycin fynd i gwely efo chdi es ffycin—'

'Jest paid â ffacin rhegi, Jen.'

'O, ffac off.'

Roedd hi ar ei thraed eto: mynd at y cwpwrdd wrth ymyl

y teledu; tynnu potel o Bell's o'r cwpwrdd, ac un gwydr. Jest un.

A Gough yn dweud: 'Jen, yli, dwi'n ... dwi *yn* meddwl y byd o'na chdi.'

Steddodd Jenny yn y gadair y tro yma; dim ar y fraich. Suddo i'w dyfnder hi. Tolltodd whisgi i'r gwydr. Llgadodd Gough y whisgi fel tasa'r whisgi'n ferch.

'Ga i ddropyn?'

'Na chei.'

Cleciodd Jenny'r cwbwl lot cyn tollti joch arall iddi hi ei hun. 'Lle ti di bod? Yn dy siwt a dy dei? Lefran arall yn rwla?'

Ochneidiodd Gough. Mathrodd y ffag. Roedd o'n ysu am dân y whisgi yn ei gorn gwddw. Y tân, a'r gyllell ... yn ei law ei hun ...

'Di bod yn gweithio. Ma nhw di arestio rwun am fwrdro Robat Morris.'

Roedd hi ar fin yfed, ond stopiodd; y gwydr fodfeddi o'i gwefus hi. 'Pwy?'

'Boi o'r enw Christopher Lewis, Christopher Cad—'

'Cadach? Chris Cadach? Blydi hel!'

'"Blydi hel" be? Wt ti'n 'i nabod o?'

'Yndw mwn. Wt ti'm yn gwbod pwy di o?'

'Fi di'r hogyn newydd, sti. Dal i ddŵad i nabod cymeriada'r fro. Y ffacin caridýms a'r hoelion wyth.'

Tolltodd Jenny fwy o whisgi i'r gwydr. Roedd ei bochau'n troi'n lliw bach neis. Roedd hi'n ddel efo'i bochau'n troi'n lliw bach neis; cochni a sglein a thamprwydd ar ei gwyneb hi —

Herciodd Gough; nadu'i hun rhag meddwl amdani felly'r funud yma; nadu'i hun rhag bod yn sglyfaeth. Dyna pam y gofynnodd hi, Be dwi i chdi? yn gynharach. Ar gownt y ffaith mai dim ond fel hyn *oedd* o'n meddwl amdani. Y cochni, y sglein, y tamprwydd.

Be dwi i chdi?

Doedd o ddim yn gwybod yn iawn ond roedd gynno fo syniad, ac roedd gynno fo ofn dweud. Edrychodd arni hi, a'i feddyliau fo'n crwydro eto i lefydd cnawdol: hon a'i chroen yn goch ac yn chwyslyd; hon a'i gwallt melyn wedi ei ffanio ar y gobennydd; hon efo'i llgada'n gul a'i cheg ar agor, a'i sŵn hi; ei sŵn —

Dwrdiodd ei hun yn dawel: Blydi hel, Gough, ti'n colli dy ben, washi. Dychwelodd:

'Pwy?' medda fo. 'Pw di o?'

'Ddaru o adael rysgol rhyw dair mlynadd yn ôl; pan odd o'n un a' bymthag. Sa hidia iddo fo di mynd cyn hynny. Da i ddim: dim byd yn 'i ben o. Cradur di cal helynt; stryffaglio efo'r byd. Cal 'i fwlio. Ond cofia di' — culhaodd ei llgada — 'odd o'n hogyn cry, a tasa fo'n rhoid chwelpan i chdi, oedda chdi'n ffliwt.'

'Roddodd o chwelpan i rwun?'

'Amball i goc oen yn rysgol.'

Roedd sôn bod Robert Morris wedi cael ei waldio i farwolaeth: *oedda chdi'n ffliwt*.

Aeth Jenny'n ei blaen: 'Sa hidia ddo fo di bod mewn ysgol sbeshial. Dodd y boi bach 'im ffit.' Swigiodd ei whisgi a stwythodd. 'Sôn 'i fod o'n potshian efo Bethan Morris, ond anodd credu. Bethan yn cymyd mantais, swn i'n ddeud.'

Hogan Robert Morris, meddyliodd Gough. Cofio'r ffaith honno o bapur yr wythnos dwytha pan laddwyd y ffarmwr; y papur yn gwasgu paragraff i mewn ar y dudalen flaen.

Roedd y whisgi'n llacio tafod Jenny. Roedd llgada Gough ar hem y goban, yr hem yn codi ac yn codi.

'Lot o glebran am Bethan,' medda Jenny.

Roedd clustiau Gough yn brysur hefyd. 'Clebran?' Crynodd ei glun. Gwasgodd ei ddwylo'n ddyrnau. Crinjiodd ddannedd. Sianelodd y Pab: ymwrthod â'r awch. Ond methu'n lân.

Yfodd Jenny. Edrychodd Gough ar ei gwddw hi'n llyncu llyncu llyncu — oes ac oes ac oes o lyncu llyncu llyncu. Tollti mwy o whisgi iddi hi ei hun, wedyn. Roedd hi'n feddw gaib, bownd o fod.

'Dynion,' medda hi. 'Pentwr o ddynion. Un goman di, meddan nhw, ond ma pobol yn deud petha felly am genod.'

Hei-di-ho, dyma ni: clecs; stori. Sythodd Gough ar y soffa, ei feddwl o'n mynd fatha dyrnwr. Edrychodd ar Jenny: llyncu llyncu llyncu whisgi whisgi whisgi; asgob, oedd hi'n beth handi.

Gofynnodd: 'Odd hi a Chris yn canlyn?'

'Nefar in Iwrop,' medda Jenny, a'i llais hi'n slyrio bellach. 'Rwbath ar gownt Bethan. Rhwbath ... dwn i'm ... jadan.'

'Jadan? Faint di'i hoed hi?' medda Gough, trio cofio'r ffeithiau moel.

'Pymthag. Un ar y diân. Lasa'i bod hi wedi'i drin o. Chris lly.' Diflannodd yr aneglurder o'i llgada hi; roeddan nhw'n galed: yn pefrio ac yn oer. 'Ma pobol yn trin 'i gilydd weithia, dydyn.' Yfodd eto — pedwerydd neu bumed gwydriad, ẃrach.

Meddyliodd Gough. Meddwl am Christopher Lewis yn cael ei arwain o'r tŷ. Meddwl amdano fo a'i wyneb mawr fatha plât: diniwed a di-glem, ond dyrnau ganddo fo: *oedda chdi'n ffliwt*.

Safodd Jenny; siglodd. Y botel o Bell's yn un llaw, y gwydr yn y llall. A rhywbeth newydd yn ei llgada hi bellach; rhywbeth newydd heno, o leia, ond rhywbeth cyfarwydd i Gough. Rhywbeth swniodd fel hyn pan siaradodd hi: 'Wt tisho ffwcio ta be?'

Mi gewch weled digwydd fy ngair

Mawrth 2, 1979

BORE Gwener, ac roedd hi'n 7.04am.

Gorweddai Gough yn ei wely, wedi ymlâdd, heb landio adra o dan goban Jenny tan oedd hi wedi pedwar.

Roedd Helen yn dal ar ei thraed yr adeg honno. Dyna oedd o wedi'i obeithio'n gynharach: hi ar ei thraed er mwyn iddyn nhw setlo'r ffrae gawson nhw. Ond ar ôl ei odinebu, fasa amgian gynno fo tasa hi wedi bod yn y gwely, yn cysgu'n drwm. Ond dyna fo; dyma hi: yn fawr ac yn wirioneddol ogoneddus, dan straen ac yn flin.

'Wt ti di bod yn dreifio eto, do,' medda hi, 'ac wt ti'n drewi o whisgi a godinebu.'

Gough yn meddwl: yr hwn sydd yn godinebu sydd yn pechu yn erbyn ei gorff ei hun...

Gafodd o fynd i'r gwely ar ôl iddi weiddi arno fo am ryw ddeg munud, ond ddaru o ddim cysgu; roedd yna bentwr ar ei feddwl o: Christopher Lewis a Bethan Morris; Christopher yn potshian efo Bethan; Christopher yn rhoi slas farwol i dad Bethan (*oedda chdi'n ffliwt*). Mewn gwirionedd, coblyn o stori. Ond roedd yna gwestiwn heb ateb: Pam? Roedd hwnnw'n pwnio Gough: *Pam* ddaru Christopher ymosod ar Robert Morris?

Ŵrach bod y ffarmwr o'i go bod Christopher yn mynd i'r

afael â bach y nyth. Naturiol i dad fod yn flin. Meddyliodd Gough sut y basa fo'n teimlo tasa Fflur yn canlyn efo llabwst oedd yn amlwg ddim yn addas ar ei chyfer hi. Aeth cryndod aflan trwyddo fo, awch i wneud Gwenllian o'i ferch: ei chloi hi mewn tŵr. Beth bynnag: os oedd Christopher yn sgut am Bethan, mi lasa'i fod o wedi troi ar y tad tasa hwnnw wedi trio gwahanu'r cariadon.

Estynnodd Gough ar draws y gwely. Roedd Helen ar ei thraed ers tro byd: anghyffyrddus yn ei chyflwr hi. Ond roedd ei hochor hi'n gynnes o hyd a'i hoglau hi yno, ac roedd hynny'n meddalu a chysuro Gough.

Tynnodd y dillad gwely dros ei ben a griddfan; chwilio am gysur yn arogl ei wraig. Ond roedd ei bechodau'n sgaldio, ac mi neidiodd o'r gwely a dengid rhag y llosgi: A minnau, i ba le y bwriaf ymaith fy ngwarth?

*   *   *

Dreifiodd ar ôl dengid o'r tŷ. Dreifiodd ar ôl dengid rhag llid Helen. Dreifiodd ar ôl dengid rhag ei dramgwyddau. Dreifiodd efo Van Halen yn canu 'Ain't Talkin' 'Bout Love' ar y peiriant casêts:

My love is rotten to the core ...

Roedd byd Gough yn darnio. Geiriau'i dad yn atsain trwy'r gitârs a'r dryms a'r gweiddi canu: Hir yr erys Duw cyn taro, llwyr y dial pan y delo ...

Edrychodd ar y cymylau tewion du: pethau peryg yr olwg; pethau diwedd-y-byd. Dim tywydd Mawrth oedd hwn. Dim y gwanwyn oedd heddiw. Roedd yna rywbeth dieflig yn yr awyr; rhyw awyrgylch Dydd y Farn.

Roedd hi bron yn wyth. Trodd Valen Halen i ffwrdd. Trodd y weiarles ymlaen: y penawdau. Dim byd newydd. Dal i arwain efo datganoli. Adladd y 'Na' swmpus gafwyd. Mike Ellis-Hughes ar y weiarles eto. Mike Ellis-Hughes rêl chwythwr. Mike Ellis-Hughes a'r un hen gân: 'Rydan ni wedi'n llorio. Ein cred mewn cenedligrwydd Cymreig wedi ei thanseilio. Ergyd drom. Ond nid dyma'r diwedd.'

Nid dyma'r diwedd ...

Pwysodd Gough; mesurodd Gough.

Nid dyma'r diwedd ...

'A nawr, gweddill y newyddion,' medda'r darllenwr. 'Mae Heddlu Caer wedi cysylltu llofruddiaeth merch bedair ar ddeg oed, a ddarganfuwyd yn farw neithiwr, gyda llofruddiaeth o leia tair o ferched eraill yng ngogledd Lloegr a'r Alban dros y chwe mis diwethaf. Arestiwyd gŵr yn Llangefni neithiwr mewn cysylltiad â llofruddiaeth Robert Morris, ffermwr amlwg o ardal Llandyfrydog ...'

Heb enwi Christopher Lewis, ond dyna'r BBC: chwarae'n saff. Fasan nhw byth yn curo Gough i'r pennawd.

Dreifiodd i fyny'r stryd fawr, troi'r Volvo i faes parcio gwag y *County Times*. Slotiodd y car ym mwlch parcio'r golygydd, Gwyn South. Piciodd i'r siop bapur newydd jest i lawr y lôn, prynu'r *Daily Post*. Roedd o'n nabod dyn y siop yn o lew, a dyma hwnnw'n dweud, fel arfer, Gough, surwti washi? Golwg tha rhech ana chdi. Mi ddaru Gough ryw sŵn i gydnabod y sylw, a'i heglu hi o 'na efo'i bapur.

Y brif stori oedd *WALES SAYS NO*. Ond roedd hanes arestio Christopher Lewis ar y dudalen flaen hefyd, tri paragraff moel o dan y pennawd:

MAN ARRESTED OVER FARMER MURDER

Darllenodd y stori wrth gerdded yn ôl am y swyddfa:

AN Anglesey man was arrested late last night in connection with the murder of well-respected farmer, Robert Morris.

The suspect, thought to be a 19-year-old unemployed youth, was taken from his home in

Llangefni by officers investigating the brutal killing of Mr Morris, 51, who was found at his home by family members.

North Wales Police would not comment further last night when the Daily Post went to press.

Mi fasa Tom Lloyd wedi cael andros o helbul yn perswadio'r Saeson yn Lerpwl fod yna rinwedd i'r stori: pobol capel a chorau meibion a gwragedd yn gweu oedd y Cymry iddyn nhw. Gough yn gwybod hynny'n amgian na neb, fyntau wedi gweithio'n Sgowsland am ddegawd. Mynd o Fôn yn llanc ifanc. Gwneud enw iddo fo'i hun ar y *Daily Post*. Wedyn cael joban efo'r *Liverpool Echo*, y chwaer bapur; y chwaer fawr hefyd. Nod Gough oedd joban efo un o bapurau Llundain: y *Daily Mirror*, neu'r *News of the World*, neu'r *Daily Express*. Doedd o ddim wedi bwriadu bod yn fab afradlon, yn gorfod dychwelyd ar ôl gwasgaru ei dda mewn gwlad bell.

Aeth Gough i mewn i adeilad y *County Times* trwy'r drws cefn. Roedd hi braidd yn gynnar i'r drws ffrynt fod ar agor: 9am ar y dot del arfer; Alwen yn sgut. Aeth i fyny'r grisiau i'r trydydd llawr lle'r oedd swyddfeydd yr adran olygyddol. Aeth trwy'r drws efo'r arwydd GOLYGYDDOL/EDITORIAL arno fo, a throdd y goleuadau ymlaen. Fo oedd y cynta, hithau prin yn hanner awr wedi wyth. Rhwbiodd ei llgada ac agor ei geg. Mynd yn syth bìn i'r gegin, berwi'r cetl, a gwneud coffi du, tri siwgwr. Taniodd sigarét; mynd yn ôl i'r offis. Steddodd wrth ei ddesg. Edrychodd ar y teipiadur a'i feddwl o'n dechrau crwydro'n syth bìn. Roedd ei ben o'n troi, blinder yn dweud arno fo. Clywodd lais dyn yn bell i ffwrdd. Gwelodd yn ei ben, Jenny: roedd hi'n mynd i fyny ac i lawr uwch ei ben o; roedd ei ddwylo ar ei bronnau, roedd ei cheg yn ffurfio siâp ei enw fo. Ond y llais dyn o bell oedd yn dŵad o'i cheg hi. Llais dyn yn dweud, Gough, Gough.

Daeth ato'i hun a hercio. Roedd ei llgada fo fel tasan nhw wedi'u glynu ar gau a'i dafod o fatha darn o sialc, ei gorn gwddw fo mor sych â phregeth.

'Gough. Brenshiach, Gough, be ar wynab y ddaear dach chi'n neud, dwch?'

Ysgydwodd Gough ei ben; blincio blincio blincio, a gweld o'r diwedd o'i flaen:

Gwyn South, golygydd y *County Times*. Dyn papur newydd ers oes pys. Golygydd y *County Times* ers tair blynedd ar ddeg. Diwrnod cynta Gwyn fel golygydd oedd y dydd Llun hwnnw ar ôl i Loegr ennill Cwpan y Byd: 1966. Achlysur mawr. Roedd Gwyn yn agos at oed ymddeol bellach. Chwe deg tri. Roedd o'n gapelwr; blaenor; baswr mewn corau meibion; bastad os ti'n hwyr efo dy gopi.

Roedd yna dwmpath o bapurau newydd dan ei gesail.

'Giaffar ... s'ma'i?'

'*S'ma'i*? Be dach chi feddwl, ddyn?' — Gwyn yn galw 'chi' ar bawb — 'Fuoch chi'm yma drw nos, naddo? Nid hotel di'r lle, chi.'

'Ew, na; newydd landio.' Safodd Gough; ystwythodd; drewai'r chwys oedd yn hel dan ei geseiliau. 'Odd hi'n noson hwyr efo'r refferendym a ballu; a wedyn y busnas Robat Morris 'ma.'

'Dyna pam ma'ch car chi'n 'yn lle parcio fi, felly, ia? Tydi'r cerbyd, na chitha ynddo fo, ddim i fod ar y lôn fawr, Gough.'

Agorodd Gough ei geg. Arhosodd y geiriau yn ei gorn gwddw fo: gormod o gwilydd arnyn nhw i ddŵad i'r fei. Cododd y mygiad coffi oedd ar y ddesg; sipiodd. Crychodd ei drwyn wrth flasu'r ddiod lipa; dim siwgwr. Sut yr anghofiodd o? Roedd o'n siŵr ei fod o wedi llwyo'r siwgwr i'r mŵg tra bod ei feddwl o'n bell. Aeth i'w boced ac ystyn y

JP Specials. Tynnodd sigarét o'r paced a'i thanio hi; sugno'r mwg. Dŵad ato fo'i hun go iawn.

Roedd Gwyn yn dal i sefyll o'i flaen o: edrach ar Gough efo llgada llew yn edrach ar antelôp. Sgleiniai pen moel Gwyn fatha un o'r peli snwcer botiodd Ray Reardon fis Ionawr pan gurodd o'i gyd-Gymro Doug Mountjoy yn ffeinal *Pot Black* ar y BBC. Gwallt o gwmpas clustiau Gwyn yn ddu bitsh; ac o botel, bownd o fod: yn slic fel tasa fo'n llawn saim. Man geni anghynnes oedd yn tyfu blew dan ei drwyn o. Roedd Gough yn gwneud ei orau glas i beidio edrach ar y man geni; andros o beth hyll oedd o. Ond i ddweud y gwir, os oeddach chi'n siarad efo Gwyn, efo'r man geni oeddach chi'n sgwrsio go iawn.

Gofynnodd Gwyn South: 'Be dach chi'n neud yma mor gynnar, ddyn?'

'Robat Morris; Chris Lewis. Ma'r stori'n carlamu. Isho'i ffrwyno hi cyn i neb arall gal yr awena.'

Gollyngodd Gwyn y twmpath papurau ar ddesg. 'Fuoch chi'n ych gwely, Gough?'

'Naddo.' Prin, meddyliodd.

'Sa hidia i chi fynd adra, ylwch: cal mymryn o gwsg.'

'Fydda i shiort ora.' Gough y merthyr. Mi fasa gwely'n braf; gwely gwag: heb Jenny, heb Helen. Jest cysgu.

'Ewch adra at ych gwraig, ta; hitha'n magu. Sut ma hi?'

'Digon o sioe,' medda Gough. Ac roedd hi.

'Cerwch adra, ddyn. Cerwch i edrach ar ôl y ddynas. Dy' Gwenar, Gough: dim byd yn digwydd ar ddy' Gwenar yn fama; wyddoch chi hynny.'

Cododd Gough. Dechreuodd fynd am y gegin. Meddwl y basa paned arall yn gwneud lles.

Y giaffar: 'Lle dach chi'n mynd, ddyn?'

Stopiodd Gough, crychu'i drwyn. 'Gneu panad. Sgin ti ffansi un?'

'Be sgin i ffansi, Gough, ydi cal parcio yn y lle sydd wedi'i briodoli i mi fel golygydd y papur newydd 'ma. Ewch i symud ych car.'

*   *   *

Sleifiodd Gwyn South i'r swyddfa fechan lle fydda fo'n mynd i guddiad ac i ganolbwyntio, weithiau. Arferai gohebwyr ddefnyddio'r swyddfa hefyd i wneud galwadau oedd angen tawelwch rhag stŵr y stafell newyddion. Hefyd byddent yn holi yma; cynnal cyfweliadau. Roedd yna ddesg a dwy gadair a ffôn; cwpwrdd ffeilio; planhigyn llipa'r olwg fydda Jane comiwniti niws yn ei ddyfrio bob hyn a hyn gan gwyno bod 'na neb arall yn gwneud. Cododd Gwyn South y ffôn. Deialodd Gwyn South bedwar rhif. Arhosodd Gwyn South am bedwar caniad.

'Helô?'

'Gwyn South sy 'ma.'

'Su'mae, Gwyn?'

'Ydach chi'n o lew?'

'Digon o sioe. Be sy rŵan?'

'Soniodd o am ... wy'ch chi be.'

Oedi am sbel cyn i'r dyn arall ofyn: 'Fydd o'n helbul?'

'Mae o'n ddyn penderfynol. Dyna pam y cyflogwyd o. Ffodus iawn i fedru cal rhwun o'i allu o a'i—'

'Wendid.'

'Gwendid, ia. Ma gynno fo'i wendida.'

'Oes wir.'

'Fatha ni i gyd.'

'Ydi o'n tyrchio'n barod?'

'Ma o'n bownd o dyrchio; ail natur.'

'Rho stop ano fo, Gwyn. Chdi di'r giaffar.'

'Ma Gough yn dipyn o rebal.'

'Rhybudd i'r dyn.'

'Ia, wn i. Ond dwi mond yn deud wrthach chi. Chi odd isho gwbod os odd o'n holi am y stori. A dyma fi'n deud.'

'Allwn ni ddim caniatáu anwiradd am ein brawd, Robat. Torraf ymaith yr hwn a enllibio ei gymydog yn ddirgel: yr uchel o olwg, a'r balch ei galon, ni allaf ei ddioddef.'

Daliodd Gwyn South ei wynt, chwys ar ei wegil.

'Digon gwir,' medda fo.

*   *   *

Ar ôl symud y Volvo, dychwelodd Gough i'r swyddfa a gwneud paned arall o goffi a thanio sigarét arall.

Cyn iddo fo eistedd i lawr, canodd y ffôn ar ei ddesg. 'John Gough, *editorial*,' medda fo.

'Dwi'n mynd at Mam a Dad a dwi'n mynd â Fflur efo fi, a dyna fo.'

Jest iawn iddo fo syrthio oddi ar ei gadair. 'Leni ...' Y talfyriad y'i galwodd hi o'r dechrau; y talfyriad wnaeth iddi deimlo'n brin a di-gymar pan oedd hi'n bedair ar ddeg — '... yli ... ma hi'n wironeddol ddrwg gin—'

Torrodd ar ei draws efo llais oedd yn llonydd ac yn finiog: 'Cau dy ffwcin geg, y cachgi digwilydd, y celwyddgi diawl uffar; chditha di gaddo, wedi gaddo ...'

Dechrau crio, rŵan; blydi hel. Rhedodd Gough law drwy'i wallt. Roedd yr affwys yn ei stumog o'n lledu ac yn dyfnhau. Roedd yna boen yn ei frest o. Caeodd ei llgada'n dynn. Dos ymaith oddi wrthyf; canys dyn pechadurus wyf fi ...

'Leni, ar ôl stori o'n i — ar 'yn llw.'

'Wt ti'n meddwl mod i'n dwp?'

Roedd hi'n flin fatha tincar; y llonyddwch yn ei llais hi wedi mynd. Dim ond y miniog ar ôl.

Gofynnodd Gough: 'Wt ti di clŵad y penawda bora 'ma?'

'Naddo, Gough, dwi rhy brysur yn trio esbonio i dy ferch

41

ddeuddag oed di pam na ddoth 'i thad hi'm adra nithiwr eto byth.'

Aeth hynny drwyddo fo fel hoelion drwy ddwylo'r Crist: fy Nuw, fy Nuw, paham y'm gadewaist?

'Leni,' medda Gough, trio lleddfu'i wraig, trio lleddfu cawod o sêr gwib, 'gwranda ar y niws am naw: mi arestion nhw foi bach lleol nithiwr am ladd Robat Morris.'

Oedodd Gough. Roedd o jest â dweud eu bod nhw wedi arestio cariad Bethan Morris. Ond mi fasa tafod Helen yn mynd fel slecs wedyn. Cyn hanner dydd, mi fasa'r wasg a'r cyfryngau i gyd yn gwybod. Lasa'u bod nhw'n gwybod yn barod, wrth gwrs: clecs lleol a ballu. Ond os oedd yna hanner tshians mai dim ond fo oedd yn gwybod, roedd o'n bwriadu cau'i geg. Tasa Helen yn gwybod, mi fasa hi'n sôn wrth ei chwaer, sôn wrth ei mam. Y rheini fasa'n gwneud llanast: taenu'r gyfrinach rownd y lle fatha menyn ar dorth.

'Pw di o?' gofynnodd Helen.

'Christopher Lewis: boi bach ara deg o dre; teulu o jipshiwns, meddan nhw; neu dincars neu rwbath.'

Tawelwch ar ben arall y ffôn. Tawelwch oedd yn llawn twrw. Twrw Helen yn meddwl. Twrw Helen yn troi'r enw o gwmpas ei phen. Mynd trwy'i storfa o glecs oedd hi wedi ei storgatshio ers symud yma; ers gwrando ar ferched y dre tra'u bod nhw'n cael eu *blow dry* a'u perms.

'A mi fyddi di'n gweithio ar y stori 'ma ddydd a nos, bownd o fod,' medda hi efo'i llais hi'n galad ac yn giaidd.

'Wy'sti sut ma petha.'

'Wn i'n iawn sut ma petha, Gough; gwaetha'r modd, de.'

Brathodd ei wefus. Doedd o ddim gant y cant ei bod hi wedi credu. Doedd o ddim hanner cant y cant i ddweud y gwir. Fasa'n saffach rhoid chweigian ar ful i ennill y Grand National ddechrau Ebrill.

'Dŵt ti'm yn mynd, nag wt?' medda fo: llais bach llipa.

Oedodd Helen cyn ateb. Pwyso a mesur, debyg iawn. Ar ôl sbel bwrpasol i sicrhau bod Gough yn gwingo, dyma hi'n dweud: 'Wt ti'n fastad, John Gough. A ma gas gin i chdi.'

*   *   *

Mi ffoniodd o Ysgol Gyfun Llangefni a chymryd arno'i fod o'n ymgymerwr angladdau, ac wedi derbyn blodau i Bethan Morris, ac os mai'r peth gora, dwch, fasa'u picio nhw iddi'n yr ysgol ta—

A'r ysgrifenyddes, heb oedi, yn mwynhau'r grym o gael gwybodaeth, bownd o fod, yn dweud: 'O, na, mae gin i ofn nad ydi Bethan yn rysgol, chi. Heb fod es, wel, es 'i thad hi — wy'chi.'

Diolchodd Gough iddi, ac i'r duwiau oedd yn gofalu drosto fo.

Adra fasa Bethan, oedd yr ysgrifenyddes wedi'i ddweud. Adra'n Llidiart Gronw efo'i mam a'i brawd yn galaru. Ia mwn, meddyliodd Gough: ac yn dyfeisio'r modd i setlo'r cownt, bownd o fod.

Beth bynnag, fanno roedd o'n mynd y bore 'ma. Teimlai fel tasa fo'n cyfiawnhau'r esgus roddodd o i Helen: y basa fo'n gweithio'n galed — ddydd a nos, oriau mân y bore — ar y stori. Roedd hynny'n wir, o leia: mi weithiodd o'n galed ar bob stori erioed.

Meddyliodd am Bethan Morris. Meddyliodd am Christopher Lewis. Meddyliodd am Bethan a Christopher efo'i gilydd. Gobeithiodd nad oedd yr un o'r lleill yn gwybod am yr ongl yma. Ond gamblodd nad oedd digon o fynd arnyn nhw i fynd ar drywydd y sgandal — ar hyn o bryd. Mi fasa'r Glas yn gorfod cyhuddo Christopher erbyn hanner awr wedi un ar ddeg nos fory, neu adael iddo fo fynd. Roedd Gough yn ysu am gyhuddiad; deddfau dirmyg llys yn hongian uwchben y wasg a'r cyfryngau wedyn. Bydda hynny'n cyfyngu'r hyn medran nhw'i gyhoeddi: dim mwy nag enw, cyfeiriad ac oed Christopher Lewis, a'r cyhuddiad yn ei erbyn. Dim byd arall: dim clecs; dim Glywsoch chi am Chris a Bethan?

Dreifiodd Gough drwy gefn gwlad, ar hyd ffyrdd oedd yn wythiennau ymysg y caeau. Dreifiodd wrth i LP Judas Priest, *Sad Wings of Destiny*, floeddio o'r peiriant caséts. Rob Halford, llais y boi ar dân, yn rhuo:

Whiskey woman, don't you know that you are drivin' me insane;

The liquor you give stems your will to live and gets right to my brain ...

Trwy Lannerch-y-medd ar y B5u, troi i'r dde am Bachau. Taflodd Gough olwg dros y tirwedd: y meysydd yn wyrdd, bywyd y gwanwyn yn eu llenwi; defaid a gwartheg yn pori; ŵyn yn prancio; y coed yn dew o ddail; ffermydd bob hyn a hyn; tai a chytiau a beudai wedi hel at ei gilydd fel ffrindiau yn y gwagle; pob dim ar yr wyneb yn ddigon o r'feddod. Ond dan yr wyneb oedd bywyd go iawn.

Rob Halford yn canu 'Dreamer Deceiver' bellach:

And all the tensions that hurt us in the past

Just seemed to vanish in thin air...

Cadw ar y lôn i Faenaddfwyn ac wedyn troi i'r chwith am Landyfrydog. Ac yn syth bìn, i'r chwith eto: Llidiart Gronw. Trwy'r giât oedd yn gorad, y car yn hercio ar hyd y llwybr.

Stopiodd Gough y Volvo yng nghowt y ffarm. Diffoddodd yr injan a thawelodd Judas Priest. Astudiodd y cowt: siediau oedd yn llawn hen dractors a theclynnau rhydlyd; Land Rover oedd yn gwisgo côt o faw; chwyn yn hawlio'r lle, rhwygo trwy'r tarmac.

Taniodd sigarét, ac allan o'r car â fo; cael ei gyfarch gan gyfarth cŵn. Aeth ei llgada o un ochor i'r llall, chwilio am yr anifeiliad; disgwyl yr ymosodiad. Roedd gas gynno fo gŵn.

Gafodd o'i frathu unwaith yn Lerpwl tra oedd o'n cnocio ar ddrws sinach blin oedd wedi ei gyhuddo o werthu heroin tu allan i ysgol gynradd. Gan gi y brathwyd o wrth gwrs, nid gan y sinach, er bod hwnnw, bownd o fod, yn fwy na pharod i ddenfyddio'i ddannedd ar gorff dyn arall.

Daliodd ei wynt: barod i luchio'i hun i ddiogelwch y Volvo tasa'r cŵn yn peltio i'w gyfwr o'n glafoerio ac yn dangos eu dannedd.

Ond dim ci ddaeth, ond homar o lanc ifanc. Llamodd y llabwst o un o'r siediau, edrach a'r Gough a'r Volvo fel tasa fo rioed yn ei fyw wedi gweld na char na dyn o'r blaen. Roedd o'n graig o hogyn: arddegau hwyr; gwallt melyn lliw caws at ei sgwyddau, a'r sgwyddau rheini'n lletach na'r A5. Golwg bwrlas go iawn arno fo. A llamodd y bwrlas rŵan yn syth am Gough.

'Su'mae?' medda Gough: gwisgo gwên gaws; smocio'r sigarét.

A dyma'r maen yn dweud, 'Iawn,' rhyw sŵn anifail yn fwy na siarad dynol. Ond ẃrach mai dyna oedd o: anifail yn gwneud sŵn anifail. Ẃrach mai Gough feddyliodd na Cymraeg ddaeth o'i geg o.

Stopiodd y llabwst rhyw bum llath o drwyn Gough. Roedd o'n drewi'n rhyfadd: mwg a thân; fedra Gough ddim cweit nabod yr oglau.

Gofynnodd yr hogyn: 'Be tisho?'

'John Gough, *County Times*—'

'O — papur newydd dach chi?'

Doedd Gough ddim yn bapur newydd wrth gwrs, ond mi nodiodd o beth bynnag. Jest o ran cwrteisi; rhag ofn pechu'r boi.

'Gneu stori dach chi?'

'Ia: meddwl tybad os ydi Bethan o gwmpas; neu Mrs Morris.'

45

Syllodd y maen ar Gough. 'Mrs Morris,' medda fo, rhyw hanner gwên ar ei wep o, fel tasa Gough wedi dweud hanner jôc. Wedyn dyma'r hanner gwên yn mynd ac roedd gên y maen yn crynu fel tasa fo'n crinjian dannedd. Ar ôl sbel dywedodd: 'A' i weld; rhosa di fanna.'

''Na i'm symud.'

Edrychodd Gough ar y maen yn cerdded am y tŷ: mynd â'r oglau efo fo. Arhosodd Gough nes bod y maen rhyw ugain llath oddi wrtho fo. Wedyn mi ddechreuodd o ddilyn y cawr. Diflannodd y bwrlas i'r tŷ, trwy'r drws cefn. Stopiodd Gough wrth y wal oedd yn amgylchynu rhyw siâp ar ardd ffrynt. Edrychodd dros y wal: blêr fatha gwallt tramp; bywyd gwyllt oedd bia'r lle. Wedyn dyma'r drws yn agor. Adnabu Gough Kate Morris yn syth pan ddaeth hi drwy'r drws efo'r llabwst wrth ei hysgwydd. Roedd o wedi gweld lluniau ohoni hi yn y *County Times* yr wythnos dwytha ar ôl mwrdwr ei gŵr. Tyrchiodd y llyfrgellydd y lluniau o'r ffeiliau er mwyn i Gwyn South gael dangos bod Robert Morris yn sant, ac yn golled ar y naw i'r gymuned.

Cofiodd Gough y capsiynau o dan rai o'r lluniau rŵan:

Mr and Mrs Robert Morris with the local cerdd dant choir from Llannerchymedd who will represent Anglesey at the National Urdd Eisteddfod in Maesteg this year;

Mr and Mrs Robert Morris present a cheque for £50 to Mrs Eirian Evans, chairwoman of the Anglesey Spastics Society, from the local branch of the Farmers' Union of Wales;

Mr and Mrs Robert Morris with their award-winning Welsh Black bull.

'Be tisho?' medda Mrs Morris; plethu ei breichiau ar draws ei brest.

Roedd hi'n ddynes smart: gwraig ffarm yn ei phedwar-degau cynnar; gwallt yn felyn, wedi'i dorri'n fyr; croen ei bochau hi'n iach o goch, a siâp go lew arni. Reit ddel i sbio arni hi, chwarae teg. Fasa Gough ddim wedi dweud 'Na'; ond doedd hynny ddim yn ddweud mawr. Camodd trwy'r giât, honno'n gwichian. 'John Gough, *County Times*; meddwl swn i'n cal gair efo chi, Mrs Morris.'

Aeth ei thalcen hi'n gae wedi'i aredig. Roedd Gough wedi disgwyl dagrau, mymryn o hoel galaru, arwydd o boen: dim o'r ffasiwn beth.

'Dwi di sgwrsio efo chi o blaen, do?' medda hi — amheus.

'Do, mi ffonish ar ôl, wel—'

'I Robat gal 'i ddifa.'

Difa, meddyliodd Gough; fatha ci'n cael ei ddifa gan ffariar. Sylwodd ar y bwrlas eto. Roedd o'n edrach i lawr ar ei draed; cicio'r llwch. 'Dyna fo,' medda fo wrth y wraig, dal i edrach ar y mab.

'A be ddudish i wtha chdi radag honno?'

Brathodd Gough ei wefus, cymryd arno ei fod o'n meddwl. Cogio trio cofio; methu'n lân â dŵad o hyd i'r atgof er ei fod o'n cofio'n iawn, siŵr dduw. Ond jest rhag ofn fasa fo'n cael getawê, cymerodd arno'i fod o wedi anghofio'r rhegi glywodd o pan ffoniodd o'r wythnos dwytha.

'Rhai' mi d'atgoffa di eto, latsh,' medda Mrs Morris.

'Mae'r co'n mynd, Mrs Morris.'

'Gofyn yn neis nesh i am i chdi adal llonydd i ni; mi dan ni'n galaru.'

Ddaru hi ddim gofyn yn neis, ac o'i gweld hi, wyneb yn wyneb rŵan, roedd Gough yn amau oedd hi'n galaru. 'Dallt yn iawn,' medda fo, beth bynnag. 'Ddrwg gin i, a'r *County Times*, am ych profedigath. Ond duwcs, jest meddwl fasan ni'n cal gair sydyn am be ddigwyddodd nithiwr yn Llangefni: arestio'r bachgan Christopher Lewis 'ma am ladd Mr Morris. Dach chi'n nabod yr hogyn?'

Trodd bochau Mrs Morris yn gochach nag oeddan nhw i gychwyn; dugoch i ddweud y gwir. Dywedodd mewn llais o'r un lliw: 'Dos o 'ma'r ci rhech. Dwi'm isho siarad efo chdi na dy hil.'

'Ydi Bethan yn nabod Christopher? Dwi di clŵad bod y ddau'n canlyn.'

Lledodd llgada Mrs Morris; crynodd drosti a dweud: 'Griff', yn union fel tasa hi'n rhoi gorchymyn i gi ymosod.

Camodd y cawr ymlaen. Bagiodd Gough. Trodd ar ei sowdwl. Brasgamodd am y Volvo. Lledodd Griff Morris ei goesau maint coed derw. Baglodd Gough fatha neidr gantroed oedd yn methu cadw cownt ar ei sgidiau; ond mi gyrhaeddodd o'r car jest cyn i Griff ei gyrraedd o. Neidiodd i'r car. Tanio'r car. Mynd ar sbid i lawr i lôn yn chwysu ac yn chwythu.

Judas Priest yn ei ben o: *End of all ends, body into dust; To greet death, friends, extinction is a must ...*

*   *   *

Roedd o hanner ffordd i lawr lôn Llidiart Gronw, ac yn mynd ar gyflymdra tebyg i Tom Pryce mewn Grand Prix, pan welodd o'r hogan.

Roedd hi'n sefyll ar ganol y llwybr mewn ffrog wen fer. Bwgan ar y lôn; seiren yn denu morwyr at y creigiau; gyrwyr at y cloddiau; dynion i'r fflamau.

Ifanc, ond golwg gwybod be di be arni. Peth ddigon handi: gwallt melyn *Charlie's Angels*, fatha plu, a llond pen ohono fo. Roedd yna siâp da arni — fatha'i mam.

Stopiodd Gough y car ac aros a gwylio. Daeth yr hogan at ddrws ochor y teithiwr, agor y drws heb wahoddiad, gwyro'i phen i mewn, dŵad â'i hogla efo hi: perffiwm cry, drud o'r drewdod.

'Bethan?' medda Gough.

'Riportar wt ti?'

'Ia — sut ti'n gwbod hynny?'

Neidiodd Bethan i'r car a chau'r drws. 'Glywish i chdi gynna 'fo Mam.'

Edrychodd Gough arni hi. Fedra fo ddim symud. Roedd yna rywbeth anifeilaidd amdani hitha, fel ei brawd: fel tasa hi heb ei geni mewn gwareiddiad. Hil natur amrwd oedd hi, rhywsut. Wrth ei hastudio, a thrio'i dallt hi, roedd ceg Gough ar agor fel tasa gynno fo loc-jo; rhyw facteria wedi hidlo i'w waed o yn sgil y gyfathrach yma.

'Sgin ti smôc?' medda Bethan.

'Be ti'n neud?'

'Be dwi'n neud be?'

'Neidio i gar dyn diarth?'

'Ti'm yn ddiarth.'

Roedd Gough yn dawel.

'Ga i sigarét ta be?' medda'r hogan.

'Dwn i'm: dwi newydd gael llond ceg gyn dy fam di; a mi fuo jest iawn i Griff roid slas i fi. Dy frawd di o ta dy gorila di?'

Gwenodd Bethan. 'Dŵad i holi am Chris Cadach nest ti?'

'Ia.'

'Os ga i ffag, dduda i wtha chdi amdano fo.'

Roedd hi'n sbio arno fo, yr edrychiad yn golledig. Rhywbeth tywyll ac oer tu ôl i'r tlysni. Rhyw wagle fel tasa rhywun wedi dwyn rhywbeth ohoni ar eiliad ei chreu, a heb ei amnewid.

'Deud be amdano fo?' medda fo.

'Beth bynnag tisho wbod.'

'Wt ti'n 'i nabod o lly.'

'Ga i smôc, washi?'

Oedodd Gough. Edrach o'i gwmpas. Edrach tu ôl iddo fo'n ôl i gyfeiriad y ffarm. Edrach o'i flaen, a'i lwybr o tuag at iachawdwriaeth. Meddyliodd am funud bach: roedd hon yn sefyllfa ddelicet. Hogan bymtheg oed yn ei gar o — *yng nghar John-blydi-Gough, o bawb.* Trodd yn ôl at Bethan a dweud: 'OK, ond rhai' chdi addo un peth i fi.'

'Gaddo? Dwi'm yn lecio gaddo.'

'Wel, 'na fo lly.'

'OK. Gaddo be ta?'

'Gaddo peidio deud wth enaid byw bo chdi di bod yn 'y nghar i'n siarad fel hyn.'

Chwarddodd Bethan. 'Dwi di gneud mwy na siarad efo dyn mewn car, sti.'

'Dwi'm yn ama, ond dim efo fi, reit?'

Ciledrychodd Bethan arno fo wedyn efo gwên ddaru gynhyrfu a dychryn Gough, a chasaodd ei hun am ganiatáu i'r ffasiwn deimladau dresmasu arno fo. 'Wt ti'n dallt?' medda fo; reit flin.

'Dallt; iawn; OK: ffag,' medda hi, wedi colli mynadd.

Tynnodd Gough y JP Specials a'r bocs matshys o'i boced; rhoid fflich iddyn nhw ar lin Bethan. Cyfiawnhau'i hun trwy ddweud ei fod yntau'n smocio'r un oed. Roedd pawb wrthi'n doeddan nhw? Dim ond smôc diniwed oedd o. Roedd Gough yn tanio'n ddeg oed.

Dreifiodd y car i'r lôn fawr a mynd i'r chwith am Landyfrydog. Rownd un neu ddau o droadau tan iddo fo ddŵad o hyd i fwlch reit handi ar ochor y lôn i barcio; yn ddigon pell oddi wrth Griff a'i ddyrnau a'i synau anifeiliaid.

Stopiodd yr injan; edrach ar ei deithiwr eto. Roedd hi'n smocio. Y sigaréts a'r matshys ar ei glin hi. Roedd ei ffrog hi'n rhy fyr o beth coblyn. Edrychodd Gough ar y JP Specials a'r Swan Vesta. Triodd ei orau glas i beidio edrach ar goesau Bethan. Roedd hon yn sefyllfa diwedd gyrfa go iawn; anaddasrwydd yr olygfa'n achosi iddo fo chwysu; euogrwydd a pharanoia'n ei grafu o fatha cath yn trio rhwygo'i hun o sach.

'Ga i nhw'n ôl?' medda fo.

Dilynodd Bethan ei llgada fo at ei glin. Llyncodd Gough; chwys ar ei wegil. Tasa hi fymryn bach yn hŷn fasa pob dim yn iawn. Roedd hi'n edrach yn hŷn, heb amheuaeth: fasa fo wedi dyfalu deunaw, pedair ar bymtheg. Fasa fo'n giamstar wedyn: fflyrtian rhyw fymryn, ẃrach; winc fach iddi; twtshiad ei chlun hi heb feddwl dim. Ond hogan ysgol oedd hi. Hogan bymtheg oed oedd hi. Hogan oedd yn fawr hŷn na Fflur — rhyw dair blynedd yn fengach na hon oedd ei drysor.

Tair blynedd?

Tair blynedd tan oedd Fflur fatha hon?

Aeth ofn trwyddo fo oedd yn waeth nag unrhyw ofn a brofodd o erioed: fel tasa rhywun wedi tynnu rasal trwy'i du mewn o. Cafodd o'i orlethu eto gan yr awydd i gloi ei ferch mewn tŵr; diogelu ei dywysoges rhag dynion. Dynion fatha fo. Ffacinel, rhegodd yn ei ben. Roedd ei feddyliau'n gyrbibion a phob math o rwtsh yn chwyrlïo yn ei benglog o: Eithr yr ydwyf fi yn dywedyd i chwi fod pob un sydd yn edrych ar wraig i'w chwenychu hi, wedi gwneuthur eisoes odineb â hi yn ei galon ... a theimlodd yn sâl, isho chwydu.

'Cyma nhw,' medda'r gnawas.

'Sa'n amgian gin i tasa chdi'n 'u rhoid nhw i mi.'

'Swil wt ti?'

'Ella.'

'Misho bod yn swil. 'Na i'm brathu; gosa tisho fi neud.'

Nefoedd y blydi adar: roedd y sefyllfa'n prysur ddarnio. Agorodd a chaeodd Gough ei law yn sydyn; ystum oedd yn dweud: Doro nhw i fi'r globan tshiclyd.

Twt-twtiodd Bethan. Rowlio'i llgada. Slapio'r JP Specials a'r bocs Swan Vesta yng nghledr llaw Gough.

Taniodd hwnnw sigarét a dweud: 'Ty'laen, ta; be ti'n wbod am Christopher? Mi dach chi'n canlyn, dydach.'

'Ha!' Andros o ebychiad.

51

'Dydach chi *ddim* yn canlyn, lly.'

'Na dan, siŵr dduw. Ti meddwl swn i'n mynd *allan* efo rwun fatha *fo*? Mae o'n blydi mong. Ffacin *spaz*.'

'Peth ciadd i ddeud.'

Aeth ei llgada hi'n gul, a dyma hi'n dweud: 'Be ti'n wbod am giadd.' Wedyn dyma hi'n edrach ar y sigarét a smocio'r sigarét, a'r mwg rownd ei gwyneb hi. Dyma hi'n dweud: 'Mong. Mong, mong, mong. Faswn i *byth* yn mynd efo fo; dim fatha *cariad* iddo fo. Hynny mor stiwpid. Sgin i'm cariad.' Edrychodd ar ei dwylo. Mwg yn codi o'r sigarét. Am y tro cynta roedd hi'n edrach i Gough fatha hogan o'i hoed: hogan ysgol; plentyn i rywun; plentyn i dad. Cododd ei sgwyddau fel tasa dim otsh gynni hi, dweud: 'Rioed di cal cariad go *iawn*, rioed di bod isho un.'

Teimlodd Gough biti garw drosti, rhyw awydd i'w hamddiffyn hi: ystum tadol llwyr a rhyfeddol, dim un rhywiol. Roedd hi fatha'i bod hi'n ddarnau a'r darnau rheini wedi cael eu gliwio at ei gilydd bob siâp. Oedd, mi oedd hi'n deg dweud bod Bethan Morris yn lefran ddigon taclus; hogan efo digon o'r byd yn ei phen, a hithau ond yn bythmeg oed. Ac roedd Gough dan yr argraff ei bod hi'n gwybod mwy am fywyd nag oedd yn iach i ferch o'i hoed. Mi fasa hi'n sicr yn disgwyl mwy gan ddyn na fedra Chris Cadach ei gynnig.

'Dim fatha *cariad* iddo fo?' medda Gough, pwysleisio'i gair hi: cariad. 'Fatha be lly?'

Cododd yr hogan ei sgwyddau eto; smocio fatha stemar.

Rhoddodd Gough y cwestiwn hwnnw o'r neilltu am y tro. Gofynnodd: 'Sud wt ti'n 'i nabod o?'

Gwyrodd ei phen. 'Cofio fo'n rysgol: pawb yn 'i bryfocio fo. Mae o'n hongian o gwmpas Llangefni efyd; rownd y sgwâr a ballu; wth y cloc. Cynnig prynu ffags a seidar i fi, a dwi'n deud diolch drw roid hand-job iddo fo bob hyn a hyn. Dwi di cal 'y nysgu i ddeud diolch.'

Meddyliodd Gough am funud, golwg wedi drysu arno fo wrth iddo fo drio rhoid hyn i gyd mewn trefn yn ei ben. Rhaid bod Bethan wedi meddwl nad oedd o'n dallt 'hand-job', a dyma hi'n ffurfio cylch efo'i bys a'i bawd a symud ei llaw i fyny ac i lawr a dweud:

'Wanc. Ti'n gwbod? Tisho i fi ddangos i chdi?' Roedd yna ddrygioni a dinistr dyn yn ei llgada hi. 'Sa chdi'n licio hand-job?'

'Dim funud yma.'

'Mond hand-job,' medda hi dan ei gwynt; fel tasa hi'n perswadio'i hun ei fod o'n ddim byd. Dim byd o gwbwl: fatha sigarét neu Opal Fruit. A wedyn dyma hi'n dweud: 'Maen nhw i gyd yn lecio hand-jobs.'

'Sut?'

Edrychodd Bethan arno fo'n sydyn fatha sarff; golwg filain arni hi; golwg drist, fel tasa hi wedi cael ei thorri ar agor.

'Ffacin dynion,' poerodd, ac roedd yna damprwydd a sglein dagrau'n ei llgada hi. Ond wedyn mi newidiodd hi, a dyma'r malais yn dŵad yn ôl. A gwên eto. A chwarae eto; pryfocio. Codi ei sgwyddau'n ddi-ddim. 'Chris yn deud wth pawb bo ni'n mynd efo'n gilydd. Hand-job iddo fo fatha priodas ne rwbath stiwpid felly. Hand-job yn ffyc ôl. Tydi ffwc yn ffyc ôl ran fwya'r amsar.'

Iesu-ffycin-Grist, meddyliodd Gough, y byd yn syrthio i'r fall.

'Nest ti rioed wadu'r peth. Ych bo chi efo'ch gilydd? Deud wth Chris am beidio deud?'

'I be? Jes laff odd o. Chris wth 'i fodd yn cal sylw a cal pobol yn meddwl 'i fod o'n mynd allan efo hogan tha fi; slashan. A mwy o seidar a mwy o ffags i fi.'

'A mwy o hand-jobs iddo fo.'

'So *what*, de?'

'Pam ddaru o ladd dy dad, Bethan?'

Andros o glec ar y ffenest gefn. Gough yn dynwared draenog coed; mynd i mewn iddo fo'i hun. Bethan yn ebychio, gollwng y sigarét. Gough yn troi rownd: Griff yn anghenfil yn y ffenest gefn; golwg ffyrnig arno fo; golwg fatha King Kong ben aur.

Roedd gynno fo bastwn, y pastwn yn bwyellu drwy'r awyr. Y pastwn yn taro'r Volvo eto. Homar o glec: y car yn ysgwyd.

'Asgob,' medda Bethan, fel tasa hyn yn ddim byd mawr. Agorodd ddrws y car. Allan â hi. Clep i'r drws ar gau. 'Doro gora iddi, Griff,' medda hi o'r tu allan.

Sylwodd Gough ar y Land Rover, honno efo baw drosti welodd o ar gowt y ffarm. Roedd hi wedi'i pharcio rhyw ganllath i lawr y lôn; tu ôl i'r Volvo: Griff wedi'u dilyn nhw, y bastad.

'Dim fo bia chdi,' rhuodd Griff.

Taniodd Gough yr injan. Ffliodd y car o'r bwlch yn y clawdd i'r lôn; sglefrio mawr a gwichian teiars.

Dim fo bia chdi? meddyliodd Gough.

*   *   *

'Dwisho be sy di cal 'i addo i mi,' medda Kate Morris ar y ffôn. 'Paham na orffenasoch eich tasg?'

'Mi geith hyn 'i gyflawni, Kate, mi wyddoch chi hynny. Mi gewch weled digwydd fy ngair.'

'Mi aberthais aberth drwy gydol fy mywyd.'

'Mae hatling gwraig weddw Llidiart Gronw'n hael ac yn cael ei gwerthfawrogi,' medda'r llais. 'Ydi'r gohebydd wedi mynd?'

'Mae Griff newydd 'i hel o o 'ma: un diarth di o ffor'ma.'

'Naci wir, Kate. Hogyn o Fôn di o: Joni bach. Ond mae o wedi 'i lygru, a rhaid trio'i iacháu o.'

'Nid pawb sy am gael 'u hiacháu.'

Chwarddodd y dyn ar ben arall y ffôn yn ysgafn.

Dywedodd Kate: 'Lle dach chi? Dowch yn ôl, wir.'

'Rydw i'n dŵad i'ch plith chi eto, Kate.'

'Brishiwch wir. Mi ddaw o eto'r dyn Gough 'ma. Mae 'na rwbath penderfynol yn 'i gylch o. Sut mae'i nadu o, dwch?'

Clywodd Kate anadl hir. Anadl oedd yn gwibio trwy arterïau'r ddaear; trwy sgyfaint hanes, i'r Creu ac i'r Codwm; cyn cyrraedd y tir eto mewn llais: 'Ni fydd heddwch i'r annuwiol, weddw.'

*   *   *

Clec i whisgi arall yn y Bull. Nerfau'n rhacs jibidêrs. Clicio bys a bawd i gyfeiriad y bar: Tina tu ôl i'r bar yn ysgwyd ei phen yn sarhaus ac yn tollti shot arall o Bell's i wydr a dŵad â fo draw at Gough.

'Ma 'na goblyn o olwg ana chdi, Gough. Hidia i chdi'i throi hi am adra, sti. Ti di cal hen ddigon.'

Cythrodd Gough yn y gwydr. Taflodd bres ar y bwrdd i Tina. Roedd hi'n sefyll uwch ei ben o efo'i dyrnau ar ei chluniau, fatha athrawes yn dweud y drefn wrth hogyn ysgol. Meddyliodd am athrawes y basa fo'n lecio cael ffrae gynni hi.

'Dwi'm am syrfio chdi eto heddiw,' medda Tina, mynd â'r pres.

Ar ôl rhoid clec i'r whisgi, mi siglodd Gough allan i'r awyr iach; a'r awyr iach yn rhoid coblyn o glustan iddo fo. Gorfodi iddo fo orffwys llaw ar wal y dafarn rhag ofn iddo fo landio'n fflat ar ei wyneb. Ysgydwodd ei ben: gwaethygu petha ddaru hynny. Rhosodd am sbel; edrach o'i gwmpas: Llan-ffacin-gefni; a phlymiodd i ryw isfyd anial. Wedyn, ar goesau bregus, dechreuodd weu ei ffordd i fyny'r stryd fawr; mynd i gyfeiriad swyddfeydd y *County Times*.

Lle'r oedd y Volvo'n slot parcio Gwyn South.

*   *   *

Munud y gwelodd Gwyn South sut siâp oedd ar Gough, mi heliodd o'i riportar am adra. Ac mi landiodd o wrth ei ddrws ffrynt am saith, ar ôl gwyriad i'r Railway — a pheint neu ddau efo'r cymêrs yn fan honno. Teimlai Gough mai cwrw oedd yr unig ateb i'w argyfwng. Roedd ei ben o'n troi, nid jest am ei fod o'n chwil ulw, ond hefyd am fod ei gyfweliad efo Bethan wedi codi peth wmbrath o gwestiynau.

Roedd o wedi colli'i oriadau hefyd, neu wedi'u gadael nhw'n y swyddfa neu yn y car — felly mi gnociodd o ar ddrws y tŷ.

Roedd Helen wrth ei bodd. 'Be uffar wt ti'n da'n fama? Wt ti'n drewi o gwrw'r diawl digwilydd.'

Roedd yna olwg wyth mis arni hi — yn llawn ac yn llewyrchus ac yn ddigon o r'feddod.

'Leni, yli, plis.'

'Dos i sobri, Gough. Dwi'm isho siarad efo chdi.'

Aeth Helen i gau'r drws ffrynt. Camodd Gough ymlaen a sefyll yn y bwlch. Amserodd y job yn wael, cael clec yn ei dalcen; baglu'n ôl.

Sgyrnygodd Helen: 'Ffŵl gwirion wt ti, Gough. Dos i sobri.'

Caeodd y drws efo homar o glep; cau'r drws fel y caeodd o ganwaith. Gobeithiodd Gough yn ei gyflwr nad oedd Fflur wedi tystio i'r olchfa eiriol gafodd o. Ond mi gafodd sawl golchfa debyg dros y blynyddoedd, a'r ferch bownd o fod wedi clywed ei mam yn galw'i thad yn dad da i ddim, yn ŵr da i ddim, ac yn ddyn da i ddim. Ac un da i ddim oedd o, dim dwywaith; ond roedd meddwl bod Fflur yn clywed hynny yn brifo.

Cysidrodd bicio draw i dŷ Jenny, ond ar ôl cnocio'r drws a chreu stŵr, daeth cymydog o'r tŷ drws nesa a dweud nad oedd Jenny adra.

Ast, meddyliodd Gough. Ond doedd hi ddim. Difarodd

feddwl hynny'n syth bìn. Roedd hi'n angel. Oeddan nhw i gyd yn angylion mewn gwirionedd: nhw'r angylion a fyntau'r peth oedd wedi ei luchio o baradwys. Pa fodd y syrthiaist o'r nefoedd, Lusiffer, mab y wawr ddydd! pa fodd y'th dorrwyd di i lawr, yr hwn a wanheaist y cenhedloedd!

At Elfed yr aeth o wedyn; at Elfed a'i soffa oedd yn drewi o hen bethau a phiso; at Elfed a'i dad mewn oed mewn fflat cownsil lle'r oedd Elfed yn mynd ar ôl pechu gwraig arall; efo'r cymdogion mwya swnllyd glywodd Gough yn 'i fyw.

'Mae hi'n Fametz a High Wood drws nesa bob tro, ond hidia befo,' oedd Elfed wedi'i ddweud. Ond roedd Gough mor chwil mi gysgodd o'n syth; breuddwydio amdano fo'i hun fel rhyw fath o Foses mewn diffeithwch yn arwain caethweision i Ganaan oedd yn edrach yn o debyg i Lerpwl. Breuddwyd annifyr oherwydd bod cyrff ar ochrau'r llwybrau, a byddin Pharo'n dilyn Gough/Moses a'r caethweision mewn tanciau a jîps milwrol. A phan gafodd o'i ddal gan sowldiwrs Pharo, a'i ysgwyd, gafodd o andros o fraw. Digon i'w ddeffro fo. A dyna lle'r oedd Elfed yn ei ysgwyd o ac yn dweud: 'Deffra'r cwdyn.'

Roedd o wedi drysu i gychwyn; dim clem lle'r oedd o. Ond cliriodd y niwl. Neidiodd ar ei eistedd. Sylweddoli'i fod o ar soffa mewn stafell ddiarth; Elfed yn ei drôns yn ei ysgwyd o a dweud wrtho fo am ddeffro'r cwdyn.

Y dydd aeth heibio'n heidio i'w ben o, wedyn: Llidiart Gronw; Bethan; Gwyn South; a Helen. Cofiodd pam oedd o ar soffa Elfed Price efo pen mawr a blas cwrw stêl yn ei geg.

'Faint o gloch di?'

'Hidia befo hynny,' medda Elfed. 'Gwisga amdanat: dan ni off i steshion Glas Llangefni. Ma nhw di tshiarjo Christopher Lewis.'

Allan o galon dynion

Mawrth 3, 1979

BORE Sadwrn oedd hi, tua un ar ddeg, ac mi landiodd Gough adra; drewi o chwys ac wedi bod yn yr un dillad am hydoedd.

Neithiwr, aeth Elfed a fyntau i lawr i'r steshion i fusnesu ar gownt y cyhuddiadau yn erbyn Christopher Lewis. Pan mae rhywun yn cael ei gyhuddo, mae yna gyfyngiadau ar be mae'r wasg yn cael ei gyhoeddi. Roedd hi'n ddeg y nos pan gyrhaeddodd Elfed a Gough y steshion; neb o'r shifft oedd yn delio efo Christopher yno. Rhoddodd y sarjant wrth y ddesg ddarn o bapur i Gough: datganiad i'r wasg. Darllenodd y rhan Gymraeg:

> Am 8.10pm, Mawrth 2, 1979, cyhuddwyd Christopher James Lewis, 19, o 3, Bro Haf, Llangefni, o lofruddio Robert Hywel Morris yn Llidiart Gronw rhwng 6.30pm a 12.30pm ar Chwefror 27, 1979. Bydd Lewis yn ymddangos gerbron Llys Ynadon Llangefni, ddydd Llun, Mawrth 5, 10.30am.

'Waeth i ni fynd am last ordyrs,' medda Elfed.

Teimlai Gough fel y meirw byw. Yfodd ormod ar ôl cael ei hambygio'n Llidiart Gronw gan Griff Morris. Ond cawsant ddau beint sydyn cyn i'r gloch ganu; dychwelyd wedyn i fflat y ffotograffydd, y ddau'n mynd i'r afael â photel o Johnnie Walker. Datgelodd Gough ei sgwrs efo Bethan a'r ffaith bod Griff jest iawn wedi'i flingo fo. Roedd Elfed wedi dweud, Acin el, ti'n chwara 'fo tân; a Gough wedi gofyn, Be ti' feddwl? Chafodd o'm ateb; jest mwy o Johnnie Walker.

Rŵan, bore Sadwrn, efo pob math o rwtsh yn mynd rownd a rownd yn ei ben o, cnociodd Gough ar ei ddrws ffrynt, fyntau'n dal heb ddŵad o hyd i'w oriadau.

Chafodd o ddim ateb, ac mi gnociodd o eto — yn gletach y tro yma.

Eto, dim ateb. Gwyrodd a gweiddi enw Helen trwy'r blwch llythyrau. Ciledrychodd trwy'r blwch: welodd o affliw o neb; affliw o ddim. Roedd hi'n dywyll tu mewn ac mi ddechreuodd o deimlo'n reit dywyll ynddo'i hun, hefyd. Atseiniodd bygythiad Helen: ei bod hi am fynd at ei rhieni a mynd â Fflur efo hi. Ond roedd hi wedi gaddo peidio, yn doedd. Roedd yna wayw yn ei goesau; awydd chwydu arno fo; y byd yn troi.

'Bora da, Mr Gough.'

'Mrs Evans,' medda fo, troi at y wraig drws nesa, gwisgo gwên ffals ar ei chyfer hi.

'Cal helbul dach chi, Mr Gough?'

'Wedi colli 'ngoriad; goro mynd i'r offis peth cynta bora 'ma nesh i,' medda fo; celwydd noeth, 'a mae Helen di picio allan; di mynd i neud negas.'

'Ia, ma raid,' medda Mrs Evans, golwg gwybod mwy ar ei gwyneb hi. 'Su' ma Fflur gynnoch chi, Mr Gough?'

'Digon o sioe,' medda Gough drwy'i ddannedd. 'Sut mae Mr Evans 'cw gynnoch chi?'

Fflach o ddannedd gosod cyn i wefusau'r hen drwyn gau'n gul fel edau; llinellau'i thalcen yn magu llinellau wrth i'r cwilydd a'r ffyrnigrwydd a'r siom ddŵad i'r wyneb. A Gough yn difaru'n syth bìn; hen beth cas i'w ddweud. Ddaru o ddim meddwl: roedd o wedi blino; roedd o'n flin. Trodd Mrs Evans ar ei sowdwl, am fynd yn ôl i'w thŷ.

'Mrs Evans, rhoswch—'

Mi ddaru hi. A throi hefyd. Wynebu Gough; y wep garpiog ar dân. Dyma hi'n dweud: 'Hen un ciadd dach chi, Mr Gough; un ciadd a sarhaus. Dwn i'm su' ma'r gryduras Helen 'na'n dygymod efo chi, wir, na wn i. Odd rhwun yn meddwl basach chi di altro—'

'Ylwch chi ŵan Mrs Evans—'

'Ond na: hen dad gwael, hen ŵr ciami, hen ddyn eiddil.'

Yr un cyhuddiadau â rhai Helen: fel tasa'r ddwy wedi cynllwynio; dod i gasgliad ar ôl cynhadledd rhwng cymdogion mai dyma'i dramgwydda fo. Roedd Gough yn crino, yr embaras, y cwilydd, yn feis amdano fo. Edrychodd i fyny ac i lawr y stryd: pobol yn mynd a dŵad ac yn edrach arnyn nhw; sibrwd dan eu gwynt.

'Fynta'r un peth — gwael, ciami, eiddil,' medda Mrs Evans, a dechrau crio. Ysgwyd crio go iawn.

Gough, rŵan, ddim cweit yn siŵr be i neud. Camodd at y wraig drws nesa a dweud ei henw hi. Cam arall a dweud ei henw hi eto. Ond dal i grynu a chrio'n gyhoeddus oedd hi: y boen fuo'n ei chalon hi ers i'r coc oen gŵr fuo hi'n gadw mewn cwrw am bron i hanner canrif godi o'i gadair freichiau (gwyrth ynddi'i hun), rhegi'i wraig, dweud wrthi nad oedd hi'n da i'm byd a'i bod hi'n hen gont sych, a baglu o'r tŷ ac yn syth i wely Magi Booth, lle buo fo, bellach, ers 1974; y dydd Sul hwnnw enillodd y Jyrmans Gwpan y Byd.

Yn ofalus, fel tasa fo'n mynd i gyffwrdd tegan bregus, rhoddodd Gough law ar ysgwydd yr hen wraig. 'Ddrwg gin i. Sach chi'n lecio panad?'

*   *   *

'Garibaldi arall, Mr Gough; mae 'na faint fynnir. Dwi'n 'u prynu nhw fesul pwys, wir. Wth 'y modd efo Garibaldi; sa'm byd tebyg i Garibaldi efo panad. Hwdwch un arall.'

Daliodd Mrs Evans y plât iddo fo. Roedd gynno fo boen yn ei fol, ond doedd o'm am bechu a fyntau wedi pechu'n barod. Felly mi gymerodd o fisgedan.

Yng nghegin Mrs Evans oeddan nhw. Roedd Mrs Evans yn wraig dwt mewn tŷ bach twt mewn bywyd oedd wedi'i falu'n rhacs. Roedd ei chartre'n oren ac yn frown — 'run peth â chartrefi pawb arall — ac yn llawn atgofion. Ar y pared, portreadau o'r bobol oedd wedi'i bradychu hi; rhyw oriel ddihirod bersonol roedd hi wedi'i hel dros y blynyddoedd. Dyna lle'r oedd William, y gŵr: Wil Llaeth; sinach; hel merched; meddwi. Ac wedyn Phil y mab: caridým fatha'i dad, ond yn llai o iws na Wil Llaeth hyd yn oed. Louise, wedyn: bach y nyth a bargyfreithwraig; syth bìn i'r coleg yn Llundain ar ôl ei Lefel-A; ar bigau'r drain i'w heglu hi o'r filltir sgwâr.

'A welish i'm golwg oni hi es hynny, Mr Gough. Amball i alwad ffôn, ond ma ffonio'n ddrud, Mam, medda hi.'

Crychodd Gough ei drwyn pan welodd o lun Louise: atgof yn pwnio. Rhyw ebwch wedyn o'i gorn gwddw fo. A nabod; a chofio. Do: mi fuo fo ar ei chefn hi mewn rhyw barti chweched dosbarth. Nid bod Gough wedi bod yn y chweched dosbarth: adawodd o Ysgol Gyfun Llangefni yn un ar bymtheg oed. Syth bìn i'r *Chronicle* ym Mangor: joban handi fatha cyw gohebydd. Roedd o wedi landio'n y parti efo'i fêt, Barry Traws: hogyn o Drawsfynydd oedd wedi symud i Langefni. Mi gafodd Gough fachiad yn y parti: Louise Evans, dwy ar bymtheg oed ar y pryd; peth handi ar y naw. Gough a hithau'n mynd i'r afael â'i gilydd.

Ond mi aeth hi'n flêr: roedd cariad Louise yn y parti hefyd. Trevor Owen — bonyn coeden o lanc ffarm; deunaw oed a deunaw stôn. Bwrlas go iawn oedd efo enw drwg am godi twrw rownd y dre ar ddydd Mercher marchnad, y sêl anifeiliaid wythnosol. Daeth Trevor o hyd i Louise a Gough, y naill efo'i dillad isa rownd ei fferau; y llall efo'i drôns am ei benna gliniau. Gwingodd Gough wrth gofio'r gweir gafodd o'r noson honno. Ond gwenodd wrth gofio'r rheswm am y stid eto: gwerth pob clais. Syllodd ar y llun ohoni rŵan ar bared Mrs Evans a meddwl: Byd bach.

'Ydach chi'n 'i chofio'i, Mr Gough?'

Trodd at Mrs Evans a meddwl: Pob modfedd ohoni jest iawn. Roedd yna sglein yn llgada'r wraig; fel tasa hi'n gwbod. Aeth at y pared ac astudio'i theulu gwasgaredig. Dim ond lluniau bellach; atgofion, a'r rheini'n chwerw: dim cig a gwaed a chariad.

'Pidiwch â bod fatha fi,' medda hi. 'Pidiwch â bod ar ben ych hun pan ewch chi'n hen. Pidiwch â cymyd yn ganiataol y bydd ych plant yn ych caru chi. Pwy faga nhw, dwch? Ond felly ma'i; dyna drefn petha.'

Roedd ei llgada hi'n llawn crio. Roedd Gough yn chwithig, wedi cael slas emosiynol go iawn — yn ogystal â chael ei atgoffa o un gorfforol a gafodd o ar gownt aelod o'r teulu yma. Meddyliodd am famau rŵan; meddwl am genod: am Fflur ac am Helen ac am Jenny. Meddwl ei fod o'n teimlo'n gachwr go iawn; meddwl: Calon plant dynion sydd yn llawn ynddynt i wneuthur drwg.

Dywedodd Mrs Evans: 'Prin y gwelish i blant Louise; plant Philip: 'yn wyrion a'n wyresa fi, de. O, ma hynny'n beth brwnt yn 'y mrest i, Mr Gough: teimlad fatha bod ych calon chi wedi torri go iawn, wedi cal 'i hollti'n 'i hannar.'

Rhwbiodd y wraig ei brest lle'r oedd y briw. Teimlodd Gough ei phoen hi. Profodd y boen ei hun; profodd y teimlad o fyw heb ei deulu, ei ferch. Ac roedd y teimlad yn codi ofn arno fo; ofn go iawn.

'Allan o galon dynion y daw drwg feddyliau, torpriodasa, puteindra, llofruddiaeth, Mr Gough.'

Doedd yna ddim casineb yn llais Mrs Evans. Roedd hi fel tasa hi'n datgan ffaith: ffaith feiolegol brofwyd ym myd natur ers y dyn cynta; ffaith brofwyd yn labordy ei bywyd hi.

*   *   *

Paned yng Nghaffi Paddocks yng Nghanolfan Siopa Grosvenor, Caer ar fore Sadwrn, a'r papur newydd o dy flaen. Prysurdeb o dy amgylch: gwragedd yn siopa; plant yn sgrialu o gwmpas; sawl gŵr â golwg ddiflas arno, wedi ei lusgo o'i gur pen nos Wener i fwydo'r peiriant pres. Gwae ni hil eiddil Adda; mae gas gen ti'r werin.

Darlleni'r Daily Post, *y rhifyn Seisnig: prin sôn felly am Gymru'n ymwrthod â datganoli nes troi at dudalen wyth. A'r hyn sydd yno'n bwt, gyda chyfeiriad at y golofn Olygyddol ar y bedwaredd dudalen ar ddeg. A barn y rhacsyn yw mai newyddion da yw'r ddau Na; Na'r Alban a Na Cymru. Pobloedd y dywysogaeth wedi rhoi ergyd farwol i'r ffantasi o annybyniaeth, medd y papur. Rwyt ti'n gwenu wrth ddarllen; mae gen ti gydnabod fydd â diddordeb, a byddant yn ddicllon yn sgil y canlyniad.*

Ond nid hon yw'r stori sy'n tynnu dy sylw di. Y stori flaen yw'r un sy'n tynnu dy sylw di: yr heddlu, o'r diwedd, wedi dod o hyd iddi. Hen bryd; wedi'r cwbl, fe ddiferaist y bywyd ohoni ar ddechrau'r wythnos. Gadewaist hi mewn lle cyfleus: ar dir agored yn ardal Blacon o'r ddinas. Ni fu ymdrech i'w chuddio: nid yw artist yn gorchuddio'i gelfyddyd. Rhagwelaist helfa gan na ddychwelodd y clai i'w ddaearol dŷ; yr awr yn hwyr, y fam, gobeithit, yn ynfyd. Do, bu chwilio. Ond synnaist at ddiffygiolrwydd yr ymdrechion, a thithau wedi arddangos dy waith mewn lle cyhoeddus.

Gosodaist hi mewn ystum o'r portread 'Madonna and Child' a ddarluniwyd gan Duccio yn 1300. Fel y Fair yn y portread, gorweddai hon yn gwyro fymryn i'r chwith. Gwisgaist hi mewn mantell ddu; pensgarff addas. Yn hytrach na'r Baban Crist yn ei breichiau, trefnaist garcas ei chi — rhyw ddaeargi bach swnllyd a ddiberfeddaist — yng nghrud ei braich; coes flaen dde Pero — ai dyna sut y bedyddir cŵn y dyddiau hyn? — yn ymestyn am i fyny, y bawen fel pe bai'n cydio'n ysgafn yn ymylon y pensgarff: dynwarediad bwystfilaidd o law'r Baban Crist, yn nehongliad Duccio, yn ymestyn ac yn cydio rhwng bys a bawd yn ymyl pensgarff y Fadonna.

Ar ôl ei gosod, gweddïaist drosti: ei gwaed nawr yn bur, ei henaid gyda'r angylion. Crafaist gyda'th gyllell boced y cyfeiriad sanctaidd ar ei chnawd, er mwyn iddynt ddeall — ymdrechu i ddeall, o leiaf: ffôl oeddynt; ynfyd.

Ffôl yn wir: fe aeth dyddiau heibio. Y chwilwyr wedi eu trawo gan ddallineb. Gadawsant ei gweddillion i'r bwystfilod a'r ymlusgiaid, diffyg gostyngeiddrwydd yn eu drysu. Ond — fe feddyli nawr — dros y baned, dros y pennawd: Llwybrau eu ffordd hwy a giliant: hwy a ânt yn ddiddim, ac a gollir. Beth bynnag: y plant bychain ddaeth i'r adwy. Tri'n chwarae triwant yn dod o hyd i'r siwdo-Fadonna a'i Christ-gi. Ac ymateb y darganfyddwyr i'th gelf yw'r un a ddymunaist yn dy weddïau: arswyd a braw.

Darlleni'r stori nawr, ac mae gormodedd fel arfer gan y wasg: 'brutal murder'; pa fwrdwr sydd ddim?; 'terrified parents of Blacon High School pupils'; siŵr iawn. Y mae cyfeiriad, hefyd, at dy grefftweithiau blaenorol. Yr ymchwilwyr, o'r diwedd, wedi nodi'r patrymau. Ond dim ond at dair o'r rhai a adewaist iddynt y mae cyfeiriad; mewn gwirionedd, y mae nifer y sêr ohonynt dros y blynyddoedd. Gwibi yn sydyn trwy balas dy atgofion, ac ymdroi yno mewn ambell i stafell lle'r arddangosir dy grefftweithiau blaenorol. Teimli wefr wrth oedi dros un o'th gampweithiau cynharaf: y bachgen o Aberffraw a osodaist yn arddull 'Cread Adda' gan Michelangelo. Nid oedd Duw ar gael i gyffwrdd pen bys a rhoi bywyd i'r dyn cyntaf y tro hwn; ti oedd ei dduw: y creawdwr; y dinistriwr. Ni ellir ond disgrifio'r wefr a brofi nawr mewn termau ysbrydol.

Rwyt ti'n yfed dy goffi, taflu'r darnau arian ar y bwrdd i'r gweision fu'n gweini arnat. Gadewi'r bwrdd, y werin swnllyd, a myfyrio ar y dyddiau sydd i ddod. Wrth ymlwybro i ffair y stryd fawr, yr haul yn ferwedig, meddyli: mae fy ngwaith yn dod i ben, a'r amser yn agosáu i baratoi'r llo pasgedig: y mae'r etifedd yn aros.

*   *   *

'Clec braidd i'r achos wsos dwytha, Mike.'

Gwenodd Mike Ellis-Hughes, cadw'i lygad ar y bêl. 'Nid malu awyr bellach, ond malu seins y'n ni,' medda fo dan ei wynt, dyfynnu Dafydd Iwan.

'Sut?' medda Trevor Owen.

'Cau dy ben i mi gal waldio'r bêl 'ma i lawr y ffor-deg a mynd â dy ddeg punt di, medda fi.'

Chwarddodd Trevor Owen, aros tan bod Ellis-Hughes wedi hitio'r bêl ac wedyn gwylio'r bêl yn hwylio trwy'r awyr las uwchben twyni Rhosneigr.

'Roist ti dipyn o glec iddi, Mike.'

Cerddodd y ddau ar hyd y ffordd-deg i gyfeiriad eu peli —

Mike Ellis-Hughes, yn ei dridegau: hogyn nobl; hogyn swel; cul a thal; syth fel corsan; clawdd o wallt du a phedol of fwstásh. Dyn busnas fel ei dad oedd Mike: rheolwr Ellis-Hughes Coaches fel ei dad; gweriniaethwr sosialaidd fel ei dad; Cymro i'r carn fel ei dad; rafin ymroddedig fel ei dad.

Sefydlodd Clive Ellis-Hughes y cwmni bysus chwarter canrif ynghynt. Gyrrai'r cwmni Ferched y Wawr i'r West End yn Llundain; yr ysgolion Sul i Rhyl; timau ffwtbol a rygbi i gemau ar y penwythnos. Gyrrai Ellis-Hughes Coaches dramor hefyd: tripiau i Ffrainc a'r Almaen a'r Iseldiroedd. Ellis-Hughes Coaches oedd prif gwmni bysus yr ynys. Ellis-Hughes Coaches oedd bia'r busnes bysus ar yr ynys. A Mike Ellis-Hughes oedd bia Ellis-Hughes Coaches.

Y llall: Trevor Owen, tridegau hwyr: ffarmwr cefnog; Tori rhonc; holwyth o lanc. Trevor Owen slanodd John Gough yn 1960 mewn parti'n Bodffordd. Trevor Owen slanai rywun sbia'n groes arno fo ar bnawn dydd Mercher ar ôl y sêl yn Llangefni.

Mike a Trevor yn yr Anglesey Golf Club ar bnawn Sadwrn. Braf ar rai.

Trevor yn hefru. Trevor yn meddwl ei fod o'n ddigri. Trevor yn mwydro.

Mike yn ceryddu'r gwynt, ac yn dywedyd wrth y môr, Gostega, distawa. A'r gwynt a ostegodd, a bu tawelwch mawr ...

Trevor yn trio eto: 'Deud, wir dduw. Deud wbath.'

Mike: 'Be tisho fi ddeud, Trev?'

'Deud wbath am y busnas 'ma.'

'Pa fusnas, dŵad?'

'Asu, wt ti'n ben bach, Mike.'

Gostega, distawa. A'r gwynt a—

'Ma'r hogyn di'i gynnig fatha oen y poethoffrwm,' medda Trevor, 'ond su' ma gneu siŵr fydd o'm yn brefu?'

Gostega, distawa. A'r gwynt a—

'Fuost ti mewn lladd-dy, Mike? Ma oen yn synhwyro, sti; a'r adag honno mae o'n brefu. Côr o frefu cyn y gyllall.'

Stopiodd Mike. 'Dyma hi dy bêl di, Trev.'

Edrychodd Trevor ar ei bêl.

'Mae f'un i'n fyncw,' medda Mike. 'Wela i di ar y grin bytio, frawd.'

Ac off â fo am ei bêl oedd ddeugain llath yn bellach i lawr y ffordd-deg.

*　*　*

Roedd y ddau ar eu traed, Gough ar fin gadael a'i fol o rŵan yn llawn bisgedi a the. Mi fasa fo wedi aros: bodlon ei fyd yn gwrando arni'n parablu; dim awydd dengid oddi wrth fyfyrdodau'r wreigan. Teimlai'n agos ati hi rhywsut. Edrychodd arni hi, meddwl: gryduras. Dim ond yn drigain oed, ond golwg ugain mlynedd yn hŷn arni hi. Edrychodd a theimlo agosatrwydd a dealltwriaeth a brawdoliaeth.

Cyn iddo fo anghofio, gofynnodd iddi oedd hi'n nabod Christopher Lewis a'i deulu, hithau'n lleol: wyddoch chi rwbath am yr helynt 'ma, Mrs Evans?

'Christopher Lewis druan,' medda hi, y tro cynta i Gough glywed unrhyw un yn cydymdeimlo efo'r llofrudd cyhuddiedig. 'Peth bach. Horwth o lanc, cofiwch chi; nerth yno fo. Dach chi'n sgwennu'r stori i'r *County Times*, Mr Gough? Sa hidia i chi bicio i weld 'i ewyrth o.'

'Ewyrth?'

'Moss Parry, Tyddyn Saint. Ar Lôn Ragla sy mynd am Rosmeirch. Hen fwthyn bach ar 'i ben 'i hun lawr rhyw drac. Fanno mae o; byw heb ddŵr na lectric na dim. Llo cors go iawn.'

*　*　*

'Moss Parry,' medda Gough ar y ffôn. 'Ti'n nabod o?'

Roedd o'n y ciosg ar Sgwâr Llangefni. Roedd o wedi cnocio ar y drws ffrynt eto ar ôl gadael tŷ Mrs Evans, ond heb lwc: dim hanes o Helen na Fflur. Dreifiodd i lawr i'r dre, meddwl am Moss Parry; parcio wedyn. Mynd i'r ciosg a ffonio Elfed.

'Hen dramp heb lectric na dŵr,' medda Elfed. 'Be ti'n potshian efo hwnnw?'

'Ewyrth Chris.'

'Be di'r otsh?'

'Holi o am Chris, de.'

Rhyw sŵn bod hynny'n wast o amser yn dŵad o ben arall y ffôn. 'Sa hidia i chdi holi'r crach, basa: heini odd yn nabod Robat Morris. Teyrnged iddo fo sy'n papur wsos nesa, Gough. Dim otsh am Chris Lewis: mae o di'i gyhuddo beth bynnag. Sa fawr fedri di ddeud, ti'n gwbod hynny gystal â neb, washi. Callia. Be sy haru chdi?'

Rowliodd Gough ei llgada. Edrychodd ar y stryd fawr. Edrychodd ar y Volvo wedi'i barcio ar y pafin jest tu allan i dafarn y Market Vaults. Edrychodd ar y copar oedd yn sgwario i lawr y ffordd i'w gyfwr o. Rhegodd iddo fo'i hun a dweud wrth Elfed: 'Picia draw i Tyddyn Saint efo fi i dynnu llun o Moss Parry.'

Roedd Elfed yn crinjian dannedd.

'Be sy?' medda Gough.

'Un ar y diân am ddeud anwiradd di Moss Parry, sti.'

Meddyliodd Gough am ffraeo efo Helen. Meddyliodd amdano fo'n gwadu. Meddyliodd amdano fo'n dweud celwydd. Meddyliodd am Jenny; am ddweud celwydd wrth honno hefyd. Meddyliodd: O'r groth yr ymddieithriodd y rhai annuwiol: o'r bru y cyfeiliornasant, gan ddywedyd celwydd.

'Ma pawb yn deud anwiradd,' medda fo.

*   *   *

Twll tin byd. Tyddyn Saint oedd enw'r lle: bwthyn adfeiliog yn llechu i lawr llwybr trol ar y lôn gefn i Rosmeirch, sydd ar y B511 rhwng Llangefni ac Amlwch.

Parciodd Gough y Volvo ar ochor Lôn Ragla. Edrychodd

ar ei watsh: 12.30pm. Chwyrnodd ei stumog o. Wrth feddwl am fwyd, meddyliodd am Helen eto: lle'n y byd oedd hi a Fflur? Fasa hidia i Helen fod adra'n gorffwys yn ei chyflwr hi, ddim yn galifantio ym Mangor neu Landudno, ẃrach. Roedd o wedi ffonio tŷ mam a thad Helen ar ôl rhoid y ffôn i lawr ar Elfed, ond doedd yna ddim ateb yn fanno chwaith. Ẃrach eu bod nhw i gyd allan: plotio'n erbyn Gough. Gad y diawl, fasa'i thad hi'n ddweud. Ddudish i mai sinach oedd o, fasa'i mam hi'n ddweud. Dechreuodd Gough boeni bod Helen wedi gwireddu'r addewid i fynd at ei rhieni am sbel, mynd â Fflur efo hi. Cnodd hynny arno fo. Ond na, meddyliodd; roedd hi wedi gaddo.

Ma pawb yn deud anwiradd ...

Brwydrodd yn erbyn ei bryderon; trio'u rhoi nhw o'r neilltu. Ond roeddan nhw yno'n crafu fatha ci'n crafu ar ddrws. Cerddodd i lawr y llwybr trol, y bwthyn yn aros amdano fo fatha ellyll, y coed yn cysgodi'r adeilad. Y cysgodion yn hir ac yn creu rhyw awyrgylch bwganol. Wrth i Gough agosáu at Dyddyn Saint, daeth yr oglau drwg i'w gyfwr. Roedd yna andros o lanast ar gowt y bwthyn: homar o domen sbwriel; mynydd o injans ceir, peiriannau, tŵls, rhewgelloedd, soffas, byrddau, teiars. A bagiau plastig hefyd. Y bagiau ar y domen. Y bagiau'n chwipio yn yr awel fatha gwylanod môr yn chwilio am sgrapiau bwyd. A'r drewdod yn dŵad o'r bagiau: drewdod i blicio'r croen o du mewn i drwyn Gough a dŵad â dagrau i'w llgada fo. Oglau cyfarwydd hefyd: oglau cachu. Roedd Elfed wedi colli llun gwerth chweil yn fama. Mi fethodd — neu mi wrthododd, ẃrach — ddŵad efo Gough i Dyddyn Saint: gêm ffwtbol, medda fo. Llangefni v Holyhead Hotspur: darbi ffyrnig; gorfod tynnu lluniau honno.

'Acin el,' medda Gough wrth i'r oglau 'i reibio fo.

Roedd ffenestri'r bwthyn wedi'u bordio, Gough methu

gweld i mewn; methu gweld allan chwaith os oeddach chi tu mewn, siŵr a fod. Roedd pwy bynnag oedd yn byw yno — y Moss Parry 'ma — yn byw mewn twllwch.

Gwichiodd y drws ar agor. 'Be ffwc tisho?' Hen granc o ddyn yn dŵad o'r tŷ. Y cranc yn cario pistol fatha'r rheini oedd y Jermans yn ddefnyddio'n y Rhyfel Mawr: baril hir a'r carn yn sgwâr ac yn solat. Fflachiodd atgof i feddwl Gough; ond roedd gormod o ofn arno fo i gythru ynddo cyn iddo ddiflannu. Bagiodd yn ei ôl, ei geilliau fo'n crino.

'Dos o 'ma'r coc oen.'

'John Gough o'r *County Times*. Moss Parry, ia?'

'Riportar?'

'Ia, riportar: papur lleol.'

'Be tisho, diawl?'

'Chdi di yncyl Christopher Lewis?'

'Yncyl pwy?'

Rowliodd Gough ei llgada: awydd smôc; awydd peint. Dweud: 'Yncyl Chris Lewis.'

'Dyn papur newydd wt ti?'

'Ia, dyn papur newydd dwi.'

'Ti'n gweithio 'fo'r *Sun*?'

Gough ar fin dweud 'Na', ond torrodd y cranc ar ei draws o —

'Papur da di'r *Sun*; papur gora; lecio'r *Sun*.'

'Ia, efo'r *Sun*,' medda Gough. *Ma pawb yn deud anwiradd*. Nodiodd Moss Parry: 'Tits yn y *Sun*.'

*   *   *

Tu mewn i Dyddyn Saint: brestiau'n bob man.

Pob modfedd o'r pared jest iawn wedi ei orchuddio efo *Page 3s*: genod siapus hanner noeth o'r *Sun*. Y tudalennau wedi eu torri'n ofalus efo siswrn o'r papur ac wedi eu plastro ar y waliau efo llathenni o Sellotape. Roedd rhai o'r tudalennau erbyn hyn wedi tampio ac yn mynd yn seimllyd ac y ddu. Roedd y drewi tu mewn i'r bwthyn jest mor ddrwg â'r drewi tu allan — ond o leia tu allan roedd yna awyr iach.

Edrychodd Gough o'i gwmpas, llgada'n mynd o un hogan i'r llall; llgada'n mynd ar draws y parad i gyd; llgada'n crwydro cyn landio, ac aros, ar un o'r modelau.

Sian Adey-Jones: Cymraes o Fodfari, ochrau Dinbych. Cymraes wisgodd grys pêl-droed yr Alban — a dim byd arall — y llynedd yn y *Daily Mirror* i ddathlu bod y Sgots wedi cyrraedd rowndiau terfynol Cwpan y Byd yn yr Ariannin. Diolch byth, mi gafodd y blydi Jocs diawl stid gan Periw, o bawb, yn eu gêm gynta; wedyn droio efo Iran cyn curo'r Iseldiroedd drwy hap a damwain a gôl wyrthiol Archie Gemmill — ac adra â nhw. Ond ta waeth am y Sgots: roedd Gough wedi cyfarfod Sian Adey-Jones o Fodfari mewn dŵ caws a gwin ar Lannau Merswy rhyw ddwy flynedd yn ôl.

Gough yn meddwl amdani yn y crys. Gough yn meddwl am —

'Ti'n licio 'ngwn i?' gofynnodd Moss Parry. 'Mauser C96. Pistol o'r Rhyfal Byd Cynta — a'r Gwyddelod yn 'u hiwshio nhw yng Ngwrthryfal y Pasg hefyd, sti.' Mi sbiodd Moss Parry ar Gough am sbelan, fel tasa fo'n trosglwyddo rhyw gliw iddo fo'n seicig; wedyn gwenodd yr hen foi, rhoid y gwn o'r neilltu a dweud: 'Panad?'

'Dim diolch,' medda Gough. Dim ffiars, meddyliodd: mi ga i 'ngwenwyno yma. 'Be dach chi feddwl o Chris druan, lly?'

'Pwy?'

'Christopher—'

'Cradur bach.'

Moss Parry'n potshian: berwi cetl ar stof nwy fach; tyrchio trwy dwmpath o blancedi; brathu brechdan mae o'n dŵad o hyd iddi ymhlith y plancedi, y bara'n ddu.

Cyfogodd Gough. Taniodd sigarét i gael madael ar yr oglau a'r blas drwg. Roedd ei llgada fo'n dyfrio. Syllodd ar y pistol wedyn: y pistol oedd yn pwnio co' Gough. Roedd y gwn ar gadair, honno'n llawn pry pren. Ond roedd yna sglein ar y gwn, y baril a'r carn: fel tasa rhywun yn edrach ar ôl yr arf go iawn.

Wrth ymyl y gadair lle'r oedd y Mauser, roedd yna dwmpath o gylchgronau a phapurau newydd; rheini'n llwydo ac yn tampio. Ar dop y twmpath, roedd yna gopi o *Mayfair*, hogan hanner noeth ar y clawr. Aeth Gough i gael golwg ar y twmpath. *Dirty mags* oeddan nhw rhan fwya: mynydd o bornograffi'n blwmp ac yn blaen yn stafell fyw Moss Parry; dim cwilydd. Sglyfath, meddyliodd Gough, rhyw fân chwerthin iddo fo'i hun.

Sylwodd ar rywbeth yn sticio allan o'r twmpath, hanner ffordd i lawr. Craffodd a gwyrodd. Lluniau, meddyliodd; casgliad o ffotograffau. Tu ôl i'r twmpath pornograffi roedd yna focs llawn albyms lluniau. Tanwyd atgof: Mam yn dweud, Tyd i weld yr albyms 'ma, John; a hwnnw'n eistedd efo hi am oriau, rhag ei phechu, yn mynd trwy'r lluniau. Crychodd ei dalcen. Biti garw bod Mam wedi lluchio'r lluniau o deulu'i dad. Mi gafodd hi lond bol yn y diwedd; mynd yn gynddeiriog rhyw bnawn Sadwrn. Y gwir yn ei brifo hi go iawn. Y gwir nad oedd ei gŵr byth am fod fel gwŷr eraill; fel tadau eraill. A llosgodd ei hanes.

Plygodd Gough ymlaen rŵan. Estyn am yr —

'Sgin ti gariad, washi?'

Gough yn tagu. Gough yn baglu. Gough yn troi rownd. Dyna lle'r oedd Moss Parry efo'i baned; gwenu ar Gough a dangos ceg heb yr un daint ynddi. Edrychodd i fyw llgada'r hen ddyn a meddwl am funud ei fod o'n gweld mwy na llo cors; mwy na thramp. Yn awr, gan hynny, edryched Pharo am ŵr deallgar a doeth, a gosoded ef ar wlad yr Aifft ...

'Sgin ti?' medda Moss Parry. 'Gariad?'

'Gwraig,' medda Gough.

'Nel yn chwilio am ŵr—'

'Nel?'

'Chwaer Christopher.'

Nel, meddyliodd Gough: y ferch atebodd y drws; a'i henw cynta hi.

'Hogan sbeshial di Nel,' medda Moss Parry: dweud ei henw hi fel tasa fo'n air sanctaidd, yn enw cudd ar Dduw. 'Dawn gynni: dawn gweld; deu ffortiwn a ballu. Pobol ffair di'n tylwyth ni os ei di igon pell yn ôl; wel, dim rhy bell a deud y gwir: 'y nhad.'

Un ar y diân am ddeud anwiradd di Moss Parry, sti ...

*   *   *

Arhosodd nes bod y riportar wedi mynd. Gwrando tan i injan y car fynd yn dawelach ac yn dawelach, nes bod y distawrwydd yn berffaith eto; fatha'r bedd. Distawrwydd oedd o wedi arfer efo fo. Roedd gas gynno fo sŵn y byd: fasa'm colled tasa'r byd yn marw; y byd tu allan i'w fyd o.

Aeth o drwadd i'r llofft. Chwiliodd dan domen o ddillad a dŵad o hyd i'r ffôn. Deialodd y rhif yn ofalus, fel tasa fo'n llawfeddyg yn tynnu tiwmor o gnawd. Gwrandawodd ar y *brrr-brrr*, a disgwl; ac wedyn dyma rhywun yn ateb: 'Helô?'

'Pwy sy 'na?' medda fo.

'Pwy sy'n fanna?' medda'r llais yn ôl.

'Moss sy 'ma. Pw ti'r tinllach?'

'Helô, Moss; Iwan sy 'ma.'

'Rho'r cipar ar y ffôn.'

Arhosodd am sbel cyn i'r cipar ddŵad ar y ffôn, a dywedodd Moss wrtho fo: 'Blydi riportar y *County Times* di bod yma'n holi, chan. Isho cadw llygad ar y cythral. Glywist ti wbath gin ... wy'sti ... gin ... y dyn? Y gŵr traws.'

Gwrandawodd Moss ar y cipar yn dweud y byddai'r gŵr traws yn ôl yn o fuan. Nodiodd wrth i'r cipar esbonio y basa'r gŵr traws yn llorio pob gelyn. Arhosodd tan i'r cipar ddarfod sôn am weithredoedd y gŵr traws.

Ar ôl hynny roedd Moss wedi ei leddfu a dyma fo'n dweud: 'Shiort ora.'

* * *

'Blydi hel; go iawn?' medda Gough.

1.45pm, y Bull Hotel.

'Ar fy llw, boi, ar fy llw,' medda Tom Lloyd *Daily Post*, siglo dros ei bedwerydd peint o chwerw, 'fydd y blydi Ryshians di'n chwythu ni i gyd yn racs-jibidêrs, coelia di fi, Gough; coelia di fi.'

'Blydi hel; pw fasa meddwl.' Ysgydwodd Gough ei ben. Sipian o'r Guinness. Cymryd arno fod ganddo fo diddordeb go iawn ym mharablu Tom Lloyd.

Gadawodd Dyddyn Saint wedi'i syrffedu: chafodd o fawr ddim gan yr hen ddyn. Ond roedd yna rywbeth yn ei boeni o; methu'n lân â rhoid ei fys ar ei bryder. Ffoniodd adra eto o'r ciosg wrth Ben Bryn yn Rhosmeirch, ac mi atebodd Helen. Roedd hi o'i cho. Mi driodd o amddiffyn ei hun; taeru 'i fod o wedi dŵad adra unwaith, ond doeddach chdi ddim yno; lle'r oeddat ti? Ond da i ddim: roedd o mewn helynt. Teimlodd y basa peint yn ei baratoi o ar gyfer y slas oedd o'n debyg o'i chael ar ôl mynd adra.

Roedd y Bull yn brysur. Yr hogia'n mynd ati o ddifri. Dydd Sadwrn: diwrnod lysh. Ac roedd Tom Lloyd yn chwarae'i ran. Hen lanc yn ei bumdegau oedd o; dim byd gwell i'w wneud ar y penwythnos. Byw efo'i fam, honno jest iawn yn wyth deg; honno'n dwrdio, Prioda wir, a gadael llonydd i mi. Ond doedd Tom Lloyd ddim yn debyg o briodi.

'Dan ni'n dau'n 'i dallt hi, Gough: dynion o'r byd,' medda Tom, rhoid ei law ar law Gough.

Gough yn edrach ar law Tom ar ei law o, edrach ar Tina tu ôl i'r bar. Tina tu ôl i'r bar yn wincio ar Gough; Gough yn rowlio'i llgada; tynnu'i law o'r neilltu.

Tom yn dweud: 'Dwn i'm be uffar ma nhw'n neud yn Lerpwl 'cw, Gough bach. Byd bach 'u hunan, 'ngwash i; byd bach 'u hunan.'

Cwyno am Lerpwl: dyna hobi Tom, ddydd a nos; hynny a hogyn golygus. Fel arfer, fasa Gough ddim yn cymryd sylw o'i swnian, ond meddyliodd y bydda hwn yn gyfle reit dda i weld faint oedd Tom yn wybod am Christopher Lewis.

'Be na'n nhw o'r busnas mwrdwr y ffarmwr, Tom?'

'Ddan nhw'n gyndyn ar y naw nos Iau, sti; odd hi'n *stop the presses* jest iawn, dim ond i ni gal y pwt bach 'na ar y tu blaen. Odd yn rhaid i mi fygwth rhoi'r ffidil yn y to; dim blydi *interest* gynnyn nhw. Peth calla nest ti odd gadal y blydi *Echo*, dŵad ffor'ma.'

Gough yn meddwl: Dewis cyfyng.

Aeth Tom Lloyd yn ei flaen, ei lais o fatha taith bỳs ar hyd lôn droellog, fynyddig, yn siglo mynd, yn hercio mynd. 'Na, Cymru'n ffac ôl ond coloni iddyn nhw. A'r blydi refferendym wedi cadarnhau hynny. *You lot aren't interested in self-determination, Lloyd*, medda'r giaffar. A ninna di plygu glin i Baal; darostwng 'yn hunan. Roedd ddoe i fod yn ddydd o lawen chwedl, Gough. Ond na,' a thwt-twtiodd ac ysgwyd ei ben, 'ffyliad dan ni ffor'ma iddyn nhw. Sgyn y golygydd ddim diddordeb yng Nghymru, sti; ond mae gynno fo dŷ ha ochra Mynydd Nefyn, wth gwrs; oes tad. Wy'sti hynny, Gough? Wy'sti am 'i dŷ ha fo?' Gwyrodd Tom Lloyd yn agos a dweud: 'Maen Gwêr di enw'r lle. Neu *Mane Gway*, chwadal y Sais diawl.'

Taniodd Gough sigarét. Gofynnodd: 'Wy'sti rwbath o hanas Robat Morris a'r hogyn Lewis 'ma?'

Roedd llgada Tom yn troi a throsi yn ei ben o. Roedd o'n laddar o chwys. Roedd o'n siglo, siglo, siglo. Estynnodd am ei beint a methu, methu, methu. Am ei fod o'n gweld dwbl, debyg.

'Hidia befo, Tom,' medda Gough, 'hidia befo, sti.'

Ar ôl prynu peint arall i Tom Lloyd, gadawodd Gough y Bull. Safodd yn sbio i fyny ar gloc sgwâr y dre: wedi troi dau bellach. Be i'w wneud? Cysidrodd ddychwelyd i'r Bull, meddwi'n gachu efo Tom Lloyd. Meddyliodd am Jenny ac am fynd draw i'w gweld hi; ond roedd honno wedi mynd i Bwllheli neu ryw lol i weld ei brawd a'i deulu'r penwythnos yma.

Dim dewis felly. Gŵr balch yw efe, ac heb aros gartref, yr hwn a helaetha ei feddwl fel uffern, ac y mae fel angau, ac nis digonir. Adra amdani. Adra; ond nid i groeso gŵr afradlon.

Y pen ceffyl yng ngwely Jack Woltz

Mawrth 5, 1979

DYDD Llun: a thra bod y chwiliedydd gofod *Voyager* yn hwylio o fewn 172,000 o filltiroedd i Iau, a thynnu lluniau cylchoedd y blaned, roedd Elfed Price yn honcian o fewn tair llath i Christopher Lewis a thynnu lluniau ohono fo'n cael ei dywys i mewn i Lys Ynadon Llangefni.

A'i ben i lawr, pantiau dan ei llgada, cleisiau ar ei dalcen, roedd yna olwg ar y diân ar y llanc. Wrth i ddau Las ei arwain i fyny'r grisiau i'r llys ynadon — oedd megis chydig lathenni oddi wrth y steshion; reit handi — roedd Elfed wrthi'n tynnu ar Christopher er mwyn trio cael llun 'golwg blin' ohono fo.

'Ti'n mynd i jêl am byth, *spaz*,' medda fo. 'Chei di byth weld gola dydd. Sbia 'na fi, sbia. Ma nhw i gyd ar 'i chefn hi, washi; cwbwl lot yn sodro dy gariad.'

Sgyrnygodd Christopher Lewis arno fo, ei wedd o'n dywyll ac yn berffaith Satanaidd yn y llun dynnodd Elfed. Chwarddodd y dyn tynnu lluniau. 'Diolch, hogia,' medda fo wrth y ddau Las, rheini'n nodio mewn rhyw ystum o 'Croeso, tad'.

Edrychodd Elfed ar ei watsh: 9.30am. Mi fasa'r gwrandawiad mewn awr. Di-lol, siŵr o fod: Christopher yn cael ei gadw'n y ddalfa; cael ei drosglwyddo i Lerpwl. Jêl anghynnes ac estron yn fanno. Jêl bell i ffwrdd. Jêl oedd yn ei gwneud hi'n anodd i'r teulu fynd i'w weld o, a busnesu, a mynd i gyboli efo gwadu'r cyhuddiadau a gwneud honiadau'n erbyn yr heddlu a ballu. Jêl oedd yn ddigon pell rhag ofn iddyn nhw holi gormod, a Christopher yn dechrau harthio, a'r byd yn raflio. Y stori oedd y stori; wedi ei saernïo'n ofalus. Roedd yna dyllau'n y plot, oedd, ond ta waeth: doedd yna neb yn hidio am hynny. Bu ond y dim i bethau fynd yn fflemp pan laddwyd Robert Morris. Ond cyfarfu seiat diafol a chafodd pob dim ei setlo. Roedd Christopher yn glai yn llaw crochenydd; cyn belled â bod neb yn dŵad i styrbio pethau.

A sôn am styrbio: lle'r oedd Gough? Elfed oedd ei warchodwr i fod, wedi cael ei benodi: Rwyt ti wedi dy alw ac mae ar fy llaw i wneuthur i ti ddrwg. Crynodd Elfed wrth gofio'r geiriau. Awydd cachiad arno fo. Picio'n ôl i'r swyddfa fasa'r peth gorau i neud. Ac ŵrach basa Gough wedi landio erbyn hynny.

* * *

Roedd Gough yn gwylio Helen yn rhoid menyn ar dost. Roedd o'n meddwl y byd ohoni hi, ond ar yr un gwynt, yn ei thrin hi. Roedd o'n sgut amdani, ond yn mynd ar ras i wely Jenny Thomas. Roedd o'n poeni amdani yn ei chyflwr hi. Rhuthrwyd hi i Ysbyty Dewi Sant, Bangor, ddoe.

Doctoriaid yn cuchio: Fedra i'm gweld dim byd o'i le, medda un; un arall yn dweud, Babi'n iawn, Mrs Gough yn iawn.

Ar ôl dŵad adra, gobeithiodd Gough y basa 'na heddwch; ond na. Doedd Helen, yn amlwg, heb gytuno i'r telerau. Clodd ddrws y llofft eto. Rhoid tin oer go iawn i Gough, hwnnw wedi gorfod cysgu ar y soffa: dim byd newydd yn hynny.

'Mam, dwi' mynd,' medda Fflur. Roedd hi'n hwyr y bore

'ma, ond Gough wedi ffonio'r ysgol i esbonio bod ei mam hi wedi gorfod mynd i'r hosbitol ddoe, ac ma pawb yma'n poeni braidd.

Cododd ar ei thraed. Roedd hi'r un ffunud â Helen: tal, cul, gwallt coch tywyll, gwedd lawnsio llongau.

'Gorffan dy dost,' medda Helen.

'Dwi'm isho—'

'Gorffan o,' medda Gough.

Fflur yn herio'i thad efo'i llgada brown: 'Pam?'

Doedd o'm am ddwrdio: gormod ar ei blât i ddelio efo ffrae ddi-ddim dros dost ac a ddylid ei fwyta fo ai peidio. Bu gwayw'n ei berfedd o trwy'r dydd ddoe ar gownt Helen. Rhwystredigaeth ar ôl cael socsan yn Nhyddyn Saint a mynd oddi yno'n waglaw. Cachu brics ar ôl yr helbul gafodd o'n Llidiart Gronw.

Helen yn ateb her Fflur rŵan: 'Neu mi fyddi disho bwyd cyn amser cinio. Byta fo, Fflur. Pob tamad. Dwi'n gneud cyrri heno. Fydd Dad yma. Byddi, Dad.'

Gough yn edrach ar Helen a rhoid llgada be ti'n feddwl ti'n wneud iddi; ond ddaru hi ddim potshian edrach yn ôl. Y geiriau, Ond fydda i allan heno, dwi'n brysur, yn sownd yn ei gorn gwddw fo.

Fflur yn meddwl am sbel. Cysidro'i hopsiynau maith yn amlwg: y parti'n Monaco; y sioe ffasiwn yn Milan; y perfformiad cynta ar Broadway. Wedyn gofyn: 'Pa fath o gyrri?'

*　　*　　*

Deg munud ar ôl i Fflur fynd am yr ysgol.

'Dodd hynna'm yn deg,' medda Gough. 'Cyrri myn uffar i.'

'Es pryd ma bywyd yn deg?'

'Be swn i'n gweithio?'

'Dŵt ti'm yn gweithio.'

'Be taswn i?'

'Wel sat ti'n goro canslio.'

'Dwi'n gweithio ar stori Christopher Lewis.'

'Sgin ti'm byd i neud tan yr achos llys.'

'Dim byd i neud?'

'Dim byd ond sioea bloda a cyfarfodydd cyngor. Be sy? Dwt ti'm isho byta cyrri efo dy wraig a dy ferch?'

'Gnawas ti.'

'Sgin i'm dewis ond bod.'

Distaw am sbel; wedyn Gough yn dweud: 'OK, sori.'

'Fyddi di 'ma lly?'

Ochneidiodd Gough. Llgadu Helen; llgada barus. Roedd hi'n oleuedig. Roedd hi flodeuedig. Roedd hi'n codi awch arno fo. Ffurfiau'i chorff hi, rhwd ei gwallt hi, cnau ei llgada hi: Wele, mi a'th wnaf yn ffrwythlon ...

Cilwenodd Helen, yr ystum yn addawol. Teimlodd Gough rwndi'n ei lwyni. Pwysodd Helen yn erbyn y sinc, llgada'n gul, gwefusau wedi'u hagor rhyw fymryn; wedi'u gwlychu, bochau'n gwrido.

Ysbeiliodd hi efo'i llgada, o'i chorun at ei thraed. Ei olwg yn aredig drosti, pob modfedd ohoni, a fynta'n ysu'r modfeddi i gyd. Pob brech, pob blewyn, pob craith.

'Tyd i'r afal â fi ta,' medda hi.

Symudodd Gough ati hi.

Ebychiodd Helen wrth iddo fo dwtshiad ei bol hi a llithro'i law i lawr at ei gwres llethol hi, a'i llaw hithau wedyn yn gwpan am ei geilliau fo.

*　　*　　*

Gorsaf Heddlu Llangefni, 11am; Elfed yn hefru: 'Odd y giaffar yn holi amdana chdi. Odd o o'i go. Sa hidia i chdi fod wedi bod yn llys bora 'ma, gwrandawiad Chris.'

'Mond gwrandawiad odd o. Mond *state your name*. Mond

80

enw, cyfeiriad, cyhuddiad, a *remand* yn Lerpwl. Job cyw riportar. Be dwi di fethu, Pricey? Rhyw ffacin ffashiyn parêd: *the suspect wore a floral shirt and burgundy slacks*. Ffacin lol.'

Rhochiodd Elfed, ond *ffyc off* meddyliodd Gough, a mynd ati i ddyfalu be oedd pwrpas y gynhadledd i'r wasg yma.

Roedd yr hacs i gyd wedi heidio; clebran a hel clecs yn llenwi'r stafell. Cur yn ei ben gan Gough, fel tasa Band Pres Biwmaris yn practishio'n ei benglog o. Ond roedd o reit fodlon: wedi cael ei blesio bore 'ma yng nghwmni'i wraig. Mi gafodd o'i ddiwallu, ac roedd o ar ben ei ddigon.

'Gest ti'm lwc efo Moss Parry dy' Sadwn,' medda Elfed. 'Hidia befo, ddoi di i wbod sud i ddidoli'r defaid orwth y geifr ffor'ma.'

'Dwi wrthi dow dow.'

Gough yn sbio rownd y stafell. Dyma nhw'r hacs: y moelyn dwy a dimai o'r papur am ddim; Tom Lloyd o'r *Daily Post*; pedwar o'r Bîb — oes angen pedwar?; y styllan flin o HTV; Arthur Jones ar ei liwt ei hun.

Ac wedyn yr hogiau camera a'r dynion tynnu lluniau. Elfed yn ei lordio hi'n eu canol nhw, Elfed yn gegog ac yn nabod pawb. Dipyn o fi fawr oedd y dyn crwn. Tynnai luniau rŵan; dim ond potshian, chwerthin efo'r lleill: lluniau o'r stafell ac o'r gohebwyr; o'r nenfwd. Rhyw gast gwirion, rhyw gynhesu'r cyhyrau fel petai. Achosodd hyn i gyd i Gough gofio'r lluniau oedd yn llechu dan dwmpath o fudredd yng nghartre Moss Parry. Meddyliodd am bistol a lle gwelodd o'r pistol; am albyms lluniau a be oedd y cysylltiad yn ei ben o rhwng y ddau.

Tawelwch yn sydyn wrth i'r pwysigion ddŵad i mewn. Daliodd pawb yn y stafell eu gwynt. O'r chwith i'r dde tu ôl i'r bwrdd ar y llwyfan bach:

DI Ifan Allison: moel fatha Kojak efo mwstásh Gaucho

mawr; arweinydd yr ymchwiliad i lofruddiaeth Robert Morris.

DS Robin 'Octopws' Jones: yr un flwyddyn â Gough yn yr ysgol; sinach; colbiwr; hambygiwr. Cysgodd Gough efo'i ddyweddi o flynyddoedd yn ôl, ychydig cyn iddi briodi'r Octopws. A doedd gan yr Octopws ddim clem.

WPC Meinir Atkins, swyddog y wasg: pladres o ferch; lot o sbort; lecio'i pheint; lecio hel clecs; lecio dynion — a merched, meddan nhw.

Ac wrth ei hymyl hi, wedyn, y weddw: Kate Morris mewn du, ei chôt orau a'i het oedfa'r Sul; cymryd arni ei bod hi'n crio.

Cogio mae hi, meddyliodd Gough. Dim dwywaith. Roedd hi'n llawer mwy tila heddiw nag oedd hi pan biciodd Gough draw i Lidiart Gronw. Doedd 'na'm golwg galaru arni'r adeg honno; golwg rhoid slas i rywun oedd arni'r adeg honno.

Tagodd Allison. Cnociodd Atkins y bwrdd efo'i dwrn. Pawb yn gwrando rŵan.

'Gin y DI Ifan Allison ddatganiad,' medda Atkins. 'Fy'na'm cwestiyna. *No questions, ladies and gents. Just a statement.*'

Tagodd Allison eto. Sbio ar ddarn papur o'i flaen, crafu ei ben Kojak, rhythu ar yr hacs. 'Dduda i hyn yn Gymraeg i ddechra, latsh, *then I'll repeat in English for our non-Welsh speaking colleagues.* Ma Mrs Kate Morris efo ni heddiw, ac ma'i am neud datganiad. Fatha ddudodd WPC Atkins, fy'na'm holi. Reit?'

Sylw pawb yn troi at y weddw, a'r weddw'n tuchan, sychu dagrau efo'i ffunan. Y weddw'n nodio: fel tasa hi'n dweud ei bod hi shiort ora, hidiwch befo.

Dyma hi'n dechrau darllen, llais yn crynu mymryn: 'Ma Griff, Bethan a finna am ddiolch i'r heddlu am y modd proffesiynol ma nhw di delio efo'r drasiedi ddychrynllyd 'ma. Odd Robat yn ŵr da, yn dad arbennig, yn Gymro balch, ac yn gapelwr ffyddlon. Cafodd ei gipio orwthan ni yn y modd mwya creulon bosib—' Tuchanodd a sniffiodd a sychodd ddagrau. 'Rydan ni fatha teulu wedi diodda profedigaeth arswydus. Gan fod Robat yn amlwg ac yn boblogaidd, rydan ni'n dallt fod gin y wasg ddiddordeb yn 'i hanas o. Ond rydan ni'n erfyn arnach chi i'n parchu ni fatha teulu, ac i adal llonydd i ni alaru mewn heddwch. Rydan ni fel teulu'n dymuno cyfnod ar 'yn penna'n hunan i gofio ac i weddïo. Diolch am eich cydweithrediad a'ch dealltwriaeth.'

Dechreuodd Kate Morris ysgwyd i gyd. Rhoddodd Atkins fraich am sgwyddau'r weddw. Cododd y weddw. Cododd Atkins. Sgrialodd y weddw oddi ar y llwyfan, Atkins ar ei sowdwl. Sioe dda, meddyliodd Gough.

Safodd Allison ar ei draed, rhythu ar yr hacs. 'Wan ta. Gwrandwch, hogia: os glywa i bod un onach chi di bod yn hambygio Mrs Morris, neu'i phlant hi, fydd 'na helynt.'

Ac off â fo, DS Jones fatha ci ffyddlon ar ei ôl o; ci ffyrnig.

Ffrwydrodd y stafell. Yr holi'n don lanw oedd yn rhuthro am y llwyfan; boddi bob dim o'i blaen. Heidiodd y cwestiynau ar ôl y rheini oedd ar y llwyfan fatha llygod ar ôl y Pibydd Brith. Ymholiadau'n hedfan o bob cyfeiriad; andros o dwrw. A phen Gough yn ddryms ac yn gyrn gwlad.

'Be nei di o hynna, Gough?' gofynnodd Elfed.

Roedd Gough yn meddwl. Meddwl ei bod hi ar ben ar Christopher Lewis. Meddwl am rybudd Ifan Allison i adael llonydd i'r teulu. Meddwl bod Allison yn sbio arno fo wrth rybuddio. Meddwl bod Kate Morris yn cogio crio a bod yna oglau drwg yn y byd, a doedd o jest cau clirio.

*   *   *

'Dyma fo, chan. Di cal 'i hel adra o Lerpwl am fethu cau'i falog.'

Roedd Gough wrthi'n gadael y steshion, ond trodd rŵan.

Roedd ei waed o'n berwi'n barod: nabod y llais; nabod y sŵn dan din.

Y Ditectif Sarjant Robin Jones; yr Octopws: Pinsho tinau, mwytho bronnau, codi sgertiau; mond sbort, del. Dyna lle'r oedd o'n sefyll ar stepan y steshion. Gwên lydan ar ei wep a'i freichiau wedi'u plethu.

'Fedra i roid lesyns i chdi ar sud i gal dy facha ar ferchaid heb gal dy ddal, Gough.'

'Medri mwn,' medda Gough. 'Pam ma'i'n Wal Berlin rownd teulu Llidiart Gronw? Trio cuddiad wbath dach chi, Robin?'

Roedd yr Octopws yn crychu'i dalcen. 'Laddodd neb y llo pasgedig pan ddoist ti'n ôl, naddo.'

'Nid yw proffwyd heb anrhydedd, ond yn 'i wlad 'i hun.'

'Ac yn 'i dŷ 'i hun.'

Gwenodd yr Octopws yn fwy llydan byth: wedi cael y llaw ucha; wedi ennill y dydd; wedi taro'r ergyd farwol. Tydwi'n ffycin glyfar yn ei edrychiad o.

Daeth hogan o'r steshion; un ifanc, reit handi'r olwg. Cerddodd i lawr y steps, llgada'r Octopws yn styc i'w thin hi. A dyma fo'n chwibianu.

'*Piss off,*' medda'r hogan, ac off â hi.

'Peth oeraidd di-serch di honna,' medda'r Octopws ar ôl iddi fynd.

'Cadw Bethan Morris i chdi dy hun wt ti, Robin? Jest yr oed iawn i chdi, dydi, washi?'

Cochodd bochau'r Octopws. Tywyllodd ei ymwareddiad. Synnwyd Gough gan yr ymateb, er gwaetha enw drwg yr Octopws. Fel arfer doedd gynno fo ddim cwilydd, hyd yn oed pan gafodd o'i ddal efo hogan pedair ar ddeg yng nghefn ei gar chydig flynyddoedd ynghynt, fyntau'n dditectif gwnstabl. Roedd o wedi gwadu, siŵr iawn: Arestio'r gnawas o'n i. Ar ddiwedd y dydd, gair plisman yn erbyn gair hogan i dincars oedd hi. A doedd Jonesy ddim i'w weld yn poeni, beth bynnag. Chwarddodd efo'i fêts am yr helynt, yn ôl pob sôn; awgrymu 'i fod o wedi sodro'r gryduras. Awgrymu bod cael getawê'n gant y cant.

Sgyrnygodd yr Octopws; anadlu'n frysiog fel tasa fo'n trio troi'r tymheredd i lawr. Edrychodd ar y traffig yn mynd i fyny ac i lawr Ffordd Glanhwfa, gadael i'r ceir fynd â'i dymer o efo nhw. Gafaeloedd yn y rhwystr dur o'i flaen a'i wasgu o nes bod ei ddyrnau fo'n wyn, yr esgyrn yn dangos. Sylwodd Gough ar y cleisiau ar y dyrnau; rhywun wedi cael slas — ac roedd ganddo syniad pwy.

'Gwatshia di, Gough,' medda'r Octopws mewn llais boddi cathod bach mewn dŵr poeth, 'neu mi dorrwn ni bartnars.'

'Gwae fi.'

Edrychodd yr Octopws yn syth ato fo. 'Ia, gwae chdi.' Roedd geiriau'r ditectif wedi cael eu mwydo mewn malais. 'Mi dynna i dy sgyfaint di o dy frest di efo'n nannadd, y cont.' Roedd ei llgada fo'n dal yn gul ac yn greulon, ond sleifiodd rhyw fymryn o wên ar draws ei wyneb. 'Ma'r achos 'ma mor amlwg â chilbost,' medda fo, llai o'r dieflig yn ei lais o rŵan. '*Case closed*: ma Christopher Lewis yn mynd yn syth bìn i Strangeways. Rhyngtha chdi a fi, Gough, tydi o'm ffit i fod a'i droed yn rhydd. Mi fasa cosb offisar yn fwy addas ar 'i gyfar o: cortyn neu bistol pan ddaw hi'n wawr. Mae o'n beryg, sti.'

'Christopher Lewis yn beryg?' medda Gough, meddwl: Satan yn gweld bai ar bechod; meddwl: *oedda chdi'n ffliwt*.

'Welist ti mo'r llanast ddaru o ar Robat Morris druan, washi. Odd pen y cradur yn slwj.'

'Be odd y *motive*? Neb di sôn eto.'

'Lewis cau deud. Chwilan ddudwn i.'

Edrychodd Gough ar y cleisiau ar ddyrnau'r Octopws eto. 'Ti di trio d'ora glas i gal o i siarad, bownd o fod.'

Golwg blin ar y DS: 'Sgin ti'm syniad, Gough. Hogyn yn seicopath go iawn. Fatha'r Yorkshire Ripper 'ma. A'r Black Panther.'

A llofrudd Sandra Mellor yng Nghaer, meddyliodd Gough.

'Gwranda wan,' medda'r Octopws, '*off the record*, reit. Rhwng dau hen fêt' — pwyslais ar y gair 'mêt' fel tasa fo'n fygythiad — 'ond mi odd Christopher ar gefn Bethan Llidiart Gronw. *Rape*. A dim hi odd y gynta: patrwm fatha bob seico. Pentwr o genod am ddeud 'i fod o wedi mosod arnyn nhw'n *sexually*' — pwyslais ar y gair *sexually* fel tasa fo'n saim — 'os fydd raid; faint fynnir o dystiolath yn 'i erbyn o. Yli: mi ddoth Mistar Morris i'r beudy. A dyna lle'r oedd Chris, yr horwth, yn sodro Bethan druan. Ath y tad — fatha unrhyw dad, Gough — i'r afal â fo. Ond un cry di Christopher. Llabwst; palat o hogyn, dydi. Roddodd o slas farwol i'r ffarmwr druan. Bethan di gweld bob dim, gryduras fach. Efo'i nicyrs di rhwygo odd ar 'i ffani bach hi. Ffani bach hi'n racs. Be ti' feddwl o hynna, Gough? Bethan druan.'

Bethan druan oedd wedi bod yn smocio yn fy nghar i, meddyliodd Gough, a gadael i Robin Jones barhau efo'r achos yn erbyn y diffynnydd, *M'lud*:

'Gweld Christopher Lewis yn dyrnu'i thad. Gweld y diawl yn stompio ar 'i ben o. Andros o lanast, brêns yn bob man. Bethan druan yn sgrechian fatha dwn i'm be. Gwaed drosti pan landion ni. Welist ti'r ffasiwn lanast, Gough. A dim hanas o Christopher; wedi'i heglu'i am adra. Mi gymodd hi jest iawn i *twenty-four hours* i Bethan ddŵad ati hi'i hun a medru deud wthan ni be o' di digwydd. Gafodd Christopher faint fynnir o amsar i folchi a cal madal ar 'i ddillad gwaedlyd. Help gin 'i fam a'i chwaer, bownd o fod.'

Crychodd Gough ei dalcen a meddwl.

Dywedodd Robin Jones: 'Lly 'na chdi: tad dewr yn amddiffyn 'i ferch fach ddiniwad rhag seicopath, ac yn talu'r pris. Pw sa'n dadla efo'r stori honna? Fasa pob tad yn gneud 'run peth. Sa chditha, basat, Gough?'

Arhosodd Gough yn dawel.

'Gân ni gonffeshiyn gynno fo'n o fuan, sti,' medda'r Octopws. 'Dim ffiars.'

Daeth y Ditectif Insbector Ifan Allison allan o'r steshion, tanio sigarét. 'Mistar Gough. Su' ma Sir Fôn yn siwtio?'

'Ynysig.'

'Siom ar ôl Lerpwl, bownd o fod. Dyn mawr y *Liverpool Echo*.'

'Do'n i'm yn ddyn mawr iawn.'

'Dyna dwi di glŵad.'

Chwarddodd Allison, meddwl ei fod o'n ddigri. Chwarddodd yr Octopws: ddim yn meddwl bod y bòs yn ddigri, ond roedd o'n grafwr tin; ac mae hi'n rheol i chwerthin ar jôcs dy *senior officer*.

Allison eto: 'Cofia di, dodd gwraig y golygydd ddim yn meindio d'un fach di, nagodd.'

Chwerthin eto: Allison a'i gi ffyrnig.

Gwenodd Gough yn boenus. Ail-fyw'r cwilydd. Ail-fyw'r erlid. Ail-fyw Helen yn cael ei hambygio eto: oherwydd dolurus yw ei harcholl ...

Gofynnodd y DI: 'Be tisho?'

'Bysnesu o'n i.'

'Glywist ti'r *statement*, do?'

Nodiodd Gough.

''Na fo ta.'

'Sgynnoch chi'm conffeshiyn na'm byd.'

'Gynnon ni ffycin dyst, Gough: Bethan Morris.' Ochneidiodd Allison: sŵn wedi cael llond ei fol. 'Welist ti'r ffilm *The Godfather*? Y pen ceffyl yng ngwely Jack Woltz? Bygythiad odd hynny. Dyna di hyn hefyd, Gough: pen ceffyl. Ti'n dallt? Cadw draw. Paid â bysnesu. Gadal llonydd i Lidiart Gronw. Dos i hel clecs am sioe floda Llanddanial ne rwbath; ti'm yn *big city reporter* wan, sti.'

Rhoddodd Allison fflich i'w sigarét yn syth at Gough. Gwyrodd i osgoi'r taflegryn tanllyd.

Llamodd Allison a Jones yn ôl i mewn i'r steshion. Y ddau'n chwerthin.

* * *

'Atodiad,' medda Gwyn South. 'Wyth tudalan. Cefndir yr achos. Cefndir Christopher Lewis. Cyfweliada, sylwada, dadansoddi, pentwr o lynia. Sgyrsia 'fo cyfeillion Robat Morris; efo'r teulu hefyd — os gytunan nhw.'

Roedd o'n cerdded yn ôl ac ymlaen yn y swyddfa fach yng nghornel yr adran olygyddol. Steddai Gough wrth y ddesg yn pori trwy'r *Daily Post*. Myfyriodd dros stori Sandra Mellor, y ferch bedair ar ddeg oedd wedi ei llofruddio'n ochrau Caer. Teimlodd boen yn ei frest wrth feddwl am ei thad: y cradur wedi methu cadw'i ferch yn ddiogel rhag y dreigiau. Ac un ddraig yn benodol:

> Police are linking Sandra's murder to that of Leslie Morton, 13, who was found dead near Whitehaven, Cumbria, last month, and Jane McIllvaney, a 15-year-old schoolgirl, whose body was discovered in Dumfries, Scotland in January.
>
> Detective Superintendent William Garvey, leading the investigation, said: 'There are deeply disturbing similarities between the cases, and we are also looking at unsolved murders going back a few decades.'

Aeth rhywbeth fatha cyllell trwy Gough wrth iddo fo feddwl: Mae o'n dŵad ffor'ma.

Safodd Elfed yn ymyl y cwpwrdd ffeilio'n crafu'i ên. 'Syniad da, Gwyn. Rhai' ni fod reit ofalus efo Llidiart Gronw, cofia di; ar ôl y *warning* a ballu.'

Tynnodd Gough ei sylw oddi ar drychineb Sandra Mellor rhag i'r stori ddweud gormod arno fo. Dywedodd: 'Mae'r awdurdoda'n codi Wal Jericho rownd Llidiart Gronw, giaffar. Does 'na ddim byd tebyg wedi digwydd yma o'r blaen. Gyn y wasg hawl i fynd i holi; fedran nhw'm 'yn stopio ni. Ma'r busnas 'ma'n drewi a dwi—'

'Mi dan ni am ufuddhau i orchymyn yr heddlu. Gorchymyn y teulu.'

Agorodd ceg Gough. Cilwenodd Elfed. Y giaffar wedi'i dweud hi. Aeth Gwyn South yn ei flaen, wedi llacio rhyw fymryn:

'Hidiwch befo am Llidiart Gronw, Gough. Chi di'r pen dyn yma—'

Seboni rŵan, meddyliodd Gough.

'— a joban i'r pen dyn di'r atodiad.'

Ia mwn, meddyliodd Gough.

'Ewch ati i hel gwybodath,' medda Gwyn South. 'Ewch lawr grisia. Tyrchwch yn fanno. Elfed, sach chitha'n dŵad o hyd i lynia a ballu; rhei o'r archif o Robat Morris; y teulu. Ac ylwch, dwi'm isho'r drwg am y dyn: dim ond y da.'

'Os'a ddrwg?' gofynnodd Gough.

Edrychodd Gwyn South arno fo. Edrychodd Elfed arno fo. Meddyliodd am ben ceffyl.

'Ewch i neud erwad onast yn y llyfrgell, Gough,' medda Gwyn South.

*   *   *

Ar ôl i Gough fynd, dywedodd Elfed: 'Peth call odd rhoid joban iddo fo. Un ar y naw di o. Bownd o'n llusgo ni i bydew dinistr.'

Roedd Gwyn wrth y ddesg rŵan. Darllen y *Daily Post*, darllen am Sandra Mellor. Roedd o'n dawel. Trio'i orau glas i beidio meddwl am be oedd yn digwydd.

Dywedodd Elfed: 'Golwg di cael ofn ana chdi, Gwyn?'

Chwysodd Gwyn South. Chwythodd wynt o'i fochau. Edrychodd ar Elfed am funud cyn edrach ar y papur eto.

Gwenodd Elfed. 'Paid â poeni, washi. A bwytewch ef ym mhob lle, chwi a'ch tylwyth: canys gwobr yw efe i chwi, am eich gwasanaeth ym mhabell y cyfarfod.'

Aeth Elfed o'r swyddfa, gadael Gwyn ar ei ben ei hun. Gadael iddo fo fyfyrio ar fwrdwr hogan ifanc; gadael iddo fo stiwio. Dyma Gwyn yn dweud, wrth bwy, ni wyddai: 'Nid yn erbyn gwaed a chnawd yr ydym yn ymdrechu, gyfaill, naci; ond yn erbyn bydol lywiawdwyr tywyllwch y byd hwn, yn erbyn drygau ysbrydol.'

*　　*　　*

Lawr grisiau, archif y *County Times*: stafell dywyll; shilffoedd o ffeiliau mawr yn llawn copïau o'r papur, o'r rhifyn cynta, 167 o flynyddoedd ynghynt, hyd at y rhifyn diweddara.

A cheidwad porth y drysorfa oedd Siân Hooson: pladres oedd dros ei hanner cant; gwallt coch a chardigans glas, fel arfer; sbectol tylluan; doethineb un hefyd, meddan nhw: Caergrawnt neu Rydychen neu rhwla felly. A Gough wedi meddwl erioed: Be ddiawl mae hi'n da'n yr ogof yma yn nhwll tin byd, felly?

'Argian: Mistyr Gough, ylwch — ein gohebydd o'r ddinas fawr.'

'Siân, su' dach chi bora 'ma?' Astudiodd ei pharth: pob dim yn dwt; shilffoedd o gyfeirlyfrau, gan gynnwys y Geiriadur Mawr, y Beibl, thesawrws Roget, geiriadur Oxford. Bwrdd bach efo teipiadur arno fo; twmpath taclus o bapur teipio; sêff fawr ddu wedyn, yn sefyll yn y gornel fatha gwyliedydd dychrynllyd.

'Iach a haelionus, Mistyr Gough,' medda hi gan sbio arno fo dros dop ei sbectol. 'A su' dach chi?'

'Shiort ora.'

'A Misus Gough? Ydi'n cadw'n iawn? Agos at 'i dydd, bellach.'

'Agos iawn.'

'Bod yn fam yn rhodd,' medda'r llyfrgellwraig, gwyro'i llgada. 'Be fedra i neud i chi, Mistyr Gough?'

'Jest Gough.'

Sawl gwaith oedd o wedi dweud hynny wrthi? Jest Gough. Dyna mae pawb yn 'y ngalw fi. Gough. Jest Gough. Hydnoed y wraig. Galwch bobol fel maen nhw isho cael eu galw. Ond gwenodd y wraig. Bod yn styfnig, dweud: 'Mistyr Gough. Be fedra i neud i chi, felly?'

'Chwilio am hanas Robat Morris dwi.'

Cododd y ceidwad. 'Dowch.'

Aeth at resiad o gypyrddau ffeilio. Tri ohonyn nhw. Rhai coch, metal. Roedd wyth drôr i bob cwprwrdd, pob drôr wedi ei marcio efo llythyren neu lythrennau. Drôr gynta'r cwprwrdd cynta, A–C, ac yn y blaen; reit at y ddrôr ddwytha, efo'r llythrenna V–Z arni. Rhifau oedd ar ddrôrs y ddau gwpwrdd arall.

Agorodd Siân y ddrôr M–O, cyrcydio'n isal. Hisiad ei theits wrth iddi wyro'n anfon rhyw gryndod trwy Gough.

Tyrchiodd y wraig yn y ddrôr, Gough yn ei gwylio'n palu. Wedyn, safodd: cynnig cardyn pum modfedd wrth wyth modfedd i Gough.

Edrychodd ar y cardyn. ROBERT MORRIS (LLIDIART GRONW) mewn llythrennau bras arno fo. Wedyn, rhestr hir o rifau a llythrennau. Crychodd Gough ei dalcen; dim clem gynno fo: cod niwclear, ẃrach; pwy a ŵyr.

'Dowch efo fi,' medda Siân.

Cerddodd, a'i sgidiau hi'n mynd clipiti-clop ar y llawr linoliwm; y teits yn mynd hish-hish-hish rhwng ei chluniau. Dilynodd Gough; ei dilyn i lawr coridor o ffeiliau, rheini'n uchel uwch ei ben o ac yn edrach fel tasan nhw'n mynd i dragwyddoldeb. Roedd yna oglau llychlyd yma, a hwnnw'n gymysg efo perffiwm Siân — daearol; mysglyd — oedd yn arnofio'n yr awyr wrth iddi fartshio mynd o flaen Gough.

Stopiodd y wraig, troi at Gough. Pwyntiodd at shilff, dweud: 'Papura leni, Mistyr Gough. Mi gewch gychwyn yn fama.'

'Be di'r nymbyrs 'ma i gyd, dwch?' gofynnodd; edrach ar y cardyn.

'Mae'r llythyran yn nodi'r shilff — A, B, C, fel hyn. Mae'r ail rif, yn fanna, lwch, yn nodi'r flwyddyn. Felly D/63. Wedyn y llythrenna nesa di'r mis. Felly D/63/JUL —Gorffennaf un naw chwe tri. Wedyn dyddiad y papur: D/63/JUL/10 — y degfad o Orffennaf. Wedyn, Mistyr Gough, y dudalan. Ylwch: D/63/JUL/10 – 5. Ma 'na stori am Mistyr Morris ar dudalan pump o rifyn Gorffennaf y degfad, un naw chwe tri o'r *County Times.*'

'Ewadd.'

Roedd yna bymtheg cyfeiriad at Robert Morris yn y *County Times*, yn ôl y cardyn.

'Ac ar y cefn,' medda Siân.

Diawl. A deg cyfeiriad arall ar gefn y cardyn. Pump ar hugain o gyfeiriadau at y ffarmwr yn y *County Times*, y cynta yn 1963; yr ola, adroddiad byr Gough am arestio Christopher Lewis. Yr wthnos gynt, roedd pwt am ei lofruddiaeth. Y cyfeiriad diweddara cyn hwnnw oedd hanes, a llun, Morris a'i fêts yn hel pres i blant yn Biaffra.

'Iawn, Mistyr Gough?'

'Os'a jans am banad?'

'Coffi gwyn, dau siwgwr,' medda Siân, 'diolch,' a throi a mynd clipiti-clop yn ôl at ei desg.

Syllodd Gough ar y ffeiliau: blynyddoedd a blynyddoedd ohonyn nhw; shilffoedd a shilffoedd ohonyn nhw. Job i ryw stiwdant bach. Ond doedd yna ddim stiwdant bach. Jest fo. Matar o raid, meddyliodd. Ac mi aeth o ati.

*   *   *

Cychwyn efo 1963, darfod efo Mawrth 1979.

Ar wahân i'r pytiau am ei lofruddiaeth, Chwefror 1979 oedd y cyfeiriad diweddara: Robert Morris, yr hwn sydd yn rhoi yn haelionus i bawb, yn cynnig siec ar ran Gwŷr Môn i elusen oedd yn gofalu am blant ddioddefodd yn sgil y rhyfel cartre ym Miaffra.

Fis cyn hynny roedd yna stori yn y *County Times* am Morris yn ramdamio'r Blaid Lafur am y Gaeaf o Anfodlonrwydd, a'r effaith ar y diwydiant amaeth ar Ynys Môn, ac yng Nghymru'n gyffredinol. Taerodd Morris y basa'r Torïaid yn ennill Môn pe bai etholiad eleni. Llafur yn colli'r ynys? Cledwyn yn colli'i sedd? Crinodd Gough wrth ddarllen y stori. Sosialwyr oedd ei deulu. Ganwyd ei nain, ochor ei dad, ar Ynys Môn yn 1886 ar ôl i'w thad a'i mam ddŵad o'r Werddon yn 1880 pan agorwyd porthladd Caergybi. Slafiodd hen daid Gough yn fanno am flynyddoedd. Ond ni arhosodd ei fab — taid Gough, Sean — ar Fôn. Mynd i wlad ei hynafiaid ddaru hwnnw. Mynd i gwffio'r Brits.

Meddyliodd Gough am rywbeth: arfau; gwn. Ond hedfanodd yr atgof; ei feddyliau'n dychwelyd at ei deulu:

Arferai tad Gough, pan ddychwelai ar ôl bod ar goll am hydoedd, adrodd hanes Sean Gough: sôn ei fod o'n asasin efo'r gweriniaethwyr; sôn ei fod o'n rhyfelwr fatha'r Fionn mac Cumhaill chwedlonol; sôn ei fod o wedi diflannu i'r niwl. Ond chwedlau Dad oedd rheini.

93

Chwarelwyr o Pesda oedd teulu'i fam. Roedd ei hen daid yn un o streicwyr 1900–03 pan aeth y chwarelwyr i ryfel yn erbyn yr Arglwydd Penrhyn. Hen daid Gough oedd un o'r chwech yn 1900 gafwyd yn euog o ymosod ar gontractwyr ar Hydref 26, 1900.

A'r streic wedyn: a'r hollti, a'r tyndra, a'r trais.

Cofiodd Gough y poster oedd ar wal tŷ ei daid — mab y streiciwr, tad mam Gough — yn Pesda pan âi o yno efo Mam.

'Nid oes bradwr yn y tŷ hwn.'

Gough yn cofio'r straeon. Gough yn bwydo arnyn nhw'n blentyn. Llaeth ei fabandod; medd ei lencyndod. A'r hollti, a'r tyndra, a'r trais.

Cofiodd fod ei dad bob tro'n cadw cefn y cynffonwyr, y rheini dderbyniodd Bunt y Gynffon: y tâl am chwys; y pris am droi cefn, y deg darn ar hugain o arian. Pwrs Jiwdas. A'i dad yn ochri efo Jiwdas — jest er mwyn bod yn groes. Rêl Eoin Gough. Ond un felly oedd o. Meddwyn, bwrlas, gweinidog yr Efengyl, Satan ei hun: megis mellten, yn syrthio o'r nef.

Ysgydwodd Gough ei ben. Dim awydd cael ei dad yn ei ymennydd yn ymyrryd â'i feddyliau. Ei dad oedd yr unig ddyn oedd yn codi ofn ar Gough, ac yn codi ofn arno fo go iawn. Ofn am ei fywyd; ofn oedd yn sgytio'i berfedd o; ofn oedd wedi'i blannu pan oedd Gough yn blentyn, pan fydda Eoin Gough yn ymddangos, fel o'r fall, ar ôl bod i ffwrdd am hydoedd. Doedd o heb weld ei dad ers jest i bymtheg mlynedd, bellach, ac wrach mai'r co' ohono fo pan oedd Gough yn llanc oedd yn achosi'r ofn. Tasa fo'n ei gyfarfod o heddiw, mae'n debyg y basa Gough yn ei weld o fel yr oedd o: dyn oedd ar ei bensiwn bron; un da i ddim; un oedd yn barod i droi cefn ar deulu a gwreiddiau a dosbarth. Dim byd tebyg i Gough: sosialydd at ei fedd; fatha'i deidiau ar ochor ei fam.

Ond doedd ymlyniad gwleidyddol Robert Morris ddim mor gadarn a disymud ag un Gough a'i gyndeidiau chwaith.

Daeth o hyd i luniau o'r ffarmwr efo aelodau o Blaid Cymru, gan gynnwys Mike Ellis-Hughes, y ddau'n edrach rêl mêts. Daeth o hyd i luniau ohono fo efo Cledwyn Hughes, hefyd; y ddau 'Mhrimin Môn yn edmygu un o fustych Welsh Black Morris. Meddyliodd Gough: trio ffitio i mewn roedd Robert Morris; trio perthyn; prynu enw da a pharch.

Roedd Gough wedi nodi pob dyddiad, pob llun. Wedi hel copïau at ei gilydd. Pentwr o dudalennau. O'r gynta'n 1963, oedd yn dangos llun o Robert a Kate Morris, pâr ifanc: llun du a gwyn; Kate 'run ffunud â Bethan; Bethan 'run ffunud â'i thad. Crychodd Gough ei dalcen. Rhywbeth yn mynd trwy'i ben o, ond yn rhy gyflym iddo fo gael gafael arno fo. O Brimin Môn oedd y llun hwnnw hefyd: *Mr and Mrs Robert Morris of Llidiart Gronw.*

Roedd o wedi gobeithio dŵad o hyd i lun priodas o'r ddau. Mi fasa hynny wedi bod yn werth chweil ar gyfer sbloets Gwyn South: dyma Robert Morris, o'r crud i'r bedd — gan gynnwys dydd ei briodas, fel petai. Ond doedd yna ddim hanes o'r diwrnod mawr: dim llun ar y tudalennau oedd yn arddangos lluniau priodas; dim sôn yn y BMDs — y *births, marriages and deaths* oedd yn cynnal papurau lleol.

Job sâl oedd hon, meddyliodd; agor ei geg. Y giaffar yn seboni trwy frolio Gough, ond Gough yn gallach na hynny. Ei natur oedd chwilio am sgandal. Ond ar hyn o bryd doedd 'na'm sniff o'r un. Oni bai fod y ffaith bod Robert Morris wedi ffeirio pleidiau gwleidyddol yn amlach nag y ffeiriodd Harri VIII wragedd yn sgandal. Trio ffitio i mewn; trio perthyn.

Daeth Gough ar draws llun o Robert a Kate, a'r plant, o 1973 efo Gwynfor Evans, Plaid Cymru, a Dafydd Wigley a

Dafydd Elis Thomas, enillwyr seddi Caernarfon a Meirionnydd yn Etholiad Cyffredinol 1974. Tynnwyd y llun gan Elfed Price.

Bu ffrae leol ar gownt enciliad Robert o'r Ceidwadwyr i'r Blaid. Faint fynnir o ddefnydd straeon i'r *County Times* ar y pryd. Honiadau a gwrth-honiadau. Y ddwy blaid yng ngyddfau'i gilydd. Robert yn ei chanol hi. Mwynhau bownd o fod.

Mi gynrychiolodd o'r Blaid ar Gyngor Bwrdeistref Môn. Ond yn 1978 mi newidiodd o'i gôt eto; mynd yn ôl at y Torïaid. 'Going home,' fel y dyfynnwyd o'n y *County Times* fis Mawrth y flwyddyn honno:

> 'Mrs Margaret Thatcher's leadership of the Conservative Party and the country has inspired me over the past couple of years.'

Doedd gan Gough ddim byd yn erbyn Women's Lib: tegwch, cyfartaledd. Egwyddorion sosialaidd. A'r unigolyn gorau fasa hidia'u cyflogi neu benodi, dim otsh pa ryw oeddan nhw. Roedd rhai o'i gyd-sosialwyr yn ansicr o allu gwragedd i wneud jobsys dynion: joban fatha prif weinidog; honno'n swydd dra gwahanol i arwain plaid — neu i fod yn ysgrifennydd addysg, fel y buo'r Thatcher 'ma. Ond yn nhyb Gough: pam lai? Roedd o'n caru merched — go iawn; meddwl eu bod nhw'n bethau gogoneddus; methu byw hebddyn nhw. Ac wrth gwrs, dyna'r drafferth. Ond dyna fo, felly roedd hi: dynion oedd yn rhedeg y sioe, a dynion fyddai, hefyd. Ta waeth am farn Gough.

Sôn am ddynion: roedd yna bentwr o luniau o Morris efo Gwŷr Môn. Elusen oedd yn hel at achosion da ar yr ynys oedd Gwŷr Môn. Sefydlwyd hi'n y 50au gan Clive Ellis-Hughes, tad Mike 'with support from his good friends', chwadal y papur.

Mike Ellis-Hughes, meddyliodd Gough: hwnnw a'i fys ym mhob briwas.

*   *   *

'Ew, John Gough, y mab afradlon. Sut ma'r hwyl?'

'Go lew, sti, go lew,' medda Gough. A dygwch y llo pasgedig, a lleddwch ef ...

Cododd aeliau Mike Ellis-Hughes; llyfodd ei wefusau: fel tasa be ddywedodd Gough wedi mynd dan ei groen o. Ond ar ôl eiliad neu ddwy: 'Ewadd, tyd laen, y sinach; tyd i hel clecs', ac i mewn â Gough i'r gogoneddusrwydd.

Plas Owain: tŷ crand Mike Ellis-Hughes ar ymylon pentre Bachau, dwy neu dair milltir o Lidiart Gronw. Palas o le adeiladwyd bum mlynedd ynghynt yn erbyn canllawiau cynllunio Cyngor Môn. Ond ar gyfer y plebs oedd canllawiau; ar gyfer y werin. Amgylchynwyd y tŷ gan goed conwydd. Roedd yna reiliau dur o gwmpas y cowt, a giât fawr efo'r enw 'Ellis-Hughes' mewn gwaith metel arni hi; arfwisg Owain Glyndŵr uwchben yr enw.

Arweiniodd Ellis-Hughes Gough trwy'r crandrwydd, gofyn: 'Faint sy es i chdi odinebu dy hun allan o job efo'r *Liverpool Echo*'r gwalch?

Dilynodd Gough y perchennog. Dweud dim; jest corddi. Trwy'r parlwr. Trwy'r stafell fyw. Mike yn trio eto:

'Braf bod yn ôl yn y stics?'

Celf a chrefft a gwleidyddiaeth ym mhobman:

Delweddau o Gymru: y ddraig goch; Owain Glyndŵr; Llywelyn Ein Llyw Olaf.

Darluniau o'r Mabinogi: Branwen; Bendigeidfran; Matholwch.

Posteri stiwdant: Che; Fidel; Lenin; Stalin.

'Braf ar y naw,' medda Gough.

Shilffoedd llyfrau'n byrlymu efo cyfrolau dwys. Cerddi

Cymraeg. *Canlyn Arthur* gan Saunders Lewis. Marx a Engels, Malcolm X. *Ten Days That Shook the World* gan John Reed. Gerallt Gymro. *Revolutionary Suicide*, hunangofiant Huey P. Newton, sefydlydd y Black Panthers. *What is to be done?* gan Lenin. *In the Fist of the Revolution: Life in Castro's Cuba.* Llyfr o'r enw *The British campaign in Ireland, 1919–1921: the development of political and military policies.*

Dyna fo, meddyliodd Gough: dweud y cwbwl.

'Dyma ni,' medda Mike. 'Fy nhwll bach i.'

Swyddfa yng nghefn y tŷ efo ffenest lydan oedd yn cynnig golygfa o ardd ddwy acer, caer o goed conwydd o'i chwmpas hi, ond ambell fwlch yn y coed oedd yn cynnig cip ar wyrddni'r tir: planced yn ymestyn dros yr ynys.

Ar y wal, roedd yna lun du a gwyn o Clive Ellis-Hughes yn agor potel o siampên o flaen bỳs o'r 50au: bỳs cynta'r cwmni, bownd o fod. Bu farw Clive Ellis-Hughes y llynedd a gadael y cwbwl lot i'w gyntaf-anedig. Roedd Mike wedi rhedeg y busnas ers rhai blynyddoedd beth bynnag. Yr unig effaith gafodd marwolaeth ei dad arno fo oedd ei wneud o'n gyfoethocach.

Ellis-Hughes Coaches oedd unig gwmni bysus Môn. Monopoli llwyr dros yr ynys. Mi driodd ambell un herio grym y cwmni dros y blynyddoedd, ond rhoid y ffidil yn y to ddaru nhw. Am sawl rheswm. Fuo yna sôn am fistimanars: bygythiadau a lladron yn torri i mewn i swyddfeydd y cystadleuwyr; teiars bysus yn cael eu gwagio o aer. Roedd Clive, ac yn ei dro, Mike, yn cydymdeimlo efo'r cystadleuwyr yn gyhoeddus, wrth gwrs. Mike yn wên deg ac yn addo cefnogi'r heddlu wrth iddyn nhw fynd ar drywydd y drwgweithredwyr. Mike yn datgan nad oedd lle i'r ffasiwn dor cyfraith ar Ynys Môn, a bod yna faint fynnir o alw am fwy na jest un cwmni bysus yn y fwrdeistref. Mike yn cynnig cludo cwsmeriaid y cwmnïau eraill ar eu tripiau oedd wedi cael eu canslio, am hanner y pris. Mike yn ddigon o sioe mewn llun neu o flaen camera teledu. Ond roedd yna rywbeth seimllyd ar ei gownt o: slei a dan din; ac mi wydda Gough pa fath o sarff oedd o go iawn.

'Cenfigennus wt ti,' oedd Helen wedi'i ddweud unwaith, honno mewn llewyg wrth watshiad Ellis-Hughes ar *Y Dydd* ar HTV yn helpu hen wraig i fynd ar un o'i fysus.

Mike Ellis-Hughes: golygus, llwyddiannus, poblogaidd; digon i godi cyfog ar ddyn. Roedd hi'n anodd dallt pam ei fod o'n Bleidiwr, yn Welsh Nash, yn weriniaethwr sosialaidd a ddymunai weld cwymp y drefn oedd wedi bod mor drugarhaus wrtho fo.

Tori naturiol oedd o, ym meddwl Gough: leinio'i boced bob cyfle; rêl cyfalafwr. Ond roedd pentwr o'r *nationalists* yn ddynion busnas.

'Ma'r eironi di 'nharo fi rioed, Mike, sti.'

'Pa eironi, wan, Gough.'

'Wel, ti di galw'r palas 'ma'n "Plas Owain" ar ôl Owain Glyndŵr. Ond wt ti — dal i fod, hefyd, daerwn i — yn weriniaethwr sosialaidd. Mi fasa Arglwydd Glyndyfrdwy wedi troi'i drwyn ana chdi; ella basa fo wedi dy luchio di i un o'i gelloedd; yn sicr fasa fo di difrïo dy gredoa gwleidyddol di — heb sôn am dy rai gwrthgrefyddol di. Ond dyma chdi: yn dathlu uchelwr odd, ma'n debyg, yn gneud dim byd ond trio ennill mwy o dir; llenwi'i goffrau.'

Gwenodd Mike. 'Symbol di o de. Dim byd arall. Ti'n gwbod su' ma Cristnogion yn creu Crist yn 'u delwedd nhw'u hunan: Iesu'n ffitio byd olwg y crediniwr, boed o'n efengýl neu'n annibýn: wel, mae'r Cymry, yli, yn gneu 'run peth efo Owain Glyndŵr. Chwedl di o'n de: chwedl i'w fowldio fel dan ni isho'i fowldio fo; cynrychioli be dan ni isho fo i gynrychioli. Dan ni di creu Owain sosialaidd, rhyddfrydol;

wedi'i lusgo fo o'i gyd-destun; o'i gyfnod. Tasan ni'n gweld sut odd o'n bihafio go iawn, san ni'n cal 'yn brawychu, bownd o fod. Ond dan ni'm isho meddwl; y werin ddim isho meddwl; y werin isho cal eu harwain.' Ochneidiodd Mike; mwytho'r ddraig goch ar ei dei. ''Na fo, de: pawb yn cal 'u mowldio, dydyn; dan ni'n gweld 'yn harwyr fel dan ni isho'u gweld nhw: fersiyna gwell ohonan ni. Ti'n dal i lecio *heavy metal*, Gough?'

Roedd y ddau'n eistedd gyferbyn â'i gilydd: Mike tu ôl i'w ddesg; Gough mewn cadair swyddfa, teimlo fel tasa fo'n cael ei gyfweld am swydd.

'Wth 'y modd,' medda fo yn ateb i ymholiad y gŵr busnes.

'Ti'n lecio roc a rôl Cymraeg?'

'Fatha pwy? Dafydd Iwan?'

'Dafydd? Na, dwi'n nabod Dafydd.'

Wt mwn, meddyliodd Gough.

'Meic Stevens? Jarman?'

Ysgydwodd Gough ei ben.

'Ti'n fawr o Gymro, nac wt, Gough.'

'Be mae hynny feddwl? Be di Cymro, lly?'

'Rwun sy'n cefnogi Cymru, y diwylliant, yr iaith. Gwladgarwr, de.'

'Dwi'm yn gwrando ar fiwsig jest am 'i fod o'n Gymraeg, I-Hêtsh' — 'E.H.', dyna oeddan nhw'n arfer galw Mike — 'dwi'n gwrando ar fiwsig am bo fi'n lecio'r blydi miwsig.'

Chwarddodd Mike Ellis-Hughes. 'Ta waeth. Be tisho'r godinebwr diawl? Ti'm di dŵad yma i gael gwers hanas a sgwrsio am fiwsig, naddo.'

'Mae'i reit grand ana chdi, I-Hêtsh. Lle'r ath y Marcsydd radical dwi'n gofio'n coleg?'

Roedd Mike Ellis-Hughes yn swyddog efo undeb y myfyrwyr yn y politec yn Lerpwl. Yr undeb yn radical:

comiwnyddol, Marcsaidd, chwyldroadol; galw am wrthryfel; annog y werin i ddymchwel y drefn gyfalafol.

Roedd Gough yn fwy cymhedrol: sosialydd yn nhraddodiad Attlee. Sosialydd gwladgarol oedd hwnnw: un wirfoddolodd ar gyfer y Rhyfel Byd Cyntaf; un oedd yn barod i ymladd Ffasgiaeth. Roedd y radicaliaid ifanc yn debycach i Ffasgwyr, ym marn Gough. Bradwyr eu dosbarth oeddan nhw. Roedd gas gynnyn nhw Brydain; roeddan nhw am falu'r wladwriaeth, nid ei hesblygu hi er lles y gweithwyr. Hogia coleg oeddan nhw: deallusion ffroenuchel oedd yn edrach i lawr ar y dyn cyffredin; yn sarhau'r werin oeddan nhw'n taeru eu bod nhw'n ei chynrychioli.

Dyna pam aeth hi'n ddrwg rhyngddo fo a Mike Ellis-Hughes yn Lerpwl. Dau hogyn o Sir Fôn yng ngyddfa'i gilydd. Ci a chath pan oedd Gough yn gohebu ar streic, neu pan oedd yr undeb wedi meddiannu swyddfa aelod seneddol Ceidwadol lleol yr adag honno.

Roedd y stiwdants yn fandaleiddio'r swyddfeydd. Paentio sloganau; darlunio'r mwrthwl a'r cryman dros bob man. Ffonio'r *Echo* i ddŵad i dynnu lluniau a gwrando ar eu datganiadau chwyldroadol.

Anfonwyd Gough i un brotest. Mike yno yn ei chanol hi. Mike a Gough yn nabod ei gilydd yn syth bìn. Ellis-Hughes yn dweud: 'Pawb yn nabod pawb ar Ynys Môn: byd bach.'

Drystiodd Gough erioed mo Ellis-Hughes go iawn: roedd o'n un bachog fatha'i dad. Ond lasa'i bod hi'n annheg cymharu meibion efo'u tadau, a'u mesur nhw felly.

*   *   *

'Be fedra i neud i chdi, Gough?'

'Yddat ti'n nabod Robat Morris?'

Ellis-Hughes yn ystyn Benson & Hedges o'r paced ar y

101

bwrdd, cynnig un i Gough. Hwnnw'n ysgwyd ei ben: tynnu'r JPs o'i gôt, goleuo un; cynnig y fatshen i Ellis-Hughes. Gwyrodd hwnnw yn ei flaen, derbyn y tân. Y ddau'n edrach i llgada'i gilydd trwy'r fflamau. Smociodd y ddau. Mwg yn niwlio'r stafell. Oglau tybaco'n llenwi'r aer.

Cododd Ellis-Hughes ei sgwyddau. 'Pawb yn nabod pawb ar Ynys Môn: byd bach.' Gwenodd: roedd o fel Gough, yn dal i gofio'r tro cynta ddaru nhw gyfarfod yn Lerpwl.

Byd bach go iawn, meddyliodd Gough, ond am symud ymlaen o'r gorffennol. Tynnodd ddarn papur o'i lyfr nodiadau a'i ddadblygu ar y ddesg: llun o Mike Ellis-Hughes a Robert Morris o'r *County Times*. Plygodd Mike yn ei flaen i fwrw golwg. Wedyn eistedd yn ei ôl yn syth bìn. 'Gŵyr Môn,' medda fo, cochi rŵan. 'Pentwr o aelodau. O'n i'n 'i nabod o i ddeud helô a ballu. Dyddan ni'm yn fêts.'

'Pam?'

'Pam be?'

'Pam ddach chi'm yn fêts?'

'Dwn i'm, Gough. Pam dan ni'm yn fêts?'

'Dorroch chi bartnars dros wleidyddiaeth?'

'Sut?'

'Odd o'n arfar bod yn gynghorydd y Blaid. Wedyn mi drodd o'n Geidwadwr. Duwcs, odd o'n Llafur es talwm, hefyd. Ddaru chi ddwrdio?'

Gwenodd Mike. 'Ti siŵr sa'm gwell gin ti hel straeon am Lerpwl? Atgofion melys, de washi.'

Sugnodd Gough ar ei sigarét. 'Yddat ti'n arfar bod rêl rebal. Blydi *revolutionary* go iawn. Gweld dy hun fatha Che Guevara Cymru. A dyma chdi rŵan yn dy grys a dy dei.'

'Tei'r ddraig goch o leia,' medda Mike, fflicio'r dei; ei dangos hi fel tasa fo am brofi rhywbeth: ei wladgarwch.

'Be ddigwyddodd i chdi?'

'Ffac ôl, Gough. Dwi'n dal yn rebal. Dwi'n dal isho malu'r

drefn; malu hi'n racs jibidêrs i ddeud y gwir. Ond fel pob delfrydwr, dwi'n callio ac yn ogla'r sbondwlics. *Money makes the world go around*, washi. Heb geiniog neu ddwy yn dy bocad fedri di'm gneud dim byd. Ciwad fach efo'r weledigaeth a'r mags sy isho i danio'r chwyldro. Hyshio'r werin i falu'r drefn. Ond angan pres, yli. Angan bwydo'r werin; bwydo'r rhyfelwyr; prynu'r arf—' Stopiodd; cau'i geg, a Gough yn gofyn:

'Sut?'

Gwenodd Mike; smocio. 'Jest malu cachu o'n i. Dan ni'm isho troi Cymru'n Ogledd Iwerddon; ond mi lasa ddigwydd.'

'Lasa?'

'Roedd Dydd Gŵyl Dewi'n glec.'

'Democratiaeth, chan.'

'Di democratiaeth ddim yn gweithio. Da i ffac ôl i'r gweithiwr, nagdi. Cyfnewid un cyfalafwr am y llall. Chwyldro sy'n gweithio; newid petha go iawn. Ar ôl y malu, ailddechra, ailgodi, aileni. Dofi'r gors, chwadal Dad.'

'Dofi'r gors?'

'Llosgi'r hen frwyn ar y corstiroedd; ddaw 'na dwf newydd wedyn.'

'Tân,' medda Gough.

'Cymer ddŵr, halen a thân; dim ond rhain sy'n puro'n lân ...'

'Sut?'

'Cân Gymraeg, Gough. Sat ti'm callach.' Gwenodd Mike. Mathrodd y ffag. 'Wedi dŵad i dyrchio am sgandal wt ti? Sgandal am Robat Morris?'

'Os 'a sgandal?'

'Ma 'na bob tro sgandal. Ti'n dal i ffwcio'r athrawas fach handi 'na tu ôl i gefn y wraig?'

Gough yn dawel ac yn llonydd ac yn meddwl: Mae hwn yn gwybod? Teimlo pwysau mawr yn ei ben; teimlo ofn yn ei frest. Bygythiad anweledig. Y pen ceffyl. Ond yna, meistrolodd ei hun; callio. Pwyso a mesur pethau, a dweud: 'Chwilio am chydig o hanas Robat Morris. Giaffar isho gneud atodiad pan ddarfodith yr achos.'

Daeth cysgod dros wedd Mike. 'Lol di hyn, sti.'

'Be sy'n lol?'

'Hyn. Be sy di digwydd i Bob Morris a ballu.'

'Mwrdwr yn lol?'

Ysgydwodd Mike ei ben; golwg rwystredig arno fo. 'Gwrthdynnu sylw odd ar sefyllfa ingol go iawn. Ma 'na bentwr o Gymry'n gynddeiriog ar gownt y refferendwm. Fy'na lecsiwn 'n o fuan; a gwatshia di be ddigwyddith pan enillith Thatcher.'

'Thatcher?'

'Hen stori fydd mwrdwr Bob Morris erbyn Dolig, Gough. Ma'r llofrudd yn y ddalfa. Mi geith garchar am oes. Stori ar ben. Di marwolaeth un dyn ddim yn cyfri'n y cynllun mawr.'

'Be di'r cynllun mawr, I-Hêtsh?'

Roedd Mike yn ymfflamychol pan groesodd Gough a fynta gleddyfau'n Lerpwl rhyw ddeg mlynedd ynghynt. Mike bedair blynedd yn fengach na Gough; stiwdant stranclyd. Roedd yr hirwallt hwnnw o 1969 i'w weld wedi callio erbyn hyn. Ac roedd hynny'n ei wneud o'n beryclach, rhywsut. Roedd o'n dal yn ffyrnig: jest ei fod o'n gwisgo siwt a thei bellach; tei efo draig arni. A'r rheini oedd y rhai peryg go iawn: y dreigiau.

Safodd Mike Ellis-Hughes: sgwrs ar ben. Gwenodd a dweud: 'Gwatshia di.'

Safodd Gough. 'Be ti'n falu, I-Hêtsh? Dim Ciwba di Cymru, sti; dim Ryshia.'

'Gân ni weld. Beth bynnag, ẃrach fyddi di'm o gwmpas yn hir iawn.'

Aeth rhywbeth anghynnes — rhywbeth oedd yn fyw ac

efo pentwr o draed — trwy berfedd Gough. Ddaru o ddim dweud gair. Roedd ei geg o'n sych.

Dywedodd Mike: 'Ti'n bownd o roid tro ar gwd rhyw darw eto; mynd ar gefn buwch mewn beudy diarth a chael dy hel o 'ma.'

Chwarddodd Mike Ellis-Hughes.

*   *   *

Canol pnawn: llithrodd Gough y Volvo i le parcio Gwyn South. Roedd y giaffar allan. Seboni rhyw ŵr busnas boliog, debyg, neu sodro Rita Robbins o'r adran hysbysebu tra bod ei wraig o'n ei gwaith.

Un arall oedd yn rhoid tro ar gwd y tarw, chwadal Mike Ellis-Hughes.

Aeth Gough i mewn i'r swyddfa, Alwen tu ôl i ddesg y dderbynfa, ei gwallt cyrliog efo tinc o borffor ynddo fo heddiw.

'Golwg fflystyrd ana chdi, boi,' medda hi, 'dy focha di'n biws.'

''Run lliw â dy wallt di, Alwen.'

'Sinach,' medda hi. 'Hei, be am i chdi fynd â fi am ddrinc? Wt ti di bod ffor'ma am fisodd, a finna heb gal 'run sniff.'

'Ti allan o'n *league* i, Alwen. Dim ond riportar bach dwy a dima dwi. Sgin i'm gobaith mul.'

'Os ti fatha mul, tria dy lwc,' medda hi; rhuo chwerthin ar ben ei jôc.

Ac efo sŵn rhuo chwerthin Alwen yn gwywo, brasgamodd Gough i fyny'r grisiau. Taflodd gipolwg i'r adran hysbysebu: jest i weld y genod; jest i weld oedd Rita Robbins yno. Doedd hi ddim: Gwyn yn ddyfn yn ei pherfedd hi, bownd o fod.

Fyny â fo i'r adran olygyddol. Sŵn y teipiaduron yn ei

groesawu. Oglau'r sigaréts, chwibianu'r cetl yn berwi, a'r sgwrsio a'r gweiddi.

'Lle ma'r giaffar?' gofynnodd i Jane comiwniti niws.

Jane comiwniti niws, efo Capstan yn hongian o'i gwefus, yn rhythu arno fo a dweud: 'Dim fi di'i secretri fo, Gough, naci.'

Aeth hi'n ôl at ei thwmpath o rwtsh am gyfarfodydd Merched y Wawr a nosweithiau llawen. Gryduras yn gorfod teipio'r bali lot; llith ar ôl llith. Miloedd o eiriau'n llenwi deg o dudalennau'r County Times bob wythnos. Miloedd o eiriau bach bach, llai na morgrug.

Ond dyna oedd yr hen do'n ysu amdano fo: newyddion cymunedol. Busnes bach, nid stori fawr. Tasach chi'n anghofio rhoid eitem Cymdeithas Flodau Cemaes yn y papur am eu cyfarfod blynyddol, mi fasa hi'n ddigofaint a ennyn, ac mi a'ch lladdaf â'r cleddyf; a bydd eich gwragedd yn weddwon, a'ch plant yn amddifad. Gŵyl ganu, ar f'enaid i, a Gough unwaith wedi bod yn erlid gangstyrs yn Lerpwl: yn y diffeithwch hwn y cwymp eich celaneddau ... Doedd gynno fo ddim diddordeb yng ngwaith Jane fel arfer, ond y funud honno roedd yna eitem wedi dal ei sylw.

'Be ti'n edrach fel'a?' medda hi ar ôl ei ddal o'n edrach dros ei hysgwydd ar be oedd hi'n deipio.

Rhwygodd Gough y darn papur o'r teipiadur.

'Hei!' rhuodd Jane comiwniti niws.

Darllenodd Gough:

Gwŷr Môn's annual meeting on Wednesday, March 21, will commemorate our dear friend, the late Robert Morris, Llidiart Gronw. Contact Michael Ellis-Hughes (Ellis-Hughes Coaches, Llannerchymedd) for further information. Members only.

* * *

Jest yn bedwar: Gough wedi cael ordors i symud y Volvo.

'Pidiwch â parcio yn 'yn — ffycin — lle fi eto, Gough,' medda Gwyn South.

Roedd y giaffar yn ysgwyd i gyd. Roedd yna hyd yn oed golwg flin ar ei fan geni o. Chlywodd Gough erioed mohono fo'n deud 'ffycin' o'r blaen. Ac Alwen yn dweud wrth Gough pan oedd o'n mynd i mewn ar ôl symud ei gar, Dwi rioed di clŵad Gwyn South yn deud 'ffycin' o blaen.

'Gair,' gwaeddodd Gwyn South arno fo ar draws y swyddfa pan gerddodd Gough yn ôl i mewn i'r adran olygyddol.

Rŵan, yn y swyddfa fach efo Gwyn South, a hwnnw'n dweud: 'Dorwch gora i hyn, Gough.'

Roedd Elfed yno hefyd: fatha staen sy'n anodd cael gwared arni. Fasa rhywun yn meddwl mai fo oedd y giaffar go iawn, bob tro mewn cyfarfodydd, bob tro'n cael dweud ei ddweud.

'Ewadd, dwi'm ond yn parcio yna pan wt ti'm yma—'

'Nid y parcio, ddyn,' medda Gwyn South, golwg reit gynddeiriog arno fo. 'Cyfeirio dwi at y sbloetsh 'ma efo Robat Morris.'

'Sbloetsh? Hel straeon ar gyfar yr atodiad dwi.'

'Bysnesu wt ti,' medda Elfed.

'Sgin ti'm llynia i'w tynnu, R2D2?' medda Gough wrtho fo.

Stemiodd Elfed, ffyrnig wrth gael ei gymharu efo'r robot byr o *Star Wars*. 'Rhai' fi gal straeon i dynnu llynia ar 'u cyfar nhw i ddechra, bydd,' medda fo, 'ond ma'r blydi riportars ar ddisberod.'

'Rhowch gora iddi; y ddau 'na chi,' medda Gwyn South. 'Gough, sgwennwch deyrnged i Robat Morris, newch chi? Teyrnged. Y daioni. Gŵr ffyddlon, tad cariadus, capelwr gostyngedig, Cymro gwladgarol. Ac wedyn ewch ati efo'r atodiad. Rhoswch yn yr offis. Iwshiwch y ffôn os o's raid. Ma gynnoch chi hen ddigon o fanylion. Soniodd Siân lawr grisia wtha fi am ych helfa drysor yn y llyfrgell. Pidiwch â hambygio Mike Ellis-Hughes.'

'Su' ti'n gwbod mod i wedi gweld I-Hêtsh—'

'Ffonio i gwyno ddaru o,' medda Gwyn South, torri ar draws.

'Cwyno?' Peth rhyfadd i I-Hêtsh ei wneud, meddyliodd Gough; wedyn dweud: 'Giaffar, mi gogiodd o fwy neu lai beidio nabod Robat Morris. Odd hi'n canu o'r ceiliog, ti a'm gwedi deirgwaith, wir dduw. Odd o fel tasa fo isho anghofio'r cwbwl lot; matar bach. Ond yr wsos nesa mae o'n trefnu coffadwriaeth i'r dyn. Lle ma'r sens yn hynny?'

'Mi odd Robat Morris yn aelod o Wŷr Môn,' medda Elfed. 'Y mudiad sy'n 'i gofio fo, nid Mike Ellis-Hughes.'

'Sa hidia i ni fynd i'r cyfarfod,' medda Gough.

'Mond aeloda sy'n cal,' medda Elfed.

'Ti'n aelod o Gwŷr Môn, Pricey.'

Cochodd Elfed; gwenodd. Neu drio: rhyw hanner ymdrech. Dywedodd: 'Ma 'na bentwr o hogia'r ynys yn aelodau, Gough. Hynny'm yn golygu'n bod ni'n fêts mynwesol, sti. Jest cydweithio er lles y gymuned dan ni.'

'Blydi hel, chwara teg i chi; ffacin merthyron. Ŵrach bicia i draw nos Fercher nesa.'

'Ti'm yn aelod,' medda Elfed.

'Mi 'na i ymaelodi, ta.'

Edrychodd Elfed a Gough ar ei gilydd am sbel go lew cyn i'r ffotograffydd wenu a dweud: 'Blydi hel, Gough: doro gora i hyn a tyd am beint, wir dduw.'

*   *   *

Y Bull am hanner awr wedi pump, a'r bar newydd agor. Tina'n tynnu peint i Gough; rŷm a Coke Elfed wedi'i dollti'n barod.

Talodd Gough. Winciodd Tina arno fo, gwthiad ei sgwyddau'n ôl. Nodiodd Gough arni. Mynd â'r diodydd at lle'r oedd Elfed yn aros amdano fo.

'Doro gora iddi, Gough.' Elfed yn dal ati efo'i ordors. 'Y lol wirion 'ma; hambygio.'

'Pam?'

'Ma Chris Lewis di cal 'i gyhuddo. Eith o i jêl. Odd Robat Morris yn ddyn parchus. Nei di mond pechu. Dim Lerpwl di fama, sti. Paid â cogio bo chdi'n hambygio'r maffia, mêt; dos 'a'm maffia ffor'ma.'

'Mond holi pobol ydwi.'

'Hambygio wt ti.'

'Hambygio pwy?'

'Kate Morris; Bethan Morris.'

'Dwi'm yn dy ddallt di, Pricey. Sat ti'm yn deud hyn fel arfar: amdani, sat ti'n ddeud; cnocio drysa; tyrchio am stori. Odd Robert Morris yn ryw fath o Iesu Grist ne rwbath? Dwi'm yn trio maeddu'i enw da fo, sti; a dwi reit fodlon seboni. Ond jest isho'r gwir dwi.' Llywciodd Gough hanner ei beint; awydd bod yn chwil arno fo. 'Mae Chris Lewis yn lleol hefyd, sti,' medda fo. 'Gynno fynta deulu 'ma. Chwaer; mam. Gynno fo fêts; un ne ddau. Ŵrach sa hidia i ni roid sylw iddo fo.'

'Chwaer; 'na chdi. Drofun mynd i'r afael â honno wt ti'r sglyfath.'

'Paid â malu cachu.' Yfodd eto. Gweddill y peint. Barod am un arall. Meddyliodd am Chris Lewis. Meddyliodd am Bethan Morris. 'A dyna chdi Bethan Morris—'

'Gad lonydd iddi, Gough,' medda Elfed. 'Ma'i di colli'i thad.'

'Sat ti'm yn meddwl hynny tasa chdi'n siarad efo hi. Sa chdi'm yn meddwl bo 'na neb di mosod ani chwaith.'

'Gryduras fach di cal 'i styrbio. Gweld 'i thad yn cal 'i

golbio i farwolaeth fel'a; cal 'i thrin gin y briwlas 'na. Drofun iddi fynd i Ddinbach: chydig fisodd mewn seilam siŵr o neud lles.'

'Sa chydig fisodd mewn seilam yn gneud lles i ni i gyd,' medda Gough. 'Tisho un arall?'

Aeth i brynu peint a whisgi iddo fo'i hun; rŷm a Coke arall i Elfed.

Ar ôl iddo fo ddŵad yn ôl, dywedodd Elfed: 'Wy'sti fod Enoch Powell drofun cau Dinbach yn y chwedega? Crwydro'r strydodd y basan nhw; beryg bywyd.'

Cleciodd Gough y whisgi. Anwybyddu Elfed. Meddwl am furiau'r seilam. Meddwl am y gwallgofrwydd. Meddwl am fyd yn mynd o'i go.

Yfodd Elfed ei ddiod. 'Un arall?'

Rhoddodd Gough glec i'r peint, rŵan. Dechreuodd lareiddio. 'Tyd â *chaser* arall hefyd,' medda fo.

* * *

Awr a hanner yn ddiweddarach, Gough wedi clecio pum peint a phedwar whisgi, ac mi faglodd o ac Elfed allan o'r dafarn.

Noson glir, ond digon oer. Dannedd Mawrth yn finiog. Crynodd Gough; pwysodd y cwrw ar ei bledran o. Roedd hi'n amser mynd adra; neu'n amser picio i weld Jenny.

Baglodd Elfed i lawr lôn gefn, daffod ei drowsus, tynnu'i bidlan allan.

Rowliodd Gough ei llgada. Trodd ei gefn. Sŵn dŵr mawr, a drewi sur ar yr awyr.

'Hoi,' medda'r llais.

Gough yn troi i gyfeiriad yr 'Hoi': blydi copar. Hogyn ifanc; tal a chul fatha styllan.

Y copar eto: 'Hoi!'

Elfed yn dal i biso: methu stopio ar ôl dechrau. Gwthiodd y copar heibio i Gough, fel tasa fo ddim yno, a mynd i'r afael ag Elfed; hwnnw'n dal i biso.

Cwynodd Elfed: 'Doro gora iddi. Mon' gneu dŵr dwi.'

Llusgodd y copar Elfed o'r lôn gefn. Elfed heb orffan piso: dal i neud dŵr, a'r dŵr yn sbrencian dros drowsus a sgidiau'r copar.

Y copar: 'Nawr te—'

Hwntw, ar f'enaid i, meddyliodd Gough; heb weld un o'r rheini ffor'ma ers hydoedd.

'— dyma ni *assaulting a police officer* a *public indecency*. Ych chi'n dod i'r steshion da fi, gw'boi.'

'Ffac off, hwntw diawl,' medda Elfed, stryffaglio, ddim yn cymryd y peth o ddifri o gwbwl ar hyn o bryd. 'Dŵt ti'm yn gwbo pw dwi, washi?'

Ymyrrodd Gough: 'Si'm isho bod mor frwnt, offisyr.'

Elfed eto: 'Dŵt ti'm yn gwbo pw dwi?'

'Na: fi ddim yn gwpod pwy y't ti, gw'boi,' medda'r llanc mewn iwnifform, 'a sdim ots gen i chwaith: ti wedi torri'r gyfreth.'

'Ffonia dy ffacin siwperintendynt, hwntw,' medda Elfed, 'a deu'tho fo bo chdi di arestio Elfed Price — *the* Elfed Price.'

'Dwed ti hynny wrtho fe dy hunan. Tyrd nawr: y't ti *under arrest*.'

'Ffacin hwntw diawl,' rhegodd Elfed, 'dos yn ôl i ffacin Sowth Wêls, y blydi fforinar. Gough, deu'tho fo pw dwi.'

'Dwi'm yn meddwl bod otsh gynno fo pwy wt ti, Pricey.'

Dechreuodd y copar lusgo Elfed gerfydd ei fraich.

Elfed yn cwyno: 'Hei! Hei!'

Pawb yn edrach rŵan: y stryd wedi stopio; yr hogia wedi picio allan o'r Bull a'r Market i chwerthin am ben Elfed.

'Elfed *County Times* yn mynd i jêl!' gwaeddodd rhyw wag.

Roedd pen Gough yn curo. Meddwl: Sut landish i'n fama?

Fel hyn: mynd ar gefn gwraig golygydd y *Liverpool Echo* a rhoid swadan i'r golygydd pan roddodd hwnnw glustan i'w wraig odinebus. Sac ar y sbot, cop siop ar ei ben, rhybudd a *Fuck off back to Wales, Taff.*

Dyna sut landiodd o'n fama.

*   *   *

'*Very embarrassing* ac ma ddrwg iawn gin i, Elfed,' medda'r Prif Uwch-arolygydd Hugh Densley.

Roeddan nhw'n nerbynfa'r steshion bellach.

'*But, superintendent,*' medda'r copar ifanc — PC Nick James oedd ei enw fo — gan erfyn: 'Fe iwrineitiodd y bachan ar fy sgidie i ac ar fy nhrowser i.'

Edrychodd Densley ar draed a choesau'r copar ifanc. Roedd o wedi newid ei ddillad, y trowsus a'r pâr sgidiau lychwyd gan biso Elfed Price mewn bag plastig: tystiolaeth yn erbyn ffotograffydd y *County Times*.

Chwythodd Gough wynt o'i fochau. Barod i roi'r ffidil yn y to. Barod i'w throi hi am adra; wedi cael llond bol ar heddiw. Y cwrw'n dal i gorddi yn ei stumog o. Y cur pen yn gwaethygu.

Roedd PC James (*aged 12*, meddyliodd Gough mewn rhyw eiliad o wamal) yn dal i erfyn ar Densley i ddŵad â chyhuddiadau'n erbyn Elfed. Roedd Elfed, wrth gwrs, yn ddi-boen. Sgwariodd o gwmpas y dderbynfa fel tasa fo bia'r lle. Gwelodd Gough, sut bynnag, fod pethau'n mynd o ddrwg i waeth. Gorau'n byd tasa fo'n cael mynd ag Elfed o 'ma.

'Elfed, dwi'n *terribly sorry,*' medda Densley, yn ysgwyd llaw'r ffotograffydd. 'Hogyn ifanc di PC James. *Enthusiastic.* Gorymateb nath yr hogyn. *Just try not to piss* mewn llefydd cyhoeddus eto.'

'Digon teg,' medda Elfed, ysgwyd ac ysgwyd ac ysgwyd llaw Densley fel tasa fo'n trio tynnu braich y prif uwch-arolygydd i ffwrdd. 'O'na fai ana finna, Hugh. Gough 'ma sy'n ddylanwad drwg ana fi; 'ngorfodi fi fynd i'r dafarn efo fo bob cyfla.'

Densley'n chwerthin; ciledrach ar Gough. Gough yn nodio; cyfadde'i fai, meddwl: Pa faint o gamweddau ac o bechodau sydd ynof?

'*But, sir*,' medda PC James.

'Ewch *out of my sight*, PC James,' medda Densley wrth y Glas ifanc.

A mynd ddaru o; pen yn ei blu. Gough yn gwylio. Gough yn meddwl am lygredd, meddwl am gynghreiriaid. Gough yn meddwl am gyfrinachau, meddwl am bechodau ac am iachawdwriaeth ac am gosb.

Roedd Elfed a Densley mewn cyfyng-gyngor, y ddau'n mân-sgwrsio; fel tasa nhw'n cynllunio.

'Elfed, tyd laen,' medda Gough.

Trodd Elfed, ei wep fel mis pump. Rhoddodd edrychiad fydda'n llorio tarw i Gough a mynd yn ôl at ei sgwrs efo Densley. Roedd y ddau geg wrth geg. Teimlodd Gough y gwres yn codi'n ei frest: roedd o'n gynddeiriog. Brasgamodd at Elfed a Densley, a hwytho'i hun i mewn i'r sgwrs.

*   *   *

'Be uffar ti'n neud, Gough?' medda Elfed, mynd am eu ceir.

'Gneud 'yn job,' medda Gough, dal o'i go.

'Ma Densley'n fêt; mae o'n ffrind da i'r *County Times*.'

'Pawb yn ffrindia da ffor'ma. Pawb yn nabod 'i gilydd: byd bach.'

Elfed yn stopio. 'Ydi, mae o. Ac yndan, mi dan ni'n fêts, reit. Cadw cefna'n gilydd. Ti'n dallt? Hen ŷd y wlad.'

Gough yn sefyll ei dir. 'Neb yn cadw cefn Christopher Lewis.'

'Ti'n dal wrthi, myn uffar i. Jest i mi ddiodda *miscarriage of justice* a *police brutality*, ac wt ti'n malu cachu am—'

'Pa mor dda ti'n nabod Densley, lly?'

Dechreuodd Elfed igam-ogamu i lawr y lôn eto; ar hyd Ffordd Glanhwfa am y ganol y dre. 'Cystal ag wt ti'n nabod Robin Jones,' medda fo.

'Fasa'r ffacin Octopws byth yn gadal i fi gal getawê efo piso'n stryd. Fasa fo'n deu mod i di cachu hefyd i neud petha'n waeth. Wedyn sa hi'n *miscarriage of justice.*'

'Sgin ti'm clem, Gough.'

'Sut?'

'Cau hi.'

'Be ddudo chdi, Pricey? Sgin i'm clem am be?'

Trodd Elfed ato fo, sbio i fyw ei lygad o, sefyll mor stond ag y medra fo dan yr amgylchiadau — cwrw a ballu.

'Dan ni'n fêts, Gough; di cal pentwr o sbort es i chdi gal dy hel adra. Ti'n uffar o riportar. Pawb yn deud; pawb yn gwbod. A ti'n bownd o fod yn rhwystredig ffor'ma, chditha di bod yn 'i chanol hi'n Lerpwl. Ond paid â mynd i dwndal, mêt.'

Pen ceffyl, meddyliodd Gough cyn dweud: 'Sut 'r a' i i dwndal, Pricey?'

Ysgydwodd Elfed ei ben. Troi a mynd. Dal i ysgwyd ei ben. Heb droi rownd, dyma fo'n dweud: 'Ffansi peint arall cyn i chdi fynd i gal dy ddwrdio gin Helen?'

Fflur yn deud 'ffycin' bedair gwaith — a rŵan hyn

Mawrth 10–11, 1979

PERFEDD nos: Ar ôl y ffrwydriad diweddara rhwng Gough a Helen, bu alldafliad reit debyg i'r un ddaeth yn sgil y prawf niwclear gynhaliodd Ffrainc yn Atol Moruroa bedair awr ar hugain yn gynharach. Ac un canlyniad i'r danchwa'n Llangefni, o leia, oedd bod Gough wedi landio, unwaith eto, yng ngwely Jenny. Gorweddai yno rŵan: oriau mân bore Sadwrn arall, a'r cwilydd yn cnoi arno fo: a fy nghleisiau a bydrasant ac a lygrasant, gan fy ynfydrwydd ...

Llithrodd o'r gwely'n noeth, ac yn o feddw o hyd, i ddweud y gwir.

Llais Jenny'n nhwllwch y llofft: 'Pryd ti'n gadal Helen?'

Ddaru Gough wneud twrw cnewian.

Cododd Jenny ar ei heistedd, troi'r lamp ymlaen a dallu Gough ... a Duw a welodd y goleuni, mai da oedd: a Duw a wahanodd rhwng y goleuni a'r tywyllwch ...

'Wt ti di addo,' medda hi.

'Ma'i'n mynd i gal babi, dydi.'

'Wt ti'n gwbod hynny es jest i naw mis.'

Palfalodd am ei ddillad. 'Wt titha hefyd,' medda fo. 'Sat ti di medru deud "Na"; lly paid â rhoid y bai i gyd ana fi.'

Caeodd Jenny ei cheg yn dynn; dweud dim. Roedd o'n dal

i ymbalfalu; gwybod yn iawn ei fod o wedi bod yn giaidd, ac yn teimlo'i fai am hynny. Wedyn daeth Jenny o hyd i eiriau — ac roedd yna fymryn o fin arnyn nhw:

'Bai fi di o lly am fod yn rhy barod efo 'nghymwynas?'

Gwisgodd amdano. 'Naci, siŵr dduw.'

'Be ti'n drio ddeud, Gough?'

'Dwi dan straen.'

Esgus llipa.

'O, 'ngwas bach i. Blydi hel.'

'Be?'

'Dre 'ma i gyd yn chwerthin am 'y mhen i, bownd o fod.' Taflodd Jenny'r dillad gwely dros ei phen. Roedd hi'n crio, y dillad gwely'n crynu i gyd.

Rhegodd Gough dan ei wynt ac eistedd ar y gwely. 'Jen—'

'Dos o 'ngolwg i, Gough.'

Tynnodd Gough y dillad gwely oddi arni hi, a dyna lle'r oedd hi, yn ffetysol ac yn noeth. Roedd o'n edrach arni hi a phrin y medra fo feistroli ei reddfau. Wedyn deilliodd llais bach o'r ffurf ffetysol:

'Dwi di cael llond bol ana chdi, Gough: gaddo, gaddo, gaddo; ond torri bob addewid. Cloban wirion dwi, meddwl bo dyn fatha chdi — dyn priod — sy 'fo enw drwg am hel merchaid beth bynnag — am ruthro i godi tŷ bach twt efo fi o bawb. Na. Pan ddaw hi'n ben set, mynd yn ôl neith dynion tha chdi; mynd yn ôl i'r nyth. Glua hi, Gough.'

'Tyd laen, Jen—'

'Glua hi.'

Ddaru hi ddim symud. Aros fel'a; fatha rhywbeth newydd, yn noeth ac wedi'i chrymanu.

Caeodd Gough ei geg a darfod gwisgo amdano, teimlo'i bechodau'n ymestyn trwyddo fo fatha'r cranc gwyllt. A'r unig iachâd oedd ei gosbi saith mwy amdanyn nhw. Roedd o'n barod i fynd ac yn gobeithio gadael ar delerau da, ond mi fathrodd Jenny y gobaith hwnnw.

'Paid â dŵad yn ôl,' medda hi.

'Sut?'

'Byth.'

'Jen.'

'Paid â chnocio, paid â ffonio. Dwi'n haeddu gwell na chdi.'

'Wt,' medda fo, 'dach chi i gyd yn haeddu gwell na fi.'

*   *   *

6pm, nos Sadwrn: Caffi Whelans am ffish a tships.

'Be fasa chdi'n lecio?'

'Tships.'

'Tships. Wbath arall?'

'Sosej.'

'Tships a sosej.'

'A pys.'

'Pys hefyd?'

'Pys. Hefyd.'

'Tships a pys a sosej.'

'Dau sosej.'

'Dwi'm yn meddwl bo chdisho dau sosej, Fflur.'

'Oes, Dad, dwisho dau sosej.'

'OK, dau sosej amdani.'

Roedd hi wedi digio — eto. Lle ddiflannodd ei dywysoges fach o, dwch, yr unig oleuni yn ei fywyd o? Pwy ffeiriodd hi am y gnawas fach surllyd yma?

Cyn mynd allan, roedd Gough wedi eistedd efo Fflur yn y stafell ffrynt i sbio ar *Jim'll Fix It*. Jimmy Saville yn ei gadair hud, mannau cyfrinachol ynddi o lle fydda fo'n tynnu'r medalau ar ôl gwireddu breuddwyd rhyw blentyn neu'i gilydd. Dyna lle'r oedd o efo'i sigâr a'i wallt a'i roddion.

Ella basa fo'n medru *fix it* i Fflur fedru gwenu a bod yn hapus.

Rhoddodd Gough yr ordor i'r dyn siop Whelans. Roedd yna oglau digon o r'feddod yn y siop tships; a sŵn ffrio. Chwyrnodd ei stumog, awydd bwyd yn gwneud twrw'n ei fol. Doedd o heb fwyta ers brecwast, heb gael tamad trwy'r dydd.

Mi adawodd o dŷ Jenny tua thri o'r gloch y bore. Dreifiodd am adra'n syth bìn trwy strydoedd gwag y dre. Roedd hi'n hanner awr wedi tri pan landiodd o. Cripiodd i fyny'r grisiau, euogrwydd ym mhob cam. Ond roedd y duwiau'n mesur ei gamweddau ac yn gofannu cosb iddo: gwichiodd y ris ganol fel arfer, y tŷ'n hel clecs am galifantio'r perchennog.

Ciledrychodd trwy ddrws y llofft. Diolch byth: roedd Helen yn chwyrnu cysgu. Roedd hi'n gorfadd ar ei chefn. Roedd hi fatha Mynydd Bodafon, ac roedd o'n caru pob modfedd ohoni hi, pob tro yn ei chnawd; caru nes bod y gwaed yn llosgi'n ei wythiennau fo. A tasa'i waed o wedi tollti o'i gorff o mi fasa fo wedi sgaldio'r ddaear.

Ochneidiodd: rhyddhad bod Helen heb ddeffro. Trodd yn dawel i fynd am bisiad. A dyna lle'r oedd silwét fach ddynol yn sefyll yn nrws llofft Fflur, awra o gwmpas y ffurf. Teimlodd Gough ddychryn yn gwefrio trwyddo fo am eiliad fach — cyn iddo fo sylweddoli mai hi oedd yno.

'Dos i dy wely, Fflur,' medda fo.

Ddaru hi ddim symud am sbelan, sefyll yno fatha angel digofaint wedi dŵad i'w gondemnio fo. Os euog fyddaf, paham yr ymflinaf yn ofer? ...

'Dos,' medda fo eto; yn dawel ond yn fwy pendant.

A dyma hi'n mynd ar hyd ei thin.

*   *   *

Ond doedd yna ddim getawê.

Helen: 'Pryd ddoist ti adra?'

Gough yn dawel, darllen y *Western Mail* wrth y bwrdd yn y cefn, ac yfed ei baned.

'Dim byd di newid, nag o's,' medda Helen, heb gael ateb.

Roedd hi'n fawr, mor feichiog; a heb fod yn dda. Hynny'n dweud ar Gough — ond dim yn ddigon i'w nadu o rhag dengid at Jen pan oedd yr awch yn cythru, yn amlwg.

Sigodd Helen a rhoid ei llaw ar ei bol. Neidiodd Gough amdani.

'Leni—'

Dagrau'n tŵallt. 'Pam ti fel hyn o hyd?' medda hi.

'Leni—'

'Ti'n hollti 'nghalon i, Gough. Ond ti'n gwbod hynny, dŵt, a dim otsh gin ti.'

Cofleidiodd Gough ei wraig. Suddodd Helen i'w frest; y ddau'n meddalu i'w gilydd.

'Be nesh i i dy bechu di?' gofynnodd Helen.

Gough yn ysgwyd ei ben. Methu dŵad o hyd i'r geiriau; ond doedd yna ddim geiriau. Ddaru hi ddim byd cas iddo fo erioed, naddo. A dyma fo, yn ei chosbi hi'n ddidrugaredd.

Rhoddodd hi hwyth iddo fo rŵan, eu gwahanu nhw.

'Swn i'n brafiach ar ben 'yn hun,' medda hi, 'hebdda chdi, heb ddyn o gwbwl. Dŵt ti mond di torri 'nghalon i es y dechra, Gough.'

Dechreuodd Helen botshian yn y sinc: golchi llestri oedd ddim isho'u golchi, sgrwbio staen oedd wedi cael ei sgrwbio ganwaith; staen styfnig.

'Ddudodd Mam, do. Ddudodd hi, Sinach di o, Helen. Sinach wt ti, Gough. Dy eni'n sinach, ac mi farwi di'n sinach. A dwi'm isho sinach. Hel merchaid, meddwi, celwyddgi wrth natur.'

Roedd hi'n llygad ei lle, y ffeithiau ar flaen ei bysedd. Roedd hi wedi eu coladu nhw dros y blynyddoedd a'u storio nhw'n ofalus, i ddweud y gwir. A ddaru hi amgian job ar gasglu tystiolaeth na wnaeth yr heddlu yn achos Robert Morris.

Roedd Gough wedi gobeithio y basa eli amser yn mendio'i briwiau hi; ond roedd archollion Helen yn gronig. Fasa hidia iddi fod wedi'i heglu hi oes yn ôl; dyna fyddai'r peth gorau wedi bod. Ond mi fasa mynd wedi bod yn anodd. I'r ddau, oherwydd roeddan nhw'n un; wedi eu bwriadu.

Hi oedd cynta Gough. Y ddau'n bedair ar ddeg. Rhyw ymbalfalu llencynnaidd yn fwy na charu mawr y ganrif. Ond ta waeth: hi oedd yno a fo oedd yno, a dyna fo. A hi, ar ôl hynny, oedd y mesur. Y mesur ar ôl 1958: Cymru'n cyrraedd rowndiau terfynol Cwpan y Byd yn Sweden; saith chwaraewr Man Utd y marw mewn damwain awyren yn Munich; Gŵyl Cymru'n cael ei chynnal; Krushchev yn dŵad yn arweinydd yr Undeb Sofietaidd; y Frenhines yn rhoid y teitl 'Tywysog Cymru' ar ei mab hyna; yr orymdaith gynta'n erbyn arfau niwclear; y dyn dwytha'n cael ei grogi yng Nghymru; John Gough a Helen Williams yn tynnu amdanyn.

Roeddan nhw'n byw drws nesa i'w gilydd yn Pennant, Llangefni. Y ddau'n nosbarth pedwar yn yr ysgol gyfun newydd agorwyd yn 1953: Helen yn hogan dda, Gough yn dipyn o fwrddrwg.

'Digon yn 'i ben o,' medda'r prifathro wrth ei fam, 'ond angen clustan pob hyn a hyn. Tydi'i dad o ddim wedi dŵad efo chi, Mrs Gough? Gweinidog ydi Mr Gough, yn te. Sa hidia fod gin y llanc foesa go lew, lly.'

A Mam druan yn gwrido; Mam druan yn baglu dros ei geiriau; Mam druan yn parablu: 'Mae'r gŵr yn ddyn prysur, mynd a dŵad, pregethwr lleyg, mynd â'r Efengyl rownd y wlad.'

Mynd â'r Efengyl i dafarn. Mynd â'r Efengyl dan bais rhyw slasan. Mynd â'r Efengyl i pwy a ŵyr lle. Doedd Eoin Gough byth adra, beth bynnag, a doedd gan neb syniad lle'n y byd oedd o'r rhan fwya o'r amser. Tŵallt ei had ym mhob twll a chont, debyg; a'i epil yn niferus, siŵr o fod. Jest fel tasa Duw wedi dweud wrtho fo, yn hytrach nag Abraham, Mi a amlhaf dy had di fel sêr y nefoedd.

Hen dro na ddaru Iehofa addo'r gweddill i Eoin Gough: A rhoddaf i'th had di yr holl wledydd hyn: a holl genedlaethau y ddaear a fendithir yn dy had di.

Affliw o ddim gafodd y Goughiaid, yn enwedig â'r tad fyth yno. A thra bod hwnnw'n lle bynnag yr oedd o'n gwneud beth bynnag a wnâi o, cafodd Gough bach rwydd hynt. Mam yn ei ddifetha fo. Mam byth yn gweld bai. Gwyn y gwêl, a ballu; Mam druan.

A Helen druan bellach: dau ddeg un o flynyddoedd ar ôl yr ymbalfalu, dyna lle'r oedd hi'n potshian yn y sinc.

'Sa wath i ti fynd,' medda hi.

'Wt tisho fi fynd?'

'Diawl.'

'Mam?'

Y ddau'n troi i gyfeiriad y llais, a Fflur yno. Fflur 'run sbit â'i mam. Mi ddaw hitha ar draws rhyw Gough bach cegog mewn rhyw ddwy flynedd, meddyliodd Gough — ac mi oerodd ei waed wrth feddwl am y ffasiwn beth. Teimlodd banig wrth ddychmygu dynion yn ei chysidro fel yr oedd o'n cysidro genod: ei feioleg ar dân.

Ac ar ôl dweud 'Mam' sylwodd Fflur ar Gough a dweud 'Dad'.

'Bora da, Bwni Bach?' medda Gough.

'Pidiwch â galw fi'n Bwni Bach. Dwi'm yn chwech.'

Bwni bach ai peidio, roedd hi'n syllu'n flin ar Gough, ac yn ei gyhuddo fo. Ac mi safodd hi fatha'r oedd hi'n sefyll

oriau ynghynt yn nrws 'i llofft, ond nid mewn silwét bellach,
ond mewn goleuni.

* * *

Roedd blas drwg yng ngheg Gough trwy'r dydd.
Tramgwydd, debyg; sur i gyd.

Roedd Fflur wedi llyncu mul am weddill y diwrnod, ond
ddaru hi ddim sôn gair, chwarae teg, am ddal ei thad yn
sleifio adra'n oriau mân y bore. Ta waeth: roedd Helen yn
gwybod; roedd hi'n oracl, yn darogan camweddau'i gŵr cyn
iddo fo'u cyflawni nhw.

Ond ta waeth am ei doniau: roedd Gough yn poeni
amdani. Roedd hi'n llipa, mewn poen, cau gadael iddo fo
ffonio'r doctor: Fydda i'n iawn, paid â gyboli.

'Ffish a tships heno?' medda fo tua pedwar o'r gloch. 'Tyd
i nôl nhw 'fo fi, Fflur.'

Mi ddaru Fflur ryw sŵn sy'n unigryw i'r ifanc.

Aeth Gough i nôl goriadau'r car a dyma Helen yn gofyn:
'Be ti'n neud?'

'Mynd i nôl ffish a tships.'

'Ti'm yn dreifio 'fo Fflur yn y car. Chwartar awr o wôc di
hi; neith les i chi'ch dau.'

'Ma'i'n oer,' cwynodd Fflur.

'Doro gôt amdanat.'

Cerdded felly, y fo a Fflur. Fflur yn swrth a fyntau'n holi'n
ddi-ddim, cael atebion un gair.

'Sut ddwrnod gest ti'n yr ysgol?'

'Iawn.'

'Ti di gneud dy waith cartra?'

Dim ateb tro yma: sŵn 'T' a rowlio'i llgada.

'Sgin ti gariad bellach?'

Rowlio'i llgada eto a rhyw sŵn, 'Shi...'

Rhoddodd Gough y ffidil yn to; cau'i geg. Cerddodd y

ddau mewn tawelwch am sbel cyn i Fflur ofyn, o nunlle, Fydd Mam yn iawn?

Lasa mai hynny oedd yn ei gofidio hi; y rheswm pam oedd hi'n swrth. Dywedodd Gough: 'By siŵr. Odd hi reit symol pan odd hi'n disgwl efo chditha hefyd, sti.'

'O.'

Roedd ei galon o jest â ffrwydro. Roedd o awydd ei gwasgu hi a'i chysgodi hi rhag y byd, oherwydd bod y byd yn lle brwnt ac yn llawn dynion brwnt. Melltithiodd ei hun: pam oedd o'n cael ei demtio gan ffrwythau gwaharddedig? Na fwytewch ohono, ac na chyffyrddwch ag ef, rhag eich marw. Setlodd y teulu yn Bebington ger y Ferswy; roedd ganddo fo joban dda ar y *Liverpool Echo*, Llundain yn galw hefyd: y *Daily Mirror* yn holi. Mewn rhyw ddeunaw mis, medda golygydd newyddion y *Daily Mirror* wrtho fo dros y ffôn, roeddan nhw'n mynd i fod yn chwilio am ohebydd yn y gogledd-orllewin. Job ar blât; job yn aros amdano fo. Yr adeg honno, roedd pethau'n o lew; yr adeg honno mi gâi o faddeuant reit handi. Maddeuant am hel merched, maddeuant am feddwi, maddeuant am anghofio eu pen-blwydd priodas.

Ond dyma di'r tro dwytha, oedd Helen wedi'i ddweud — a rhyw grio mawr — ar ôl i figmans Gough efo Caroline Buckshead, gwraig y golygydd, ddŵad i'r fei.

Ond Gough oedd Gough. Ac nid dyna *oedd* y tro dwytha, naci. Tydi pobol ddim yn newid; natur dyn ydi natur dyn. Dyna ddywedodd ei dad o wrtho fo ar un o'i ymweliadau prin i Langefni: 'Bydd sgorpion yn sgorpion fyth, Joni bach. Bydd dafad yn ddafad.'

*   *   *

Roedd hi'n brysur yn Whelans, andros o giw. Safodd Gough a Fflur o'r neilltu, disgwyl eu bwyd ar ôl ordro.

'Ogla da,' medda Fflur.

Gough yn synnu 'i bod hi'n sgwrsio. 'Ydi o'n gneu chdisho bwyd?'

Yr hogan yn nodio.

'Fytist ti ginio?' gofynnodd Gough.

Fflur ddim yn ateb.

Pryder yn procio Gough. 'Fflur, fytist ti ginio?'

Fflur yn dawel, a Gough ar fin gofyn eto — a go iawn y tro yma. Ond dyma fo'n ei gweld hi trwy'r ffenest: het wlân am ei phen; gwallt tywyll yn tŵallt o dan yr het a lawr ei thalcen; côt ysgafn amdani; bag siopio go drwm yr olwg yn ei llaw chwith. Roedd hi'n mynd efo'i phen i lawr. Mynd fel yna rhag ofn i neb ei gweld hi, ei nabod hi; pwyntio a chondemnio, wedyn.

Prin y medra Gough nadu ei hun rhag rhuthro allan a mynd ar ei hôl hi. Jest meistroli ei hun ddaru o, llais Fflur yn ei lusgo o ymyl dibyn.

'Dowch, Dad.'

Roedd Gough wrth y cowntar, y bwyd wedi'i lapio, stêm ac oglau da'n codi o'r papur. Ond roedd o'n dal i syllu ar Nel Lewis wrth iddi frasgamu i lawr y stryd.

*   *   *

Roedd Gough ar bigau'r drain isho mynd ar ôl Nel. Cerddodd i lawr y lôn, Fflur yn cymryd camau llydan i aros efo fo. Oglau'r ffish a tships yn gwneud i'w stumog o riddfan; ond roedd o wedi anghofio'i fod o'n starfio. Roedd o'n hyrddio mynd, pan ddywedodd Fflur:

'Dad, pam dach chi'n cerad mor ffycin ffast?'

Teimlai fel tasa fo wedi cerdded yn syth i mewn i wal frics. Stopiodd a ffrwydrodd sêr yn ei ben o. Trodd at ei ferch, gofyn: 'Mor *be*?'

'Jest deud.'

Syllodd Gough ar Fflur, gweddill y byd ddim yn bodoli bellach; y ddaear yn atgof. 'Mor *be*?'

'Ffycin ffast.'

Teimlai fel tasa'i berfedd o wedi syrthio allan. Meistrolodd ei hun, diolch byth. 'Paid â rhegi fel'a,' medda fo; llais reit llyfn. 'Sa dy fam yn dy slanu di. Lle ddysgist ti hynna?'

Cododd ei sgwyddau, dweud: 'Dach chi'n rhegi.'

'Mi a' i i uffarn am neud.'

Triodd ddihatru, o'i gorff, y sioc o glywed y ffasiwn iaith yn dŵad o geg Fflur. Roedd o'n teimlo fel tasa fo isho molchi, sgwrio'i hun yn lân.

Hi: 'Pam mae o'n wahanol?'

Fo: 'Dyn dwi.'

'Pam bod dyn yn cal rhegi a hogan ddim?'

'Felly ma hi.'

'Ma Mam yn rhegi.'

'Be?'

'Ma hi'n ych rhegi chi fel dwn i'm be, Dad, ac yn deud petha lot gwaeth na "ffycin" efyd.'

Roedd ei waed o'n oer. 'Be?'

Mi welodd o Nel Lewis yn mynd yn bellach ac yn bellach. 'Gwaeth na "ffycin"', medda Fflur.

'Ti di deud "ffycin" bedair gwaith wan, a finna di deud wtha chdi am beidio ar ôl y tro cynta.'

'Ia, ond dwi'm yn iwshio fo fatha rheg rŵan, dwi'n iwshio fo fatha goddrych.'

'Goddrych?' Roedd gan Gough awydd rhegi, ond rhywsut lliniarodd yr awydd. 'Jest paid â'i iwshio fo fatha dim byd.'

Dyma nhw'n cerdded trwy'r stryd hanner-awr-wedi-chwech, a'r hogiau'n cyrchu rownd drysau'r Bull a'r Market, a'r noson yn cynhesu.

Chwythodd Gough y straen o'i gorff; gadael i'r ffaith bod

Fflur wedi dweud 'ffycin' bedair gwaith, ac wedi'i 'iwshio fo fatha goddrych', ddiferu ohono fo.

'Helô.'

Ias yn ei lorio fo; ei goesau'n sigo. Roedd o'n nabod y llais ac mi boethodd ei fochau'n syth bìn: roedd o isho dweud 'ffycin' yr eiliad honno llawer mwy na phedair gwaith. Neidiodd chwilen i'w ben o a bu jest iawn iddo fo gythru ym mraich Fflur a sgrialu i lawr y lôn efo hi; dengid i ddweud y gwir. Ond roedd ei ferch ddywedodd 'ffycin' bedair gwaith wedi troi rownd at y llais ac wedi gweld pwy oedd yno ac wedi dweud: 'Helô, Miss Thomas.'

Fflur yn dweud 'ffycin' bedair gwaith — a rŵan hyn.

'Helô, Fflur,' medda Jenny. 'Ewadd, ma 'na ogla da'n dŵad o'r bag 'na?' Fflur jest yn codi'i sgwyddau. Jenny'n edrach ar Gough a dweud: 'Braf; pawb yn cal ffish a tships efo'i gilydd.'

Roedd ei llgada hi fatha crafangau'n crafu'i wyneb o, a thôn ei llais hi ddim yn ategu'r geiriau cyfeillgar ddaeth ohoni. Roedd ceg Gough, ar yr un pryd, wedi crimpio; geiriau'n draffig jam yn ei gorn gwddw, a dŵr poeth yn berwi'n ei stumog o.

Fflur yn dweud 'ffycin' ...

Edrychodd Jenny i fyw ei llgada fo, dweud: 'Dwi'n cyfarfod ffrind am bryd o fwyd heno, neu mi faswn i di lecio ffish a tships efyd.'

Gên Gough yn taro'i benna gliniau fo.

Jenny'n troi at Fflur, pryder ar ei thalcen: 'Sud hwyl sy ar dy fam?'

Daeth Gough o hyd i'w lais: 'Disgwl am 'i swper.'

Llgada Jenny'n slanu Gough eto: 'Siŵr 'i bod hi.'

'Ma'i di bod reit symol heddiw, felly sa amgian i ni 'i throi hi am adra,' medda Gough, chwys doman.

'Well i finna fynd i ffindio'n ffrind,' medda Jenny. 'Mae o'n disgwl amdana fi'n y Bull.'

Mae *o'n* disgwl —

Teimlodd Gough fel tasa fo'n cael ei lifio'n ei hanner trwy'i frest. Gnawas, meddyliodd wrth i Jenny roid gwên gaws iddo fo.

'Mi wela i chdi'n rysgol dy' Llun, Fflur. Neis ych gweld chitha, Mistyr Gough. Cofiwch fi at Misus Gough, newch chi?'

Llais Gough wedi mynd i guddiad eto, felly nodiodd ei ben a gwneud sŵn tuchan ddechreuodd pan daniodd y niwronau yn ei ben o fili-eiliadau ynghynt fel: Mi 'na i, siŵr iawn.

Dywedodd Jenny ta-ta wrth Fflur a wedyn mynd am y Bull, ac am funud bach roedd hi fatha magned a Gough yn cael ei dynnu ar ei hôl hi. Ond sadiodd ei hun; ysgwyd ei ben; cael madael ar ei boenedigaethau. Ond wedyn:

'Iesu ffycin Grist,' medda Fflur.

*   *   *

Gafodd o'i ddeffro gan Helen yn rhoid homar o hwyth iddo fo. Roedd o'n breuddwydio am dŷ'n llawn coridorau cul, ond doedd yna ddim ond dwy stafell yn y tŷ, a rhuthrai o un i'r llall. Mewn un o'r stafelloedd arhosai Jenny a chiwed o blant; yn y llall, Helen a phentwr o'i epil. Fynta'n trio cadw'r naill stafell yn gyfrinach rhag y llall.

'Be... be... be?'

Roedd llgada Helen, hyd yn oed yn y twllwch, yn sgleinio: sêr pell yn ei arwain o at iachawdwriaeth —

'Rhai' fi fynd,' medda hi, a rhyw grynu yn ei llais hi.

'Mynd i lle?' gofynnodd Gough, cryndod ei llais hi'n llacio'i bledren o. Ac mi sylweddolodd o'n syth bìn i lle'r oedd yn rhaid iddi fynd. Neidiodd o'r gwely fatha dyn wedi'i ddal yn sodro'r wraig drws nesa — ystum reit gyfarwydd i Gough.

'Rŵan?'

'Rŵan, John.'

John. Doedd hi heb ei alw fo'n John ers y dyddiau cynta. Hynny'n arwydd reit ddifrifol: y Raddfa Richter yn mynd trwy'r to.

Mi helpodd o Helen o'r gwely. Roedd hi fel tasa hi wedi chwyddo'n fwy byth dros nos. Ogleuodd ei chorff hi: mor gyfarwydd, mor gysurus. Blagurodd rhywbeth yn ei frest o, yn gynnes yno. Bugeiliodd hi i lawr y grisiau i'r stafell fyw; mynd dow dow. Wedyn mynd i nôl goriadau'r car, a chôt oedd ar y bachyn wrth y drws ffrynt.

'A' i ddeffro Fflur, a wedyn—'

'Dŵt ti ddim yn blydi dreifio.'

'Leni—'

'Ffonia'm blydi ambiwlans.'

Ras am y ffôn, cythru'n y ffôn, gollwng y ffôn.

'Gough!' sgrechiodd Helen.

Gough, eto rŵan.

'Mam?'

Roedd Fflur ar ben grisiau.

'Dwi'n iawn,' medda Helen, 'jest y babi'n dŵad.'

Rhuthrodd Fflur i lawr y grisiau. Gough yn potshian efo'r ffôn. Helen yn rhuo: 'Ffonia'r fffff...cin ambiwlans.'

Fflur yn rhoid hwyth i Gough, a hwnnw'n baglu a mwydro a drysu. Fflur ar y ffôn, mor ddi-lol: deialu, disgwyl; wedyn: 'Dwisho ambiwlans, plis. Mae Mam yn cael babi ...'

Fflur yn dweud 'ffycin' bedair gwaith — a rŵan hyn. Ymledodd y cynhesrwydd trwy frest Gough. Teimlai fel tasa holl gariad y byd yn ei galon o'r eiliad honno.

Roedd Fflur yn cysuro'i mam, honno mewn anhawster efo'i maint a'i phoen — a'i dagrau'n diferu. Roedd hi'n goch ac yn chwyslyd: tomen ddela'r byd, meddyliodd Gough, a'i feddyliau'n haid o adar drudwy yn dengid rhag gwalch.

Cofiodd enedigaeth Fflur: reit ddi-lol. Roedd o'n y gwaith yr adeg honno; o fore gwyn, ac yn y blaen: gweithio fatha Twrc. Ond cael galwad ffôn gan Frances, ei chwaer yng nghyfraith, oedd wedi dŵad draw i Bebington i gadw cwmni i Helen. Frances yn dweud, Gin ti hogan fach, Gough, ac mae Helen shiort ora hefyd.

Edrychodd ar y cloc ar y shilff ben tân: 3.15am. Edrychodd ar ei deulu; ei genod. Bydd dwy yn dri'n o fuan. Meddyliodd am ei wendidau fel dyn, fel tad, fel gŵr. Methiant yn y tri.

Sleifiodd Jenny i'w feddyliau. Wedyn Caroline Buckshead. Wedyn genod eraill oedd o wedi'u sodro dros y blynyddoedd: Louise Evans; Einir O'Hara, dyweddi yr Octopws. Roeddan nhw i gyd, y genod i gyd, yno'n ei ben o yn ei ddwrdio fo, yn ei gondemnio fo.

Sut affliw oedd o'n mynd i iacháu'i hun o'r tramgwydd yma, dwch? Pwy fydda'n diodda'i anwiredd o? Lle câi o faddeuant?: Ond cig y bustach, a'i groen, a'i fiswail, a losgi mewn tân, o'r tu allan i'r gwersyll: aberth dros bechod yw ...

Syllodd ar Helen a Fflur. Dychmygodd y ddwy'n heneiddio o flaen ei llgada fo: Helen yn rhoi genedigaeth a'i chroen hi'n rhychu a'i gwallt hi'n britho; Fflur yn ymestyn, yn trawsnewid o blentyn i oedolyn, a'r oedolyn — a'i gwallt yn hir ac yn frowngoch, a'i llgada hi'n llachar — yn edrach arno fo ac yn dweud wrtho fo, Ma nhw'ch wyrion chi, Dad, fy had. Roedd hi'n edrach ar Gough o'r dyfydol, yn fam, bellach, a'i llaw hi — ei llaw hŷn — yn estyn amdano fo o fory pell i ffwrdd. Ei llaw yn ei gyffwrdd o'r byd a fydd, a'i cheg hi, y geg o'r oes a ddaw, yn gwneud siâp y gair Dad. A Gough mewn llesmair wrth brofi'r wyrth yma: fory'n fyw o flaen ei llgada fo; Fflur y dyfodol yn dal i ddweud: 'Dad! Dad!'

Rhewodd esgyrn Gough, rhyw ragrybudd dychrynllyd yn saethu trwyddo fo.

Blinciodd a deffrodd; dŵad ato'i hun. Ac roedd o'n ei chanol hi: sŵn gweiddi, sŵn crio, sŵn seiren —

Fflur yn estyn amdano fo, nid o'r dyfodol, ond o'r funud yma'n un-naw-saith-blydi-naw ac yn dweud: 'Dad! Dad! Ma'r ambiwlans yma. Ewch i agor drws.'

A thwrw cnocio mawr ar y drws ffrynt.

'Y blydi ambiwlans,' sgrechiodd Helen.

*   *   *

Swatiodd Fflur i'w gesail a chysgu yno. Teimlodd ei ferch yn mynd i fyny ac i lawr i rythm ei hanadlu. Yr ocsijen yn mynd i'w sgyfaint, yn ei chynnal, proses bywyd; a'r carbon deuocsid yn dŵad ohoni hi.

Gwasgodd hi'n dynnach. Gwasgodd hi fel y gwasgodd hi pan oedd hi'n hogan fach, yn bedair oed yn ei gesail, yn chwech oed, yn wyth; i'w diogelu, i'w chysuro. Gwasgodd hi efo pob owns o gariad oedd yn y byd. Gwasgodd hi fel tasa fo ddim am adael iddi fynd; fel tasa fo ddim am iddi hi dyfu a dweud 'ffycin' bedair gwaith.

Roedd ei llgada fo'n damp. Roedd o'n awchu i'w cau nhw, mynd i gysgu, a deffro a'r byd mewn balans eto: Helen yn iawn; y babi'n iawn.

Roedd o wedi gorfod dreifio i'r ysbyty ym Mangor yn y diwedd, dilyn yr ambiwlans. Fflur yn y car efo fo. Mi fydda Helen o'i cho ar ôl iddi ddŵad adra. O Dduw, gad iddi ddŵad adra. Mi fasa fo'n croesawu ei llid, dim ond iddi oroesi hyn.

Meddyliodd am bethau eto wrth i Fflur swatio. Meddyliodd am Jenny eto. Meddyliodd am Caroline Buckshead eto. Meddyliodd amdanyn nhw i gyd eto. Meddyliodd am Helen, ac am Fflur, ac am yr un oedd heb ei eni eto; hwn oedd heb weld y byd. Meddyliodd am deulu ac am fod yn ŵr ac yn dad — ac yn ddyn. Meddyliodd am hadau'i fethiannau, ffynhonnell ei gamweddau. Meddyliodd am ei dad yn dweud: 'Yr Arglwydd sydd hwyrfrydig i ddig, ac aml o drugaredd, yn maddau anwiredd a chamwedd, a chan gyfiawnhau ni chyfiawnha efe yr euog; ymweled y mae ag anwiredd y tadau ar y plant, hyd y drydedd a'r bedwaredd genhedlaeth.' Gwên garismatig ei dad wrth gyrcydio o flaen Gough, deg oed. Gwên dyn oedd newydd landio adra ar ôl bod ar goll am wythnosau, misoedd weithiau. Ar ôl bod mewn isfyd annuwiol yn achub eneidiau.

'Pregethu'r Efengyl,' medda Eoin Gough, 'gweddïo am ddiwygiad fel hwnnw'n un naw dim pedwar. Nain a Taid yn cofio cyfarfodydd yn Sir Fôn, sti. Joseph Jenkins yn dŵad â Duw i'r werin. Mendio eneidia, sgwrio'r drygioni o ddyn ac o dir. Gwaed, Joni bach, gwaed sy'n golchi. A dyna dwi'n neud, 'y ngwash i: mendio, puro. Gwaed sy'n golchi.'

Ac roedd ei law fawr yn gwasgu ysgwydd Joni bach a'i llgada duon o'n drilio i llgada Joni bach a'i wên o'n ymestyn fatha gwên clown. Ac roedd perfedd Joni bach yn ysgwyd, a'r ofn yn treiddio trwyddo fo fatha haid o dyrchod yn treiddio trwy dir ffarm. Eoin Gough oedd yr angel tywyll i Joni bach yr adeg honno. Ond i Mam, diawl codog oedd o; da i ddim.

Droeon daeth Gough o hyd i'w fam yn beichio crio; gofyn: 'Be sy matar, Mam?' Honno'n rwdlian am blicio nionod neu rywbeth.

Ond Dad oedd yn matar — bob tro. Dad a'i dduw, oedd yn maddau anwiredd a chamwedd. Dad a'i dduw, oedd yn cosbi tramgwydd. Dad a'i dduw, oedd yn dân ysol, duw eiddigus.

Weithiau, yn ei lofft yn bedair ar ddeg, a Mam yn crio, ysai Gough i roid slas i'w dad. Dychmygai wneud: waldio'r hen ddyn nes bod hwnnw'n erfyn am faddeuant ac yn addo dŵad adra atyn nhw, ac aros.

Ond wedyn, pan oedd Eoin Gough yn landio adra, roedd rhyfyg ei fab yn pydru. A'r Gough hyna'n llawn hwyl, yn tynnu coes, yn ddireidus, ei bocedi'n llawn trugareddau; ei llgada'n llawn fflamau'r llyn tân.

'Cofia di bod Duw'n madda'n camwedda ni, Joni bach. Darllan dy Feibl ac mi gei'r atab: Yna gwrando di yn y nefoedd, a maddau bechod dy bobl Israel, a dychwel hwynt i'r tir a roddaist i'w tadau hwynt. Gweddïa, Joni bach. Edifarha. Edifarha ar ôl tramgwyddo ac mi fyddi di'n iawn, yli. Mi gei neud beth bynnag tisho.'

Meddyliodd Gough: Gwêl fy nghystudd a'm helbul, a maddau fy holl bechodau.

'Sglyfath i'n gwendida dan ni, Joni bach. Cofia mai epil bwystfilod ydan ni, nid plant i angylion.'

Meddyliodd: Ac efe a fu yno yn y diffeithwch ddeugain niwrnod yn ei demtio gan Satan: ac yr oedd efe gyda'r gwylltfilod: a'r angylion a weiniasant iddo ...

'Dad?'

Herciodd Gough.

'Dad?'

Roedd Fflur wedi deffro. Rhedodd law drwy wallt ei ferch; sidanaidd a brau. 'Dos yn ôl i gysgu.'

'Mam dal i fewn?'

Nodiodd Gough.

'Ydi hi'n sâl?'

'Na.'

Doedd o'm yn gwybod go iawn. Ond oedd well gynno fo ddweud anwiredd, er bod llais Nain Sir Fôn yn ei ben o'n dweud, Gwell caswir a glwyfir na chelwydd a fwythir.

'Dach chi'n credu yn Nuw, Dad?'

'Sut?'

'Duw. Credu. Yn Nuw...'

'Wn i'm.'

Gwell caswir a glwyfir ...

'Dwi ddim,' medda Fflur.

'O. Es pryd?'

'Es heddiw.'

'Es hyn?'

'Cyn hyn; ar ôl rysgol ddoe.'

'Be ddigwyddodd yn rysgol ddoe?'

''M byd. Jest duw rhyfadd sy'n gadal i bobol ddiodda, de.'

'Duw rhyfadd ar y diân.'

'Dyna pam dach chi'm yn siŵr?'

'Ia, un rheswm.'

'Dwi'm yn credu, ond dwi'n dal i weddïo.'

'Pam lly?'

'Jest rhag ofn.'

'O.'

'Rhag ofn petha fel hyn. Efo Mam a ballu.'

'Ia. Peth call i neud, sti. Rhag ofn.'

'Fydd hi'n iawn, Dad?'

'Tria gysgu.'

Ac roedd hi'n dawel yn ei gesail eto fatha'r beth fach yr oedd hi unwaith; rhywdro'n y gorffennol. Y beth fach na fydda hi byth eto. Llenwyd o gan wacter dyfn, a llithrodd ofn anghynnes dros ei groen o; rhyw fantell dywyll yn ei orchuddio fo. Teimlodd aer oer ar ei fochau, a chlywed sŵn chwipio, fatha hwylia neu adenydd, ac mi ddrysodd o am funud bach. Diffyg cwsg yn dweud arno fo, 'wrach. Ond wedyn mi ddeallodd o fod yna homar o angel tywyll wedi fflio dros y byd, a bod yr angel tywyll yn tywys y fagddu ac yn erlid goleuni. Ac roedd y byd yn cyrraedd ei derfyn.

*   *   *

Bore Sul, 7am:

Stafell aros yr ysbyty'n dawel. Ambell i nyrs o gwmpas. Dau neu dri o dadau disgwylgar, fatha fynta, yn pendwmpian. Nodiodd un ohonyn nhw ar Gough; codi'i law. Nodiodd Gough yn ôl. Rhannu'r arwydd cudd fydda dynion oedd yn mynd trwy'r un profiad yn ei rannu. Sylwodd ar hynny dros y blynyddoedd: wrth iddo gerdded efo Fflur weithiau, neu wthiad ei choetsh, neu'i chario hi ar ei sgwyddau, gafael yn ei llaw fechan hi, bydda tad arall, oedd yn gwneud yr un peth efo'i hogan fach o, yn rhoid yr arwydd cudd iddo fo. Rhyw gysylltiad seicig rhyngddyn nhw; neges yn mynd yn gyfrin o un i'r llall: Mi dan ni'n rhan o gymdeithas gudd; dim ond ni sy'n dallt hyn.

Cododd y tad disgwylgar oedd wedi nodio ar Gough o'i gadair. Roedd o tua'r un oed â Gough; sbectol a locsyn a bol cwrw gynno fo. Roedd o'n balat o ddyn, boi go hegar er ei fod yn fyr; ond edrychai fatha darlithiwr coleg, yn enwedig efo'r sgarff mawr aml-liw — tebyg i sgarff coleg — oedd am ei wddw fo.

Gwenodd y gŵr. 'John Gough, ia?'

Oedodd Gough jest rhag ofn. Jest rhag ofn ei fod o wedi sgwennu stori gas am y tinllach, ac wedi pechu. Jest rhag ofn bod y sinach am gadarnhau'n union pwy oedd Gough cyn rhoid y pump iddo fo. Roedd y boi'n gwenu'n hawddgar, ond roedd yna olwg reit handi arno fo: fasach chi'm yn codi twrw efo fo.

'Pw sy'n gofyn?' medda Gough.

'Iwan ap Llŷr,' medda'r dieithryn, cynnig ei law.

Y ddau ddyn yn ysgwyd llaw.

'Aros am newyddion dach chitha, Mr Gough?'

Nodiodd Gough. Cadw llygad ar y dyn. Disgwyl rycshiwns.

'Ia, finna hefyd. Esyllt di enw'r wraig. Hwn fydd 'yn pedwerydd ni, yr hyna'n bedair ar ddeg jest iawn.'

'Ewadd, llongyfarchiada,' medda Gough, heb olygu hynny; dal braidd yn amheus, ylwch.

'Ych ail chi, dwi'n cymyd?' medda ap Llŷr, cyfeirio at Fflur.

'Cyn bellad â dwi'n gwbod, de,' medda Gough.

Chwarddodd ap Llŷr. 'Ol ia'n de.' Steddodd wrth ymyl Gough.

'Dwi'n nabod chdi?' gofynnodd Gough.

'Dwi'n gweithio efo Mike Ellis-Hughes.'

Aeth rhywbeth tebyg i brocar poeth trwy berfedd Gough. Gwasgodd Fflur yn dynnach, fel tasa hi'n mynd i gael ei dwyn oddi wrtho fo. Griddfanodd ei ferch; aflonyddu cyn setlo eto i gesail ei thad.

'Ti'n fêt i I-Hêtsh, lly?'

'Cydweithio swn i'n ddeud fwy na mêts,' medda ap Llŷr.

'Dreifar bỳs wt ti?'

Chwarddodd ap Llŷr eto: chwerthin fel tasa fo'n chwerthin am ben twl-al, chwerthiniad nawddoglyd. Dechreuodd Gough gymryd yn ei erbyn o.

'Na, na,' medda'r dieithryn, 'cydweithio ar faterion gwleidyddol. Efo'r Blaid a ballu.'

'A ballu?'

'Ia, a ballu. Lasa i chdi 'ngalw fi'n ymchwilydd.'

'Laswn i?'

'Lasat: dwi'n ymchwilio i Mike.'

'Ymchwilio i be?'

Cododd ei sgwyddau. 'Wbath.'

'Yddach chdi'n nabod Robat Morris?'

Cuchiodd ap Llŷr a dweud: 'O'n i'n 'i nabod o'n o lew. Ran 'i weld.'

Daeth nyrs rownd y gornel, golwg fel tasa hi wedi gweld bwgan arni. Pinnau mân yn ymlusgo ar hyd croen Gough.

'Mistyr Gough?' medda'r nyrs.

Roedd yna gryndod yn ei llais hi ac mi wydda Gough yn syth bìn bod yr angel tywyll wedi gwneud ei waith.

*   *   *

Roedd o'n fyddar i'r geiriau.

Mae'n wironeddol ddrwg gin i, Mistyr Gough ...

Roeddan nhw'n dŵad ato fo fel eco; fel tasa'r siaradwr yn ddyfn mewn ogof neu o dan y dŵr.

Oedd 'na gymhlethdodau, ma gin i ofn ...

Edrychodd Gough ar y llawr; roedd y llawr yn mynd rownd a rownd.

Mi gollodd Helen ormod o waed, dach chi'n gweld ...

Teimlai law Fflur yn ei law o, yn mynd yn llai ac yn llai: fel tasa hi'n dychwelyd eto i'w phlentyndod, i'w babandod, i'r groth. Ond doedd llaw Fflur ddim *yn* ei law o. Roedd y nyrs wedi mynd â Fflur; wedi mynd â hi i hafan, rhag y dymestl. Ond roedd yr hafan yn rhy hwyr, siŵr iawn. Sŵn gwaetha'i fywyd oedd gwaedd alarus Fflur pan glywodd hi bod ei mam wedi marw; neu wedi mynd, fel ddywedon nhw wrthi. Profodd y waedd i Gough na fedra fo'i hamddiffyn hi rhag y byd. Na fedra'r un tad amddiffyn ei blant heb dalu pris. Talu pris fatha dalodd Robert Morris. Canys cyflog pechod yw marwolaeth ...

Roedd Gough yn ddarnau mân a'r darnau ohono fo ar lawr y stafell yn yr ysbyty'n bob man; fel tasa rhywun wedi gollwng plât.

Hen dro na fasa'r nyrs wedi ffeindio hafan iddo fyntau hefyd. Ond roedd yn rhaid i rywun aros wrth yr olwyn; roedd yn rhaid i rywun sefyll yn erbyn y tonnau — a boddi.

Geiriau'r doctor yn yr ogof eto: Odd y trawma'n ormod ...

Y llawr yn dal i fynd rownd a rownd. Y darna ohono fo'n dal ar y llawr; yn cael eu corddi.

Mi fethon ni atal llif y gwaed ...

'... ond mi ddoth y plentyn trwyddi, Mistyr Gough.'

... canys cyflog pechod yw marwolaeth ...

Cododd Gough ei ben; gweld y doctor am y tro cynta go iawn. 'Sut?' Roedd ei ben o'n garnifal. Y plentyn? Fflur: wrth gwrs y daeth hi trwyddi —

'Hogyn bach, Mistyr Gough.'

'Hogyn?' Na, meddyliodd, hogan ydi hi.

Y doctor yn dweud: 'Ia.'

'Leni?'

'Sut?' Ddim yn dallt, ylwch: yr enw cyfrinachol hwnnw; yr enw cudd. Ysgydwodd ei ben a dweud: 'Ma'n wirioneddol ddrwg gin i, Mistyr Gough.'

'Gough.'

'Sori?'

'Gough.'

'Ia: Mistyr Gough.'

'Gough,' sgyrnygodd Gough.

Gwingodd y doctor.

'Dwisho'i gweld hi.'

'Wth gwrs,' medda'r doctor, 'dowch efo fi.'

Trodd y doctor; cerdded i lawr y coridor a disgwyl i Gough ddilyn, debyg. Ond doedd traed Gough ddim isho dilyn; ddim am fynd â fo. Gwybod yn iawn be oedd yn aros ar ben y daith, a dim awydd gweld.

Edrychodd y doctor dros ei ysgwydd. 'Ffor'ma, syr,' medda fo.

Ond dal i fethu symud oedd o. Edrychodd ar y doctor, ysgwyd ei ben: rhyw ble am iachâd i'r pla andwyol yma; y methu dygymod yma.

Llyncodd y doctor, golwg chwithig arno fo, dŵad yn ôl at Gough.

... canys cyflog pechod yw marwolaeth ...

'Ffor'ma, lwch,' medda'r doctor, gafael ym mraich Gough a'i arwain o fatha rhiant yn arwain plentyn oedd y cerdded am y tro cynta.

Roedd coesau Gough yn drymion. Roedd ei berfedd yn corddi. Roedd yna bwll diddiwedd yn ei frest o fydda byth yn cael ei lenwi. Edrychodd i'r pydew hwnnw wrth gael ei dywys gan y doctor at ddrws; a'r drws hwnnw oedd y peth mwya dychrynllyd welodd Gough yn ei fyw.

Tynhaodd ei frest wrth i'r drws ddŵad yn agosach. Trodd ei goesau'n feddal i gyd. Syllodd ar y drws fatha mai hwnnw oedd y drws dwytha y basa fo'n mynd trwyddo fo ... canys cyflog pechod ... dechreuodd grynu, y doctor yn gwasgu'i fraich o.

'Mistyr Gough, sa'm rhaid i chi—'

'Dwi'n iawn; ty'laen.' Swniai ei lais fel tasa fo wedi dŵad yn syth o waelod y pwll diddiwedd hwnnw. A dyma fo a'r doctor yn symud yn ara deg bach at y drws. A thyfodd y drws; mynd yn fwy ac yn fwy. Nid yn llai ac yn llai fatha'n stori Alys yng Ngwlad Hud. Teimlai Gough fel mai *fo* oedd yn mynd yn llai ac yn llai efo pob cam; mynd yn llai ac yn llai nes yn y diwedd mi fasa fo mor fach, fasa fo'n diflannu am byth — fel tasa fo erioed wedi byw.

'Dwi am agor y drws, wan,' medda'r doctor.

Nodiodd Gough a chwythu aer o'i geg. Aeth ei ben o'n ysgafn.

Agorwyd y drws.

Llifodd golau trwyddo fo — golau Helen.

Rhuthrodd oglau trwyddo fo — oglau Helen.

Helen yno. Calon Gough yn stido mynd. Helen yn fyw ac yn llachar o hyd, yn tywynnu'n y fagddu. Ond efo fflap o'i adenydd, chwipiodd yr angel tywyll y llen o'r neilltu oedd yn cadw dyn rhag sbio ar wyneb Duw —

A chyn iddo fo'i gweld hi hyd yn oed, roedd Gough wedi mynd yn shwtrwds ac roedd o'n udo fatha rhywbeth cyntefig.

... yw marwolaeth ...

Cyn i Jericho syrthio

Mawrth 16, 1979

AARON oedd ei enw fo, ac er ei fod o prin yn wythnos oed, fo oedd gelyn penna'i dad. Syllai Gough ar y peth bach pinc swnllyd weithiau a theimlo atagasedd berwedig yn ei frest.

Dydd Gwener: roedd hi'n 6.30pm, a dywedodd yr unig berson oedd yn galw John ar Gough: 'John bach.'

Ac am funud meddyliodd mai deg oed oedd o eto, ac mai breuddwyd am ddyfodol fydda ddim y digwydd oedd hon am wraig a phlant a phoen, a bod yma oedolyn o'r un enw â fo yn y tŷ brown ac oren yma.

'John,' medda'i fam o eto.

'Dŵad wan.' Stryffagliodd i godi o'r gadair freichiau; roedd o fel tasa fo'n gricmala drosto, yn hen cyn ei amser. 'Tydach chi heb fynd i draffath, naddo?' medda fo.

'Naddo, John.'

Aeth o drwadd i'r cefn. Roedd yna swper ar y bwrdd: tatws pum munud, biff, pys, grefi. Stêm yn codi oddi ar y platiau; oglau'r bwyd yn gwneud i Gough lafoerio. Jest iawn iddo fo feichio crio. Crafangau hiraeth wedi'u suddo i'w gnawd o; dal eu gafael yn frwnt ac yn benderfynol. Roedd o'n hogyn bach eto, yn hogyn bach cyn i arswyd y bywyd yma'i lorio fo, cyn i alar ei dynnu o'n griau. A Mam yn gwneud bwyd iddo fo, a fyntau'n gofyn, Di Dad yn dŵad? a Mam yn dweud, Mae dy dad yn ddyn prysur, John. A'r atgof hwnnw'n cyfodi un arall o berfeddion ei gof: eistedd efo Mam; ysbeilio'r albyms lluniau; hogyn ifanc efo pistol ...

Daeth yn ôl i'r presennol yn o sydyn: gweld Fflur wrth y bwrdd yn barod. Aeth o ati, rhoid sws iddi ar ei phen. Oglau fatha'i mam arni hi. Roedd ei llgada hi ar y bwyd, ei gên ar ei brest, ei dwylo mewn padar.

'Be ti'n neud?' gofynnodd iddi.

'Melltithio Duw.'

'Be ti ddeu'tho fo?'

Fflur yn dweud: 'Sach chi'm isho fi ddeud o flaen Nain.'

Ffycin bedair gwaith, meddyliodd. Roedd yn bwysig iddi gael bod yn flin, tantro'n erbyn y byd, mynd ar gyfeiliorn. Edrychodd ar ei fam, ac wedyn ar y bwyd. 'Mi dach chi di mynd i draffath, do.'

'Naddo, duwcs.'

'Dowch i ista, Mam bach.'

Roedd hi jest â gwneud pan ddechreuodd y sgrechian o'r cot. Llifiodd y sŵn trwy enaid Gough. Herciodd, fel tasa fo wedi anghofio bod Aaron yno.

'Eith Nain,' medda Mam, a mynd at y babi.

Cododd y babi o'r cot a mwytho'r babi, a siglodd y babi a siarad babi efo'r babi. Siarad babi doedd Gough ddim yn ddallt, fel tasa hi'n iaith o wlad bell. Edrychodd ar ei fam ac edrach ar Aaron; twmpath bach yn ei breichiau'n cael ei fagu.

Gofynnodd Fflur: 'Ga i fyta?' Y cwestiwn yn bigog.

'Cei siŵr,' medda Gough.

Roedd o'n dal i wylio Aaron a meddwl pam oedd o wedi cael yr enw hwnnw. Meddwl: Dywed wrth Aaron, Cymer dy wialen, ac estyn dy law ar ddyfroedd yr Aifft, ar eu ffrydiau, ar eu hafonydd, ac ar eu pyllau, ac ar eu holl lynnau dyfroedd, fel y byddont yn waed; a bydd gwaed trwy holl wlad yr Aifft, yn eu llestri coed a cherrig hefyd.

Cododd oddi wrth y bwrdd, dweud wrth ei fam: 'Dorwch o i fi a bytwch.'

Rhoddodd hithau'r mab i'r tad, ac mi gymerodd y tad y mab: bwndel bach cynnes. Oglau'r babi'n dŵad â rhyw deimlad diogel i frest Gough. Mymryn o oleuni wedi cael ei wahanu, diolch byth, oddi wrth y twllwch.

'Iawn?' medda Mam.

'Iawn,' medda Gough, a sbio ar ei fab; a'i fab yn sbio ar ei dad. A setlo.

*   *   *

'Dos am dro,' medda Mam, 'i ti gal mymryn o awyr iach.'

Mi aeth o, siŵr iawn: hanner cyfle a Mam yn rhoid un. Peint ẃrach, meddyliodd. Roedd hi'n hanner awr wedi wyth, digon prysur rownd dre: mynd a dŵad o dafarn i dafarn; pentwr o bobol ifanc yn loetran ar y sgwâr wrth y cloc. Roeddan nhw i gyd dan ddeunaw, debyg; methu cuddiad hynny er mwyn cael peint.

Cerddodd Gough i fyny'r stryd fawr. Jest un peint, jest un peint, jest un peint yn mynd trwy'i ben o. Fasa fo wedi medru mynd i'r Bull, ond beryg y basa Elfed yno. Neu rywun arall fasa'n hudo Gough i figmans. Felly mynd heibio ddaru o, a mynd i fyny'r stryd am y Railway.

Cerdded heibio i siop bapur newydd Guest's oedd o pan welodd o hi. Daeth allan o'r Foundry Vaults yn gwisgo dyngarîs denim efo bib ar y blaen, belt pinc rownd ei chanol. Roedd yna baced o sigaréts yn sticio allan o boced ei brest hi: No.6 yn ôl pob golwg. Roedd hi'n edrach yn hŷn na phymtheg oed — neu beth bynnag oedd hi erbyn hyn; un ar bymtheg ẃrach, Gough ddim yn siŵr. Ond be oedd yn siŵr oedd ei bod hi'n edrach fatha helynt i ddyn.

Mi stopiodd hi, sbio i fyny ac i lawr y stryd; fel tasa hi'n pwyso a mesur lle'r âi hi nesa i gynnau tân.

Heb feddwl, croesodd Gough y lôn a dweud: 'Bethan?'

Edrychodd Bethan Morris arno fo'n guchiog i gychwyn. Wedyn gwenodd yn sarhaus. 'Helô, Mistyr Riportar,' medda hi. Wedyn dyma'r wên yn mynd, a golwg reit drist yn creu llinellau ar ei gwyneb hi: 'Sori am ych gwraig, de.' Cododd ei sgwyddau fel tasa dweud hynny jest yn brotocol, a doedd ganddi'm awydd go iawn: jest matar o raid.

Nodiodd Gough. Mynd am dro i anghofio hynny ddaru o; anghofio'i fod o'n brifo. Ond sut oedd hynny'n bosib, dwch? Rhywbeth tu mewn i chi, neu ar eich croen chi, oedd poen; nid rhywbeth i'w adael adra, chithau'n mynd i grwydro am awran. Chwiliodd am eiriau'r eiliad honno, a'r geiriau ffeindiodd o oedd, Lle ti' mynd lly?

Astudiodd Bethan o'n ofalus a dweud dim.

Gough yn gofyn: 'Ti di siarad efo Chris yn jêl?'

Roedd hi'n dal i syllu; llgada llonydd gwag gynni hi; llgada llonydd gwag yn hoelio Gough.

Dywedodd hwnnw: 'Ei di a dy fam a dy frawd i'r achos llys?'

Dal i edrach oedd hi; dal yn llonydd iawn, oni bai'i bod hi bellach yn crinjian dannedd. Roedd hi fatha llosgfynydd oedd heb ddeffro, a'r crinjian dannedd oedd yr arwydd cynta'i bod hi am ffrwydro, felly lwc owt: gwacéwch yr ardal.

Gough yn dweud: 'Wt ti'n meddwl na Chris laddodd dy dad?'

Dal i syllu; llgada fatha dau leuad, a'i gwedd hi'n llwyd.

Gough yn dweud: 'Lasa bo dyn diniwad am fynd i jêl, a—'

'Chris laddodd Dad,' medda hi; torri ar draws, troi a mynd.

Aeth Gough ar ei hôl hi i fyny'r stryd. 'Dwi' mynd am y Railway,' medda fo.

Roedd hi'n fud.

'Ga i gadw cwpeini i chdi fyny lôn?' Gough methu nadu'i hun er bod seirenau lu'n sgrechian yn ei ben.

Trodd Bethan, tanio edrychiad milain i'w gyfwr: 'Hen sinach arall isho cwpeini slasan ifanc.'

'Sut?'

'Dos o 'ngolwg i neu mi ro i glustan i chdi.'

'Deu'tha fi am yr achos, Bethan.'

Cerddodd yr hogan eto. 'Deu be, lly?'

'Ei di i roid tystiolaeth, ma siŵr. Gwatshia di: mae'r baristyrs mawr 'ma'n glyfar, sti. Trin bobol; gneud i'r gwir swnio tha celwydd.'

Bethan yn stopio eto a sbio ar Gough eto. Roedd o'n siŵr y medra fo weld golwg ar goll yn ei llgada hi: anobaith, ẃrach. Gofynnodd: 'Odd o efo chdi'n Llidiart Gronw'r noson laddwyd dy dad? Odd o'n trio mosod ana chdi, Bethan?'

Brathodd Bethan ei gwefus.

'Gwranda,' medda Gough, 'dwi'm isho pechu, ond os di Chris yn ddieuog, sa hidia i chdi ddeud.'

'Ma Chris yn euog,' medda hi'n bendant.

Gwelodd Gough y tristwch ynddi hi wedyn; tristwch dyfn, hynafol. Tristwch oedd yn rhan o'i bod hi; tristwch oedd wedi ei rychu ar ei henaid hi.

Wedyn, heb rybudd, dyma Bethan yn dechrau sgrechian yn uchel. Sgrechian, ac wedyn gweiddi: 'Helpwch fi! Ma'r dyn 'ma'n hambygio fi! Helpwch fi!'

Bagiodd Gough oddi wrthi hi, fel o goelcerth sy'n crasu'ch bochau chi. Winciodd Bethan arno fo; wincio wrth weiddi'i fod o'n ei hambygio hi. Wincio, ac wedyn cogio beichio crio.

A dyma rhywun yn dweud: 'Hei, John Gough o *County Times* di hwnna. Gad lonydd iddi'r sglyfath budur ...'

*   *   *

Ysgydwodd y DI Allison ei ben; twt-twtio: 'Gough, Gough, Gough; newydd golli dy wraig a dyma chdi'n hel merchaid. Sinach budur.'

Y DS Robin Jones ar i fyny hefyd. 'Y sguthan fach 'na sy ar fai, ma siŵr, ia?' Chwarddodd yr Octopws.

Steshion y Glas, Ffordd Glanhwfa: 9.15pm.

Dywedodd yr Octopws: 'Sa hidia i chdi fynd am adra ar ôl i'r cynstabl roid ffrae i chdi am hambygio genod ysgol yn ganol stryd, washi bach; mynd i guddiad.'

Aeth Allison a Jones allan o'r steshion dan chwerthin.

Steddai Gough yn y dderbynfa. Roedd awydd llethol arno fo i fynd yn ôl i fyw'r bywyd oedd o'n fyw fis yn ôl; cyn i Jericho syrthio.

'Mistyr Gough,' medda PC Nick James, yr hwntw ifanc arestiodd Elfed am biso, 'fi wedi cwblhau'r gwaith papur. Ych chi'n lwcus: dyw'r sarjant sy mlân heno ddim moyn i ni'ch erlyn chi. Fi'n deall y cawsoch brofedigeth yn ddiweddar. Ma'n flin 'da fi glywed hynny.'

Nodiodd Gough: diolch.

'Ond pidwch â hambygio merched ifanc yn y stryd, Mistyr Gough; o'n i am ych bwco chi am *drunk and disorderly*, ond ych chi'n amlwg heb gal dropyn heno.'

Ysgydwodd Gough ei ben: naddo.

'Ych chi wedi cal un rhybudd i adel llonydd i deulu Llidiart Gronw,' medda PC James.

Tynnodd Gough wyneb: lol wirion.

'Felly be odd yn ych pen chi, syr?'

Edrychodd Gough ar y cwnstabl am funud, synnu ar ôl cael ei alw'n 'syr' gan heddwas am y tro cynta. Cysidrodd un neu ddau o bethau; wedyn dweud: 'Dan straen dwi; methu dygymod efo colli'r wraig.'

Dim gair o gelwydd. Ochneidiodd yr heddwas fel tasa fo wedi gobeithio cael ateb gwahanol.

'Dyna fe. Ewch gartre, Mistyr Gough. Dyna ddwywaith i mi'ch cyfarfod chi dan amgylchiade anffodus. Fi ddim moyn ych cyfarfod chi felly eto. Pidwch â mynd i fwy o helynt.'

* * *

Aeth Gough adra — ac ar ei ben i fwy o helynt.

'Mi ath hi allan tua naw,' medda Mam, 'hel 'i thraed heb ddeud gair.'

Edrychodd Gough ar ei watsh: wedi deg, bellach. Oerodd i gyd, o'i fodiau at ei gorun.

'Lle ti di bod, John?'

'Crwydro.'

'Nefi, ma'r hogan 'na'n lond llaw—'

'Aaron yn iawn?'

'Shiort ora, mae o'n—'

'Ddudodd hi'm byd, lly?'

'Dim gair; jest mynd.'

'A' i chwilio.'

* * *

'Fflur?'

'Ia,' medda Fflur yn swil i gyd.

'Faint di oed chdi, Fflur?'

'Deuddag; deuddag a hannar. Thyrtîn mis Hydre.'

'Ti'n fform tŵ?'

'Fform tŵ.'

'Ti'n ifanc i fod allan ar ben dy hun adag yma.'

Cododd hynny wrychyn Fflur. 'Dwi'n cal gneu be dwisho.'

'Ti'n smocio?'

Doedd Fflur ddim yn siŵr oedd hi'n smocio ai peidio. Doedd hi erioed wedi smocio, ond ẃrach bod cyfadde hynny'n dramgwydd. Tynhaodd ei gwyneb; pendronodd; dweud dim yn y pen draw.

Yr hogan arall yn gofyn: 'Tisho sigarét, Fflur?'

Cododd Fflur ei sgwyddau: dim otsh y naill ffordd na'r llall; rhyw fath Ia-OK-Pam-Lai i fod yn cŵl.

Gwenodd yr hogan arall a mynd i boced frest ei dyngarîs denim, ystyn paced o No.6.

Y nos yn dŵad

Mawrth 20–21, 1979

NEWYDDION fory:

ROBERT MORRIS MURDER TRIAL SET TO OPEN

*Local youth, 19, accused of slaying respected farmer
faces Crown Court early next month.*

By John Gough

THE teenager accused of murdering popular
Anglesey farmer Robert Morris goes on trial next
month.

Christopher Lewis, 19, of Bro Haf, Llangefni, is
alleged to have attacked Mr Morris, 51, at Llidiart
Gronw, Llandyfrydog, on February 27.

Mr Morris farmed Llidiart Gronw with his wife
Kate, 40, and their children Griff, 19, and Bethan,
who is 16 next month.

Lewis is alleged to have been assaulting Bethan
when Mr Morris intervened, and suffered head
injuries. He was pronounced dead at the scene.

Lewis was arrested at his home on the night of
March 1. He was charged with murder and also faces
a charge of sexual assault. His trial begins on
Monday, April 9, at Mold Crown Court.

Mr Morris was a respected member of the
community, and a prominent member of the local
service organisation, Gwŷr Môn.

The group's annual meeting tonight at chairman Michael Ellis-Hughes's home in Bachau will be dedicated to Mr Morris.

Mr Ellis-Hughes said: 'We, his friends, his brothers, will remember the great contribution Robert made to Anglesey life at our meeting.

'We will also remember his friendship, his humour, his kindness, his strength, his patriotism.

'And we will also pray for Kate, Griff and Bethan, who lost a husband and father on that fateful night.'

Mr Ellis-Hughes added that they 'all hope justice will prevail' but made no comment about the accused or the trial.

The family has made no comment since Mr Morris's death and North Wales Police said Mrs Morris had requested privacy 'during this difficult time'.

'A dyna ni,' medda Gwyn South, ar y ffôn yn ei swyddfa fechan; ei lechfan. 'Dyna'r stori.'

Nos Fawrth, a'r papur yn mynd i'w wely. Gwyn South awydd mynd i'w wely hefyd. Chwysai, ei grys o'n glynu i'w gefn o.

'Shiort ora,' medda Mike Ellis-Hughes ar ôl gwrando ar y golygydd yn darllen y stori: protocol anarferol, ond arferiad pan oedd yna stori'n y papur yn cyfeirio ato fo, neu at Wŷr Môn.

'Mi dach chi'n hapus efo'r stori, felly.'

'Ydw, tad. Mond isho sicrhau nad odd enw da'r hen Robat yn cal 'i faeddu gan y wasg,' medda Mike Ellis-Hughes, chwerthin wedyn. 'Tynnu coes dwi, Gwyn, tynnu coes.'

'Ia siŵr iawn,' medda Gwyn South, cogio chwerthin. ''Na fo, lly.'

''Na fo, Gwyn.'

'Gobeithio'r eith y cyfarfod yn dda. Gawn ni ripórt gynnoch chi, siŵr o fod.'

'Siŵr o fod, gyfaill.'

''Na fo, lly—'

'O, un peth, Gwyn.'

Chwysodd Gwyn South chwartiau. 'Ia siŵr ...'

'Dwi'n poeni'n arw am gyflwr meddwl John Gough.'

'O, mae o shiort ora—'

'A ma Gwŷr Môn yn awyddus i gynorthwyo'r cradur yn y cyfnod anodd 'ma; colli'i wraig a ballu.'

Aeth Gwyn South yn chwilboeth i gyd, ac yn ddirybudd roedd awydd cachiad arno fo.

'Faswn i'n gwerthfawrogi, Gwyn, tasa chdi'n gadal i mi wbod os ydi'n cyfaill ni'n cal rhyw chwilan yn 'i ben — ar gownt 'i brofedigath, wth gwrs — ac yn mynd i redag ar ôl cysgod. Misho fo hambygio pobol; mynd o'i go fatha nath o wsos dwytha efo Bethan Morris druan.'

Roedd Gwyn wedi mynd o fod yn boeth i fod yn oer. 'Wel, dwn i'm os—'

'Wt ti'n dal i sodro'r lefran hysbysebu 'na, Gwyn? Tu ôl i gefn dy wraig? Asgob, wt ti rêl sglyfath, chan; dyn yn dy oed a d'amsar.' Chwarddodd Mike Ellis-Hughes, rhyw chwerthiniad oedd yn gymysgedd o'r cyfeillgar a'r bygythiol. Wedyn: 'Mi dan ni'n dallt 'yn gilydd felly, Gwyn.'

'Ydan, tad—'

'Nid gofyn cwestiwn o'n i, gyfaill.'

*   *   *

Ar ôl rhoid y ffôn i lawr, dywedodd Mike Ellis-Hughes: 'Poen yn din di'r busnas 'ma.'

Roedd o'n ei swyddfa, Iwan ap Llŷr yn eistedd gyferbyn â fo. Roedd y machlud yn chwarae mig ar y gorwel: y nos yn dŵad.

'Ma 'na betha pwysicach na'r blydi tinllach 'na o Landyfrydog yn cael stid farwol,' medda Mike. 'Blydi niwsans di hyn. Tynnu sylw odd ar y matar mawr; wastio'n hamsar ni.'

'Ond cadw trwyna'r lleill o'n busnas ni,' medda Iwan.

Medyliodd Mike am funud. 'Duwcs, ẃrach bo chdi'n iawn.'

'Ma hyn yn fanna o'r nefoedd, Mike.'

Crychodd Mike ei dalcen.

Dywedodd Iwan: 'Dwi'n dallt bod Llidiart Gronw a ballu'n dwyn sylw, ac odd hi'n glec bod y rîtard Lewis 'na di cal 'i arestio ar noson y bleidlais—'

'Tynnu'r sylw odd ar frad mawr, Iw.' Ysgydwodd ei ben. 'Ath Densley'n rhy bell; ath o'n rhy bell o'r dechra.'

'Hidia befo, Mike. Fel hyn ma hi. Fedran ni'm newid y gorffennol, chan, ond mi fedran ni newid y dyfodol, medran.'

'Wn i, Iw, wn i. Ond ma 'na bentwr yn digwydd, sti: Robat; Densley; ffacin Gough. A sôn am hwnnw, mae' — gwyrodd ymlaen fel tasa fo ar fin datgelu cyfrinach fawr — 'mae o ar 'i ffor yn ôl.' Pwysodd yn ôl yn ei gadair. 'Sgin i'm ofn yr un dyn, Iw, ond ma gin i ofn—'

'Wn i, Mike, wn i. Hidia befo am—'

'Hidio befo amdano *fo*? Wt ti'n chwil, washi?'

'Mike, rhai' ni fynd â'r maen i'r wal, boi; peidio colli'n penna. Ofn y nos, mêt, cofia. Ofn y nos.'

'Ofn y nos,' medda Mike.

'Gneud i'r Saeson fod ofn y nos; gneud i'r ffacin *white settlers* diawl gachu brics pan ma nhw'n meiddio croesi'r ffin; gneud i'r trefedigaethwyr, y tresmaswyr imperialaidd 'ma, wingo. Fy'na ddim *Welcome to Wales*, na fydd.'

Taniodd Mike sigarét, meddwl am funud bach. Wedyn dweud. 'Fy'na lecsiwn cyn diwadd flwyddyn; bownd o fod. Blydi Llafur yn llanast; y Blaid yn ddwy a dima: anodd cogio mod i'n cefnogi'r ffasiwn siop siafins, a deud y gwir. Eith hi'n flêr yng Nghymru. Wedyn gân ni'n gwrthryfel, Iw. Wedyn gân ni'n gweriniaeth sosialaidd: a fy'na neb di sylwi.' Steddodd yn ôl, smocio; gweld darnau'r jig-so'n dŵad at ei gilydd yn ara deg bach. 'Ond fedri di'm trystio'r blydi werin. Sgin pobol 'im syniad be sy dda iddyn nhw. Ma'r gweithiwr wedi cal 'i dwyllo a'i ddallu. Felly rhai' ni fugeilio Cymru tuag at Ganaan.'

Nodiodd Iwan ap Llŷr.

Canodd y ffôn ar ddesg Mike. Atebodd y ffôn.

'Ia ... Ia ...'

Aeth ei llgada fo'n llydan.

'Rioed?'

Roedd o'n gwrando; nodio'i ben.

'Dŵt ti'm yn deud.'

Nodio eto.

'Reit ta,' medda fo. Edrychodd ar ei watsh: agosáu at wyth. 'Dyma sy'n mynd i ddigwydd. Ffonia'r Doctor Gwyn a deu'tho fo ...'

*   *   *

Wrth i Elfed setlo'n ôl yn ei sêt ar ôl bod yn cyfarfod rhywun tu allan i'r Bull, dywedodd Gough: 'Sgin y Glas ddim tystiolath yn erbyn Christopher Lewis; mond rhyw gyffes hannar pan, meddan nhw. Honno di'i chal ar ôl i'r ffacin Octopws roid stid i'r cradur.'

Cleciodd Gough hanner ei beint mewn un; hwn oedd ei chweched. Fo ac Elfed wedi dŵad i'r Bull am 7.30pm ar ôl i'r papur fynd i'w wely. Roedd hi'n chwarter wedi naw bellach, Gough yn mynd i gyfeiriad 'chwil ulw' yn handi braf.

'Pw fust ti'n weld tu allan?' gofynnodd, fawr o ddiddordeb, jest chwilan yn ei ben o.

'Lefran 'ma nesh i gyfarfod heddiw pan o'n i'n Llanfair

PG'n tynnu llynia'r criw o Kwiks sy'n mynd i neud parashwt jymp i'r sbastics.'

'O, lefran. Peth handi?'

'Iawn, sti.'

'Di am ddŵad am ddrinc?'

'Goro mynd adra at 'i gŵr,' medda Elfed, chwerthin mawr, clecio hanner ei beint.

Yfodd Gough; rowlio'i llgada. Mynd yn ôl at ei bregeth: 'Ma baristyr Christopher am daeru bod y gyffes yn *acquired through coercion*, o be dwi'n ddallt. A dwi am fynd i'r ffacin cyfarfod Gwŷr Môn contlyd 'na nos fory hefyd, a ffacin holi'r ffycars am Robat Morris, am Llidiart Gronw; y blydi lot.'

Roedd ei ben o'n troi. Roedd ei feddyliau fo'n llanast. Triodd ei orau glas i foddi'n y cwrw, osgoi bywyd pob dydd, gwadu'i gyfrifoldebau. Roeddan nhw'n pentyrru, a stryffagliai i ddelio efo nhw; roeddan nhw'n ormod iddo fo, yn ei fygu o, yn ei fathru o.

'Be sy haru chdi, Gough?'

'Sut?'

'Sa hidia i chdi fod adra efo Fflur.'

'Chdi'n hudodd fi 'ma.'

'Traddodiad: peint ar ôl rhoid y papur yn 'i wely.'

'Dyna ni, lly.'

'Ond un, de.'

'Pryd gaethon ni mond un, Pricey?'

'Pwy sy'n gwarchod Fflur?'

'Mrs Evans drws nesa. Wy'sti mam pw di hi? Louise Evans gynt.'

'Fust ti ar 'i chefn hi, do.'

'Oes pys yn ôl. Baristyr yn Llundan. Sa hidia iddi hi fod yn cynrychioli Christopher. Frederickson neu rwbath o Gaer ffor'cw di'i dwrna fo.'

'Su' ma Aaron bach gin ti?'

'Iawn, sti; efo Mam a Dad wan. Peth calla.'

'Pam a'th Fflur 'im atyn nhw?'

'Cyndyn de: tinejyr. Jest â bod. Deu gwir, o'n i'm isho iddi oro newid ysgol. Ewadd, dwi'n stryffaglio, sti, Pricey. Dwi'n da i ddim tha tad; o'r un iau â f'un i, gin i ofn. Cachgi. Asgob: Fflur yn 'yn atgoffa fi o Helen a ballu; methu dygymod.' Gwagiodd ei beint. 'Un arall cyn i mi'i throi hi?'

Oedodd Elfed am eiliad fach. Edrach o gwmpas y dafarn; wedyn dweud: 'Rownd fi.'

Aeth o at y bar, gadael Gough ar ei ben ei hun. Crafodd yntau gefn ei law. Taniodd sigarét. Aeth ei ben o rownd a rownd, meddyliau'n chwyrlïo yno. Roedd gas gynno fo eistedd fel hyn ar ei ben ei hun: pethau'n dŵad i'w feddyliau fo'r adeg hynny; Helen fel arfer. Delweddau o'r cnebrwn fore Gwener yn hyrddio trwy'i ymennydd o rŵan. 'Tria beidio meddwl,' oedd Mam wedi'i ddweud; ond sut oedd peidio meddwl?

Diolch byth, mi ddaeth Elfed yn ôl reit sydyn; gosod dybyl whisgi ar y bwrdd o flaen Gough.

'Asu Grist, Pricey. Dybyl?'

'Ti di meddwi'n gachu'n barod, pa ffacin wahaniath neith dybyl bach? Lawr â fo.'

Cododd Gough y gwydr.

'I chdi, washi,' medda Elfed, cynnig llwncdestun.

'Fi?'

Nodiodd Elfed. 'Ti'n foi da.'

'Ewadd, dwn i'm.'

'Lawr â fo.'

*　　*　　*

fflach, fflach, fflach — lleisiau'n driphlith draphlith — fflach, fflach, fflach — y weddw a'r dieithr a laddant, a'r amddifad a ddieneidiant — fflach, fflach, fflach — ... ac wele y plentyn yn wylo — fflach, fflach, fflach — noethni merch gwraig dy dad, plentyn dy dad, dy chwaer dithau yw hi; na ddinoetha ei noethni hi — fflach, fflach, fflach — a phob plentyn o'r benywaid y rhai ni bu iddynt a wnaethant â gŵr, cedwch yn fyw i chwi — fflach, fflach, fflach — a'r plentyn sugno a chwery wrth dwll yr asb; ac ar ffau y wiber yr estyn yr hwn a ddiddyfnwyd ei law — fflach, fflach, fflach — felly dwy ferch Lot a feichiogwyd o'u tad — fflach, fflach, fflach —

*   *   *

Deffrodd Gough; dim clem lle'r oedd o. Brest yn dynn, pen yn curo, breuddwydion gwyllt wirion wedi'i hawntio fo. Goleuadau'n fflachio; bylb camera; corff noeth; *fo'n* noeth — a merch noeth hefyd. Cynulleidfa'n rhuo chwerthin. Proffwyd Hen Destament yn harthio.

Blinciodd; sylweddoli lle'r oedd o: adra'n ei lofft o'i hun.

Sut ffwc? —

Rhoddodd fflich i'r dillad gwely. Edrach i lawr arno fo'i hun: roedd o'n noethlymun. Steddodd yn llonydd am sbel. Tyrchiodd trwy'i feddwl; chwilio am neithiwr yn y llanast.

Lle'r aeth yr oriau? Doedd o ddim mor feddw â hynny, siŵr iawn. Reit chwil, ond ddim yn racs. Cuchiodd a meddwl: cofio bod yn y Bull efo Elfed; cofio Elfed yn dŵad â dybyl whisgi iddo fo. *Lawr â fo.* Cofio —

Affliw o ddim byd.

Neidiodd o'r gwely. Sigodd, ei ben o'n brifo. Teimlodd yn symol yn sydyn iawn, awydd chwydu arno fo; ond llwyddodd i leddfu'r cyfog. Gwisgodd yn sydyn, dŵad o hyd i'w ddillad wedi'u plygu'n dwt ar y gadair yn y gornel — fflach, fflach, fflach —

Nefoedd: be uffar oedd—? Fatha bylb camera eto; golau

llachar sydyn yn ei ddallu o hyd yn oed wrth feddwl am y peth. Atgof oedd o? Ta gormod o gwrw?

Aeth o i lawr grisiau'n simsan. Edrychodd ar ei watsh: 10.15am.

'Fflur?'

Dim ateb.

'Fflur?'

Roedd hi wedi mynd i'r ysgol gobeithio. Dychwelodd i'w dosbarthiadau ar ddechrau'r wythnos, ar ôl cyfnod i ffwrdd yn dilyn ei phrofedigaeth.

Aeth Gough i'r cefn; stopio'n stond. Dyna lle'r oedd hi'n eistedd wrth y bwrdd yn cael paned ac yn darllen copi o'r *County Times*.

'Mrs Evans?'

Edrychodd y wraig drws nesa arno fo. Roedd ei llgada hi'n sgwrio'r croen o gorff Gough. 'Sgrafil brwnt ydach chi,' medda hi.

'Sut?' Safodd yn y drws, methu symud.

'Ddudish i'm byd neithiwr, ond ffor shêm, Mr Gough.'

Roedd ei llais hi'n ysgwyd, roedd o'n llais blin. Roedd gan Gough bentwr o gwestiynau'n cwffio am flaenoriaeth, ond yr un ohonyn nhw'n medru cael y blaen.

'Lle ma Fflur?'

'Di mynd i'r ysgol, siŵr iawn.' Cododd; mynd at y sinc efo'i chwpan. 'Er 'i bod hi di cal 'i deffro am dri o gloch bora gan gnocio mowr ar y drws ffrynt. A dyna lle'r odd 'i thad hi'n fflat owt ar y llwybr ffrynt, yn feddw gaib.'

Ynganodd Mrs Evans sŵn rhyfadd; sŵn fatha gair yr Arglwydd, megis tân, fel gordd yn dryllio'r graig.

'Dwi'm yn cofio dim byd,' medda Gough, yn erfyn jest iawn, fel tasa hynny'n sicrhau dedfryd ddieuog yn y llys yma.

Trodd Mrs Evans a'i sgwrio fo eto efo'i llgada. 'Nagdach siŵr iawn.'

'Be ddigwyddodd?'

'Glywish i dwrw cnocio mowr, a deffro. Ddoish i lawr grisia, a dyna lle'r oedd Fflur druan yn trio'ch llusgo chi i'r tŷ; chitha'n — nefi, dwn i'm wir. Welish i'm o'r ffasiwn beth.'

'Odd Fflur ar ben 'i hun?'

'Adewish am un y bora, Mr Gough: deud wrthi mod i drws nesa os odd hi isho rhwbath. Ond lle'r yddach chi?'

Trodd Gough i'r neilltu. Roedd llgada Mrs Evans yn rhy frwnt. Syllodd i'r pellter, fel tasa fo'n chwilio am rwyg yn neunydd amser fasa'n caniatáu iddo fo weld neithiwr — fflach, fflach, fflach —

Herciodd a dal ei wynt; rhyw deimlad yn dŵad drosto fo y basa'n gallach gadael neithiwr lle'r oedd hi. Crynodd a meddwl am rywbeth. 'Pwy dynnodd amdana fi a rhoi fi'n gwely?'

'Pw dach chi feddwl? Ond hidiwch befo, Mr Gough: welish i betha mwy ym mocs abwyd sgota 'mrawd slawar dydd.'

*   *   *

Cafodd afael ar Elfed yn y swyddfa.

'Sgin i'm clem, Gough. Ar ôl i ni gal y whisgi dwytha 'na, aethon ni am adra.'

— fflach, fflach, fflach —

'Ti siŵr?'

'Esh i, beth bynnag; dwn i'm lle est ti. Adra o'n i feddwl. Pam? Mewn helbul wt ti eto?'

Esboniodd i Elfed be oedd wedi digwydd.

'Asu Grist, Gough,' medda'r tynnwr lluniau, a rhyw fân chwerthin. 'Mynd i hel merchaid nest ti, bownd o fod.'

Crasodd hynny du mewn Gough; fel tasa'r syniad o fercheta'n troi'i stumog o — wel dyna chi brofiad newydd. Tresmasodd Helen ar ei feddyliau: ar ddiwrnod eu priodas, mor ogoneddus; mor newydd; mor berffaith. Sgytiodd Gough ei hun; tuchan.

'Sut?' medda Elfed.

'Ddudish i'm byd.'

'Ti'n hwyr. Ti am i fi ddeud wth y giaffar bo chdi'n symol neu rwbath?'

— fflach, fflach, fflach —

'Ma fatha bo 'na fflash camra'n mynd yn 'y mhen i, Pricey.'

'Ewadd.'

'A fatha mod i wedi ...' Canolbwyntiodd yn galed, palu trwy'i feddyliau am ddarnau o neithiwr. Cythrodd ynddyn nhw pan oeddan nhw'n gwibio heibio, ond methodd ddal unrhyw friwsyn oedd yn ddatguddiad go iawn. 'Fatha mod i wedi bod mewn car.'

'Tacsi adra, ẃrach.'

'Deg munud ma'i'n gymyd i fi gerad.'

'Ẃrach bo chdi'n teimlo'n ddiog neithiwr,' medda Elfed.

'Dŵt ti'n helpu dim.'

Chwarddodd Elfed, dweud: 'Doro'r ffôn i lawr ta os ti'm yn—'

Dyna ddaru o.

*　　*　　*

'Sori am neithiwr,' medda fo.

Nodiodd Fflur ei phen.

'Dwi'n dad reit giami, dydw.'

Ysgydwodd Fflur ei phen.

'Ond swn i'n marw drosta chdi, sti.'

Gwyrodd Fflur ei phen.

Roedd y ddau'n y stafell ffrynt. Chwarter wedi pedwar, a Fflur newydd ddŵad adra o'r ysgol.

'Ma'i'n anodd heb Mam,' medda Gough.

Pen Fflur yn gwneud dim y tro yma, ond ei llgada hi'n cau.

158

'Ond rhai' ni ddal ati.'

Pen Fflur yn codi. Llgada Fflur yn agor. Ceg Fflur yn agor: 'Pam?'

Sgytwyd Gough. 'Pam?' Meddwl am funud cyn dweud: 'Pam ddim? Un peth ma bywyd yn 'i neud, Fflur: mynd yn 'i flaen. Rhai' ni ddal i anadlu'n bydd.'

... a'r Arglwydd Dduw a luniasai y dyn o bridd y ddaear, ac a anadlasai yn ei ffroenau ef anadl einioes: a'r dyn a aeth yn enaid byw ...

'Bydd?'

'Bydd, Fflur. Gin ti frawd bach; gin ti deidia a neinia; gin ti ffrindia. A gin ti fi sy'n dy garu di'n fwy na'r byd, a sy ofn am 'i fywyd.'

'Ofn be?'

'Ofn 'y mod i ddim ffit i neud y job 'ma, 'mechan i. Mi fethish i fatha gŵr, sti. Dwi'n methu bob dydd fatha dyn. A dwi'n 'i chal hi'n anodd i beidio methu fatha tad; deud ana fi.'

Edrychodd Fflur arno fo am sbel go lew; meddwl, yn amlwg. Wedyn dweud: 'Pan dwi'n cal marc da yn rysgol, ma'r titshyrs yn deu'tha fi am drio'n gletach. Ar ôl marc da. Rhai' chi jest drio'n gletach.'

Jest iawn iddo fo grio. Canodd ffôn yn ei ben o; ond wedyn dyma Fflur yn dweud: 'Dad, ffôn.'

Roedd o mewn llesmair wrth fynd i ateb y ffôn; newydd gael gwers syml gan ei ferch ddeuddeg oed ar sut i fod yn dad gwell, yn ddyn gwell.

Rhai' chi jest drio'n gletach.

Cododd y ffôn: 'Helô, Llangefni 4378?'

'Helô, Gough, surwti?'

Aeth o'n oer i gyd, ei geg o'n sych. Ond llwyddodd i ddweud: 'Jen.'

*   *   *

Piciodd Jenny draw ac eistedd yn sidêt yn y stafell ffrynt, efo paned a phlatiad o Digestives o'i blaen. Gwisgai gôt fawr, a gwrthododd ei thynnu. Aeth Fflur i'w llofft; dim awydd ganddi fod ar gyfyl yr athrawes a'r ysgol wedi darfod am y dydd. Gobethiodd Gough na fydda hi'n gofyn pam oedd Miss Thomas yma ar ôl i Jen fynd.

Caeodd Gough ddrws y stafell a gofyn: 'Surwti?'

'Go lew, sti. Sylwish i fod Fflur yn ôl yn rysgol wsos yma. Nesh i feddwl, wel, picio draw, ffonio, gweld sut yddach chdi'n cadw.'

Nodiodd efo gwyneb oedd yn dweud, go lew.

'O dan yr amgylchiada, lly,' medda Jen.

'O dan rheini, ia.'

Nodiodd Jen. Nodiodd Gough. Geiriau ar goll. Geiriau cau dŵad. Roedd geiriau unwaith mor hawdd rhyngddyn nhw; ond marwolaeth wedi lladd siarad mân. Pob dim yn chwithig; neb am ddweud gair rhag ofn i'r gair hwnnw fod y gair anghywir; rhyw sylw di-ddim ffrwydrai fom niwclear rhyngddynt.

'Dwi jest ...' medda hi, palu am eiriau rŵan, '... wedi torri 'nghalon ... Helen ... Fflur a ballu ... a teimlo mor—'

Estynnodd Gough am ei braich hi, jest i'w chysuro hi; bod yn gymwynasgar. Ond chwipiodd Jen ei braich o'r neilltu.

'Na,' medda hi reit bendant, 'na, dwi jest yn teimlo mor euog, mor ...'

Y wraig oedd wedi ei dal mewn godineb, meddyliodd Gough. A'r gŵr.

Cododd ar ei thraed. 'Dwi'n mynd, Gough.'

'Aros a gorffan dy banad—'

'Na; mynd.'

Ysgydwodd ei ben; edrach i fyny arni hi.

'Mynd o 'ma. O Langefni. O Fôn. O Gymru.'

Gwaethygodd pethau efo pob darn o ddaearyddiaeth.

Tynhaodd brest Gough; oerodd ei berfedd. 'Be ti' feddwl?'

'Dwi di cael job.'

'Job?' medda fo.

'Ysgol Gymraeg Llundan.'

'Llundan?' Safodd ar ei draed. 'Paid â mynd, Jen.'

'Dwi'n mynd. Dwi di cael y job a di derbyn. Ddrwg gin am be sy di digwydd; pob dim. Helen yn enwedig. Dwi'm isho bwrw mol, Gough, ond mi odd 'na fai ana finna hefyd. Sa hidiach i mi fod wedi bod yn gallach. Ond ... wel ... 'na fo ... be nei di pan ti mewn cariad?'

Trodd a mynd trwy ddrws y stafell ffrynt; Gough yn mynd ar ei hôl hi, dweud ei henw hi. Roedd hi wrth y drws ffrynt pan drodd hi rownd ac edrach heibio i Gough, edrach i fyny, ei gwyneb hi'n llwydo a'i llgada hi'n blanedau. Ni fedra Gough symud: mi wydda fo'n iawn be welai o tasa fo'n troi rownd.

'Ta-ra, Miss Thomas,' medda Fflur o dop y grisiau.

Roedd Gough yn dalp o halen — a doedd o ddim hyd yn oed wedi edrach dros ei ysgwydd; mi ufuddhaodd o i'w dduwiau.

'Ta-ra, Fflur,' medda Jen; agor y drws; mynd am Lundain.

*   *   *

Roedd hi'n beichio crio wrth gerdded i lawr y lôn o dŷ Gough. Roedd hi'n crynu i gyd wrth feddwl am y bywyd oedd o'i blaen hi, a'r babi oedd yn ei bol hi.

Gwlad fach

Mawrth 28, 1979

AM UN AR DDEG y nos, ffoniodd Iwan ap Llŷr rif Plas Owain a phan atebodd Mike Ellis-Hughes, dywedodd Iwan: 'Lecsiwn!'

Nodiodd Mike iddo fo'i hun a gwneud dwrn. Tolltodd whisgi iddo fo'i hun; rheswm i ddathlu.

'Callaghan di colli pleidlais o ddiffyg hyder dri chwartar awr yn ôl,' medda Iwan. 'Un bleidlais oedd yni, chan. Sa Callaghan di medru dal 'i afal. Aeloda'r Blaid yn cadw'i gefn o, cofia di.'

'Do mwn. Methu gweld y darlun mawr, fel arfar.'

'Odd yr aeloda Llafur yn canu'r Faner Goch.'

'Yddan siŵr iawn.'

'Pwy safith ffor'ma i Blaid Cymru?'

'John Ellis eto.'

'Fydd yr hoelion wyth yn bownd o gadw'i gefn o.'

'Da o beth,' medda Mike, 'fynta'n da i ffac ôl. Ond rhai' ni neu siŵr: mynd yn groes i bob greddf, mynd yn erbyn 'yn credoa, Iw. Ma'r dyfodol yn y fantol. Gwerin Cymru'n y fantol. Nawn ni'n gora glas i helpu'r Ceidwadwyr ennill Môn.'

'Troi'n stumog i, meddwl am y ffasiwn beth.'

'Y darlun mawr, boi, y darlun mawr. Mis yma, chan, rhyw bythefnos yn ôl, cyhoeddodd y Gymuned Iwropeaidd 'u bod nhw'n gweithredu'r Drefn Ariannol Iwropeaidd — y ffacin EMS. A mi ddudon nhw bo rhaid iddi gal 'i chefnogi gin gydgyfarfod cynyddol rhwng economïa'r gwladwriaetha. Mae Iwrop yn uno, Iw. Fyddwn ni'n byw cyn bo hir mewn byd heb ffinia. Rhyw dair ne bedair sylfaen grym fydd 'na'n y byd: yr Unol Daleithia, Tsieina, yr Arabs, ac Iwrop. Sut siâp fydd ar wlad fach fatha Cymru wedyn? Mi gân ni'n magnu; 'yn boddi; 'yn llyncu. Mi ddiflannwn ni. Susnag, Almaeneg, Mandarin, Arabic: rheini fydd ieithodd y byd. Ac heb iaith ... be? Rhai' ni amddiffyn 'yn ffinia, Iw. Amddiffyn y werin.'

'Mi drefna i gyfarfod efo Tori cyfeillgar; un o hogia Gwŷr Môn. Dechra ffeirio gwybodaeth.'

Meddyliodd Mike: Ac wedi iddynt ei groeshoelio ef, hwy a ranasant ei ddillad, gan fwrw coelbren ...

Dywedodd: 'Hen dro am y busnas Robat Morris 'ma. Odd hwnnw'n idiot defnyddiol o ran y Torïad — tra'i fod o'n aelod, beth bynnag. Ond 'na fo.'

'O leia ma Gough di'i rwydo rŵan. Chân ni'm helbul gynno fo.'

'Wel, os gân ni, ma gynnon ni sioe ddigon o r'feddod ar gyfer Heddlu Gogledd Cymru. Ma'i lwc mwngral o ar ben.'

Cododd Mike y whisgi, cynnig llwncdestun i godwm dyn. Wedyn: 'Beth bynnag: y joban fawr rŵan di'r lecsiwn. Cynddeiriogi'r werin. Deffro'r diawlad diog o'u trwmgwsg. Rhoid Môn i'r Saeson ar blât. Tanio rwbath dan dina'r caridýms; y bastads anniolchgar. Mi gawn ni'n magnu gan y Thatcher 'ma a'i giang, sti. Jest y peth i gynna tân.'

A'i bledu o efo cerrig yn y stryd

Ebrill 8–9, 1979

DYDD y Farn yn agosáu. Fory mi fydda Christopher Lewis o flaen ei well. Fory mi fydda'i godwm o'n parhau. Doedd gan y creadur ddim gobaith: roedd pawb wedi troi'n ei erbyn o ac ar ôl gwneud, wedi'i anghofio fo.

Christopher pwy?

Pawb oni bai am ei fam a'i chwaer — a Gough.

Cnociodd ar ddrws rhif 14 — cartre Florrie Lewis — sawl gwaith ond cael socsan ddaru o. Neb adra, neu Mrs Lewis yn codi dau fys arno fo a chau'r drws.

Roedd pawb yn harthio wedyn.

Elfed Price yn harthio: 'Doro gora iddi, Gough.'

Gwyn South yn harthio: 'Dorwch gora iddi, Gough.'

DI Ifan Allison yn harthio: 'Doro gora iddi, Gough.'

DS Robin Jones yn harthio: 'Doro gora iddi Gough — neu mi rwyga i dy iau di allan a'i fyta fo'n amrwd.'

Ond fedra Gough ddim stopio. Tasa Gough yn stopio, mi fasa fo'n boddi: fatha siarc; gorfod hela; gorfod chwilio. Tasa fo'n rhoid y gorau iddi, mi fasa'i fywyd o'n ei orlethu o.

Gough, dros yr wythnosau dwytha, wedi meddwl lot am Christopher a Bethan. Gough, dros yr wythnosau dwytha, wedi meddwl lot am Jenny a Helen. Gough, dros yr wythnosau dwytha, wedi meddwl lot am ei fam ac am ei

164

dad. Gough, dros yr wythnosau dwytha, wedi mynd i yfed mwy a smocio mwy. Gough, dros yr wythnosau dwytha, yn chwalu'n ara deg bach —

Eistedd ar ei gadair yn ei stafell ffrynt, y botel o Bell's jest iawn yn wag, 'Gates of Babylon' gan Rainbow'n plicio'r papur wal —

Sleep with the devil and then you must pay,
Sleep with the devil and the devil will take you away ...
Dydd y Farn yn agosáu.

*   *   *

Llys y Goron yr Wyddgrug. Dydd Llun, Ebrill 9. Ar draws ugain munud i ddeg. Bore digon braf. Awel o'r dwyrain yn rhoid mymryn o fin ar bethau. Diwrnod R v Lewis (1979), Y Goron yn erbyn Christopher James Lewis. Grym yn erbyn gwendid.

Loetrodd Gough tu allan i'r llys efo pawb arall, gorfod diodda'u crafu tin nhw. *Pawb* am gydymdeimlo. *Pawb* efo'r union 'run geiriau; ystrydebau profedigaeth. *Neb* yn gwybod unrhyw eiriau gwahanol. *Neb* yn gwybod unrhyw eiriau oedd yn esbonio be oedd o'n deimlo go iawn.

Neb ond Nel Lewis; Nel Lewis o bawb. Roedd pethau'n 'bydded goleuni, a goleuni a fu' pan ddaeth hi ato fo, tu allan i'r llys, am air.

'Ma gin ti dwll mawr yn fama'n does,' medda hi, gosod ei llaw yn fflat ar ei frest o.

Homar o deimlad rhyfedd: y ferch yn cyffwrdd ynddo fo. Gwefr yn mynd trwyddo fo; sioc drydan reit at ei draed o. Nodiodd Gough; meddwl: Yr affwys. Ac roedd llaw Nel yn dal yno; ar yr affwys o hyd. A phawb yn llgadu: yr hacs i gyd yn llgadu, y cyhoedd i gyd yn llgadu, swyddogion y llys yn llgadu. Ffwc otsh gin i, meddyliodd Gough.

Arhosodd llaw Nel lle'r oedd hi. Arhosodd ar yr affwys.

Arhosodd a phwyso wrth iddi ddweud: 'Gaeith o byth, sti. Ond weithia, de, weithia fy' di'n teimlo fatha bo chdi'n bagio mymryn orwth y twll. Fel'a mae hi, sti. Ti'n goro byw efo fo; neu ti ddim.'

Nodiodd Gough fel tasa fo'n gwrando ar seryddwr yn esbonio Cylchoedd Sadwrn iddo fo: wedi cael ei ryfeddu ond ddim yn dallt go iawn; a byth yn debygol o ddallt y ffasiwn fawredd.

'Derbyn hynny, neu mynd ar dy ben i'r pydew,' medda Nel.

Tynnodd ei llaw oddi ar ei frest o, ac mi deimlodd Gough fel tasa fo wedi cael ei fywddyrannu. Gwyliodd Nel yn mynd i mewn i'r llys; gwyliodd nes ei bod hi wedi mynd i'r düwch oedd tu hwnt i ddrws agored yr adeilad.

'Slasan.' Elfed Price wrth ei ysgwydd o. 'Dwi'n synnu'r est ti'm ar 'i hôl hi.'

Trodd Gough, gwaed ei ben o'n berwi: achosi poen yn ei benglog o. Sgyrnygodd nes bod ei ên o'n brifo. Gwasgodd ei ddyrnau. 'Dos o 'ngolwg i, Pricey.'

Bagiodd Elfed. 'Mond deud; be sy haru chdi?'

'Jest tynna ffycin lynia, nei di?'

Tynnodd lun o Gough a gwenu fatha giât ar ôl gwneud. Fel tasa fo wedi sylwi ar rywbeth sylfaenol yn llgada'i wrthrych: rhyw gyfrinach; rhyw bechod cudd.

'Be sy?' gofynnodd Gough.

'Dos *di* i neud dy job, washi bach,' medda Elfed, nodio i gyfeiriad y llys.

Gwyliodd Gough y ffotograffydd yn sgwario mynd, a theimlodd gryndod yn ei berfedd. Dwrdiodd ei hun; troi at y llys. Wyddgrug o bob man: pell o adra i Christopher Lewis, druan. Mi fuo fo'n y ddalfa yn Lerpwl am fisoedd. Cwynodd ei dwrna ei fod o'n cael ei gam-drin yno. Cyhoeddwyd stori yn y *County Times*. ROBERT MORRIS MURDER ACCUSED 'BEATEN' IN REMAND CENTRE oedd y pennawd. MAE

O'N HAEDDU CAEL CWEIR, ISHO CROGI'R DIAWL oedd yr ymateb; yr ymateb o gwmpas Môn; yr ymateb dros y Corn Flakes a'r tost y bora dydd Mercher hwnnw y cyhoeddwyd y stori. Mi ffoniodd ambell i ddarllenydd y giaffar i gwyno'i fod o wedi cyhoeddi'r ffasiwn enllib: ffor shêm am gydymdeimlo efo'r sinach, Christopher Lewis; ffor shêm am gadw cefn llofrudd; ffor shêm am lusgo enw'r Sant Robert Morris trwy'r baw.

Roedd Gwyn South wedi trio'i orau glas i esbonio sut oedd papur newydd yn gweithio. Ond doedd gan neb ddiddordeb; neb am ddysgu, neb am wybod, neb am weld yr ochor arall.

Neb ond Nel Lewis: ymddangosodd ar *Y Dydd* efo Elinor Jones ar HTV'r noson honno; noson cyhoeddi'r stori am gam-drin ei brawd. Dyna'r tro cynta iddi wneud cyfweliad. Roedd hi wedi gwrthod Gough sawl gwaith; wedi gwrthod pawb. Ond *Y Dydd* yn ennill y dydd.

Roedd hi'n urddasol, ac yn sefyll ei thir: 'Ma gin pawb yr hawl i gal 'u trin yn deg. Ma gynnon ni i gyd — y da a'r drwg yn 'yn plith ni — iawndera.'

Doedd yna fawr o sôn am yr achos: y darlledwyr yn gorfod bod yn o ofalus rhag cyfeirio'n uniongyrchol at hynny rhag ofn iddyn nhw gael eu cyhuddo o ddirmyg llys.

Safai Gough rŵan a sbio ar y llys llwyd, a meddwl am gyfweliad Nel Lewis ar *Y Dydd*. Roedd o'n dal, mewn ffordd ryfedd ar y naw, i deimlo'i llaw hi'n pwyso ar ei galon o. Roedd hi fel petai'i chyffyrddiad hi'n cau mymryn ar yr affwys roedd hi wedi'i ffeindio'n ei frest o, ei ffeindio fel tasa hi'n ddewin dŵr; yr affwys roedd hi wedi darogan y basa'n ei lyncu.

*   *   *

Doedd gan Christopher Lewis ddim gobaith; pawb wedi cymryd yn ei erbyn o. Ciledrychai'r rheithgor — deg dyn, dwy wraig — efo golwg 'dowch laen ta' ar eu gwynebau; fel tasan nhw'n barod i ddedfrydu a'i throi hi am adra mewn pryd i wylio *Pebble Mill at One*. Tasa'r hawl ganddyn nhw, mi fasan nhw wedi llusgo Christopher o'r llys a'i bledu o efo cerrig yn y stryd. Roedd yna olwg felly arnyn nhw: golwg pledu rhywun efo cerrig.

Roedd Gough yn gweld hyn i gyd o feinciau'r wasg. Roedd o'n gweld yr 'ac a'i bwriasant allan o'r ddinas, ac a'i llabyddiasant' yn llgada'r rheithgor. Roedd pawb o'i gwmpas o'n harthio ac yn parablu; pawb yn meddwl eu bod nhw'n gwybod mwy am yr achos na'r person nesa atyn nhw. Ambell un yn betio ar pa mor hir y basa'r achos yn para. Rhai'n betio ar gosb Christopher — cyn ei gael o'n euog hyd yn oed.

Gwelodd Gough hefyd Christopher ei hun o lle'r oedd o'n eistedd, y cradur yn eiddil i gyd. Olion cleisiau rownd ei llgada fo, wedi stricio ers bod yn y ddalfa. Hanner y llanc oedd o: dwy stôn yn sgafnach, bownd o fod.

Gwelodd hefyd Florrie Lewis: ffunan boced yn handi jest rhag ofn; gwallt yn britho; methu sbio ar ei mab.

Gwelodd hefyd Nel, yn llonydd, yn ynys yn y môr gwyllt yma: llgada'n sglefrio dros bawb, fel tasa hi am gofio pob un wan jac: dewis a dethol pwy oedd yn byw ac yn marw; dewis yr achubedig; dewis y condemniedig. Credodd Gough, yn yr eiliad honno, fod ganddi'r gallu i wneud hynny; i ddewis, i ddethol, i ddifa: ac y neb a gredo ac a fedyddier a fydd cadwedig: eithr y neb ni chredo a gondemnir ...

Teimlai Gough ei law ar ei frest o hyd, fel tasa hi wedi gadael hoel yno. Crynodd a mynd â'i edrychiad i rywle arall, a landio ar wyneb oedd yn pwnio'i go. A dyma'i go fo'n deffro: y tad newydd. Iwan rhwbath neu'i gilydd. Ap Llŷr, dyna fo: gwas bach Mike Ellis-Hughes. Be affliw oedd o'n da yma?

Crychodd Gough ei drwyn a meddwl. Ond cyn iddo fo gael cyfle i danio injan ei gof go iawn, dyma ryw sisial yn mynd trwy'r llys, a phawb yn troi i sbio i gyfeiriad y fynedfa.

Trwyddi, daeth Kate Morris ar fraich Griff. Ar eu hola nhw, Bethan. Diferodd rhyw ias ryfedd trwy stumog Gough, ac mi ddaeth (*fflach, fflach, fflach*) yna bytiau o ddelweddau i'w ben oedd (*fflach, fflach, fflach*) fatha hen ffilm yn fflician trwy daflunydd.

Pan ddaeth o ato'i hun, roedd Bethan yn edrach yn syth ato fo; llgada'r hogan yn soseri, a'r gwacter hwnnw ynddyn nhw o hyd. Roedd golwg welw arni hi: y gwallt hir, pluog mewn cynffon lym; dim paent ar ei bochau na lliw ar ei llgada hi. Edrychai Bethan Morris fatha'r hyn oedd hi: hogan ysgol.

'*Order. Order. Court stand.*'

Safodd Gough fatha pawb arall. Y llys fel un wrth i'r barnwr, yr Anrhydeddus Howell Cleaver, ddŵad i mewn.

'*Sit,*' medda hwnnw, a'r llys yn eistedd. '*Right then,*' medda fo, a rhythu ar Christopher Lewis fel tasa fo'n mynd i ddedfrydu'r cradur yn y fan a'r lle, heb botshian efo cyfraith na threfn neu ryw lol wirion felly, '*let's get through this.*'

A meddyliodd Gough: Sgin y boi bach ddim hôps mul.

*　　*　　*

'Pwy sa di ffacin meddwl?'

Elfed yn harthio. Halibalŵ tu allan i'r llys. Hacs yn gwthiad 'i gilydd o'r neilltu. Ar ras rŵan am dri ciosg teliffon. Ac Elfed yn dŵad i'r lan; ennill y blaen er ei fod o'n ffoglyd a thew, ac yn fyr ei wynt.

Lluchiodd ei hun i mewn i'r ciosg cynta. Aeth Gough i mewn ar ei ôl o — a difaru'n syth bìn. Roedd o wedi ei wasgu rhwng drws y ciosg a bol Elfed. Rhy agos o beth coblyn i'r dyn tynnu lluniau, oedd heb folchi — o'r oglau — ers dau neu dri diwrnod.

Cythrodd Elfed yn y ffôn, deialu'r *operator*. Ond roedd o'n chwythu wrth drio siarad efo hi. Rêl Elfed, isho bod y cynta: roedd yn rhaid iddo *fo* gael dweud yr hanes wrth y giaffar; fo a neb arall oedd yn cael datgelu be oedd newydd ddigwydd yn y llys. Ond doedd yna ddim siâp arno fo; dim gwynt.

'Tyd â'r ffôn i fi,' medda Gough, ei rwygo fo o law chwyslyd Elfed. 'Helô? *Reverse the charges, sweetheart.*' Rhoddodd rif y *County Times* iddi hi'n Llangefni.

Roedd hi'n un ar ddeg y bore. Haul poeth yn tywynu arnyn nhw, troi'r ciosg yn ffwrnais. Chwysodd Gough; chwysodd Elfed. Y ddau'n rhostio'n ara deg bach. Y ddau'n drewi, bownd o fod. Roedd Elfed wedi troi'i ben a theimlodd Gough ei fol o'n mynd i fyny ac i lawr wrth iddo fo drio dal ei wynt yn y lle cyfyng, y lle chwilboeth.

Daeth Alwen ar y ffôn, a heb fawr o falu awyr cafodd ordors gan Gough i'w roid o drwadd i Gwyn yn syth bìn.

'Giaffar? Gough.'

'Gough? Nefi, tydach chi ddim yn y llys?'

A dyma fo'n dweud be oedd wedi digwydd, a dyma Gwyn South yn ebychio, Nefi fawr, a wedyn dweud: 'Trïwch gal sgwrs efo teulu Christopher Lewis, Gough. Mi gorddish i bod HTV di cal cyfweliad efo'r chwaer. Gofyn i ni fod ar y blaen; ni di'r papur lleol. Fydda i o 'ngho os geith rhywun arall afal ar Nel Lewis cyn y *County Times*.'

Meddyliodd Gough am Nel Lewis; amdani hi'n y llys; amdani'n sefyll ar ei thraed a'i dwylo mewn pader.

'Dwn i'm; maen nhw wedi bod yn gyndyn—'

'Dyma'r flaenoriaeth, Gough. Hi di'ch prosiect chi heddiw.'

'Dria i 'ngora, giaffar.'

Rhoddodd y ffôn i lawr.

'Be ddudodd o?' medda Elfed; isho gwybod fel arfer.

Bagiodd Gough allan o'r ciosg a diolchodd am yr awyr iach. Rhuthrodd Tom Lloyd *Daily Post* heibio iddo fo a chymryd lle Gough ac Elfed yn y ciosg. Roedd Gough yn sicr bod Tom Lloyd wedi pinshio'i din o wrth wasgu heibio iddo fo.

'Isho i fi fynd ar ôl Nel Lewis ma'r giaffar,' medda fo wrth Elfed. Edrychodd ar ei watsh: 11.15am. 'Lle'r aethon nhw? Welist ti?'

'At Chris, ma siŵr: lawr i'r *cells*. Gair cyn iddo fo ddŵad allan o'r llys. Mi a' i at y drws cefn, trio cal llynia.'

Ia, dos; dyna di dy blydi job di, meddyliodd Gough.

Honciodd Elfed i lawr y lôn fatha twrci'n dengid rhag y Dolig. Taniodd Gough sigarét. Mi fasa'n rhaid iddo fo gymryd pwyll, aros ei gyfle. Gobeithio na fydda Nel yn cael ei thrapio gan y riportars eraill. Sugnodd ar y smôc. *Y Dydd* oedd y bygythiad mwya; HTV: am eu bod nhw wedi siarad efo Nel yn barod; wedi cael un cyfweliad. Mi fasan nhw'n bownd o fod wedi gofyn am sgwrs arall ar ôl yr achos. Meddyliodd am y styllan flin oedd yn gohebu ar ran y sianel. Roedd hi wedi bod yn dilyn yr achos ers y dechrau; roedd hi yno'r noson arestiwyd Christopher. Lasa'i bod hi wedi cael y blaen yr adeg honno. Lasa'i bod hi'n cuddiad tu ôl i'r cyrtans yn nhŷ Florrie Lewis pan oedd Gough tu allan yn cnocio.

Mi fydda'r styllan flin, a'r gohebwyr eraill, wrth ddrws cefn y llys rŵan yn disgwyl i Chris ddŵad allan. Roeddan nhw yno'n barod i'w bledu o a'i deulu efo cwestiynau. Crafodd Gough ei ben. Sugnodd ar y sigarét. Aeth yn ôl i gyfeiriad mynedfa'r llys.

Wrth iddo fo gerdded trwy'r drysau dwbl i'r adeilad, daeth Iwan ap Llŷr i'w gyfwr o; gwenu a dweud: 'Mistyr Gough.

Rargian, odd hi'n dipyn o syrcas, doedd. Dach chi'n 'y nghofio fi?'

Roedd yna rywbeth seimllyd ar gownt y dyn, a'r eiliad honno roedd Gough reit ddifynadd: awydd mynd o gwmpas ei bethau arno fo; cynllun yn ei ben o.

'Dwi'n cofio,' medda fo.

Diflannodd gwên Iwan ap Llŷr, ei wyneb o'n troi'n grychau i gyd. Y crychau mae galar neu dristwch neu gydymdeimlad yn eu hachosi. 'Ddrwg gin i am ych profedigath, gyda llaw.'

Lledodd ceg yr affwys rhyw fymryn; disgyrchiant yn sugno Gough yn agosach at yr ymyl. Sadiodd a sythodd. Nodiodd i gydnabod geiriau gwag ap Llŷr a gofynnodd, er mwyn cwrteisi ac i newid y pwnc: 'Sut ath yr enedigaeth?'

'Digon o sioe, chi; mab. Clŵad bod ych hogyn bach chitha'n iach.'

Ti'n clŵad pentwr, meddyliodd Gough, cyn dweud: 'Rhai' fi fynd.'

'Brysur ar y naw ar ôl be ddigwyddodd bora 'ma, bownd o fod,' medda fo efo'i wên gaws. 'Edrach ymlaen yn arw am y *County Times* fora Mercher, Mistyr Gough.'

Culhaodd Gough ei llgada. Meddwl: pam wyt ti yma? Wedyn dweud: 'Gough. Jest Gough.'

'Ia. Jest Gough. 'Na fo. Pw sa di meddwl. Dim dirgelwch bellach, nag o's; yr hogyn Lewis 'na di pledio'n euog a ballu.'

Eryrod yn heidio

Ebrill 9–10, 1979

ANDROS o sioc; pawb wedi synnu. Nel Lewis efo'i dwy law yn erfyn, Kate Morris efo'i galwad am gyfraith y cortyn:

'*Crogwch y diawl!*'

Plediodd Christopher James Lewis yn euog o lofruddio Robert Hywel Morris ar Chwefror 27, 1979, yn Llidiart Gronw, Llandyfrydog, Ynys Môn.

Roedd hi'n '*Silence! Silence! Silence!*' gan yr Anrhydeddus Howell Cleaver wrth i bethau fynd yn fflemp yn Llys y Goron yr Wyddgrug.

Dipyn gwahanol i sut roedd hi wrth i Gough sleifio i'r siambar rŵan: tawel a gwag. Dim ond yr atgof o'r un gair hwnnw, 'Euog'; dim ond yr eco o 'Crogwch y diawl!'; dim ond yr oglau chwys a chyfiawnder rydach chi'n gael mewn llys.

Brasgamodd Gough trwy'r siambar fel tasa fo'n perthyn. Roedd ei dad o'n arfer dweud: 'Dos trw bob drws fatha ma chdi sydd bia'r lle. Bydda'n fistar ar bob stafall wt ti'n mynd i mewn iddi.'

Un wers gafodd o gan Eoin Gough oedd o ddefnydd, o leia; un wers oedd ddim yn cynnwys clustan.

Tu ôl i'r doc roedd grisiau'n arwain i lawr i'r celloedd. Oedodd Gough am funud; sicrhau nad oedd tyst i'w gamwedd. Nabod ei lwc o, roedd yna rywun yn bownd o fod yn gwylio. Ac nid oes greadur anamlwg yn ei olwg ef: eithr pob peth sydd yn noeth ac yn agored i'w lygaid ef am yr hwn yr ydym yn sôn ... Sgwriodd yr amheuon o'i ben a mynd i lawr y grisiau.

Roedd yna lai o olau yn yr isloriau. Dim ffenestri'n fan yma; coridor hir o'i flaen; y llawr yn linoliwm; goleuadau stribed yn hymian o'r nenfwd.

Oedodd Gough, gwrando: clywodd sŵn crio. Aeth yn ei flaen, a'r sŵn crio'n dŵad yn agosach. Sŵn lleisiau hefyd rŵan; llais merch. Fel tasa hi'n erfyn. Ac mi sylweddolodd Gough ei bod hi: plis, plis, plis.

Cyrhaeddodd ddrws y stafell roedd y sŵn yn deillio ohoni, ac roedd y drws ar agor, a pwy oedd yn y stafell ond Chris Lewis a'i fargyfreithiwr, plisman boliog, a Nel a Florrie Lewis.

'Chris, paid â gadal iddyn nhw ddeu'tha chdi be i neud os ti'm isho,' erfyniai Nel.

'Ma'i'n *too late*, Miss Lewis,' medda'r bargyfreithiwr: Frederickson o Gaer. Rhyw Gymro Dydd Gŵyl Dewi oedd o. Asyn o Fflint yn wreiddiol, meddan nhw. 'Mae o di rhoid *guilty plea*, a mi fydd *His Honour* yn dedfrydu fory.'

'Chris, gwranda,' medda Nel, anwybyddu Frederickson o Gaer: gwyro'n ei blaen; gosod ei dwylo ar ddwylo'i brawd, 'dim chdi laddodd o, naci, boi. Ma nhw di deu'tha chdi am ddeud na chdi nath, do. Sa'm rhai' chdi ddeu clwydda fel'a, sti; deu gwir, Chris.'

Cododd Christopher Lewis ei ben a sbio ar ei chwaer a dweud: 'A' i i helynt, Nel.'

'Am be? Mynd i helynt am be? Pw sy'n deud? Y polîs?' Tuchanodd y copar.

Chris yn dweud: 'Am neud petha ofnadwy.'

'Pa betha ofnadwy, boi? A pw sy'n deud hyn?'

'Cha i'm deud, sti,' medda fo, gwyro'i ben.

'Chris, gwranda ana fi—'

Tynnodd Gough ei lyfr nodiadau o'i boced a chamu i'r stafell yn ddistaw bach. Ond doedd o ddim mor ddistaw bach ag oedd o'n feddwl: trodd y llgada i gyd yn y stafell ato fo; pob un wan jac. Neidiodd Frederickson o Gaer ar ei draed a dechrau harthio'n Saesneg am pwy *the hell are you* a be affliw *are you doing in a private room listening to a private conversation.*

Llamodd y plisman ymlaen fatha mae plisman yn llamu ymlaen: sgŵar i gyd; sgwyddau'n ôl; golwg sorllyd; ac yn achos hwn, ei fol o'n arwain y ffordd. Cododd ei law fel tasa fo'n stopio traffig. Ac eto yn Saesneg, ond fymryn yn fwy cwrtais na Frederickson o Gaer, esboniodd i Gough bod gynno fo *no right to be in here, lad.*

'Rhoswch,' medda Nel Lewis. A dyma pawb yn aros hefyd; aros fel basa'r tonnau wedi aros i Caniwt tasa gynno fo hanner hud a lledrith hon. Aros fel mai hi oedd efo'r gair ola. Aros fel mai hi oedd bia'r lle. *Bydda'n fistar ar bob stafall wt ti'n mynd i mewn iddi.* 'Dowch i mewn, Mr Gough; dowch i glŵad.'

'Miss Lewis,' medda'r Frederickson o Gaer yma, *'whoever this man is,* fasa well—'

'Ffac off,' medda Nel wrtho fo, 'ti'n da i'm byd, ti'n *sacked.'* Dyma hi'n sbio ar Gough wedyn ar ôl dirmygu'r bargyfreithiwr — gafodd yr addysg orau ac a enillai fwy mewn awr nag a enillai Nel mewn oes — a dweud: 'Dowch i glŵad.'

Tra bod Frederickson o Gaer yn pacio'i gêr a phreblach am *bloody gypsies* a ballu, mi ddaeth Gough i glŵad.

*   *   *

175

Y bore canlynol: 10.30am, Llys y Goron yr Wyddgrug, a'r Anrhydeddus Howell Cleaver yn dweud: 'Life, with the recommendation that you serve 15 years.'

A Florrie Lewis yn dweud: 'Coc oen!'

A Kate Morris yn dweud: 'Crogwch o!'

* * *

Awr wedyn mewn caffi ar stryd fawr y dre, roedd Gough a Nel yn cael paned.

'Ddaw o'm allan yn fyw,' medda hi.

Roedd Gough wedi blino. Fethodd o gysgu neithiwr ar ôl i Fflur ddŵad adra'n hwyr, ac mi aeth hi'n ffrae rhwng y ddau. Ar ôl iddi fynd i'r gwely, mi aeth Gough dros ei ddeg — dwy botal Bell's wag ar y llawr y bore 'ma pan ddeffrodd o ar y soffa, andros o gur yn ei ben; drewi'r whisgi wedi trwytho'r aer a'r dodrefn i gyd, a hwnnw'n cymysgu efo drewi chwys Gough. Mi ddreifiodd o Fflur i'r ysgol a thrio cynnal sgwrs wrth fynd; ond roedd hi wedi llyncu mul go iawn. Roedd Gough reit fodlon ar y tawelwch, i ddweud y gwir, gan fod ei ben o'n curo fel drwm, ac roedd blas y ddiod yn ei geg o er iddo fo llnau'i ddannedd. Ond peth anodd i'w sgwrio ydi pechod.

'Ma fel tasa'i fod wedi cal 'i hudo,' medda Nel rŵan, 'rhywun di bod yn 'i ben o.'

'Wedi cal 'i ddychryn mae o, ddudwn i.'

'Pwy sy di'i ddychryn o, lly? Y Glas? "A' i i helynt," medda fo.'

Meddyliodd Gough am Robin Jones: y cleisiau ar ddyrnau'r DS.

'O'n i meddwl,' medda fo, 'bod Frederickson am fynd ar ôl y gyffes.'

Ysgydwodd Nel ei phen. 'Wn i'm. Wn i'm be odd ar feddwl

176

y twl-al. Gostiodd o fom; odd rhaid i ni fenthyg gin y tylwyth.'

'Y tylwyth?'

'Pobol ffair dan ni, ochor Mam: siewmyn. Hogan ffair dwi'n 'rha, deud ffortiwn pobol a ballu, ac ar y galeri saethu.'

'Be ti'n neud yn gaea?'

'Be bynnag fedra i, de; gweithio'n Kwiks.'

Meddyliodd Gough. Wedyn dweud: 'Gin i gontact efo baristyr yn Llundan; fasa hi'n bownd o neud gwell sioe na nath Frederickson.'

'Hi?'

'Hogan leol. O Llangefni. O'n i'n rysgol efo hi. Hogan y wraig drws nesa, i ddeud y gwir.'

Cododd Nel ei sgwyddau mewn ystum o ẃrach fasa hynna'n syniad go lew.

Yfodd Gough y coffi. Roedd yna ddwsin o fandiau *heavy metal* yn chwarae ar draws ei gilydd, ac allan o diwn, yn ei ben o. Triodd anwybyddu'r boen; haws dweud na gwneud — fatha pob dim mewn bywyd.

'Mae Chris i weld yn gyndyn o amddiffyn 'i hun,' medda fo, 'barod i gymyd y bai.'

'Un felly odd o rioed.'

Dyma ni, meddyliodd Gough. Be fuo fo'n sgrafanjo amdani am wythnosau: stori. Ond cael socsan ddaru o unwaith eto: doedd Nel ddim am barablu am ei brawd. Roedd yn rhaid iddo fo'i hysio hi. 'Chdi di'r hyna,' medda fo, trio pori.

Edrychodd Nel arno fo efo'r llgada tywyll rheini oedd yn llawn *ti'n gofyn amdani* i bwy bynnag fasa'n mynd yn groes iddi. Ond mi atebodd hi: 'Chwe mlynadd yn hŷn na fo.'

Pump ar hugain oed oedd hi felly. Meddyliodd Gough am funud; ystyried oedd o'n mynd i hau gwynt a medi corwynt ai peidio. Penderfynu bod cystal gwario punt â gwario ceiniog.

'Lle ma'ch tad chi'ch dau, Nel?'

Gwenodd hithau wên *wt ti'n lwcus ches ti ddim clustan* arno fo, a dweud: 'Rêl Robin Goch, Gough.'

'Matar o raid.'

'Busnesu'n fatar o raid?'

'Gofyn yn fatar o raid.'

'Ga i ddewis peidio atab?'

'Siŵr iawn.'

Ond ateb ddaru hi: 'Ath o a'n gadal ni pan o'n i'n chwech oed, Chris newydd 'i eni. Dwn i'm pam; jibar go iawn odd o. Dodd o'm yn dylwyth. Ar y môr odd o, medda Mam; y ddau'n cyfarfod yn Moelfra, mam yn gweini yno yn y gaea. Priodi mewn chydig fisodd.'

'Priodi'n o sydyn.'

'Matar o raid,' medda hitha. 'A 'na fo; dim mwy. Sgin i'm clem lle'r ath o.'

Nodiodd Gough. Wedyn gofyn:

'Odd Chris yn canlyn Bethan Morris?'

Cuchiodd Nel; ysgwyd ei phen. Roedd yna boen yn ei llgada hi; poen oedd yn deillio o artaith ei brawd, o'i godwm.

Dywedodd Gough wrthi be oedd Bethan wedi'i ddweud yn y Volvo. Roedd ei llgada hi fatha peli snwcer a'i cheg hi'n llydan gorad. 'Hand job?' medda hi mewn rhyw wich oedd yn ddigon uchel i ddenu sylw'r weinyddes ac ambell i gwsmer.

'Dŵt ti'm yn credu'r cyhuddiad o *sexual assault* yn 'i erbyn o, lly?' gofynnodd Gough.

'Dwi'm yn credu unrhyw gyhuddiad yn 'i erbyn o. Ma 'na *conspiracy*'n does; rhyw gynllun. "A" i i helynt." Grymoedd dieflig. Dwi'n 'u teimlo nhw; teimlo'u hadenydd nhw'n chwipio a'u crawcian nhw. Fatha brain. Ti'n gwbod be di Chris, dŵt?'

'Be di o?'

'Bwch dihangol.'

* * *

Cyn iddo fo'i gadael hi, rhybuddiodd Gough: 'Ma'r *County Times* yn cyhoeddi atodiad wyth tudalan yn rhifyn fory o'r papur. Llyfu tin Robat Morris a ballu. Pentwr o betha digon annifyr wedi cal 'u deud am Chris: cyn-ddisgyblion yn 'i alw fo'n bob enw dan haul; deud 'i fod o'n beryg bywyd a ballu; dyrnu'n rysgol. Mond i chdi gal gwbod.'

Safai'r ddau yn y maes parcio. Roedd hi wedi troi hanner awr wedi hanner dydd. Byddai Gwyn South yn tynnu'r gwallt o'i ben, fyntau heb glywed siw na miw gan Gough; heb gael llinell o gopi eto, ar wahân i'r manylion brasa am y ddedfryd. Ond mi gâi'r giaffar aros: roedd enaid Gough yn y fantol.

Ond doedd Nel Lewis ddim am ei lanhau o bob anghyfiawnder:

'Chwilio am iachawdwriaeth wt ti, Gough? Chei di ddim gin i. Ma gin ti gyfri da o bechoda, ond do's gin i ddim o'r awdurdod i'w madda nhw. Dos i ddeud padar wrth dy dduw.'

'Mi ga i 'nghosbi saith mwy am 'y mhechoda, dim ffiars; gin i bentwr onyn nhw. Ond dwi mond yn dy rybuddio di am be sy'n dŵad fory. Dwi'm yn disgwl i ni ffeirio'm byd, Nel.'

'Fedra i weld yn iawn be sy'n dŵad, Gough.'

A heb rybudd, dyma hi'n rhoid ei llaw ar ei frest o fel ddaru hi tu allan i'r llys. Ac mi syllodd hi i'w llgada fo, yn ddyfn i mewn i'w fod o. Tynnu ohono fo'r pethau oedd ei greawdwr o wedi sgwennu ar ei esgyrn o: cod bywyd Gough — ei ddechrau fo a'i ddiwedd o.

'Dwi'n darogan twllwch dudew i chdi, Gough. Fedra i'm

179

dy gysuro di, gin i ofn. Wt ti'n gelain, ac ma'r eryrod yn heidio.'

Tynnodd ei llaw oddi arno fo; troi'i chefn a mynd a'i adael o, ac mi deimlodd o'n amddifad ac yn golledig. Ac wrth iddi fynd trwy'r diwrnod llwyd, trwy'r awel ffresh, chwifiodd ei gwallt du hi fatha hwyliau cwch Kharon, fferïwr yr Isfyd.

*　*　*

Aeth o'n syth bìn at Gwyn South ar ôl landio'n y swyddfa a dweud: 'Gair, Gwyn.' A dyma Gwyn a fo'n mynd i'r stafell fechan i gael gair.

'Nefoedd, Gough, lle dach i di bod, dwch?'

Drwy gydol y daith adra, roedd proffwydoliaeth Nel wedi bod yn chwyrlïo o gwmpas ei feddwl, yn gwrthod tawelu, yn gwrthod cael ei storio'n y llefydd rheini mae rhywun yn storio gwybodaeth a sgyrsiau a bob dim arall. Arhosodd ar flaen ei feddwl fatha baner waedlyd yn fflapio'n y gwynt, y coch arni'n gwneud iddi sefyll allan yn erbyn llwydni'r dinistr.

Wt ti'n gelain, ac ma'r eryrod yn heidio ...

Roedd hynny wedi'i lorio fo, a pha syndod? Dyna oedd Nel yn wneud: dweud ffortiwn; darogan. Nid bod Gough yn credu rwtsh felly; rhyw fath o ddeheurwydd oedd o, siŵr o fod. Ond roedd hi mor sicr. Fatha person mewn pwlpud yn sicr o'i dduw. Fatha merthyr mewn tân yn sicr o'i iachawdwriaeth.

Rŵan: swyddfa'r giaffar a hithau jest iawn yn hanner awr wedi dau, a Gough yn cael trafferth i nadu'i hun rhag darnio. Roedd hi'n andros o straen dal y darnau ohono fo'i hun at ei gilydd.

Harthiodd Gwyn South: 'Dwi heb gal dim copi gynnoch chi, Gough.'

Gough yn llgadu man geni'r giaffar: 'Mi gei di, mi gei di.'

180

'Sgynnoch chi sgwrs efo'r teulu?'

Agorodd Gough ei geg, yr ateb yn awyddus i gael ei ryddhau: fatha ci oedd yn orffwyll i fynd allan am bisiad ar ôl bod i mewn dros nos. Ond cythrodd Gough yn y sgrepan; cau'i geg yn dynn.

'Be di'r tawelwch mawr 'ma?' medda Gwyn South.

'Dwn i'm os o's gin i sgwrs efo'r teulu,' medda Gough, cyffesu.

'Ewadd, Gough, rydach chi di gneud sbloetsh; gneud John Jôs go iawn o betha. Da i ddim.'

'Twll dy din di,' medda Gough.

'Wir yr, Gough, taswn i'n fwy o ddyn swn i'n rhoid slas i chi.'

Roedd Gwyn South yn crynu i gyd a'i dalcen o'n laddar o chwys, y man geni fel tasa fo'n fflachio: goleudy'n rhybuddio llongau.

'Mi sgwenna i be sgin i' — peidiwch â'i adrodd yn Gath — 'ond ma'i'n ffinishd wedyn.'

'Sut?' gofynnodd Gwyn South.

* * *

Sgwennodd y stori: ... *pleaded guilty ... jailed for life ... family made no comment ...*

'Be ti' feddwl *family made no comment*?' medda Elfed wrth ddarllen proflen o'r dudalen flaen. 'Welish i chdi'n siarad efo Nel Lewis, y sinach.'

'Do, ond odd gynni *no comment*.'

'Malu cachu.'

Safodd Gough yn nrws stafell dywyll Elfed. Tyrchiodd Elfed mewn twmpath o luniau. Fflachiodd rhywbeth yn sydyn trwy ben Gough: rhy sydyn iddo fo weld be oedd o go iawn. Tynnodd Elfed lun allan o'r twmpath, fflich iddo fo at Gough. Daliodd Gough y llun a'i astudio fo am funud, a diferodd gwayw trwyddo fo: llun ohono fo a Nel yn y caffi yn yr Wyddgrug. Rhythodd ar Elfed, chwilio am y *Pa beth a roddwch i mi, a mi a'i traddodaf ef i chwi?* yn edrychiad y ffotograffydd. Bagiodd y bradwr i gysgodion y stafell dywyll.

'Jest digwydd pasio, mynd am y car,' cnewiodd y tynnwr lluniau.

'Mynd ar goll nest ti? Cont gwirion: odd dy ffacin gar di nesa i'n un i yn y lle parcio.'

Soserodd llgada Elfed tu ôl i'r sbectol fawr. Fasa rhywun wedi medru cael pryd bwyd go lew arnyn nhw. Tolltodd ofn ohonyn nhw; a welodd Gough erioed y ffasiwn ofn yn llgada'r ffotograffydd o'r blaen: fel tasa rhywbeth wedi'i ddychryn o go iawn. A theimlai nad fo oedd achos yr ofn.

'Be sy matar efo chdi, Pricey?'

'Jest gwatshia be ti'n neud, Gough.'

'Sut?'

'Mond deu dwi.'

'Deu be? Ti'n 'y mygwth i?'

'Asu Grist, nagdw. Fi? Ffacin el. Yli, dwi'm isho torri partnars efo chdi; dan ni'n fêts. Ti rêl boi. Ond ti'n gneud drwg i'r papur, sti.'

'Sut, lly? Trw fod yn blydi riportar?'

'Yli, tyd am ddrinc.'

'Na,' medda Gough, 'dwi'n troi'n lysh.'

'Ti'n ffacin lysh yn barod,' medda Elfed.

* * *

Ac mi oedd o. 10pm, Fflur byth adra; potel o whisgi arall jest â'i darfod. A Gough, siŵr iawn, yn feddw dwll. Smociodd, y stafell ffrynt yn drewi o fwg. Roedd o wedi bod yn syllu ar y teledu'n aros i'w hogan fach ddŵad adra; gwagio'r botel wrth ddisgwyl. Gwyliodd *It's a Knockout*, Stuart Hall, yn fywiog i gyd, yn fêt i bawb, yn tywys y timau trwy gemau gwirion.

182

Lasa'i fod yntau'n cael ei dywys drwy gêm hefyd — un nad oedd o'n gwybod y rheolau iddi; un nad oedd gobaith iddo fo'i hennill. Teimlai felly: gwerinwr mewn gêm o wyddbwyll; aberth yn unig.

Heb iddo fo sylwi, roedd *News at Ten* ymlaen, bellach; Anna Ford. Newyddion am ffilm o'r enw *The Deer Hunter* enillodd bump Oscar neithiwr; newyddion am y Sofiets yn lansio'r llong ofod Soyuz 33 ar daith i'r orsaf ofod, Salyut 6; newyddion am John Gough, pechadur o Fôn, oedd wedi cael ei ddal yn —

Roedd o'n drysu: gweld ei hun mewn llun tu ôl i Anna Ford, honno'n adrodd hanes ei godwm; honno'n nofio i gyd. Ac yn ei ddwrdio fo'n Gymraeg rŵan: Anna Ford yn dweud y drefn wrtho fo yn llais Helen.

Glafoeriodd Gough, y whisgi'n tollti o'r gwydr a llwch y sigarét yn glawio ar y carped.

Roedd o'n pendwmpian ac yn meddwl y basa hi'n braf ar y naw cael mynd i gysgu am amser hir; ond roedd lleisiau'n ei ben yn ei gadw fo'n effro. Helen yn ei ben o, Jenny'n ei ben o, Bethan Morris yn ei — fflach, fflach, fflach —

Herciodd a gollwng y gwydr, a'r whisgi'n mynd i bob man; ond roedd o'n dal i bendwmpian — fflach, fflach, fflach — a'i ben o'n llawn dop efo delweddau o gyrff noeth yn plethu; breichiau a choesau'n lapio rownd ei gilydd — fflach, fflach, fflach — a chododd y rhithwelediadaeth gyfog arno fo ac mi — fflach, fflach, fflach — oedd o'n chwil ulw ac yn drysu; oglau mwg yma rŵan; a'i llgada fo'n dyfrio a'i frest o'n dynn a — fflach, fflach, fflach — tagodd a thagodd a thagodd, ac roedd yna — fflach, fflach, fflach — dân, ac yn y tân yn gweiddi Dad! Dad! roedd Fflur —

II: BWCH DIHANGOL

Amddifaid ydym heb dadau

Mai 4, 1979

'BLAIDD ydi hi, gwatshia di. Mi'n gadewith ni'n llwch ac yn lludw' — Mike Ellis-Hughes, mewn siwt ddu a thei Draig Goch, ei wallt yn flêr a'i fwstásh yn flewog, yn ei dweud hi — 'Wt ti'n gweld 'i bygythiad hi, chditha'n sosialydd?'

Sgŵar Llangefni. Gough yma fel gohebydd: brathu'i dafod, ei ben o'n garnifal, ei feddyliau'n chwyrlïo'n flêr, peth wmbrath ohonyn nhw'n gwneud dim synnwyr o gwbwl; a phentwr iawn hefyd yn codi ofn arno fo.

Culhaodd llgada Mike a gwyrodd yn nes: 'Ma'r awr yn agos, Gough: dan ni di cal 'yn ffordd. Ma 'na fflama'n dŵad—' Sythodd; llgada'n llydan. Sori mawr ar ei wyneb o. 'Asu, ma ddrwg gin i, sôn am dân a ballu. Hen dro. Ond lwcus ar y naw i'r ferch 'cw ddŵad adra pan ddoth hi i seinio rhybudd; neu mi fasa chdi di rhostio, frawd.'

Difrododd y tân ychydig wythnosau ynghynt stafell ffrynt tŷ Gough. Dim niwed mawr i neb na dim; dim ond cwilydd; teimlo'n chwithig. Cafodd Gough y ram-dam gan yr hogiau tân am fynd i gysgu efo sigarét yn llosgi. Cafodd y plaendra gan ei fam, a gan Mrs Evans drws nesa, am adael i Fflur galifantio tan un ar ddeg — 'Ond lwcus 'i bod hi, wir ...' A gafodd o socsan go iawn pan gyhoeddodd Gwyn South lun a stori am y tân yn y *County Times*.

HERO DAUGHTER, 12, RESCUES DAD FROM HOUSE FIRE

Papur tships, bellach: y byd wedi symud yn ei flaen; y byd newydd, y byd glas, y byd benywaidd.

6am, a dyma Elfed yn dweud: 'Margaret blydi Thatcher.'

Ysgydwodd Ellis-Hughes ei ben, twt-twtio. Golwg *mae'i ar ben arnan ni* arno fo.

Elfed eto: 'Margaret blydi Thatcher.' Dweud yr enw fel tasa fo'n hallt; fel tasa fo'n llosgi'n ei geg o, ac yn achosi ylsar. Roedd llgada Elfed yn goch; heb gysgu. Ond doedd neb wedi cysgu. Pawb wedi byw trwy'r hunlle; byw trwy'r byd yn sigo ar ei echel. Byw trwy Ynys Môn yn ethol Tori: Keith Best yn ei *plus fours*; Keith Best o Brighton; Keith Best yn mynd ar gefn Mam Cymru.

Agorodd Gough ei geg, wedi bod ar ei draed trwy'r nos hefyd. Treuliodd y noson yn y Bull ac yn Neuadd y Dre, Llangefni, lle'r oedd y cyfri. Treuliodd y noson yn gweld Torïaid yn dathlu; sosialwyr fel fo, a nashis fatha Elfed, yn pwdu.

'Noson ddu,' medda Elfed wrth i bawb heidio o'r neuadd, gwawr yr oes newydd yn anaddas o goch, 'a Gwynfor yn colli hefyd — ond i sosialydd, o leia.'

'Ergyd arall ar ôl Dydd Gŵyl Dewi, latsh,' medda Mike Ellis-Hughes.

Dan ni di cal 'yn ffordd ...

Roedd o'n edrach yn andros o dal i Gough, ond ẃrach mai blinder oedd yn achosi hynny. Doedd Gough heb gysgu'n iawn ers hydoedd, ac roedd o'n eitha sicr nad gwaed ond Bell's bellach oedd yn llifo trwy'i wythiennau. Roedd yr hen deimlad rhyfedd hwnnw o affwys yn ei frest o'n dal i fod, ac atgof llaw Nel Lewis yn ei ddarganfod o. Y gwir amdani: teimlai Gough yn wag; fel tasa'r dyn oedd o gynt wedi cael ei lyncu gan y pydew, a dim ond y pydew oedd ar ôl.

Taniodd Mike Ellis-Hughes sigâr, chwythu'r mwg mewn cwmwl. Oglau'r baco'n codi blys ar Gough. Dywedodd y dyn busnes: 'Mi ddaw'n dydd ni. Os nad trwy flwch pleidleisio, trwy fwlad a thân.'

Brasgamodd i ffwrdd. Mynd i chwilio am wylnos, bownd o fod; mynd i blith ei hil i alaru.

'Swnio fatha cri ryfal i fi,' medda Gough.

'Blin di o, sti.'

'Asu, Pricey, ti'm yn deud?'

'Dwinna'n flin. Blydi Saeson. *White settlers* Ynys Môn yn fotio ffacin Tori; fotio i blaid y Sais.'

'Democratiaeth, washi.'

Dan ni di cal 'yn ffordd ... Peth rhyfadd iddo fo ddweud, meddyliodd Gough. Cyn i Elfed regi eto. 'Demo-ffycin-cratiath gont.'

Dywedodd Gough: 'Dwi'n mynd adra am awran o gwsg. Deud wrth y giaffar y bydda i'n hwyr.'

*   *   *

Ond cyn mynd adra, dargyfeiriodd Gough i fynwent Capel Tabernacl, ar y lôn o Langefni am Benmynydd.

Roedd o wedi ymlâdd, ond am gael ymgom efo Helen: sôn wrthi am Fflur; sôn wrthi am Aaron; sôn wrthi am Keith Best. Mynd ar ei liniau wrth y bedd. Mynd yno'n ei sachlïan. Mynd yno'n lludw drosto. Mynd yno i gyffesu ei bechod iddi unwaith eto. Mynd yno i gyffesu ei gamweddau.

Pader y gŵr gweddw.

Tynnodd ei hun yn griau eto; beio'i hun am bob dim. Beio'i hun am y pethau oedd o heb eu gwneud; beio'i hun am feiau pobol erill.

Roedd yna rywbeth yn crawni o hyd. Gwenwyn ynddo fo; rhyw ddrwg oedd o wedi ei gyflawni ond heb fod yn ymwybodol o'r weithred. Tiwmor yn tyfu. Gweithred fydda'n ei lorio fo go iawn. Pechod fydda'n ei ddinistrio fo. Ond roedd o'n methu'n lân â gweld trwy'r niwl oedd yn ei ben o: methu pinbwyntio'r tramgwydd.

Caeodd ei llgada. Dechreuodd syrthio i gysgu wrth bwyso ar y garreg fedd. Rhuthrodd pob math o rwtsh trwy'i ben o eto. Mi welodd o drugareddau. Mi welodd o gyrff noeth, merched a dynion, wedi cael eu lluchio'n doman ar dopiau'i gilydd. Mi welodd o Mike Ellis-Hughes yn ei chanol hi'n dweud: 'Dan ni di cal 'yn ffordd ...' Sgytiodd ei hun, trio callio, dal ei wynt. Chwys oer a phinnau mân yn llifeirio o'i gorun o at fawd ei droed o.

A dyma fo'n sylwi arnyn nhw: dau wrth gar. Ford Cortina glas reit newydd, a'r dyn yn dal, ei wallt o'n wyn; a'r hogan oedd efo fo'n fyrrach ac yn ifanc ac yn gynddeiriog.

Safodd Gough; cuchio i drio gweld yn well. Roeddan nhw tua can llath o fedd Helen, yng nghowt y capel, y ddau'n sefyll wrth y Cortina. Y ddau'n hefru, yn dwrdio go iawn. Roedd Gough yn rhy bell i glywed eu geiriau, ond oedd o'n ddigon agos i'w nabod nhw: Hugh Densley, y prif uwch-arolygydd; Bethan Morris, merch y diweddar Robert Morris.

Gwegiodd; gwayw'n nofio trwyddo fo, y rhithweledigaeth o gnawd noeth yn fflachio'n ei ben eto byth. Cafodd sgytiad go iawn. Pwysodd ar y garreg fedd i sadio'i hun. Triodd wrando ar Densley a Bethan yn ffraeo. Rhy bell; ond roedd hi'n ymddangos fel tasan nhw'n gweiddi, a chlywodd fymryn ar eu lleisiau nhw. Roedd Bethan yn sbio i fyny ar Densley; roedd hi'n ffyrnig. *Jab jab jab*, medda'i bys hi'n ei wyneb o.

Roedd Gough ag awydd mynd yn agosach, y riportar ynddo fo'n ei hudo fo mlaen. Ond roedd gynno fo ofn, am ryw reswm; ofn iddyn nhw'i weld o; ofn cael ei gyhuddo o drosedd doedd o ddim yn ymwybodol ei fod o wedi'i chyflawni; ofn bod pechod cudd yn llechu'n ei galon o.

Safodd lle'r oedd o. Sefyll yn llonydd wrth y bedd. Sefyll a chadw llygad. Cadw llygad wrth i Densley a Bethan fynd ati fel Sgotyn a Gwyddal — Densley'n plygu am ei fod o'n dalach na'r hogan ysgol, Bethan yn gwthiad bwnsiad o flodau i wyneb y prif uwch-arolygydd, hwnnw'n bagio fel tasa fo wedi cael clustan.

Roedd greddfau Gough yn ei hudo i fynd atyn nhw, dechrau holi; busnesu go iawn a hidio dim am be oeddan nhw'n feddwl. Ond rhaffodd y greddfau rheini: annoeth fyddai'u dilyn nhw yn yr achos yma.

Rŵan: mi waldiodd Bethan y plisman yn ei frest efo'i dwrn, a baglodd Densley eto. Trodd y ferch am y fynwent; martshio am y giât. Rhoddodd hwyth i'r giât ar agor, a gwichiodd y colfachau; roedd y sŵn fatha larwm i Gough.

Roedd Densley'n dŵad ar ei hôl hi, a gwyrodd Gough wrth fedd Helen.

Pader y gŵr gweddw.

Arhosodd lle'r oedd o, yn llonydd fel cwningan oedd yn cael ei llgadu gan lwynog. Arhosodd am law hir y gyfraith ar ei ysgwydd, Densley'n holi am fusnes Gough. Arhosodd wrth i'r gwynt oer sleifio trwy'i grys o at ei groen, a sibrwd arno fo o ganol y tân, y cwmwl, a'r tywyllwch, efo llais uchel.

*   *   *

Gyrrodd am Lidiart Gronw fel tasa Satan ar ei fympar cefn o'n tinyrru. Gyrrodd yn reddfol, prin yn canolbwyntio ar y daith; ei feddyliau'n rhesi ac yn rhesi, byth yn stopio, mynd yn driphlith draphlith ar draws ei gilydd. Roedd yna ffasiwn lanast yn ei ben o. Debyg i hen storfa, siŵr o fod, oedd heb ei hagor ers blynyddoedd; yn llawn trugareddau; pob dim ar ben ei gilydd; gwe pry cop yn dilladu'r gêr i gyd. Ac yn y cysgodion, pethau'n sgrialu. Pethau byw. Pethau na fedra fo'u henwi.

Roedd o wedi blino ar ôl bod ar ei draed trwy'r nos, felly doedd hynny ddim yn helpu rhyw lawer — ond doedd y syniad o gysgu'n dawel ddim yn apelio. Teimlai cwsg fel lle peryg, a tasa fo'n cau ei llgada mi fasa bwystfilod yn ei droi o'n brae ac yn ei hela fo.

Crynodd fel tasa 'na salwch arno fo; rhyw glefyd heb iachâd. Gorlethwyd o gan ias. Trwy'r tarth yn ei feddwl ymddangosodd Helen; yn hwylio ato fo allan o'r niwl. Rhyw fwgan o beth. Llenwodd ei llgada efo dagrau, ond doedd o'm yn siŵr os mai blinder ta galar oedd eu hachos nhw. Sylweddolodd ei fod o'n starfio hefyd, heb gael tamad i fwyta ers neithiwr. Whisgi, mewn gwirionedd, oedd yr unig gynhaliath gafodd o ers hynny.

Wrth ddreifio mi welodd o bosteri. Gweddillion yr etholiad. Posteri melyn y Blaid yn shwtrwds. Posteri coch Llafur wedi'u sgraglardio. Posteri oren y Rhyddfrydwyr yn plicio. Posteri glas y Ceidwadwyr wedi'u hagru. *English go home* a *White settlers* a 'Sianel Gymraeg — Yr Unig Ateb' arnyn nhw.

Teimlai Gough dan y lach, yn estron, ar wahân — y teimladau rhyfedda. Cafodd yr awydd mwya annaearol: i roi fflich i'r Volvo i'r wal ar ffwl sbid; a dyna ddarfod ar bethau wedyn.

Ac wedyn o rywle: *Dan ni di cal 'yn ffordd ...*

Cuchiodd; meddwl am I-Hêtsh: *Os nad trwy flwch pleidleisio, trwy fwlad a thân.* Fasa hidia iddo fo ddyfynnu'r pen bach yn y papur. Ond gwyddai Gough mai *off the record* oedd y sylwadau. Gwadu fasa Mike. A basai'n helbul wedyn, bownd o fod; stŵr wrth i'r bastad faeddu enw'r *County Times*.

Agorodd ei geg, y blinder yn cythru ynddo fo go iawn bellach. Bu ond y dim iddo fo'r eiliad honno droi rownd a mynd am adra; claddu'i hun dan y dillad gwely, ta waeth am

192

y bwystfilod. Ond cyrhaeddodd y tro am Lidiart Gronw heb feddwl. Roedd o yma: dim troi'n ôl rŵan. Plagwyd o gan yr hen ias annifyr honno eto; mynd reit trwy'i berfedd o. Yr un teimlad gafodd o pan oedd o'n cuddiad tu ôl i'r garreg fedd. Roedd o wedi llechu yno am chwarter awr, ond doedd yna ddim hanes o Bethan na Densley. Pan benderfynodd ei bod hi'n saff dŵad i'r fei, roedd Cortina Densley wedi mynd, a dim ond Gough a'r meirw oedd yno. Aeth o at fedd Robert Morris i gael golwg. Roedd y blodau wthiodd Bethan i wyneb Densley wedi cael eu sgrialu dros y cerrig gwynion. Bethan heb botshian; jest wedi rhoid fflich iddyn nhw, yn ôl pob golwg.

Rŵan, dreifiodd Gough i fyny'r lôn at Lidiart Gronw. Roedd ei geg o'n sych a'i stumog o'n corddi.

Dreifiodd y car i'r cowt, ac yn syth bìn dechreuodd y cŵn gyfarth. Roedd Gough yn dechrau difaru, ac unwaith eto bu jest iawn iddo fo droi'r car rownd a'i heglu hi am adra; anghofio hyn i gyd; gwrando ar Elfed ac ar Gwyn South ac ar Ifan Allison ac ar Robin Jones, ac ar eu pregeth: Doro gorau iddi, Gough.

Ond wedyn daeth Kate Morris o'r tŷ. Roedd hi'n swelan heddiw. Y weddw'n sgleinio: gwallt wedi ei liwio; minlliw ar ei gwefus hi; ffrog ffansi.

Stopiodd Gough injan y car. Neidiodd allan. Gwenodd ar y weddw. Ond ymddangosodd Griff Morris o rywle, ac roedd Gough wedi cael socsan.

'Be tisho?' medda Kate Morris.

'Di Bethan o gwmpas?' gofynnodd Gough.

Goleuwyd tân yn llgada'r fam. Tynhaodd dyrnau'r mab, yr esgyrn ynddyn nhw'n wyn trwy'r croen.

Fasa hidia i Gough fod wedi troi ar ei sawdl; ond roedd yna chwilan yn ei ben o. 'Di Bethan yn ffrindia efo Mistyr Densley'r plisman?'

Roedd y tân yn llgada'r fam yn crasu bochau Gough, bellach. Roedd ei mab yn sgyrnygu.

'Dwi newydd weld y ddau'n ffraeo fatha dwn i'm be wth fynwant Capal Tabernacl, ar y ffor i Penmynydd,' medda Gough, methu credu bod y geiriau'n dŵad o'i geg o.

Trodd y fam at ei mab a rhoid ei thân iddo fo; rhythodd y mab ar Gough.

'Be di'r berthynas rhwng Mistyr Densley a Bethan, lly?'

Gwenodd y fam ar Gough, ond gwên oer, filain oedd hi. Llithrodd y mab ei law i'w boced yn slei bach.

'Ylwch, Kate—'

Ffrwydrodd sêr yng ngolwg Gough. Aeth mellten o boen trwy'i benglog o. Sigodd ei goesau fel tasa'r cyhyrau a'r esgyrn wedi troi'n bapur. Wedyn, rhyw gysgod mawr yn cuddiad y golau a dwrn yn landio ar ei dalcen o, a Gough yn syrthio ar y cowt, fflat owt. Roedd ei ben o'n troi a'r sêr yn dal i chwyrlïo. Blasodd waed: rhydlyd a chynnes. A chyn iddo fo fedru dŵad ato'i hun, aeth y gwynt ohono fo, a chwythodd bom niwclear o boen yn ei sennau o: Griff wedi rhoid homar o gic iddo fo.

Tagodd Gough a sugnodd am aer, ei llgada fo'n dyfrio. Roedd y boen fatha weiran bigog wedi'i lapio'n dynn amdano fo. Blinciodd a gwelodd y garreg ar y cowt: y garreg ddaeth o boced Griff; y garreg daflodd Griff ato fo; y garreg darodd ben Gough a deffro'r sêr a dechrau'r diodda.

'Hel y sinach o 'ma, Griff,' medda'r weddw.

Cythrodd grym fatha corwynt yn Gough. Codwyd o oddi ar y cowt. Roedd yna glamp o law ar ei sgrepan o; llaw arall yn gafael yn ei drowsus o. Roedd drws y car ar agor, y weddw'n sefyll wrth y drws. Yr Arglwydd a ddiwreiddia dŷ y beilchion: ond efe a sicrha derfyn y weddw. Ciciodd y mab Gough yn ei din. Aeth ar ei ben i ddrws cefn y car, atal ei benglog efo'i freichiau. Sgrialodd i mewn i'r Volvo trwy ddrws y dreifar. Sadiodd y byd, ac wrth i'r byd sadio gwelodd Gough goesau'r weddw a gwyneb y weddw; roedd hi reit wrth ei ymyl o, yn sefyll yn y drws. Plygodd ato fo, fyntau'n ista rŵan yn sêt y dreifar, yn barod i fynd; allan o wynt, ac yn brifo ac yn gwaedu.

'Wt ti'n chwara fo tân, John Gough,' medda hi, 'a phoethaberth yn y fflama fyddi di gosa watshi di, washi bach.'

*   *   *

Mwythodd ei friwiau. Tendiodd ei gleisiau. Golchodd ei waed. Sychodd ei hun yn sydyn ar ôl molchi, ac roedd ei sennau o'n dendar. Clais mawr dan ei fraich chwith lle'r oedd Griff wedi rhoid cic iddo fo. Syllodd ar ei adlewyrchiad: dyn diarth; dyn gwaedlyd; dyn efo clais ar ei dalcen, chwydd mawr yno — glas a phorffor a melyn a choch; dyn oedd yn archollion drosto: rhai mân, rhai mawr, rhai mewnol ac allanol.

Clywodd lais — na chystuddiwch un weddw — yn ei ben. Llais yn cyhuddo. Llais yn condemnio. Cnocio mawr rŵan. Cnocio, cnocio, cnocio.

Daeth ato'i hun. Sylweddoli o lle'r oedd y twrw'n dŵad: y drws ffrynt. Sythodd a gwingo, bwriadu mynd i weld pwy oedd yno, ond cafodd ei lorio gan boen.

Y cnocio eto. Aeth i lawr y grisiau'n simsan; yn igam-ogamu; pwyso ar y wal. Un stepan ar y tro, meddyliodd. Roedd hi'n daith hir a llafurus, ond cyrhaeddodd. Agor y drws ffrynt, griddfan wrth weld pwy oedd yno.

*   *   *

Ti yw'r gŵr traws, yr hwn y mae'r Arglwydd wedi gorchymyn i ti adfeilio'r pileri; ti yw'r angel tywyll y mae Ef yn rhybuddio yn dy erbyn. Ofnasant, ac erfyn: cadw fi rhag y gŵr traws.

195

Ond ti sydd ar law aswy'r Hollalluog: yr un sy'n didoli ar ran Duw; yr un sy'n dial; yr un sy'n diferu'r bywyd o bechaduriaid. Ti a'th Dduw, mewn perffaith hedd; mewn undod a chynllwyn.

Eisteddi nawr ym mar y Church Inn, gwesty o'r bedwaredd ganrif ar ddeg sy'n nythu yng nghanol tref Llwydlo. Rwyt ti'n prowla'r ffin, ac wrthi ers iddynt ddarganfod y poethoffrwm adewaist iddynt yng Nghaer. Tir y Mers yw hwn; y terfyn rhwng Cymru a Lloegr. Y mae dy gartre o fewn cyrraedd; gelli flasu'r pridd a'r clai a'r tywodfeini; llifa trwy dy rydwelïau hanes dy dir: 600 miliwn o flynyddoedd; rwyt ti'n un â chreigiau hynaf Cymru; gweli yn dy rithweledigaethau eni, bywyd a marwolaeth moroedd cynoesol; esgyn a disgyn ac esgyn eto'r mynyddoedd. Y mae dy diriogaeth yn hynafol: yn hen cyn bod dyn a'i ffiniau: ond nis ataliwyd ganddynt: beth yw llinell ar fap i ddraig?

Un arall? hola'r lletywraig sydd wedi bod yn gymwynasgar â thi, wedi erlid ei gŵr o'i gwely i'th dderbyn.

Hanner, foneddiges, meddi. Dim ond hanner. Y portread ohonot yw: meddwyn, merchetwr. Ond masg yw hwnnw. Un o nifer a wisgaist dros y blynyddoedd. Tad yn un hefyd; gŵr.

Wrth yfed y cwrw, darlleni'r papur: y mae merch y groser yn teyrnasu; y mae hi'n dyfynnu Sanctus Franciscus Assisiensis; y mae'r cŵn ysbaddedig sy'n dy hela di'n llunio patrymau:

Yr un a adewaist yng Nghaer mewn dynwarediad o waith Duccio. Yr un a adewaist yn hen ranbarth Rheged fis ynghynt mewn dynwarediad o Enedigaeth Fenws gan Botticelli; yn noeth, mewn cragen ar Draeth Parton. Yr Albanes fis Ionawr; wedi ei gosod ar ffurf 'Flaming June' gan Leighton; yn swatio; ei phen yn gorffwys ar ei braich; wedi ei gwisgo mewn gŵn oren.

Y tair eleni wedi eu hychwanegu nawr at y casgliad di-ri rwyt ti wedi'i greu dros y blynyddoedd.

A'r un o'r rhai fu'n dy hela dros y degawdau'n agos at ddeall dy fwriad; wedi eu mwgro gan dy athrylith.

Edrychi ar y cloc uwchben y bar: 11am. Hen bryd ei throi hi am adre; dy grwydro'n dod i ben. Aelwyd yn dy alw. Maent yn paratoi ar gyfer dy ddychweliad. Buost mewn cysylltiad dros y ffôn. Siaredaist gyda'r weddw rai wythnosau'n ôl. Dywedaist wrthi, Mi gewch weled digwydd fy ngair, ar ôl iddi gwyno: eisiau pris teg am ei heffer, a thâl da am ben y ffermwr. Un hafing fuo hi erioed.

Diolchi i'r lletywraig am ei chymwynas. Rwyt ti'n cyffwrdd ei gên, hithau'n amrantu'n chwareus — gwraig yn ei hoed a'i hamser.

Mynd am adre? meddai. Ble mae fanno, felly?

Ni ddywedi; byddai'n rhaid ei gosod: dynwarediad o Dora Marr gan Picasso efallai; ffurf grotésg, ei hwyneb wedi ei hollti. Ei sodro'n ei chadair, fel Dora Maar, er mwyn i'w chwcwallt ddod o hyd iddi'n adfail.

Mae'n well gen ti beidio. Deunydd sâl yw hi; crebachlyd. Nid yw'n haeddu ei chodi i blith yr angylion.

Dychwela, frawd: maent yn paratoi'r llo pasgedig; fe arwisgir yr etifedd.

*   *   *

Steddai Gough wrth y bwrdd yn y cefn. Safai Mrs Evans efo'i breichiau wedi'u plethu: yr ystum traddodiadol pan fydd rhywun yn barod i ddwrdio.

'Ffor shêm, Mr Gough, yn meddwi—'

'Dwi'n sobor tha sant.'

'Ol ylwch golwg sy anach chi. Di bod yn cwffio dach chi?'

'Syrthio nesh i.'

'Ia mwn.'

'Ma gynnoch chi gyfrifoldeba,' medda hi.

'Wn i.'

'Fedrwch chi'm galifantio a chitha'n dad; yn ŵr gweddw. Tydi'ch mab druan bach chi'm hydnod yn byw 'ma.'

Roedd hynny fatha swadan arall i Gough, a gwingodd. 'Mae o'n well 'i fyd efo'i nain a'i daid.'

'Efo'i dad ma mab i fod.'

Crinodd Gough; deilan yn yr hydref. Mwy o eiriau oedd yn brifo'n waeth na cherrig a chicio Griff Morris. Aeth ei ddatganiad hi at y byw; mynd at y lle hwnnw'n ddyfn ym mhawb lle mae briwiau plentyndod yn cael eu cadw. *Efo'i dad ma mab i fod*. Beiodd Gough ei hun pan oedd o'n blentyn am absenoldeb ei riant. Rhaid ei fod o wedi gwneud rhywbeth o'i le; wedi bod yn hogyn drwg, a'i dad ddim awydd bod ar ei gyfyl o. Fasa Aaron yr un peth? Roedd o'n rhy ifanc i ddallt rŵan, debyg. Fasa fo ddim yn cofio'r oes yma, na fasa. A phan oedd yna drefn ar bethau eto, mi gâi ddŵad adra. Mi fydd y mab efo'r tad.

Ysgydwodd Gough ei ben. Ysbeilio'i feddyliau am esgusodion. Dyma un tila:

'Gweithio o'n i, Mrs Evans. O'n i yn y cyfri nithiwr; y lecsiwn.'

Twt-twtiodd y wraig. Ysgwyd ei phen. Plethu'i breichiau'n dynnach. Gwthiad ei bronnau'n uwch. 'Ma gynnoch chi hogan ddeuddag oed. Ma hi di colli'i mham ac angen 'i thad. Ma hi di goro'ch achub chi rhag y fflamau unwaith yn barod, ddyn.'

Roedd Mrs Evans yn gwybod sut i slanu.

'Rhai' fi weithio,' medda fo, 'rhoid bwyd ar y bwr, cadw rwbath wrth gefn. Dwi'n ddiolchgar iawn i chi am ych help, Mrs Evans. Mi dala i—'

'Nefi blw, Mr Gough, dwi'm isho'm byd, siŵr iawn—'

'Swn i'n lecio'ch talu chi am warchod, chi.'

Mi wydda Gough go iawn nad oedd hi'n meindio gwarchod. Amddifadwyd hi gan ei phlant hi ei hun, a debyg ei bod hi'n cael cysur o gogio bod yn fam eto. Ond doedd o ddim am gymryd mantais.

Dywedodd Mrs Evans: 'Ma Fflur yn yr oed bellach lle ma 'na bethau ...' Oedodd a dal ei gwynt a chwilio am ffordd ddelicet o ddweud y pethau oedd angen eu dweud. Gwingodd Gough hefyd wrth i eiriau Mrs Evans wrthod dŵad. Ond llwyddodd y wraig i grafu sylw at ei gilydd o'r geiriau sbâr oedd gynni hi: 'Mi eith yr hogan i helynt, Mr Gough.'

'Fedrwch chi gal gair efo hi, lly?'

'Dwn i'm wir ... be am yr athrawas?'

'Yr athrawas?'

'Honno dorrodd briodas.'

Edrychodd Gough arni'n gegagored, ac yn ei feddwl: nid ymwelaf â'ch merched pan buteiniont, nac â'ch gwragedd pan dorront briodas.

'Ma'i di mynd.'

'O? I lle'r ath hi, lly?'

'Bell orwtha fi.'

'Wel, 'na fo. Sgin Fflur fodryb? Ma gynni ddwy nain. Ma'i'n adag beryg iddi; ma 'na genod drwg ffor'ma—'

Panig oer yn gafael yn ei galon o. 'Drwg?'

'Wy'chi'n iawn at bw dwi'n gyfeirio.'

'Pwy?'

Cochodd a mynd yn ffwdan i gyd; chwythu a fflapio'i dwylo o gwmpas. 'Llidiart Gronw,' medda hi.

*   *   *

Amser cinio: cerddodd Fflur yn syth o'r ysgol.

Cerddodd yn syth heibio'r siop oedd yn llawn disgyblion yn prynu petha da. Cerddodd i lawr yr allt a dros y bont ac i'r dre. Cerddodd heb sbio dros ei hysgwydd, rhag ofn i be ddigwyddodd i wraig Lot ddigwydd iddi hithau. Cerddodd heb fwriadu mynd yn ôl i fyny'r allt mewn awr, ac eistedd trwy'r pnawn yn dybyl maths efo Mrs Rickson.

Dyma'i dyddiau hi bellach; dyma'i byd hi: chwarae triwant fel hyn, chwarae triwant ers wythnosau bellach. A heb gael ei dal hyd yma. Y plisman plant heb stopio'i gar a gofyn: 'Lle ti' mynd, *young lady*?'

Dechreuodd fwrw: glaw mân, ond yn gwlychu. Roedd Fflur wedi anghofio'i chôt bore 'ma. Mrs Evans drws nesa'n gwneud brecwast iddi, Ready Brek.

'Tost dwi'n arfar gal,' oedd Fflur wedi'i ddweud yn sorllyd.

'Mi gewch Ready Brek bora 'ma.'

Roedd Dad wedi bod yn gweithio drwy'r nos. Etholiad neu rywbeth. Doedd gan Fflur ddim diddordeb. Roedd yn well ganddi wrando ar Rod Stewart. Gwrando ar 'Tragedy' gan y Bee Gees, oedd yn mynd i fod yn No.1 nos Sul. Rhoid hwyth i 'Heart of Glass' gan Blondie o dop y siart. Awchai Fflur i fod fatha Debbie Harry o Blondie: yn odidog a chydig bach yn wyllt. Ella wedyn basa hogia fatha Rod Stewart yn ei ffansïo hi ac yn dweud, Lefran fi di Fflur Gough, reit.

Cerddodd trwy'r dre. Siopwyr yn mynd a dŵad. Neb yn cymryd arnyn ei bod hi yno, allan o le. Neb yn edrach arni efo gwyneb oedd yn dweud, Sa hidia i chi fod yn rysgol, 'mechan i. Y byd ddim yn poeni.

Cadwodd ei phen i lawr. Trio peidio edrach i llgada neb: cogio'u bod nhw ddim yno. Jest hi ar y ddaear; hi a neb arall. Neb yn dweud, Ylwch hogan John Gough yn chwarae triwant. Neb yn dweud, Peth bach di colli'i mam. Neb yn dweud, Amddifaid ydym heb dadau.

Teimlodd boen yn ei brest. Teimlodd y graith yn pwnio. Teimlodd y blin-fatha-tincar ynddi'n tanio.

Pasiodd Fanc Lloyds; trodd i'r lle parcio; stopiodd yn stond. Dyna hi'r llall. Roedd hi'n llechu yn y gornel bella, o dan y coed. Ffrind newydd Fflur, ffrind gorau Fflur. Y ffrind oedd wedi dŵad ati hi ac wedi dweud, Cyma smôc, ac wedi gofyn, Tisho seidar?

Cerddodd Fflur at ei ffrind; dyma'i ffrind hi'n gofyn: 'Ti'n OK?'

Nodiodd Fflur ei phen. Nodiodd efo ofn yn ei brest; yr ofn oedd yn ei brest hi bob tro'r dyddiau yma. Ofn bod y byd yn sydyn mor anferthol a hithau mor fach. Ofn ei bod hi ddim digon mawreddog mewn addoldy i harddwch. Ofn bod yna rywbeth peryg am ei ffrind newydd a'i bod hi'n holi pentwr am Dad.

Cynigiodd ei ffrind hi sigarét i Fflur, No.6. Cymerodd Fflur sigarét, No.6. Taniodd yr hogan No.6 Fflur. Sugnodd Fflur y mwg i'w sgyfaint, a dyma'r bendro'n dŵad drosti eto, a'r teimlo'n sâl, a'r llgada'n dyfrio — a'r tagu.

Cogiodd ei bod hi'n iawn, yn hogan fawr, wedi arfer smocio erbyn hyn, dim problem, dwi'n OK. Ond roedd ei ffrind hi'n gwybod, ac yn gwenu ac yn sbio.

'Be?' medda Fflur.

'Tisho gneu chydig o bres?'

'Faint o bres?'

'Dibynnu be ti'n neud.'

'Ti'n neud o?'

'Dwi'n neud o, yndw,' medda'r llall, smocio. Rhywbeth torcalonnus yn ei llgada hi oedd Fflur methu'i enwi: roedd hi'n rhy ifanc a heb brofi digon ar fywyd i nabod enwau'r holl ellyllon oedd yn hawntio'r ddynol ryw.

'Be sy rhai' fi neud?'

*   *   *

Heb gwsg, dreifiodd Gough i Fangor i dŷ mam a thad Helen er mwyn lleddfu mymryn ar ei dramgwydd a chogio bod yn dad.

Siglodd Gough ei fab; suodd iddo fo'n dawel: 'Huna blentyn ar fy mynwes, Clyd a chynnes ydyw hon; Breichiau mam sy'n dynn amdanat—'

Nid mam, meddyliodd. Ond mi dria i 'ngora glas.

Canodd: 'Ni chaiff dim amharu'th gyntun, Ni wna undyn â thi gam.'

*   *   *

Dreifiodd am adra a mynd ar ei ben i'r gwely; cysgu am bedair awr. Cysgu'n llonydd ac yn dawel. Nid fatha rhywun oedd a'i gydwybod wedi ei serio gan haearn poeth. Ni ddaeth bwystfil o hyd iddo fo, chwaith, a'i larpio fo.

Ond pan ddeffrodd o, gafodd o'i hambygio'n syth bìn gan ei bechodau, ac roedd yr affwys yn teimlo'n ddyfnach nag erioed.

Lawr grisiau: roedd Fflur yn y stafell ffrynt yn gwylio *Grange Hill* ac yn bwyta bìns ar dost. Stopiodd fwyta — ei cheg ar agor ac yn llawn bìns a bara wedi'i grasu — pan welodd hi'r llanast arno fo: y cleisiau a'r briwiau.

'Syrthio nesh i,' medda fo. Roedd o angen siafio hefyd; heb fynd i drafferth ers rhyw dri, bedwar diwrnod.

'Di meddwi yddach chi?'

'Naci, siŵr; gweithio nithiwr. Syrthio lawr grisia Neuadd y Dre. Pentwr o bobol yno. Cal hwyth nesh i.'

'Dach chi'n edrach tha bo chdi di cal slas gin Johnny Owen.'

Gough am newid y pwnc: 'Pw nath fwyd i chdi?'

'Fi, de,' medda hi.

'Lle ma Mrs Evans?'

'Di mynd.'

Rhegodd Gough yn ei ben. Roedd o wedi gobeithio heno picio draw i weld Densley a'i herio fo ar gownt y ffrae efo Bethan yn y fynwent. Dibynnodd ar y ffaith y basa Mrs Evans ar gael i warchod — eto. Ond dyna fo. Rhoddodd Densley a Bethan, a bob dim arall, o'r neilltu a chanolbwyntio ar Fflur.

'Reit ta,' medda fo. Steddodd wrth ei hymyl hi ar y soffa.

'Reit ta be?' medda Fflur: deuddeg, meddwl ei bod hi'n ddeunaw.

Meddyliodd Gough: Fel'a maen nhw i gyd; fel'a rydan ni i gyd.

Mi ogleuodd o sigaréts a chuchiodd. Ar Fflur oedd yr oglau? Doedd o ddim yn siŵr. Gofynnodd: 'Ti di bod yn smocio?'

'Be?' medda Fflur, tynnu gwyneb. 'Chi sy'n smocio — fatha stemar.'

Nodiodd: Ia, siŵr dduw. Rhaid mai arno fo oedd yr oglau baco, felly. Beth bynnag; trio eto:

'Sut odd rysgol?'

Edrychodd Fflur arno fel tasa fo wedi chwythu'i drwyn ar ei bîns ar dost hi; gofyn: 'Pam?'

'Pam? Jest holi.'

Cododd ei sgwyddau: 'Iawn.' Cyn iddo fo fedru'i phledu hi efo mwy o gwestiynau dwl mae tad yn ofyn i'w ferch ddeuddeg oed, gofynnodd hi: 'Pam s'rhaid i Mrs Evans ddŵad yma? Ma'i'n flin trw'r amsar.'

'Bydda'n ddiolchgar: ma'i'n gneud bwyd i chdi.'

'Fedra i neud bwyd i fi fy hun.'

'Medri, ond mae hi yma i edrach ar d'ôl di—'

'Dim Mam di hi.'

Sigodd Gough. 'Wn i,' medda fo.

Pwniodd Fflur y bîns o gwmpas ei phlât; dweud dim.

Dywedodd Gough: 'Dwi di bod yn un gwael, Fflur.'

Roedd hi'n dal i bwnio'i bwyd. Roedd Gough wedi rhyw hanner gobeithio y basa hi wedi medru edrach arno fo a dweud, Na, dach chi'n OK, Dad; neu eiriau tebyg fydda'n ei fwytho fo. Ond ddaru hi ddim. Arhosodd Gough rhag ofn iddi ddweud rhywbeth arall, ta. Ddaru hi ddim eto. Felly mi siaradodd o:

'Ti'n gwbo bo croeso i chdi sgwrsio efo fi am betha.'

Edrychodd arno fo rŵan a dweud: 'Petha fatha be, Dad?' Roedd ei llgada hi'n sgleinio.

Petha fatha be?

Roedd y geiriau wedi'u clymu'n ei geg o. Methodd eu rhyddhau nhw. Fasa hidia ei fod o wedi dweud, Am y ffaith bo chdi'n tyfu, ac yn magu bronnau, ac yn troi'n ferch ifanc, a'r stwff merchaid 'ma sy tu hwnt i fi a holl dadau'r byd. Ond dweud dim ddaru o; dweud dim a throi oddi wrth ei llgada hi.

Cnoc-cnoc-cnoc —

Diolch byth, meddyliodd Gough.

Cnoc-cnoc-cnoc eto. Rhywun yn dyrnu go iawn ar y drws ffrynt. Chwythodd Gough wynt mawr o'i geg: gwynt o ryddhad ac o ddiolchgarwch am ei holl fendithion.

'Ewadd, rhywun yn drws,' medda fo, rêl dwl-al.

Cnoc-cnoc-cnoc — uffar o dwrw.

Fflur ar ei thraed ac i fyny'r grisiau mewn camau llyncu mul. Pam oedd hi wedi pwdu rŵan? Gough methu'n lân â'i dallt hi.

Cnoc-cnoc-cnoc —

Tasa'r cnocio'n regi mi fasa'n swnio fatha *cnoc-cnoc-ffacin-cnoc*, wedi colli mynadd yn curo'r drws ac aros.

Roedd gan Gough awydd mynd ar ôl Fflur a gofyn iddi be oedd yn matar, a dweud y basa fo'n trio'i orau glas i fod yn dad gwell iddi, ac yn marw drosti hi, go iawn. Ond dyma'r cnocio'n ei arbed o rhag bod yn aberth.

Agorodd y drws ffrynt: y DI Ifan Allison a'r DS Robin Jones.

'Helô, Gough,' medda Allison.

Roedd yr Octopws yn gwenu, dangos ei ddannedd melyn. Ymlusgodd ei wên fatha neidr trwy berfedd Gough.

'San ni'n lecio gair efo chi ar gownt Bethan Morris,' medda Allison.

*   *   *

Lawr i'r steshion a syth bìn i'r stafell holi: Gough yn eistedd wrth ddesg yng nghanol y stafell, dwy gadair gyferbyn â fo, ond y ddau gopar ar eu traed.

Allison rêl llyfwr tin. Bod yn neis neis efo'i Gymwch chi sigarét? a'i Ydach chi am banad? a ballu. A'r Octopws wedyn rêl coc oen: Tasa'i thad hi'n fyw sa chdi'n cal slas, Gough, a phethau felly.

'Dim dyma'r tro cynta i Bethan Morris a'i theulu gwyno amdana chdi, Gough,' medda'r Octopws. 'Ffansi genod ysgol wt ti?'

'Tracey Lee,' medda Gough.

Tywyllodd gwedd yr Octopws. Sgyrnygodd, a thynhaodd ei ddyrnau. Yr un ffordd ag y tynhaodd nhw pan oedd Christopher Lewis yn y stafell yma, bownd o fod.

'Be ddudo chdi, cont?' medda'r DS Jones; ffyrnig: golwg bwyta darnau o gorff dynol arno fo.

Tracey Lee: enw merch y tincar; pedair ar ddeg oed pan gyhuddwyd yr Octopws o osod dwylo arni'n anweddus mewn car Panda.

Tracey Lee: gair hud; fatha dweud 'Ista' wrth gi, a'r ci'n eistedd.

Cyn i bethau fynd yn rhy bell, ymyrrodd Allison:

'Lle gaethoch chi'r cleisia, Gough?' gofynnodd; fel tasa fo'n mynd i ofyn, Dach chi isho eli?

205

'Baglu dros lwmp o gachu,' medda Gough.

Chwarddodd Allison, rowlio'i llgada, ysgwyd ei ben: Gough, Gough, Gough. Tanio sigarét eto a llenwi'r stafell holi efo mwg ac oglau baco.

Golwg slanu rhywun ar yr Octopws o hyd, ond dechreuodd ddŵad ato'i hun yn ara deg bach. Sylweddoli mai ganddo fo oedd y llaw ucha'n y sefyllfa yma, a ffwc otsh be oedd y pen bach John Gough 'ma'n ddweud. Edrychiad *nesh i'm byd yn rong efo'r ast bach* ar ei wep hyll o, a'i sgwyddau fo'n bagio'n ôl eto, ei frest o'n chwyddo.

'Su' ma'r lefran fach 'na sgin ti, Gough?'

Ddalltodd Gough ddim i ddechrau: meddwl mai at Jenny oedd Jones yn cyfeirio. Ond wedyn dywedodd y DS:

'Di'n hogan dda? Mynd i'r ysgol a ballu? Gneud 'i gwaith cartra efo Dadi bob nos?'

Bron i ben Gough fynd *bang!* fatha ffrwydryn tir, yr Octopws wedi sefyll arno fo. Tresmaswyd ar ei feddyliau'n sydyn gan ddelwedd o'r Octopws efo wyth braich ac wyth llaw. Digonedd o aelodau ganddo fo i fwytho Fflur, eu lapio nhw'r wyth braich o'i chwmpas hi, a'i hambygio hi, a'i thagu hi.

Llifodd asid trwy waed Gough. Methodd feistroli'i dymer a lluchiodd ei hun ar draws y ddesg, mynd am gorn gwddw'r Octopws. Ond ddaru hwnnw ddim byd on bagio'n ôl yn handi bach, a chwerthin am ben Gough wrth iddo fo fethu'n lân, a mynd yn bendramwnagl dros y ddesg a'r gadair. Cythrodd Allison yn sgrepan Gough a dweud yn neis neis: 'Gough bach, gna di hynna eto a mi ro i ffwc o stid i chdi, iawn?'

Rhoddodd Allison hwyth i Gough yn ôl i'r gadair. Dal i chwerthin oedd yr Octopws; tanio sigarét, yr aer yn niwlog ac yn fyglyd yn y stafell holi.

Setlodd Gough yn ôl yn ei gadair. Meddwl am funud; syllu ar Robin Jones trwy llgada culion, dweud:

'Fush i ar gefn Einir jest cyn i chi'ch dau briodi.'

Trodd bochau'r DS yn biws, lledodd ei llgada; sigodd ei ên; syrthiodd y sigarét, troelli i'r llawr. Tasa gan yr Octopws wyth braich mi fasan nhw wedi bod yn chwipio rownd a rownd, ac yn trio mynd i'r afael â Gough.

'Ara deg, DS Jones,' medda Allison, 'tynnu'ch coes chi ma Mr Gough.'

'Dim ffacin ffiars,' medda Gough. 'Nesh i'i sodro hi: tŷ bach y Railway Inn, Awst naintîn-sefnti-tw. Gofyn iddi, Robin.'

Tro'r Octopws i golli'i dymer rŵan: llamodd am Gough, y ffyrnigrwydd yn tŵallt ohono fo. Glafoeriodd a chrynu, yn cael helynt i raffu'r bwystfil oedd dan y croen. Ciliodd Gough, lluchio'i hun ar y llawr a chrancio am yn ôl.

'Jones!' taranodd Allison, gafael yn ei gyd-weithiwr.

Roedd o'n dal yr Octopws yn ôl rŵan, a golwg *mi'th flinga i di* ar wyneb yr Octopws wrth iddo fo boeri a rhegi ar Gough mewn iaith gyntefig; iaith hynafiaid cynddynol.

'Allan â chdi, Robin,' medda Allison, hwyth i'r DS at y drws.

Ymlaciodd y DS gwyllt wedyn. Gwên fawr ar ei wyneb o; un anghyfeillgar.

Sylweddolodd Gough fod ei dactegau wedi methu. Dwy ergyd wedi'u tanio: Tracey Lee ac Einir. Y ddwy wedi methu. Doedd o ddim yn strategydd milwrol, yr unig arfau cudd oedd ganddo fo bellach wedi eu tanio; a heb wneud digon o ddifrod iddo fo ennill y dydd.

Roedd yr Octopws yn gwenu o hyd. Agorodd y drws, yn barod i fynd. Ond un peth arall cyn iddo fo adael:

'Sgin ti'm ffacin syniad be sy'n digwydd i chdi, Gough. Dim ffacin syniad be sy'n dŵad i dy gyfwr di.

Mae hi di darfod ana chdi, yli. Wt ti yn dy ddyddia dwytha'r cont.'

*   *   *

'Gad llonydd iddyn nhw, Gough,' medda Allison: Mr Rhesymol.

'Gneud 'yn job dwi,' medda Gough.

Roedd o'n smocio tu allan i'r steshion, Allison yn smocio efo fo ac yn dweud:

'Mi 'na i dy arestio di. Dim "dowch i'r steshion am sgwrs" fydd hi tro nesa.'

'Arestio fi?'

'Ia.'

'Am neud 'yn job?'

'Ia.'

'Chei di'm gneud hynny.'

'Sat ti'n synnu be ga i neud, Gough.'

'A stori am ohebydd yn cal 'i arestio ar gam wedi'i phlastro dros y *County Times*?'

'*County Times*, wir,' medda Allison, chwerthin. 'Papur newydd dwy a dima. Yli, ma'r teulu isho llonydd; ma Bethan yn ypsét, reit.'

'Densley a Bethan,' medda fo.

'Sut?' medda Allison, smocio, sbio o'i gwmpas.

'Os'a gysylltiad rhwng Densley a Bethan Morris?'

Aeth trwyn Allison i fyny'i wyneb o; aeth un ochor o'i geg o i fyny'i foch o. 'Cysylltiad?'

'Perthynas.'

'Perthynas? Be, fatha chdi-a'r-athrawas-'na perthynas neu fi a *victim-of-crime* perthynas? Be ti'n falu, Gough?'

'Welish i nhw. Efo'i gilydd. Deu'tho fo; deu'tho fo mod i wedi'i weld o, a hi, bora 'ma, Capal Tabernacl.'

Ysgydwodd Allison ei ben. Cododd ei sgwyddau. Llgada

llo. 'Ti'n drysu, Gough. Oedd Densley'n steshion trw bora. Yddan ni'n rifiwio nithiwr: noson lecsiwn.' Daeth dur i'r llgada'n sydyn; rhywbeth caled a disymud. Argae i ddal y caos rhag boddi pa bynnag gynllun oedd hwn, a'r lleill, yn 'i ofannu. Wedyn dyma fo'n dweud: 'A sa bob un wan jac o'r plismyn odd ar shifft bora 'ma'n cadarnhau hynny.'

*   *   *

Roedd hi'n nosi; jest iawn yn wyth. Amser gwely Fflur. Addawodd Gough y basa fo yno, ond doedd o ddim, siŵr iawn. A phan landiodd o, doedd hithau ddim chwaith: tŷ gwag.

'Fflur?' galwodd, jest rhag ofn, ond yn gwybod yn iawn.

Teimlad gwag yn ei frest o wrth glywed y tawelwch. Teimlad fel tasa pob dim wedi cael ei rwygo ohono fo: y perfedd i gyd yn stemio ar lawr; y galon wedi'i mathru.

Roedd o wedi drysu am funud bach. Sefyll yn y stafell ffrynt. Neb yno; gwacter maith. Llifeiriodd y gallu i wneud penderfyniad ohono fo, a dechreuodd ysgwyd, ei anallu'n codi ofn arno fo.

Ond wedyn, diolch byth, dyma gnoc ar y drws.

Gwywodd y rhyddhad yn o sydyn. Daliodd ei wynt. Ias yn ei gribinio fo. Allison a Jones eto? Wedi dŵad i roid slas go iawn iddo fo? Ond na. Roedd y cnocio yma'n llai gorchmynnol; yn fwy esgusodwch fi. Setlodd ei hun ac agor y drws: Mrs Evans. Am funud meddyliodd y basa'n well gynno fo gael slas gan Allison a Jones. Ond —

'Mi heglodd Fflur,' medda hi. 'Dwn i'm lle'n y byd yr ath hi.'

'Pryd?' medda fo, yn orffwyll am ddiod; rhywbeth tanllyd.

'Ar ôl i chi gal ych arestio—'

'Chesh i'm o'n arestio.'

'Beth bynnag. Ar ôl i'r plismyn fynd â chi.'

209

'Fi ath *efo* nhw.'

'Mr Gough—'

'Mrs Evans—'

'Mae gynnoch chi afal rhydd i osod sylfeini i'ch teulu bach. Ydach chi am iddyn nhw fod yn garidýms? Be ddaw o Fflur heb dad call i gadw llygad arni hi? Mynd efo'r Bethan Morris 'na ddaru hi—'

'Sut?'

'Bethan Morris yn picio draw ar ôl i chi fynd. Ydi Fflur yma? medda hi. Gnawas fach goman; merch i ddreigia. A Fflur yn mynd cyn i mi fedru gneud dim.'

*   *   *

Dreifiodd o gwmpas y dre. Roedd o'n chwys doman dail a'i berfedd o'n corddi. Dreifiodd heibio i bosteri melyn y Blaid; heibio i bosteri coch Llafur; heibio i bosteri oren y Rhyddfrydwyr; heibio i bosteri glas y Ceidwadwyr. Dreifiodd heibio i *English go home* a *White settlers* a 'Sianel Gymraeg — Yr Unig Ateb'. Dreifiodd i faes parcio Neuadd y Dre.

Roedd Sgwâr Llangefni'n llanast o hyd ar ôl neithiwr, ar ôl yr oriau mân, ar ôl y glec: baneri wedi eu mathru; sbwriel yn chwyrlïo; caniau cwrw a photeli whisgi a chartonau bwyd. Heidiodd stiwdants o Fangor yma i ganu a gweiddi a rhuo a rhegi pan fentrodd Keith Best allan ar y balconi i ddathlu ei fuddugoliaeth. Stiwdants Cymdeithas yr Iaith. Stiwdants Adfer. Stiwdants Plaid Cymru. Stiwdants y Socialist Workers Party. Stiwdants y Comiwnyddion. Stiwdants y Mudiad Gweriniaethol Sosialaidd Cymreig. Stiwdants oedd jest yn stiwdants ac yn lecio'u peint a chodi twrw. Stiwdants yn meddwi ac yn malu ac yn canu 'Hen Wlad fy Nhadau' allan o diwn; canu'r 'Faner Goch' ar draws ei gilydd; canu 'Calon lân sy'n llawn ffacin daioni' mewn cywair oedd heb ei ddyfeisio, un byddarol ac erchyll.

210

Roedd hi'n ddu bitsh yn y maes parcio rŵan. Roedd y toiledau ym mhen pella'r lle parcio mewn tywyllwch; tywyllwch oedd yn annog helynt; tywyllwch fel: ac efe a agorodd y pydew heb waelod; a chododd mwg o'r pydew, fel mwg ffwrn fawr: a thywyllwyd yr haul a'r awyr gan fwg y pydew ...

A dyna lle'r oeddan nhw yn y tywyllwch hwnnw; mwg y pydew. Dwy ferch, un llanc. Un o'r genod: ei silwét yn gyfarwydd iddo fo. Sbardunodd y car. Goleuwyd y triawd wrth y toiledau gan lampau'r Volvo. Trodd y tri. Roedd gwyneb Fflur wedi gweld bwgan; ei llgada'n *blydi hel, dwi mewn helynt*; gwyneb Bethan Morris yn *fi ydi'r bwgan; fi ydi'r helynt*. Roedd y llanc oedd efo nhw'n dal ac yn styllan. Doc Martens brown am ei draed, golwg sniffio gliw arno fo.

Stopiodd Gough y car tua deg llath oddi wrthyn nhw. Neidiodd o'r car. Caeodd ddrws y car efo andros o glec.

Rhythodd y llanc arno fo a dweud: 'Ffwc tisho?'

Dywedodd Fflur: 'Dad.'

Dywedodd Bethan Morris: 'Acinel.'

Dywedodd Gough: 'Fflur, dos i'r car.' Synnodd pa mor ddilol ac awdurdodol oedd o'n swnio.

Ond wedyn mi aeth hi'n ffliwt. Gafaelodd Bethan Morris ym mraich Fflur a dweud: 'Cadw fi, O Arglwydd, rhag dwylo'r annuwiol; cadw fi rhag y gŵr traws.' Ac roedd rhan o Gough yn bendant nad oedd Bethan Morris wedi ynganu'r geiriau; nad o'i genau hi y daethon nhw. Roedd hi'n sbio i fyw llgada Gough wrth siarad, a theimlodd hi'n tresmasu ar ei enaid o; gadael arwyddion yn ei rybuddio y basa fo'n gorfod ymollwng â gobaith tasa fo'n mentro'n bellach. Synhwyrodd fod y ferch yn trio trawsyrru neges iddo fo.

Ond dinistriwyd unrhyw ledrith pan gamodd y llanc yn ei flaen, dweud: 'Doro dy drwyn lle roth Wmffra'i fawd, y mong.'

'Derek,' medda Bethan, yn enwi'r llanc, 'gad o fod, reit.'

Stopiodd Derek. Rhythu ar Gough. Dangos ei ddannedd fatha ci blin.

'Dos i'r car, Fflur,' medda Gough eto. Roedd yna forgrug yn rhedeg i fyny ac i lawr ei asgwrn cefn. Bu ond y dim iddo fo gamu ymlaen, cythru'n ei braich a llusgo'r gnawas i'r car; ond ẃrach mai ei danfon hi i fynwes Bethan a Derek fasa canlyniad hynny. Roedd meddwl am ei hogan fach yn cydbori efo dihirod yn troi'i stumog o go iawn.

'Dos,' medda Bethan wrth Fflur; dal i edrach ar Gough; dal i drio trawsyrru — roedd o'n sicr. Roedd yna rywbeth coll yn ei llgada hi o hyd. Rhyw alar canseraidd oedd yn tyfu ac yn tyfu, ac oedd heb iachâd.

Daeth Fflur ato fo.

'Tro nesa, del,' medda Derek wrthi hi, gwenu a llyfu a glafoerio, 'gân ni sbort.'

A dyna fo: hyrddiodd Gough amdano fo fatha tarw a chafodd Derek ddim cyfle i symud o'r neilltu nac i amddiffyn ei hun. Taflodd Gough ddwrn oedd yn llawn ffyrnigrwydd tad dystiodd i lygredigaeth ei blentyn. Malwyd trwyn Derek yn rhacs. Ffrwydrodd ei wyneb mewn cwmwl coch; gwaed a phoer. Syrthiodd fatha sach o datw. Sgrechiodd Fflur. Rhuthrodd Gough am y car, yn ei llusgo hi ar ei ôl. Agorodd y drws pen blaen, lluchio Fflur fwy neu lai i'r car.

Roedd Derek yn trio sefyll ar ei draed erbyn hyn, ond roedd ei goesau fatha lastig bands, a gwaed yn pistyllio o'i drwyn o.

'Wela i chdi eto, Gough,' medda Bethan, ac mi stopiodd y byd.

Edrychodd Gough arni hi. Edrach am hir. Edrach a meddwl amdani wrth y fynwent yn ffraeo efo Densley. Edrach a meddwl am y geiriau oedd hi newydd ddweud, a thôn y geiriau, a rhywbeth mwy na jest geiriau yn y geiriau. Edrach a thrio'i dallt hi, ac wedyn — fflach, fflach, fflach — rhithddelweddau'n rhuthro trwy'i ben o: cnawd ac ymrafael a chwys a chwyno a chwerthin a — fflach, fflach, fflach — ac roedd hi'n glawio ar y cyfiawn a'r anghyfiawn, yr un peth; ac roedd awra o fflamau — coch, melyn, oren, yn cracellu — o'i chwmpas hi: merch i ddreigiau.

Carthu'r ffosydd

Mai 5–7, 1979

'GAU broffwydi,' medda Gwyn South, 'ma nhw'n bob man; affliw o syniad gynnyn nhw. Ond dyna fo: nhw sy'n ennill y dydd.'

Gwyn South ar ben arall y ffôn: roedd o'n galaru canlyniad yr etholiad; hefru a swnian am y Torïaid; harthio'n erbyn y Cymry bleidleisiodd iddyn nhw. Pleidiwr oedd o, ond Pleidiwr parchus; nid un cegog a thanllyd. Ond roedd ddoe, Thatcher, wedi tanseilio'i ffydd.

Roedd hi'n fore Sadwrn: chafodd Gough fawr o gwsg. Ond be sy'n newydd? meddyliodd. Treuliodd neithiwr yn trio cael synnwyr gan Fflur: pam oedd hi efo Bethan?; pwy uffar oedd Derek? Roedd o wedi ymlâdd. Y peth dwytha oedd o'i angen oedd y giaffar yn pregethu:

'Edrychwch ar y graig y'ch naddwyd ohoni, medda Eseia wth yr Iddewon. Annog y genedl i fod yn falch oedd y Proffwyd Mawr. A dyna'r ydan ni di geisio neud, Gough. Ond nid oes balchdar. Ma Mike Ellis-Hughes a'r to ifanc yn sôn am wrthryfal, wy'chi: a chwi a gewch glywed am ryfeloedd, a sôn am ryfeloedd ... Fel'a ma hi 'ma. Mi fydd hi'n ddu anan ni, Gough. Pam ffonioch chi eto?'

'Isho cymyd gwylia dwi, giaffar.'

'Eto?'

'Eto.'

'Gaethoch chi wylia ar ôl ych ... profedigath. Os'a reswm pam bo chi'n gneud cais arall mor ... mor fuan?'

'Isho trio bod yn dad ydwi.' Gough yn meddwl: waeth heb i mi fod yn blwmp ac yn ffycin blaen. Ac mi esboniodd o am helbulon Fflur: helynt yn yr ysgol; stryffaglio ar ôl colli'i mam; torri partnars efo'i ffrindiau; mynd ar gyfeiliorn.

Dim ond anadlu ddaru Gwyn South. Treulio trafferthion domestig Gough, bownd o fod. A gadawodd Gough iddo fo wneud hynny; cadw'n dawel am sbelan cyn dweud:

'Be fasa chdi'n ddeud, giaffar, taswn i'n deud wtha chdi mod i wedi gweld Hugh Densley—'

'Siwperintendynt Densley?'

'Ia'r dyn 'i hun.'

'Be amdano fo?' gofynnodd Gwyn South; roedd Gough reit siŵr fod yna gryndod yn llais y giaffar.

'Welish i Densley'n cal homar o ffrae efo Bethan Morris tu allan i Gapal—'

'O rargian fawr, na,' medda Gwyn South, 'na, Gough; be sy haru chi, ddyn?'

'Mi welish i nhw 'ngyddfa'i gilydd.'

'Naddo.'

'Do. Ddoe. O'n i'n gosod bloda ar fedd Helen.'

'Yddach chi'n emosiynol; ac wedi blino. Di bod ar ych traed trw'r nos.'

'Welish i nhw, giaffar. Jest iawn â slanu'i gilydd. Mi odd o di dreifio hi yno. Cortina glas sgynno fo. Gesh i'r nymbyr plêt—'

'Naddo, Gough. Anghofiwch hyn. Gwagedd o wagedd ydi'ch ymdrechion chi. Ma Christopher Lewis yn jêl: fo laddodd Robat Morris.'

'Ond lasa bod hon yn stori arall — rhwng Densley a Bethan.'

'Dos'a'm stori arall.'

''Dyn nhw'n chwthu bygythion i dy gyfwr di?'

'Gough ... gwrandwch ana fi, wan,' medda Gwyn South, pentwr o boen yn ei lais o, a'i lais o wedyn yn mynd yn dawelach. 'Mae gin pawb blu i'w llosgi—'

'Sut?—'

'Caewch ych ceg, da chi. Pidiwch â barnu—'

'Barnu?'

'Anghofiwch Bethan Morris. Llwch y llawr di hi.'

'Be mae hynny'n feddwl?'

'Anghofiwch hi, Gough.'

'Dim tan neith hi anghofio Fflur.'

'Sut?'

Esboniodd Gough am neithiwr. Esboniodd, a gwrandawodd Gwyn South arno fo heb smic. Wedyn, ar ôl i Gough esbonio, roedd yna dawelwch am chydig bach; cyn i Gwyn South ddweud:

'Anghofiwch hyn.'

*   *   *

'Wn i'm, sti,' medda Elfed.

Roedd o'n eistedd wrth y bwrdd yn y cefn, yn nhŷ Gough; cetl yn berwi. Yfodd Elfed ddwy baned yn barod; bytodd hanner torth o dost. Briwsion dros y bwrdd ac ar grys Elfed.

'Sa hidia i chdi gau dy geg. Sgin neb ddiddordeb yn newyddion ddoe. Am yr etholiad ma pawb yn sôn. Ma Gwyn o'i go, Mike Ellis-Hughes o'i go, pawb o'u co.'

'Tydi pawb ddim, na'dyn. Di'r mwyafrif fotiodd Tori ddim o'u co.'

Ysgydwodd Elfed ei ben. 'Ffwc otsh am rheini. Saeson 'dyn nhw; cŵn bach i'r Saeson. Quislings: bradwrs. Paid â plagio pobol efo rwtsh, Gough. Dan ni'n mynd ar 'yn penna i chwyldro, sti; ac wt ti'n gyboli efo hen stori.'

'Welish i Densley a Bethan. Os'a chwilan yn 'y mhen i? Dydi'r ffaith bod siwperintendynt parchus canol oed yn rhoid lifft i hogan ysgol un deg chwech, a wedyn yn cael homar o ffrae efo'r hogan ysgol honno, ddim yn seinio rhybudd? Ac ar ben hynny, y siwperintendynt parchus canol oed hwnnw oedd giaffar yr ymchwiliad i lofruddiaeth tad yr hogan ysgol.' Arhosodd am ymateb. Chafodd o'r un. Felly gofynnodd: 'Na'di?'

'Wt ti dan straen, washi.'

Ddaru Gough wneud sŵn rhwystredig.

Dyma Elfed yn dweud: 'Dan ni heb fod am sesh go iawn ers oes pys, Gough: tyd i dre efo fi pnawn 'ma.'

Ysgydwodd Gough ei ben. 'Fflur.'

'Gofyn i'r hen fitsh drws nesa.'

'Tydi'm yn fitsh.'

'Ti di newid dy gân.'

'Pawb arall sy di mynd allan o diwn os ti'n gofyn i fi.'

Edrychodd Elfed arno fo am chydig bach, fel tasa fo'n cysidro os dylia fo ddweud rhywbeth; a dyma fo'n ei ddweud o beth bynnag:

'Ma 'na rei petha'n y byd jest fel ma nhw, Gough. Sa'm pwynt harthio ar gownt bob dim, sti. Jest gadal i'r drefn fod.'

'Harthio?'

'Mae Christopher Lewis yn jêl. Blediodd o'n euog i fwrdwr; jêl am oes. Dyna'i gosb o; dyna gyfiawndar. Ar blât. Dim lol. Wt ti'n degymu'r mintys a'r cwmin, washi; gyboli efo manion.'

'Ydi boi bach yn jêl ar gam yn fanion?'

'Ti meddwl 'i fod o'n jêl ar gam, lly?'

Cnodd Gough tu mewn i'w foch. 'Wn i'm. Ond be am Densley a Bethan Morris?'

Stopiodd; meddwl eto. Dweud dim byd. Gadael i

bistonau'i ymennydd o lifanu ei atgofion, jest rhag ofn y basan nhw'n gwneud synnwyr rhyw ben.

'Ti'n edrach fatha bo chdi wedi gweld bwgan,' medda Elfed.

Rhuthrodd Gough at waelod y grisiau. 'Fflur, tyd lawr; dwisho gair sydyn efo chdi. Plis.'

Roedd hi'n gyndyn, siŵr dduw. Roedd hi'n styfnig: wedi digio go iawn ar gownt neithiwr. Ond mi ddoth.

'Sut wyt ti, Fflur?' medda Elfed.

Ddaru hi ryw sŵn tuchan; gair yn nhafodiaith y to ifanc.

Gofynnodd Gough: 'Ti'n gwbod pw di Hugh Densley, Fflur?'

Crychodd ei thalcen, cochodd ei bochau, crymanodd ei gwefus. Roedd hi fatha iâr ar sindars.

Twt-twtiodd Elfed; rowlio'i llgada. 'Gad lonydd i'r gryduras, Gough.'

'Wt ti'n 'i nabod o?' gofynnodd Gough i'w ferch.

'Plisman di o, Fflur,' medda Elfed. 'Un pwysig; chwthwr ar y naw.'

Rhythodd Gough ar y cont bach tew. Cododd Elfed ei sgwyddau cystal â dweud *ta waeth*, a wedyn: 'Mond trio helpu'r gryduras.'

'Paid â galw fi'n gryduras,' medda Fflur.

Chwarddodd Elfed. Cythrodd Gough ynddo fo gerfydd ei sgrepan; ei godi o ar ei draed.

'Gough, be uffar—'

'Dad!'

Rhoddodd hwyth i Elfed am y drws ffrynt. 'Hegla'i o 'ma, Pricey. Jest ffac off.'

Roedd Fflur tu ôl iddo fo. 'Dad, be dach chi'n—'

Edrychodd Elfed i fyw llgada Gough, ac wrth i Gough sbio'n ôl i rai Elfed gwelodd fygythiad ynddyn nhw;

rhywbeth na phrofodd erioed o gyfwr y tynnwr lluniau o'r blaen.

'Paid â gneu helbul i chdi dy hun, Gough.' Roedd yna lonyddwch oer yn ei lais o: rhyw ddarogan terfysg. Roedd o'n dal i sbio ar Gough; dal i sbio pan agorodd o'r drws a cherdded allan. Syllodd am funud bach; sefyll ar y trothwy'n fanna; syllu. Wedyn: caeodd y drws efo homar o glec, y tŷ'n ysgwyd i gyd.

'Dad,' medda Fflur, 'ddaru chi regi.'

A meddyliodd am 'ffycin' bedair gwaith ac am enau llawn melltith, a dichell, a thwyll. A meddyliodd am Elfed, a dweud wrtho fo'i hun: Dan ei dafod y mae camwedd ac anwiredd.

*   *   *

Mynd a'i gadael hi eto; mynd a'i gadael hi'n stemio efo Mrs Evans drws nesa. Mynd a gofyn, Plis, Mrs Evans, a honno'n dweud y bydd cyfri. Tanio'r Volvo. Injan yn chwyrnu. Cau'i llgada: eiliad i sadio'i hun; i bwyso a mesur canlyniadau posib yr hyn oedd o ar fin ei wneud.

Gwrthododd edrach dros ei ysgwydd. Gwrthododd gael ei droi'n golofn halen. Wynebodd y tân a'r brwmstan. Gweddïodd ar i ryw dduw neu'i gilydd gymryd ei wendid. Ond doedd yna ddim duwiau. Roeddan nhw naill ai wedi'i amddifadu o, neu doeddan nhw erioed yno.

Roedd hi'n hanner awr wedi tri, pnawn Sadwrn. Hen wragedd a ffyn ar Ynys Môn: cosb Jehofa am iddyn nhw fotio Tori; dilyw i olchi'r drwg o'r tir.

Gwichiodd y weipars.

Dreifiodd —

Yr A5 —

Y glaw —

Y caeau —

A bustach, a hwrdd, ac oen —
Yn socian yn y glaw.
Yn sbio ar Gough.

*　　*　　*

Llanfair PG: tŷ crand ar Lôn Graig; tŷ Hugh Densley — a
Mrs Hugh Densley.

Anadlodd Gough. Meddwl am be oedd o'n wneud.
Meddwl am Fflur ac am Aaron. Camodd o'r car, tynnu ei gôt
law yn dynn amdano fo. Roedd hi'n treshio bwrw.
Gwlychodd at ei groen mewn chwinciad, y gôt yn dda i ddim.
Ac ar ben y glaw, roedd hi'n chwythu hefyd; hen wynt oer.

Gwynt y dwyrain a ddug locustiaid, meddyliodd.

Rhedodd at y tŷ; i fyny'r llwybr. Y lawnt mor llyfn, mor
dwt, Densley'n amlwg yn un am dorri'r ardd yn gyson. A
sylwodd: Cortina glas ar y cowt. Doedd o ddim yn mynd o'i
go. Curodd ar y drws. Arhosodd, yn y gwynt ac yn y glaw;
arhosodd yn wlyb at ei groen. Dyma'i gosb o, debyg.
Rhegodd ei hun: cadw cyfri ar ei felltithion. Rhestrodd nhw
fatha'r offeiriad yn Llyfr Numeri'n sgwennu melltithion
mewn llyfr.

Clywodd sŵn o du mewn y tŷ. Tynhaodd ei nerfau;
llyncodd, ond doedd gynno fo ddim poer. Agorwyd y drws
gan wraig fach daclus efo gwallt coch a sbectol fawr las.
Roedd golwg ddryslyd ar wyneb Mrs Hugh Densley.

'Nefi, dach chi'n socian at ych croen,' medda hi.

'Helô, Mrs Densley. Di'ch gŵr i mewn?'

'Pw dach chi?'

'John Gough, *County Times*.'

'Dyn papur newydd?'

Nodiodd Gough. Roedd o'n fferru.

'A' i weld. Dowch i'r portico.'

Off â hi i weld. Camodd Gough i'r portico, sefyll yno'n

diferu. Tasa fo'n gi ac wedi ysgwyd mi fasa fo wedi gwlychu pob modfedd o'r parad. Arhosodd yno'n socian. O bell clywai sŵn teledu: llais cyfarwydd Rolf Harris; wedyn sŵn plant yn chwerthin.

'John Gough.'

Densley: ei wraig yn amlwg wedi dŵad o hyd iddo fo; wedi dweud, Rhyw ddyn papur newydd, a Densley wedi gwneud rhyw sŵn, mwn.

A'i llgada fo'n gul ac yn llawn amheuaeth, gofynnodd Densley: 'Sut fedra i helpu chi?'

'Fasach chi'n lecio panad—' Chwara teg i Mrs Densley.

'*No, he wouldn't like* a panad, Eirlys.'

'Swn i'm yn meindio—'

'Dos i ddeud wrth y *grandkids* am fod yn dawal, Eirlys; *turn that bloody television down,*' medda Densley; reit flin. Troi at Gough, wedyn, a dweud: 'Dowch *through*, ta.'

*   *   *

Stydi Densley: desg dderw, cadair ledr, medalau a thystysgrifau, a lluniau o Densley efo plismyn pwysig a gwleidyddion powld; lluniau teuluol hefyd — llun priodas, a'r priodfab yn gyfarwydd, a Gough yn culhau'i llgada; palu'i feddyliau. Cyn i Densley dorri ar eu traws, gofyn: 'Be dach chi isho, Gough?'

Syth at y craidd: 'Dach chi'n nabod Bethan Morris yn o lew?'

Tynhaodd gên Densley wrth i beiriannau'i feddwl o grancio; wedyn: '*The poor girl*, ma'i di colli'i thad. *Murdered very publicly. I know her, of course*; wrth gwrs 'y mod i.'

'Yddach chi'n 'i nabod hi cyn i Robat Morris gal 'i ladd?'

Herciodd Densley fel tasa gwenyn wedi'i bigo fo. Ei wefus yn crynu, edrach yn syth ar Gough. Chwilio am rywbeth yng ngwyneb y riportar: gwendid neu gliw, ẃrach; tystiolaeth fod tŷ'r ymwelydd wedi'i adeiladu ar dywod.

Ond roedd edrychiad Gough fatha llyn ar ddiwrnod tawel. Roedd o wedi ymarfer yr edrychiad; wedi actio'r olygfa yn y car ar y ffordd yma. Gwneud yn sicr ei fod o'n gwybod ei leins a bod ganddo'r llaw ucha.

'Cyn?' medda Densley, cryndod yn ei lais o.

Edrychodd Gough yn syth i wep yr heddwas. Chwilio am rywbeth yn ei wyneb o: gwendid neu gliw, ẃrach; tystiolaeth fod tŷ'r gwesteiwr wedi'i adeiladu ar dywod.

'Cyn i Christopher Lewis stidio'i thad i farwolaeth,' medda Gough, jest i wneud yn siẃr bod Densley'n dallt.

Gwenodd y prif uwch-arolygydd. Hollti'r tensiwn; ei dynnu o'n llyfrïa. A dywedodd: '*Really*, Mr Gough; dach chi'n dŵad yma *on a Saturday afternoon* i dŷ *superintendent* efo North Wales Police, ac yn 'i gyhuddo—'

'Dwi'm yn cyhuddo neb, Hugh bach.'

Hugh bach: roedd honna'n glec.

'Nagdach?'

'Nagdw,' medda Gough; ac yna'n syth bìn cyn i Densley setlo: 'Gaethoch chi a Bethan homar o ffrae yn fynwant Capal Tabernacl ddoe; tua deg o gloch bora.'

Datganiad, nid cwestiwn. Ac mi nodiodd Densley fymryn bach. Prin ddim, ond mymryn; fel tasa'i isymwybod yn cadarnhau'r hyn oedd Gough wedi'i ddatgan. Gwyrodd llgada'r heddwas o wyneb Gough am funud; sbio i'r dde fel tasa fo'n chwilio am rywbeth. Wedyn dyma fo'n sbio ar Gough eto — wedi dŵad o hyd i eiriau addas, debyg — a dweud:

'Oeddwn i mewn *meetings* trw bora ddoe: ilecshiyn.'

Meddyliodd Gough am eiriau Allison: Ti'n drysu, Gough. Oedd Densley'n steshion trw bora. Yddan ni'n rifiwio nithiwr: noson lecsiwn.

Lasa fod hynny'n wir. Ond lasa bod Allison, Densley, y cwbwl lot, mewn seiat diafol: cynulliad cyfrinachol wedi dŵad at ei gilydd i gynllwynio drygioni.

Aeth Densley'n ei flaen: 'Felly sa hidia i chi ffwcio o 'ma, Mr Gough. Dach chi di meiddio tresmasu *on a weekend* i neud ryw honiada—'

'Dwi'm yn honni dim byd, nac yn cyhuddo neb o ddim,' pwysleisiodd Gough eto. 'Mond gofyn dwi.'

'Pidiwch â gofyn.'

'Pam?'

'*You might not like the answer, son.*'

'Ti'n 'y mygwth i, Hugh?' Gough yn defnyddio'r 'Ti' anffurfiol, rŵan: tymer Densley wedi rhoid hyder iddo fo. Roedd o'n gwybod yn iawn bod y prif uwch-arolygydd yn malu cachu.

'Dach chi isho mi'ch arestio chi, Gough? *Or I'll call* Gwyn South *on the telephone*; mynnu 'i fod o'n ych sacio chi.'

'Ewadd, fedri di neud hynny? Sgin ti'r grym i ddylanwadu ar olygydd papur newydd?'

Gwenodd Densley eto: '*You'd be surprised.*'

'Wt ti'n nabod Elfed Price yn o lew.'

'*What?*'

'Elfed; tynnwr llynia'r *County Times*. Tew, byr, cegog. Wt ti'n 'i gofio fo'n cal 'i arestio chydig fisodd yn ôl; gin ryw gopar bach yn 'i glytia? Piso'n stryd; chditha'n ymddiheuro iddo fo. Gadal iddo fo fynd.'

'Nabod pentwr o bobol, Gough.'

'Bethan Morris?'

Dangosodd Densley ei ddannedd.

Dywedodd Gough: 'Welish i chi'ch dau, Hugh: chdi a Bethan; ffraeo ... fatha dau gariad.'

Cochodd Densley. Methodd siarad am sbel. Roedd o'n ysgwyd i gyd. Wedyn daeth o hyd i'w dafod:

'Welsoch chi neb, Gough. *No one. Nothing.* Ffac ôl. *Meetings* trw bora ddoe. Glywsoch chi mohona fi'n deud? Trw'r blydi bora: *eight a.m. till midday.*'

Ni ddywedodd Gough yr un gair. Meddalodd gwedd Densley; tynerwch yno. Ffals, bownd o fod. Ffals oeddan nhw i gyd. Dyma fo'n dweud mewn llais mwythlyd:

'Dach chi dan bwysa mawr: *a widower, a single father. Tragedy* odd hi. Mae gynnoch chi deulu bach, Gough. *Infant son*; merch ifanc sydd bron yn *teenager.*'

Rhedodd gwefr anghynnes i lawr asgwrn cefn Gough ac yn syth i'w goesau fo, ei gorff o'n stiffio.

Dywedodd Densley: 'Tyred, rhoddwn i'n tad win i'w yfed, a gorweddwn gydag ef, fel y cadwom had o'n tad.'

Roedd Gough yn teimlo'n sâl yn sydyn, ac wedyn — fflach, fflach, fflach — cnawd ac ymrafael a chwys a chwyno a chwerthin a — fflach, fflach, fflach —

'*Go home to pretty Fflur*, Gough. Cysurwch hi. Ma'ch llwybra chi'n dywyll. Ewch i'w goleuo nhw.'

Trodd Densley, mynd o'r stydi. Gadael Gough yno'n mudferwi. Roedd ei ben o'n troi ac yn llawn rhithddelweddau o gnawd: cyrff noeth; genod yn hudo; dynion yn herio — fflach, fflach, fflach — fel tasa fo'n gwylio ffilm oedd wedi cael ei difrodi, y lluniau ddim yn gwbwl glir, neu fel tasa fo'n fflicio trwy dudalennau neu'n edrach trwy glicied drws.

A meddyliodd am un bustach ifanc, un hwrdd, un oen blwydd, yn offrwm poeth.

* * *

Dreifiodd o Lanfairpwll mewn perlewyg. Dreifio ar hyd yr A5, yn ôl am Langefni: trwy'r glaw, heibio'r caeau, heibio'r bustach, yr hwrdd, a'r oen; heibio'r offrwm poeth.

Black Rose: A Rock Legend, LP newydd gan Thin Lizzy, yn

y peiriant caséts. Y sŵn reit i fyny; uffar o dwrw. Y Volvo'n ysgwyd a phen Gough jest â ffrwydro. Heb feddwl lle'r oedd o, yr amser wedi mynd, roedd o'n dreifio i lawr Ffordd Glanhwfa am ganol Llangefni. Radeg hynny, dechreuodd ddŵad ato'i hun. Dechreuodd bwyso a mesur; meddwl am Densley, a be oedd Densley wedi'i ddweud. Dechreuodd feddwl am Bethan; meddwl am Fflur ac am Derek ac am ... Elfed.

Mewn chwinciad roedd ei ben o'n llawn llanast, a jest â ffrwydro eto.

Wrth i Phil Lynott ganu 'Do Anything You Want To', trodd Gough i'r stryd fawr. Arafodd a mynd dow dow drwy'r dre. Llangefni reit brysur er y glaw. Ond roedd hi'n ddydd Sadwrn; yr hogiau wrth ddrws y Market; yr hogiau'n mynd i mewn i'r Bull; yr hogiau'n mynd am y Foundry. Pnawn o yfad yn troi'n noson o fynd yn chwil a waldio.

Dreifiodd Gough i fyny'r stryd fawr. Aeth i droi rownd yn yr hen steshion gaewyd yn 1964: bwyell Beeching yn syrthio ar orsafoedd trenau Sir Fôn; bwyell Beeching yn hacio trwy reilffyrdd Prydain. Meddyliodd Gough am Mike Ellis-Hughes a'r cenedlaetholwyr oedd isho annibyniaeth. Dechreuodd feddwl ẃrach eu bod nhw'n iawn: nadu bwyelli Beeching.

Ond be fasa'n dŵad yn lle'r fwyell? Lli? Neu gleddyf? Mi fasa 'na arf bob tro: torri swyddi, torri addewidion. Dyna sut oedd hi. Roedd pobol bob tro'n ysu am rywbeth gwell, ond pan oedd y rhywbeth gwell hwnnw'n dŵad, doedd o ddim yn well; weithiau'n waeth, ond fel arfer, yr un peth. Yr un hen stori. A'r unig beth oedd dyn y medru'i wneud oedd rhygnu mynd.

Dreifiodd yn ôl i lawr y stryd fawr. Gweld clecwyr, gweld meddwyns, gweld siopwyr. Pobol yn Guest's yn prynu papurau newydd; petha da. Pobol yn Avondale yn cael paned. Pobol yn dŵad o'r farchnad ar y sgwâr. Trodd i'r chwith wrth Fanc Lloyds, mynd i lawr Stryd y Cae. Rownd i'r dde, ac i mewn i Church Street. Glandŵr o'i flaen o a'i synhwyrau fo'n gwneud iddo fo ogleuo bara ffresh; ond doedd hynny'm yn bosib, fyntau'n y car. Ei feddwl o'n ei dwyllo fo. Amheuaeth wedyn: sawl gwaith oedd ei feddwl o wedi'i dwyllo fo'n ddiweddar? Dreifiodd heibio'r Post wedyn a dŵad i Sgwâr Bulkeley a'r Bull eto, a'r cloc ar y sgwâr; y cloc godwyd i goffáu'r Rhyfel yn erbyn y Boeriaid ddaeth i ben yn 1902. Meddyliodd am ryfel; meddyliodd am rym: Bulkeley, tirfeddianwyr o Fiwmaris. Hen deulu. Wedi gadael eu hoel ar yr ynys. Bwyell arall. Meddyliodd am Ellis-Hughes eto. *Os nad trwy flwch pleidleisio, trwy fwlad a thân.* Meddyliodd am fwledi a thân. Rhuthrodd rhywbeth trwy'i feddwl o fatha sgwarnog ar draws dolydd. Prin y gwelodd o hi.

Gwn, meddyliodd: y gwn yn Nhyddyn Saint. Y Mauser C96. Pistol o'r Rhyfel Byd Cynta, ddywedodd Moss Parry. Ac o'r Éirí Amach na Cásca — Gwrthryfel y Pasg yn Iwerddon. Meddyliodd am ei dad yn sôn am ei dad yntau yn 1916. *Mynd i wlad ei hynafiaid ddaru hwnnw. Mynd i gwffio'r Brits.* Meddyliodd am luniau mewn albym: yr albym oedd Mam yn arfer ei ddangos iddo fo. Hen luniau du a gwyn a sepia. Mam yn dweud, Hwn oedd dy daid, ochor dy dad, a Gough yn meddwl: Sean Gough efo Mauser.

Aeth ei waed o'n oer. Dreifiodd ar draws y lôn a mynd i faes parcio Neuadd y Dre, Phil Lynott yn canu 'Waiting For An Alibi':

It's not that he don't tell the truth, Or even that he misspent his youth, It's just that he holds the proof, But you feel there's something's wrong—

Stopiodd y car; roedd pob dim yn ddistaw, Phil Lynott yn cau'i geg. A dyna lle'r oedd hi, yn yr un lle ag yr oedd hi neithiwr: yr un lle, yr un agwedd. Wrth y toiledau'n aros. Pwyso ar y wal. Sigarét heb ei thanio ganddi'n ei cheg. Y smôc yn aros tân.

Taniodd Gough sigarét yn y car. Crynodd ei ddwylo. Roedd ei nerfau'n rhaffau tyn; ei yrfa'n y fantol. A mwy na hynny, wrach: mwy na jest ei yrfa. Teimlodd y gwynt wrth i adenydd yr angel tywyll hwnnw fflio dros y byd eto, yn chwilio am enaid arall i'w hawlio ar ran y fagddu.

Camodd o'r car ac mi welodd hi fo. Gwyrodd ei phen i un ochor; culhaodd ei llgada.

'Tisho tân?' gofynnodd Gough.

Cododd ei sgwyddau fel tasa ddim otsh ganddi hi'r naill ffordd na'r llall. Gwisgai gôt denim a jîns, bŵts at ei phenna gliniau. Taniodd Gough y sigarét iddi efo matshian.

'Ti'n cachu brics, yn crynu i gyd,' medda Bethan Morris, 'dylo chdi'n ysgwyd.'

'Oer di.'

'Drofun siarad am y ffycin tywydd wt ti, lly?'

'Naci, drofun siarad am ffycin Hugh Densley.'

But you feel there's something's wrong...

'Yncyl Hugh,' medda Bethan.

Crychodd Gough ei dalcen. Gwenodd Bethan, gweld y crychau.

'Gin i bentwr o yncyls,' medda hi, ac roedd y gwacter hwnnw yn ei llgada hi o hyd: rhywbeth dyfn a thywyll a diddiwedd. Ac roedd mwg ei sigarét hi'n gwmwl o amgylch ei gwyneb hi, a theimlodd Gough go iawn fel tasa fo wedi agor y pydew heb waelod ... a chododd mwg o'r pydew, fel mwg ffwrn fawr: a thywyllwyd yr haul a'r awyr gan fwg y pydew ...

Ysgydwodd ei ben, cael madael ar y dychryn a'r dryswch oedd yn parlysu'i feddyliau fo.

'Be odd Densley a chditha'n ffraeo'n 'i gylch wth y fynwant, Bethan? Be odd o isho gin ti?'

''Run peth â maen nhw i gyd isho.' Sugnodd ar y sigarét yn ara deg, llgada ar llgada Gough. ''Run peth â ti isho.'

Daeth teimlad rhyfedd drosto fo; fel tasa fo'n ail-fyw sgwrs neu sefyllfa — neu fywyd, ẃrach. 'Be ti' feddwl?' medda fo.

Edrychodd Bethan dros ei ysgwydd o; tu ôl iddo fo: fel tasa 'na rywun yno oedd hi'n nabod. Trodd Gough ond doedd yna ddim byd ond pobol yn mynd a dŵad. Doedd yna neb wedi sylwi arnyn nhw, neu os oedd rhywun wedi sylwi, doedd yna neb yn cymryd arno. Ond wedyn, mi welodd Gough fflach: ella'r haul wedi sgleinio oddi ar fympar car, neu rywbeth arall wedi'i wneud o grôm. Blinicodd, teimlo gwacter yn ei stumog. Lynott yn ei ben o:

But you feel there's something's wrong—

'Dwi'm isho i chdi blagio Fflur,' medda fo.

Sgwariodd Bethan; dweud dim.

'Wt ti'n 'y nghlŵad i, Bethan?'

'Clŵad yn iawn.'

'Ti'n dallt, lly?'

'Dallt y geiria,' medda hi; codi ei sgwyddau yn y ffordd ffwc otsh gin i yna oedd Gough wedi'i weld bentwr o weithiau, bellach.

'Gadal llonydd iddi; paid â'i llusgo hi i dy ...' Tawodd, ddim yn siŵr o'r gair. Ond daeth Bethan o hyd iddo fo:

'Fy nhwllwch i.'

Roedd y tristwch mawr hwnnw'n llgada'r hogan o hyd. Roedd Gough am ofyn iddi oedd hi'n iawn, ac am helpu. Synhwyrai ei bod hi'n estyn o'r düwch amdano fo ac yn erfyn am gymorth ac achubiaeth. Ond teimlai mai cadw draw — yn bell, bell oddi wrth Bethan Morris — oedd y peth calla i'w wneud.

'Elfed,' medda hi.

'Sut?'

'Dyn tynnu llynia'r papur.'

'Be amdano fo?'

'Chi'ch dau, dach chi'n fêts?'

'Go lew. Pam? Be ti'n gyboli?'

'Dwi'm yn gyboli,' medda hi, reit flin rŵan. Rhoddod fflich i'w sigarét. Aeth y ffag din dros ben drwy'r awyr fatha seren wib. Landiodd ar y concrit a ffrwydro fatha asteroid. Y byd yn ysgwyd. Rhywogaethau'n mynd i ddifancoll. Hanes newydd yn geni.

Dechreuodd Bethan fynd, Gough yn dweud Bethan ar ei hôl hi, ac yn dilyn.

Trodd y ferch i'w wynebu o ac roedd ei bochau'n diferu a'i llgada'n fflamau: 'Gest ti un stid am 'yn hambygio fi, mêt, felly ffyc off—' Edrychodd o gwmpas eto; fel tasa ganddi ofn bod rhywun yn ei gwylio hi. Wedyn edrychodd ar Gough eto a dweud: '— neu mi eith petha'n waeth; lot lot gwaeth.'

'Gad lonydd i Fflur,' medda fo ar dop ei lais wrth iddi gerdded i ffwrdd. Ond roedd hi'n rhy bell i glywed; yn rhy bell i'w hachub. Wedi mynd yn ôl i'r pydew.

*　*　*

'Mi gei di faddeuant,' medda Elfed.

'Asgob: dioch ti, washi,' medda Gough.

'Ti di bod dan goblyn o straen.'

'Straen ar y naw.'

'Sa hidia i chdi beidio gyboli efo'r busnas Christopher Lewis 'ma, sti.'

'Dyna di'r sôn.'

'Paid â bod yn goc oen, Gough,' medda Elfed, yfad o'i beint.

Pnawn Llun: 3.15pm. Y ddau yn y Railway'n Llangefni,

peint o *mild* gan y ddau. Rhyw hanner dwsin yn y dafarn: hen hogia'n enjoio peint.

Roedd Gough wedi galw'r cyfarfod. Cymryd arno'i fod o am smocio piball heddwch efo Elfed. Ond mewn gwirionedd am dyrchio roedd o. Chwilen yn ei ben o ar ôl i Bethan sôn am Elfed; jest dweud ei enw fo; gofyn oeddan nhw'n fêts. Honno'n ei heglu hi wedyn cyn i Gough ofyn pam. Roedd o'n meddwl a ddylsa fo ofyn pam wrth Elfed pan ofynnodd y dyn tynnu lluniau: 'Ti'n gweld chwaer Chris rownd dre? Lefran go handi.'

Meddyliodd Gough am beth oedd Elfed wedi'i ddweud funud ynghynt, a gofyn: 'Pwy sy'n deud 'y mod i'n gyboli?'

'Gyboli?'

'Efo'r achos 'ma a ballu. Pwy sy'n deud?'

Ochneidiodd Elfed. 'Jest gna be sy ora.'

'Be sy ora i bwy?'

'Asu Grist, Gough; dwi'n trio helpu'n fama, sti. Ti'n ffacin sinach anniolchgar.'

'Pan welish i chdi acw dwrnod o'r blaen, ddudist ti am i fi beidio gneud helbul i fi fy hun. Be 'ddach chdi feddwl, Pricey?'

Yfodd Elfed eto: tri chwarter ei beint yn mynd lawr y lôn goch, Gough prin wedi cyffwrdd yn ei un o. Roedd angen cwrw arno fo, a dim ond osgoi'i beint oedd o rŵan i drio hoelio Elfed, hwnnw'n clecian fel dyn o'i go. Ond gobeithiodd Gough y basa'r ddiod yn llacio mymryn ar dafod y tynnwr lluniau; llacio ddigon iddo fo ddatgelu be oedd o'n wybod am Bethan, oherwydd roedd Gough yn eitha siŵr, erbyn hyn, bod Elfed yn storfa o gyfrinachau.

Methodd Gough â chael gwared ar Bethan o'i feddyliau. Roedd hi fel tasa hi wedi ei charcharu yno; roedd hi'n aflonyddu arno; rhywbeth annaearol amdani hi. Theimlai o ddim byd rhywiol tuag ati. Ond roedd hi'n drasig ac yn drychinebus, ei ffawd yn llwm — fatha rhyw Franwen châi hi fyth fod yn hapus, châi hi fyth garu na chael ei charu. Roedd hi'n byrth cysgod angau go iawn: a Gough yn mynd yn syth bìn trwy'r giât.

'Ti'n chwara 'fo tân, Gough,' medda Elfed; ddim yn cynnig ateb eto.

'Ti'n deud hynny, ond ti'm yn deud pam. Tisho deud pam?'

'I be'r ei di i bechu pobol?'

'Os dwi'n pechu pobol, dwi'n pechu pobol; 'na fo. Deu'tha fi, Pricey; deu'tha fi pw di'r ffacin bobol 'ma. Deu'tha fi pam bod Bethan Morris wedi crybwyll dy enw di?'

Gwridodd Elfed; lledodd ei llgada. Ddaru o ddim symud na dweud gair o'i ben am funud. Wedyn gofynnodd yn ddistaw bach: 'Pryd?'

Dywedodd Gough wrtho fo; ac wedyn dywedodd Elfed: 'Ti'n tynnu pobol i dy ben. Papur lleol di hwn, sti. Tydi o'm fatha'r *Liverpool Echo* lle ti'n bell orwth y darllenwyr; ti'n 'u mysg nhw; ti'n yfad efo nhw; ti'n mynd â dy blant i'r un sgolion â'u plant nhw; ti'n addoli'r un duw yn yr un addoldy.'

Canodd y landlord y gloch: cau am ddwy awr tan hanner awr wedi pump. Cleciodd Elfed ei beint; ddaru Gough ddim yfed dropyn o'i un o.

'Dwi'n mynd yn ôl i'r offis,' medda'r dyn tynnu lluniau.

'Dŵt ti'm am ddeu'tha fi, lly?'

'Deu be, dŵad?'

Cododd Gough; cerddodd allan. Elfed yn cnewian.

*   *   *

Roedd o wedi parcio'i gar ar draws y lôn, tu allan i'r siop bapur newydd. Tyrchiodd yn ei boced am y goriadau, dŵad o hyd iddyn nhw. Agor drws y dreifar; ac roedd o ar fin neidio i mewn pan glywodd o: 'Ych i ddim am yrru gobeithio, Mistyr Gough?'

Trodd: plisman; yr hwntw ifanc arestiodd Elfed am biso'n y stryd.

'Heb dwtshiad dropyn, PC' — gwyrodd Gough i weld ei rif — 'ffôr-wan-tw.' Y gwir am unwaith: roedd o'n ddirwestwr y diwrnod hwnnw.

'Be am i ni gal sgwrs, Mistyr Gough?'

'Be am i ni beidio?'

'Fi ddim moyn ych clywed chi'n hela esgusodion am pam ych chi'n gyrru pan fo'ch trwydded wedi'i gwahardd.'

'O's gynnon ni rwbath arall i'w drafod, lly?'

'Bethan Morris; Hugh Densley.'

*   *   *

Roedd PC Nick James yn byw mewn fflat ar stad cyngor yn nhopiau Llangefni. Roedd o'n ei chanol hi yma: lle reit dlawd; digon o feddwi, cyffuriau a waldio yma. Dyna roedd Gough yn gofio am y lle, beth bynnag; ond taerai rhai mai halen y ddaear oedd y trigolion, cofiwch. Dipyn o bob dim, debyg: y drwg a'r da.

Roedd o wrthi'n gwneud paned. Roedd hi wedi pedwar, Gough yn eistedd ar y soffa. Mi fydda Fflur yn dŵad adra o'r ysgol yn o fuan: fasa hidia iddo fo fod yno'n disgwyl amdani: Tisho panad? Tisho bwyd rŵan? Sgin ti waith cartra? Roedd ei goes o'n ysgwyd, awydd bod adra'n ymrafael yn erbyn yr awydd i wrando ar glecs PC 412.

Edrychodd o'i gwmpas: y decor yn oren a brown; dodrefn syml: bwrdd, dwy gadair bren; un soffa, un gadair freichiau, un bwrdd coffi rhyngddyn nhw; teledu portabl ar gist. Cartre hen lanc os fuo yna un erioed. Cartre heb wraig. Cartre dros dro hefyd.

Daeth â'r te, dweud: 'Dyma fe, Mistyr Gough.'

'Jest Gough.'

'Beth?'

'Gough. Jest galw fi'n Gough; dyna ma pawb yn 'y ngalw fi: Gough. Dim Mistyr Gough, dim John. Jest Gough.'

'Dyna fe,' medda'r PC James, eistedd gyferbyn â 'Jest Gough' yn y gadair freichiau, gosod y paneidiau ar y bwrdd coffi rhyngddyn nhw.

Synnodd Gough at sgiliau domestig Nick James, a chraffodd arno fo am eiliad, meddwl ẃrach ei fod o'n gadi ffan. 'Cariad, gwraig?' gofynnodd: tyrchio.

'Na, hen lanc yf fi; ar hyn o bryd, ta beth. Shwgir? Llath?'

'Tair llwyad. A llefrith. Llaeth, wir. Hwnnw'n beth gwahanol ffor'ma, sti.'

'Fi'n dechre deall hynny.'

Roedd yna shilff lyfrau yn y fflat, dim ond y Beibl oedd ar y shilff. Cyfododd atgof, ôl-fflachiadau o'i blentyndod yn plagio Gough: ei dad yn landio ar ôl bod i ffwrdd yn rhywle, a'i dad o'n gofyn, Ddysgist ti'r bennod, Joni bach? A'r cwestiwn yn byblan efo bygythiad, a'r bygythiad hwnnw'n cael ei wireddu os oedd Gough heb ddysgu'n iawn.

Rhaid bod Nick wedi gweld Gough yn edrach.

'Chi'n gapelwr, Gough?'

'Fi? Na; roedd 'y nhad yn weinidog lleyg,' medda fo, a meddwl: ac yn feddwyn ac yn ferchetwr, ac yn curo'i fab os oedd o ddim yn gwybod ei Feibl; curo'i wraig os oedd hi heb ddisgyblu ei mab.

'Fi'n cal cysur mawr o'r ysgrythure, ond nid gyment o'r pulpud.'

'Arfera Nain ddeud bod isho diwygiad arall.'

'Ma Cymru moyn ysgytwad, Gough, fi'm yn ame hynny. Ond shwd fath o un? Un fel oedd eich nain moyn? Un fel ma Mike Ellis-Hughes moyn?'

Cadwodd Gough ei geg ar gau. Astudiodd y copar ifanc wrth i hwnnw sipian ei baned.

'Ellis-Hughes wedi bod yn gweud pethe mawr—'

'Sgin hyn wbath i neud efo Densley a Bethan Morris?' gofynnodd Gough, torri ar draws, am fynd adra i aros Fflur, i ofyn iddi sut hwyl gafodd hi'n yr ysgol, i ddweud wrthi am wneud ei gwaith cartre a wedyn mi gei di watshiad y telifishion.

Anadlodd Nick; fel tasa fo ar fin plymio dan y dŵr. 'Chi'n cofio Densley'n gadel i Elfed Price fynd yn rhydd ar ôl iddo fe bisho'n y stryd?'

'Gin i go.'

'Fyth ers hynny, fi wedi dod ar draws pethe tebyg. Fi'n aresto bachan cefnog am ryw fân drosedd: gŵr busnes lleol, cynghorydd falle, gweinidog neu ddou. A fi'n mynd â nhw i'r steshion ble ma Densley'n rhoi winc fach i'r bachan, a gweud ffwr â ti wrtho fe. Fi'n achwyn amboutu fe, ond sdim iws. Densley'n gweud reit gas am i fi bido â *rock the boat*. Dyna'i eirie fe.'

Meddyliodd Gough am funud cyn dweud: 'Wt ti'n un garw am fân drosedda'n dŵt.'

'Os ych chi'n cosbi'r mân drosedde, Gough, ych chi'n atal y trosedde mawrion.'

'Fatha mwrdwr Robat Morris.'

Myfyriodd Nick am funud bach ac mi adawodd Gough iddo fo feddwl am bethau. Roedd yn rhaid rhoid amser i bobol gymhathu ffeithiau.

'Fi'n ofni bod Christopher Lewis wedi cal crasfa'n y celloedd,' medda'r PC, 'wedi ei orfodi i gyffesu.'

'Glas di rhoid amball swadan rioed; hynny'm byd newydd.'

'Ma fe'n newydd i mi, Gough. Rhai fel Christopher sy'n diodde. Ma fe wedi cal cam, fi'n siŵr. Ma fe'n jâl a ddyle fe ddim bod. Fi wedi bod yn cyfarfod 'da'i chwaer e.'

Nel. Heb rybudd, teimlodd Gough yn genfigennus: rhyw *fi bia hi*, a pa fusnes oedd hi i'r styllan o lanc yma? Ond dwrdiodd ei hun. Cofiodd Nel yn mynd a'i adael o fatha rhyw ysbryd yn yr Wyddgrug. A'r eiliad honno, yn fflat Nick, mi deimlodd o'i llaw hi ar ei frest o: darogan ei godwm.

'Chi'n iawn, Gough?'

'Shiort ora.'

'Does neb yn gwrando ar amheuon Nel. Mae ganddi fargyfreithwraig yn Llunden, nawr; un o'r man 'yn yn wreiddiol.'

'Louise Evans?'

'Nage, Richmond, fi'n credu: Louise Richmond.'

Ddaru hi wrando arna fi, meddyliodd Gough, dweud: 'Evans odd hi.'

Merch Mrs Evans drws nesa. Rhyw gylchoedd yn ffurfio. Pawb wedi'u clymu at ei gilydd: byd bach.

'Ych chi'n nabod hi?'

Jest i Gough ddweud, Dwi di'i ffwcio hi, mêt. Ond gwell peidio. 'Dwi'n gwbod amdani hi,' medda fo.

Roedd hon yn stori go lew i'r papur: ymgyrch wedi ei lansio i ryddhau Christopher Lewis, a'i brofi o'n ddieuog; bargyfreithwraig oedd yn wreiddiol o Langefni wedi cymryd ei achos.

'Pam wt ti'n ama'r ddedfryd?' gofynnodd Gough.

'Fi ddim yn siŵr os yf fi'n ame, ond fi ddim yn hoff o'r ffordd ma Densley a'r DI Allison, heddlu man 'yn, yn damshgel ar farn groes.'

'Be am Robin Jones?' gofynnodd Gough, yn awyddus i weld hwnnw'n aelod o'r drygioni hefyd.

'Ma fe ac Allison yn gweud wrtha i am gau fy ngheg pan yf fi'n holi am yr achos; gweud wrtha i am whilo am dystiolaeth newydd.'

'Os'a dystiolaeth newydd?'

Oedodd PC James.

'Tyd laen,' medda Gough, 'paid â 'nenu fi i dy *boudoir* a wedyn gwrthod gillwn dy nicyrs.'

Cymerodd Nick James lwnc o awyr iach, ac yna sipiad o'i baned. Wedyn:

'Ar ôl iddo fe gal ei arestio, yn yr orsaf y noson honno, glywes i Chris yn gweud wrth Allison a Jones, "ond fe ddwedodd Yncyl Hugh bydde pob dim yn iawn".'

Teimlodd Gough fel tasa'i galon o wedi stopio. *Yncyl Hugh ... gin i bentwr o yncyls.* Be oedd hynny'n feddwl? Doedd yna ddim sôn bod Densley'n berthyn gwaed i'r Lewisiaid. Roedd Gough yn cyffroi, ond mi adawodd o i Nick fynd ymlaen efo'i stori.

'Nawr: falle bod Densley moyn cysuro'r crwt os odd e'n adnabod y teulu; falle bod Chris yn ei alw fe'n ewyrth. Ond eto, mae fe'n werth edrych arno fe: bod y crwt sydd wedi ei gyhuddo'n galw'r *senior investigating officer* yn Ewyrth Hugh.'

'Be ddaru'r Octopws ac Allison pan ddudodd Chris hynny?'

'Fe roddodd Allison 'i law ar gefn gwddwg Chris, gwyro ato fe, sibrwd yn 'i glust e. Bygwth, siŵr gen i. Roddodd e shiglad fach i Chris. Fe welodd DS Jones mod i wedi gweld ac fe ath fel hyn ata i—' Rhoddodd Nick ei fys ar ei wefus a dweud: '*Hisht!*'

'Gest ti air efo nhw wedyn?'

Ysgydwodd ei ben, na. 'Gefes i fraw, Gough.' Roedd ganddo fo gwilydd. Roedd golwg felly arno fo: wedi methu'n ei gyfrifoldebau. Ẃrach nad oedd yr hyn ddywedodd Allison wrth Lewis yn golygu fawr ddim. Ond ẃrach bod ymateb yr Octopws yn fwy arwyddocaol.

Hisht!: Cadw gyfrinach. Cau dy geg.

Ond gwyddai Gough ei fod o'n rhagfarnllyd tuag at yr

Octopws. Fasa fo'n amheus o unrhyw beth oedd y DS yn ei wneud; hyd yn oed tasa fo'n medru iacháu'r gwahanglwyfus.

Dywedodd: 'Dwi am sgwennu stori am Louise Richmond i ddechra.'

Cododd talcen Nick. 'Na, allwch chi—'

''Na i'm dy enwi di.'

'Dim ond fi sy'n gwybod; fi a Nel.'

'Mae mam Louise yn byw drws nesa i fi. Mae hi'n gwarchod 'yn hogan fach i; lasa hi di deu'tha fi. Ac os *ydi* Christopher yn ddieuog, mi fydd hyn yn helpu i dynnu sylw at 'i achos o.'

'Dyw Nel ddim yn hoff o'r wasg. Dyw hi ddim yn or-hoff ohonoch chi, Gough.'

'Ma 'na fwy onyn nhw na sy 'na o sêr, washi.'

'Dyw hi ddim yn trystio'r awdurdode.'

'Pwy sy?'

'Mae ganddi allu i weled, ac fe welodd—'

'Do, wn i: twllwch dudew i mi.' *Wt ti'n gelain, ac ma'r eryrod yn heidio.* 'Be am Bethan Morris?'

'Hi yw'r ateb i hyn i gyd; hi yw'r canol. Ma cysylltiad rhyngddi a phawb.'

'Densley?'

'Ma hi'n galw'n y gwaith i'w weld e.'

Dywedodd Gough be oedd o wedi'i weld yn y fynwent; sôn ei fod o wedi sgwrsio efo Bethan ac iddi alw Densley'n 'Yncyl Hugh'.

'Fel Chris,' medda'r PC.

Dywedodd Gough ei fod o wedi picio draw i holi Densley.

'Ych chi o'ch co, Gough,' medda'r PC.

'Mae Bethan yn plagio'n hogan fach i,' medda fo. 'Dwi'm am droi 'nghefn tan ma hyn di'i setlo.'

'Cadwch eich merch oddi wrthi: ma hi'n berchen ar rymoedd tywyll.'

Daeth dychryn i berfedd Gough. Meddyliodd am Fflur yn archolladwy mewn byd o fwystfilod. Meddyliodd am Densley ac am Ellis-Hughes ac am Elfed; am y dynion i gyd. A meddyliodd am Bethan Morris yn ei chanol hi.

Lleisiodd ei feddyliau: 'Felly mae'r boi bach ara deg 'ma, sy'n ôl bob tebyg yn gyboli efo Bethan Morris, yn lladd tad Bethan. A tydi Bethan heb ddangos emosiwn o gwbwl; dwi rioed di gweld deigryn gynni.'

'Fi'n credu bod rhwbeth o'i le 'da hi,' medda Nick James.

'Rioed.' Sbeitlyd.

'A fi'n credu bod dinion yn cymryd mantes ohoni.'

Dynion fatha fi, meddyliodd Gough, a herciodd. O lle daeth hynny? Y syniad hwnnw? Y teimlad rhyfedda'i fod o'n ail-fyw pethau? Roedd o'n oer eto, yn crynu. Yr ofn yn gronig. Geiriau Nel Lewis wedi'u paentio ar furiau'r ogof roedd o ar goll ynddi:

Fedra i'm dy gysuro di, gin i ofn. Wt ti'n gelain, ac ma'r eryrod yn heidio.

*   *   *

'Yddach chi'n gwbod bod ych merch chi'n helpu chwaer Christopher Lewis?'

Edrychodd Mrs Evans yn wirion arno fo. Roeddan nhw yn nhŷ Gough, fynta newydd landio adra. Roedd hi wedi pump, dydd Llun, Mrs Evans wedi bod yn gwarchod Fflur ers iddi ddŵad o'r ysgol. Aeth Fflur yn syth bìn i fyny'r grisiau, medda Mrs Evans; dim gair o'i phen hi. Clywai Gough fiwsig rŵan: Donna Summer yn aflafar o'r llofft.

Beth bynnag, mi atebodd Mrs Evans gwestiwn Gough:

'Dim clem, Mr Gough; dwi'm yn clŵad gin 'y mhlant. Ac os na watshiwch chi, fyddwch chitha'm yn clŵad gyn ych rhei chitha, chwaith.'

'Dwi'n goro gweithio — ddudish i hynny. Sut arall dwi'n ennill 'y mara menyn, rhoid bwyd ar y bwr iddyn nhw?'

'Ond mi dach chi'n gneud mwy na gweithio. Mi dach chi'n aberthu'ch hun. Nid gwaith sanctaidd dach chi'n 'i neud, John bach. Carthu'r ffosydd dach chi.'

Cael ei alw'n 'John bach' ganddi: Joni bach. Teimlodd bresenoldeb ei dad eto: yn ormesol ac yn llygredig. Rhedodd law drwy'i wallt, straen yn ei wasgu o fel mewn feis. Roedd o'n chwyslyd, angen molchi a siafio; ei frest o'n dynn. Awydd yfed arno fo drwy'r amser, bellach. Fasa fo'n clecio whisgi i frecwast tasa fo'n medru. Ond roedd yna rywbeth yn ei nadu o rhag plymio dros y dibyn, er mai dal ei afael gerfydd blaenau'i fysedd oedd o.

'John,' medda'r wraig drws nesa, torri ar draws ei feddyliau fo, 'y peth gora i chi neud ar hyn o bryd fasa anfon Fflur i Fangor hefyd, at 'i nain a'i thaid; dros yr ha o leia. Cyfla iddi ddŵad i nabod 'i brawd bach. Pidiwch â meddwl y medrwch chi neud bob dim: tydi mama ddim yn medru gneud bob dim; sgin tada ddim gobaith.'

Syrthiodd calon Gough. Landio'n glec ym mhydew ei stumog. Roedd o wedi'i drechu.

Mrs Evans eto: 'Fi sy di bod yn edrach ar 'i hôl hi, ond dwi mewn oed. Dwi'n drist a sgin i mo'r egni. Lasa'i neud lles i Fflur fod o Fôn a'r drwg sydd yma.'

*   *   *

'Na,' medda Nel Lewis, 'na, na: tro dwytha o'na stori dosturiol am Chris yn y papur mi luchiodd rhwun fricsan trw ffenast ffrynt Mam.'

Gwridodd Nick; cofiodd. Dyna'r tro cynta iddo fo gyfarfod Nel Lewis. Cafodd ei sgubo i fyny a'i ddal yn ei thymestl. Roedd yna rywbeth gwyllt amdani hi, cyntefig. Teulu ffair oedd ei theulu. Gallai ddweud ffortiwn. Neu dyna oedd hi'n ddweud er mwyn ennill bywoliaeth. Tasa hi'n byw bedwar can mlynedd yn ôl, mi fasa hi wedi cael ei rhaffu i bolyn a'i llosgi.

'Falle gall e helpu,' medda fo, gobeithio'n erbyn gobaith. 'Stori am ymgyrch i gliro enw Chris; ei fod e wedi goffod pleto'n euog yn erbyn ei ewyllys. Wedi cal crasfa; cyffes dan orfodeth—'

'Sut fasa hynny'n helpu?'

'Bydde'r cyhoedd yn cydymdeimlo dag e.'

'Dim y cyhoedd fydd yn penderfynu os di o'n ddieuog ai peidio; barnwyr boliog.'

'Falle bydd achos newydd; rheithgor.'

'Swn i'm isho'i weld o'n mynd trw achos llys eto — ac un lle basa fo'n goro atab cwestiyna'r tro 'ma. San nhw'n 'i lurgunio fo.'

'Ma fe wedi'i dorri'n glichtir yn barod, y boi bach.'

Roedd y ddau'n ddistaw am sbel; wedyn dyma Nel yn dweud:

'Dwi o 'ngho bo chdi di sôn wrth Gough. Jest i chdi gal gwbod.'

Taflodd Nel fraich ar draws ei llgada. Bu'r misoedd dwytha'n anodd. Roedd Mam wedi stricio; golwg druenus arni hi bellach; colli pwysau, gwaelu. Gryduras yn credu bod Chris am landio adra unrhyw funud. Gwadu'r ffaith bod bach y nyth mewn cell yn Strangeways. Gwir amdani, doedd Chris ddim am landio adra am hir — am byth, ẃrach. Hyd yn oed tasa fo'n byw trwy'i ddedfryd, fasa fo byth yn cael croeso'n Ynys Môn. Roedd o wedi ei garcharu am ladd un o hoelion wyth y gymuned, wedi ei gyhuddo o gam-drin merch y piler hwnnw, wedi cael ei brofi'n fwystfil nid yn ddyn.

John Gough oedd un o saerniwyr cwymp Chris. Wedi ei bortreadu'n gwbwl wahanol i'r brawd roedd Nel yn ei nabod:

boi hawddgar, cariadus, doniol, oedd yn stryffaglio i ffitio i fyd ciadd. 'Dydyn nhw'm yn byta'r un bwyd â fi, Nel,' oedd o'n arfer ddweud ar ôl i griw brwnt ei slanu o'n yr ysgol. Ac roedd hi'n cymryd criw i slanu Chris: roedd o'n medru dyrnu. Un yn erbyn un, roedd o'n beryg bywyd. Roedd y *County Times* wedi gorbwysleisio hynny yn eu hatodiad ar ôl yr achos. Rhybuddiodd Gough hi am lurguniad Chris yn y papur; cyffesu iddi: Mi ga i 'nghosbi saith mwy am 'y mhechoda.

Cei, meddyliodd Nel, wedi gweld ei ddiwedd pan roddodd ei llaw ar ei galon o; cael cownt o'r curiadau oedd ar ôl, dyddiau'r dyn wedi'u rhifo.

Meddyliodd eto am Chris, am y dioddefaint wynebodd o drwy gydol ei oes. A phlant oedd y gwaetha: nhw oedd uffern. Dim i hidlo'r drygioni; dim ffiniau i'w ffyrnigrwydd.

Caeodd Nel ei llgada. Ysodd i ddial droeon am y cam ddioddefodd ei brawd; mi fasa hi wedi medru hefyd. Rhyw felltith neu'i gilydd ddysgodd Nain iddi. Dyna'r hen ffordd. Ond yn y byd newydd, lasa mai profi diniweidrwydd Chris oedd y ffordd orau i setlo'r cownt.

'Mae Gough yn racshio, sti,' medda hi wrth Nick. 'Mi welish i'r twllwch sy'n aros amdano fo.'

'Be sy'n dishgwl amdana i?'

'Paid â 'nghymyd i'n sbort.'

'Fi ddim.'

'Ti'n ama 'ngallu fi.'

'Ydw, Nel.'

'Wt tisho i mi ddeud dy ffortiwn di, lly?'

Tu allan i fflat Nick James roedd y byd yn ddu. Roedd hi'n agosáu at hanner nos. Gorweddai Nick ar ei gefn, yn noeth, yn y gwely; gorweddai Nel ar ei chefn, yn noeth, wrth ei ymyl. Rowliodd rŵan nes ei bod hi'n gorfadd ar ei ben o, a dyma hi'n rhoid sws ysgafn ofnadwy, fatha pluan, ar ei frest o.

'Dwi'n darogan plesar,' medda hi.

A llithrodd llaw Nel i lawr ac i lawr ac i lawr.

*   *   *

Ar ôl iddyn nhw ddarfod efo'i gilydd, cododd Nel o'r gwely a'i adael o i gysgu, wedi ei bleseru. Aeth i fathrwm Nick ac eistedd a chael pisiad; ac wrth iddi biso dyma hi'n dechrau crio.

'Mi fydd Babilon yn garnedda'

Mai 11, 1979

WHITESNAKE, grŵp go lew o newydd, ar chwaraewr caséts y Volvo: *Snakebite*, EP gynta'r band, a'r canwr David Coverdale yn mynd i'r afael ag 'Ain't No Love in the Heart Of The City' ryddhawyd yn wreiddiol gan Bobby 'Blue' Bland yn 1974.

9am: Gough wedi ffonio'r swyddfa cyn gadael y tŷ, dweud, Gin i joban am chwarter wedi naw.

'Tisho gair efo'r giaffar?' medda'r gohebydd atebodd y ffôn.

'Asu Grist, nag o's. Jest deu'tho fo fydda i fymryn yn hwyr.'

Rŵan: Gough yn dreifio ac yn gwrando. Bys Gough yn tap-tap-tapian ar yr olwyn. Gên Gough yn mynd i fyny ac i lawr i rythm y miwsig. Pen Gough yn fawr ar ôl potel whisgi arall neithiwr.

Ond roedd o'n unig, Fflur wedi cael ei chartio i Fangor at Nain a Taid, at ei brawd. Roedd ganddi wyneb dweud ffycin bedair gwaith pan ddatgelodd Gough wrthi ei bod hi'n gorfod mynd i dŷ Nain a Taid at Aaron, a doedd ganddi'm dewis: er dy les di. Byddai'n ddisgybl yn Ysgol Friars tan ddiwedd y tymor, a lasa hynny wneud lles iddi.

Teimlai Gough yn isel ei ysbryd, ond o leia roedd ei blant yn saff, Fflur yn enwedig: rhy bell i Bethan Morris

243

ddylanwadu arni hi rŵan; rhy bell i gael ei harwain i'r tir llosg. Medrodd Gough anadlu o'r diwedd heb gael oglau brwmstan yn ei ffroenau. Teimlai ryddid bellach i fynd amdani go iawn: tyrchio ac erlid; mynd i'r afael â Densley ac Ellis-Hughes — ac Elfed os oedd rhaid. Bwriadai ddilyn y llwybr at ei ddiwedd, yr holl ffordd i grombil y goedwig lle'r oedd y ddraig yn trigo.

Cyrhaeddodd ben y daith: parciodd y car; diffodd yr injan. Tawelodd Whitesnake, tawelodd y byd. Neidiodd o'r car, mynd am y drws.

*　　*　　*

Fflat Nick James, hanner awr wedi naw, a Nel Lewis yn dweud: 'Dwi'n gyndyn iawn o neud hyn, Gough. Dwi'm yn lecio trystio gormod arnach chi.'

'Ni?'

'Papura.'

'Dwi'm yn 'u trystio nhw chwaith. Cofia: fi soniodd wtha chdi am Louise. Peth handi i mi neud.'

'Isho ffeirio wt ti eto?'

Ysgydwodd ei ben. Roedd o'n eistedd yng nghadair freichiau Nick, beiro'n ei law, llyfr nodiadau ar ei lin. Roedd o wedi yfed dwy baned o goffi ac wedi cael Asprin. Steddai'r heddwas ar y soffa. Safai Nel wrth y gist lle'r oedd y teledu portabl — ar ei thraed, roedd hi'n fwy awdurdodol; roedd hi wedi plethu'i breichiau, a golwg sorllyd arni.

Gofynnodd Gough: 'Sgin Louise dystiolaeth fod Chris wedi cal 'i orfodi i gyffesu?'

'Cleisia,' medda Nel, 'un o'i senna fo di cracio, llgada fo'n ddu bitsh. Welist ti'r llanast odd arno fo'n y llys.'

'Syrthio ddaru o.'

Sythodd Nel. 'O'n i meddwl bo chdi yma i helpu?'

'Gofyn be fydd darllenwyr y *County Times* yn ofyn dwi;

deud be ma'r awdurdoda'n ddeud. Dyna ma'r erlyniad a'r heddlu'n honni, a dyna gredodd y rheithgor.'

'Hwn berswadiodd fi i neud hyn,' medda Nel, yn pwyntio at Nick. 'Louise di awgrymu hefyd. Dos at y wasg, medda hi. Ond gin i ofn am Mam. Haws i mi: dwi ar 'y nhrafals efo'r sioe; medru mynd. Dwi'm yn goro byw 'ma. Mae hi'n goro. Goro mynd i Glandŵr i nôl bara; goro mynd i Gwilym Owen i nôl cig; goro mynd i Guest's i nôl y *County Times* i ddarllan y rwtsh ma nhw'n gyhoeddi am 'i mhab hi.'

Gwyrodd Nick ei ben, edrach ar ei ddwylo. Roedd beiro Gough yn sgwennu. Roedd Nel yn dal i siarad:

'Mae hi di cal bricsan trw'i ffenast yn barod. Petha'n ddigon anodd fel ma nhw i bobol tha ni. Ma'i di cal 'i rhegi a'i galw'n "ffycin jipsi"; dim jipsis ydan ni.'

Gough yn amau oedd y cnafon oedd yn galw enwau ar Nel a'i theulu'n poeni'n arw am fod yn fanwl gywir efo'u sarhad.

Nel: 'Ac ar ôl i'r stori am y fricsan fod yn dy bapur di, ddaru rwun baentio llun o'r gêm "Hangman" ar 'i drws ffrynt hi. Ma Chris yn ddieuog i Mam; isho'i adal o'n rhydd rŵan, y funud 'ma, dim lol. Sgin Mam ddim diddordab mewn tystiolath a llysoedd barn, gafodd hi lond bol ar hynny. Ma'n pobol ni bob tro'n colli pan dan ni'n mynd yn erbyn y gyfraith ac yn erbyn yr awdurdoda; yn erbyn cymdeithas.'

Shifflodd Nick yn ei gadair, golwg reit anghyffyrddus arno fo.

'Siaradith hi?' medda Gough.

'Efo pwy?' gofynnodd Nel.

'Efo fi amdan hyn.'

Ebychiodd Nel. 'Ddudith hi'm gair ond rheg wtha chdi, a beth bynnag, dwi'm isho sôn amdani'n y stori 'ma, reit. Os fydd 'na stori o gwbwl, de.'

'Fydd y golygydd yn siŵr o holi; gofyn, Be ma'r fam yn ddeud?'

'Gad iddo fo blydi holi. Geith holi tan Ddydd y Farn.'

'Be am ddeud bod dy fam yn dal yn obeithiol bydd Chris yn dŵad yn rhydd; jest fel'a?'

Edrychodd Nel ar Gough. Edrach arno fo'n ddistaw fatha mae cath yn edrach ar lygoden cyn ei lladd; wedyn dywedodd: 'Ia, OK. Jest fel'a ta.'

Nodiodd Gough. Sgwennodd hynny mewn Pitman yn ei lyfr nodiadau; sgriblo'r llinellau.

Steddodd Nel ar y soffa wrth ymyl Nick. Roedd y ddau reit agos; roedd Gough yn gwybod yn iawn *pa* mor agos hefyd.

'Gafodd Chris 'i hudo gin Bethan Morris,' medda Nel.

Llawferiodd Gough; Pitmans yn pistyllio ar y papur.

Nel yn dal i fynd:

'Ma 'na rwbath ddim yn iawn am yr hogan 'na. Ma genod tha hi, ma nhw'n cal enw drwg. Tydi hynny'm yn deg bob tro — weld o'n digwydd yn byd y ffair hefyd. Ond honna; honna, ma'i fatha bo 'na sgriw ar goll. Hi di'r drwg yn hyn i gyd.'

Llawferiodd Gough; Pitmans yn poeri o'r feiro — fflach, fflach, fflach —

Nel: 'A ma rhei dynion yn cymyd mantas o hynny; ohoni hi. Ma hi'n drap sy'n cael 'i gosod gin ddynion drwg, Gough.'

Llawferiodd Gough; Pitmans yn peltio — fflach, fflach, fflach —

'Pa ddynion drwg?' gofynnodd.

Edrychodd Nel arno fo. 'Ddaru chdi'm sgwennu hynna i gyd jest wan, naddo?'

''Na i'm roid o'n y stori, sti.'

'Pam ti'n sgwennu o, lly?'

'Un fel'a ydwi. Pa ddynion drwg?'

Roedd Nel yn ddistaw am sbel; edrach ar Gough a'i fesur o. Wedyn dyma hi'n dweud:

'Dwi di clŵad bo Bethan yn cal gwersi canu gin rwun o'r enw Esyllt ap Llŷr. Dynas leol. Reit bwysig mewn steddfoda a ballu. Un o'r crach ffor'ma.'

Ap Llŷr, meddyliodd Gough, ysbeilio'i gof, dŵad o hyd i be oedd o'n chwilio amdano fo'n syth bìn, a mynd yn chwilboeth a chwyslyd. Llawferiodd yr enw: Esyllt ap Llŷr; Esyllt gwraig Iwan, bownd o fod. Wedyn aeth o'n oer: rhyw go'n tanio eto; llun welodd o. Ysgwyd ei ben yn ddiamynedd pan fethodd o gofio. Y whisgi'n tarfu ar ei allu i alw i'r cof. Y whisgi'n achosi i'w dymheredd fynd o wres i fferru.

Aeth Nel ymlaen: 'Mae Esyllt ap Llŷr—'

'Priodfab,' medda Gough, wrtho fo'i hun, ac yn gyhoeddus — y datguddiad yn dŵad.

'Be?'gofynnodd Nel.

'Hidia befo; dos yn d'laen'

'Wel, OK, ma'r Esyllt 'ma'n gweithio 'fo—'

'Mike Ellis-Hughes,' medda Gough.

'Su' ti'n gwbod?'

''Im chdi di'r unig un sy 'fo dawn darogan,' medda Gough; esbonio iddyn nhw am Iwan ap Llŷr, yr ysbyty, yr achos llys. Y boi'n dŵad ato fo, y boi'n holi; busnesu jest iawn. A dyma Gough yn dweud: 'O'na lun priodas o Iwan a'i wraig — yr Esyllt 'ma, siŵr o fod, de — yn stydi Hugh Densley.'

'Byd bach,' medda Nel.

'Mab yng nghyfrath Hugh Densley di o,' medda Gough.

'Sut ti'n gwbod hynny?' gofynnodd Nel.

'Sa chdi'm yn cal llun priodas rwun rwun yn dy stydi, na sachd? Ac o'na lun o Densley a'i wraig hefyd: efo'r briodferch — Esyllt, ddudwn i. Tad a mam efo'u merch ar ddwrnod 'i phriodas.'

'Ddudodd Nick bo chdi di gweld Densley a Bethan wrth fynwant Capal Tabernacl; efo'i gilydd,' medda Nel.

Nodiodd Gough. 'Byd bach *bach*.'

Dyrnodd ei feddwl. Gweu bob dim at ei gilydd. Plethu enwau. Pawb yn nabod pawb.

Nel yn dweud: 'Dwi'm yn credu bod Bethan yn cal gwersi canu gin Esyllt ap Llŷr, gyda llaw.'

Doedd Gough ddim chwaith.

Dywedodd Nel: 'Stori di honna rhag i bobol oro deud y gwir am hyn.'

'Be di'r gwir am hyn?' gofynnodd Gough.

'Dannadd bwystfilod a gwenwyn seirff y llwch,' medda Nel.

*   *   *

Bethan Morris ar y bỳs i Fangor. Ar yr A5, yn sbio ar Gors Ddyga wrth fynd i gyfeiriad Pentre Berw; ac wrth fynd trwy Pentre Berw'i hun, sbio ar y tai. Y tai cyffredin oedd yn gartrefi i bobol gyffredin oedd yn byw eu bywydau cyffredin. A hithau wedyn, ar wahân.

Rŵan: trwy Gaerwen. A dal i sbio; dal i weld. Dal i weld wrth fynd trwy Lanfairpwll; dal i sbio. Sbio ar y byd i gyd, neu'i byd hi o leia: y byd yma, byd bach. Sbio a'i meddwl yn wag; wedi'i garthu. Dim ar ôl ond greddf yno bellach. Ystum anifal. Yr empathi wedi ei flingo ohoni hi. Affwys oedd hi; pydew i drochi ynddo; darn cig i'r cŵn. Ond roedd yna lygedyn: un seren yn y bydysawd creulon du.

Rhoddodd Bethan ei llaw ar ei bol heb feddwl.

Dim byd ond greddf ... ystum anifal.

Sylwodd be oedd hi wedi'i wneud: rhoid ei llaw ar ei bol. Sylwodd a dal ei gwynt a sbio ar ei llaw ar ei bol. Meddyliodd amdani'i hun yn mwytho pen y plentyn yn ei groth. Cynhesodd trwyddi; teimlad nad oedd hi erioed wedi'i brofi o'r blaen — ond ar gynffon hynny daeth synhwyriad o ofn.

Doedd hi ddim yn dangos, diolch i'r drefn: fasa Mam o'i cho. Ond dim hi fasa'r unig un. Pentwr o bobol yn gandryll;

pentwr o ddynion, yn enwedig, yn dechrau cael cathod bach.

Tyngodd lw i'r babi: Mi goda i faricêd rhyngthan ni a'r byd; rhyngthan ni'n dau a phawb arall.

Mi fasa hi'n ffeindio rhywle i fyw, rhywle pell oddi wrthyn nhw i gyd. Pell oddi wrth y dynion, oddi wrth Mam a Griff. Pell oddi wrth y dyn oedd yn dŵad; hwnnw oedd yn codi ofn arnyn nhw i gyd. Wrach basa'n rhaid iddi fynd at y tad, gofyn iddo fo am help. Gofyn er nad oedd o'n gwybod mai fo oedd y tad. A hyd yn oed tasa fo'n gwadu ac yn dwrdio, fasa hi'n cael lluniau ohonyn nhw efo'i gilydd; efo'i gilydd yn gwneud y babi.

Bu'r creu'n ddychrynllyd, yn ormesol — yn gyhoeddus. Ond doedd gynni hi ddim cwilydd am bethau felly, bellach: roedd y cwilydd wedi cael ei blicio i gyd. Roedd hi'n ufuddhau i ba bynnag ordors oeddan nhw'n roid iddi hi, ac roedd pawb yn cael gwatshiad.

Ond am y tro cynta erioed ers i hyn i gyd ddechrau, gwingodd wrth feddwl am y peth.

Roedd hi'n dal i sbio allan trwy ffenest y bỳs; dal i sbio ar y byd oedd mor ddiarth iddi hi. Sbio ar y byd oedd mor frwnt a didrugaredd. Felly'r unig ffordd i drin y ffasiwn fyd oedd trwy fod yn frwnt ac yn ddidrugaredd yn ôl.

A dyna pam oedd hi'n mynd i Fangor. Mynd i nôl rhywun. Mynd i nôl rhywun oedd yn mynd i fod yr un fath â hi: affwys; pydew i drochi ynddo; darn cig i'r cŵn.

*   *   *

Nel a Gough ar y ffordd i Lidiart Gronw: roedd bol Gough yn crafangu. Poeni am Griff a'i ddyrnau: cafodd un stid gan y mab ffarm, a bu ond y dim iddo fo gael un y tro cynta y daeth o yma, hefyd. Ond wrach basa Nel yn darian iddo fo'r tro yma. Dyna oedd o'n obeithio beth bynnag; Griff yn fwy cyndyn o roid cweir os oedd yna ferch o gwmpas.

249

Dreifiodd y ddau mewn tawelwch. Roedd Gough wedi rhoid miwsig ymlaen: Led Zep. Ond dyma Nel yn dweud, Tro'r blydi twrw 'na i ffwrdd neu mi gei di fynd â fi adra'n syth bìn.

Roedd gas gynno fo ddreifio heb dwrw: heb ddrymia'n taranu, heb gitârs yn sgrechian, heb lais rhywun fatha David Coverdale yn sgytio'r car. Ond tawelwch amdani. Dim Coverdale, dim sgwrsio. Doedd Nel ddim i weld yn meindio'r distawrwydd. Mwyafrif yn chwithig heb sŵn neu sgwrs, Gough yn 'u plith nhw — ond nid hon; nid y Nel 'ma. Hon yn hapus yn ei phen. Sbio trwy ffenest y car oedd hi, ei meddyliau'n bell i ffwrdd. Ŵrach eu bod nhw'n bell i ffwrdd yn y dyfodol, darogan fatha ddaru hi efo fo. Proffwydo'i godwm.

Mi driodd Gough ei orau glas, ond cafodd lond bol ar y distawrwydd, llond bol ar yr aros a'r ansicrwydd ynglŷn â'i ddyfodol. *Dwi'n darogan twllwch dudew i chdi, Gough ... ma'r eryrod yn heidio.*

'Welist ti'n niwadd i, Nel? Ta malu cachu di'r deud ffortiwn 'ma?'

'Welish i be welish i. A mond deud be welish i nesh i, wedyn. Cyswllt dwi: rhwng fama a rhwla arall.'

'Lle arall?'

Edrychodd arno fo: y llgada gwyrdd rheini. 'Rhwla tu hwnt i fama.' A throdd i sbio ar y byd eto; ar 'fama', fel y disgrifiodd o. Neu ŵrach ei bod hi'n gweld y lle tu hwnt. Doedd Gough ddim yn gwybod be i gredu. Anodd dweud bellach be oedd yn wir, be oedd ddim. Roedd Christopher Lewis yn jêl am ladd Robert Morris, cyfraith gwlad wedi datgan mai fo oedd yn euog. Ond doedd hynny ddim yn golygu mai fo fwrdrodd y ffarmwr; roedd yna ansicrwydd yn bob dim; neb yn bendant am un dim bellach. Dim fatha'i dad ers talwm: ei dad oedd mor sicr; sicr o'r nefoedd, sicr o uffern, sicr bod Duw yno'n cosbi ac yn maddau. Ac yn sicr ohono fo'i hun hefyd. Neb sicrach ohono fo'i hun nag Eoin Gough.

Ochneidiodd Gough a gofynnodd Nel iddo fo be oedd yn bod, a dyma fo'n dweud: 'Pan dan ni'n cyrradd, rhosa di'n y car. Lasa i ni orfod magu traed yn o sydyn os eith Kate Morris i dempar; ei heglu hi o 'na.' Sgyrnygodd; llyngyr yn ei fol o. 'Dwn i'm os ma'r pell calla naethon ni rioed odd dŵad â chwaer y boi laddodd Robat Morris i Lidiart Gronw heb rybudd.'

'Chris laddodd o felly, ia?' medda hi, rhyw ffeilings haearn yn minio'i llais hi.

Ysgydwodd ei ben. 'Dwn i'm, Nel. Dwi'n ama bob affliw o ddim dyddia yma; dwi'n ama fi fy hun yn fwy na dim byd arall. Doro gyfla i fi, reit. Dwi di bod yn gachgi ond dwi'n trio sythu'r byd, rŵan.'

'Mi *wt* ti'n chwilio am iachawdwriath, felly.'

'Tydi pawb.'

*　　*　　*

Neidiodd Bethan oddi ar y bỳs yn Garth Road. Cerddodd i fyny am y stryd fawr a Thŵr Cloc Bangor. Arhosodd wrth Dŵr Cloc Bangor. Aros yn fanna am y cig. Roedd y cloc yn dweud ei bod hi jest iawn yn hanner awr wedi deg. Cywirodd Bethan ei watsh. Sekonda; un ddrud. Presant am fod yn hogan dda ac yn hawdd i'w thrin. Meddyliodd am hynny a meddyliodd am y babi y byddai'n esgor arno. Roedd hi wedi bod yn sâl ben bore bob hyn a hyn, wedi bod yn chwydu.

Meddyliodd: Mai rŵan; babi Rhagfyr neu Ionawr, ma siŵr.

Crynodd; fel tasa Ionawr wedi mynd trwyddi. Yn oer i gyd; yn ddannedd miniog. Y gaeaf yn ei gwythiennau. Be oedd hi am wneud? Pwy fasa'n helpu? Dim Mam: Wt ti fod ar y pil, yr ast wirion. Dim Griff: Pw di'r ffycar? Mi flinga i o. Dim y dynion: Dos i gal gwarad ar y ffycin peth, jadan fach fudur.

Darfododd y pils ddeuddydd cyn iddo fo ddigwydd. Anghofiodd gael presgripshion gan Doctor Gwyn, oedd yn un ohonyn nhw. Fo oedd yn cadw llygad arni: Tynna amdanat i mi gal gweld. Ac ar ôl gwneud ei job fel doctor, mi fydda fo'n gwneud ei job fel dyn. A hithau'n gorfadd yno, yn gadael iddo fo, ei meddwl hi'n bell a'i chalon hi'n dalp o gol-tar.

Felly: deuddydd ar ôl iddi ddarfod y pils, dyma nhw'n dŵad i'w nôl hi tua wyth o'r gloch nos a dweud, Joban i chdi; ugian punt.

Roedd hynny'n bentwr o arian. Felly dyma hi'n mynd efo nhw. Mynd yng nghefn y car. Mynd yn hŵr. Mynd yn affwys, yn bydew i drochi ynddo, yn ddarn cig.

'Haia,' medda llais; llusgo Bethan o'i phen ac yn ôl i Fangor y funud honno.

'Haia,' medda hi'n ôl wrth Fflur Gough. 'Tisho dŵad i shopio 'fo fi?'

Nodiodd Fflur: affwys, pydew i drochi ynddo, darn cig ...

* * *

Parciodd Gough jest tu allan i'r giât oedd yn arwain i gowt Llidiart Gronw. Cysgodwyd y Volvo rhag y tŷ gan glawdd. Roedd gormod o ofn arno fo i fynd at y drws, ond mynd fasa'n rhaid. Tan i Nel ddweud yr âi hi. Fyntau wedi dweud Na, ond hithau wedi'i berswadio fo, dadlau 'i fod o'n debycach o gael cweir eto. Aros di'n fama, oedd hi wedi'i ddweud wrth fo, ac mi ofynnodd o iddi be oedd hi am ddweud pan agorai Kate Morris y drws.

'Feddylia i am rwbath,' medda hi.

'Sa chdi'n gneud riportar da,' medda fo.

Off â hi heb ddweud gair. Gwyliodd Gough hi'n mynd a chrynodd wrth iddi ddiflannu rownd ochor y clawdd.

Taniodd sigarét. Smociodd y sigarét. Arhosodd mewn tawelwch. Arhosodd heb fiwsig, heb dwrw i ormesu'r ofn. Ysodd i roid y peirant caséts ymlaen: rhyddhau Judas Priest neu Led Zep yn y car, rhywun oedd yn gwneud sŵn go iawn; ci ffyrnig mewn lle cyfyng.

Steddodd yno'n smocio ac yn meddwl, ac yn sydyn roedd Aaron a Fflur yn ei feddyliau. Teimlodd grafangau'n rhwygo ar draws ei frest, creithio'i galon. Mathrwyd o gan ei fethiannau.

Mi ffliodd Nel rownd y clawdd: ei llgada'n llydan, ei chamau'n fras. Neidiodd i'r car.

'Ffwr â ffycin ni,' medda hi, ymdrech i gadw'i llais yn llyfn. Ymgais deg ond un gachu.

Taniodd Gough yr injan, ei ddwylo'n chwyslyd. Bagiodd y car ar sbid. Cododd fwd efo'i deiars. Tarodd rhywbeth y ffenest gefn: homar o glec yn byddaru Gough. Malodd y gwydr yn jibidêrs. Gwaeddodd Nel Lewis ar dop ei llais. Dreifiodd Gough am yn ôl fel dyn gwirion, hidio dim am be lasa fod ar y ffordd, y car yn sgidio a sgrialu. Clec arall wedyn; andros o un hefyd — ergyd sgytiodd yr awyr. Ciledrychodd Gough yn y drych, gweld:

Griff Morris yn gawr tu ôl i'r car, gwn cetris gynno fo.

'Ffacinel,' medda Gough.

'Dreifia, wir dduw,' gwaeddodd Nel; dim potshian trio cadw'i phen bellach.

Dreifiodd i lawr y lôn. Y car yn neidio. Nel a Gough yn neidio — fel tasan nhw mewn bympyr cars yn Ffair Borth.

Ac un glec arall yn gwneud iddyn nhw sigo'u sgwyddau, a'r glec yn eco wrth iddyn nhw hyrddio mynd am y lôn fawr.

*   *   *

'Saethu atoch chi?' medda Nick, ei lais o'n gwichian.

'Dair gwaith,' medda Nel.

253

'Gyda gwn?'

'Naci, efo twll 'i din,' medda Gough, yfad trydydd whisgi.

Roeddan nhw'n fflat Nick: hwnnw wedi gadael i Nel suddo i'w freichiau pan ruthrodd hi trwy'r drws, ac wedi gadael i Gough fynd i'r cwpwrdd i nôl mỳg er mwyn iddo fo ddechrau yfed y botel o Bell's oedd o wedi mynnu'i phrynu ar y ffordd o Lidiart Gronw.

'Fe arestia i'r bachan,' medda Nick. 'Nawr.'

Tolltodd Gough y pedwerydd whisgi; yfodd Gough y pedwerydd whisgi.

'Doro gora i yfad, Gough,' medda Nel.

'Dwi'n cal nerth ohono fo,' medda fo. Pendro rŵan; pethau'n troi a throsi. Y byd yn ara deg bach yn mynd yn aneglur, a hynny'n beth braf. Dyma fo'n dweud wrth Nick: 'Os ti'n mynd i arestio Griff, ga i iwshio dy ffôn di?'

Igam-ogamodd Gough at y ffôn cyn i Nick roid caniatâd iddo fo.

'Pwy chi'n ffonio, Gough?'

'Y papur.'

'I beth?'

'I Elfed Price gal bod yna i dynnu llynia pan ti'n arestio'r ffycar a rhoid fflich iddo fo i gefn dy gar mewn handcyffs; dyna "i beth", washi.'

'Meddwl am dy blydi penawda eto,' medda Nel.

'Na,' medda Gough, 'meddwl am daro'n ôl.'

'Hir yr erys Duw cyn taro, llwyr y dial pan y delo,' medda Nick.

Siglodd Gough: gormodedd o whisgi mewn dim o amser. Edrychodd ar Nick a gweld dau Nick. Dywedodd: 'Odd 'y nhad yn arfar deud hynny. Hwnnw'n nabod 'i Feibil efyd.'

'Odd e'n ŵr oedd yn llawn daioni felly.'

'Na, Nico boi, odd o'n ddychrynllyd; odd o'n waldio Mam a waldio fi; odd o'n mynd a'n gadal ni am hydodd, gadal

Mam ar 'i glinia heb ddima goch: dim ffit i fod yn dad, dim ffit i fod yn ddyn. Ac wst ti be? Dwi o'r union 'run ffycin iau â fo. Ond dwi'm isho bod, yli. 'Runig ffor fedra i beidio bod fatha fo di drw sortio hyn: gneud yn siŵr bod yr euog yn cal cosb; rhyw fath o gosb, o leia; hydnod os ma cosb offisar di hi. Cortyn neu … neu wn. Beth bynnag. Uffar otsh gin o. Ond ma hyn yn drewi: ogla brwmstan ano fo, ogla petha'n pydru. Dach chi'ch dau'n ogla hynny? Ma'r tiwmor di dechra'n Llidiart Gronw. Fanno ganwyd y ddraig. Dim otsh gin i amdana fi fy hun, ond ma otsh gin i am 'y mhlant, a dwisho'r gornal fach yma o'r byd fod yn well ar 'u cyfar nhw. Os fydd arestio Griff yn agor y saith sêl, 'na fo de. Agor nhw. Mi fydd Babilon yn garnedda.'

*   *   *

Dreifiodd Nick James y Panda: Mini Cooper bach glas golau. Dipyn o fynd ynddo fo. Dreifiodd Nel y Volvo. Doedd Gough ddim ffit, ond doedd Nel ddim yn ddreifar profiadol, a'r Volvo fatha tanc. Roedd Nick yn gorfod slofi lawr i Nel fedru aros ar ei ben ôl o.

Roedd Nick wedi penderfynu mynd i arestio Griff ar ei ben ei hun, dim copar arall efo fo. Syniad gwirion, yn nhyb Gough: basa dau'n saffach nag un. Fasa hidia iddo fo fod wedi ffonio'r steshion, gofyn i gwnstabl arall bicio i Lidiart Gronw efo nhw. Ond doedd Nick ddim yn eu trystio nhw'n steshion Llangefni.

Gwibiodd Sir Fôn heibio'n wyrdd wrth iddyn nhw ddreifio ar hyd y B5u am Lannerch-y-medd.

Gwegiodd Gough efo pob milltir: gormodedd o whisgi. Ond roedd o'n sobri dow dow ac mae hynny'n beth poenus i'w wneud tra bod rhywun yn effro. Rydach chi'n gweld yr hangofyr yn dŵad, yn ei theimlo hi'n gwasgu'i chrafangau i'ch corff simsan chi; a fedrwch chi'm ymdopi.

Gofynnodd i Nel: 'Wt ti a'r Glas bach 'na'n canlyn?'

Taflodd olwg ar Nel wrth i Nel sbio ar y lôn; cochodd ei bochau, dweud dim. Llgada wedi'u glynu ar y B5ıı. Dyrnau'n wyn wrth iddi ddal ei gafael yn dynn ar yr olwyn.

Heb gael ateb i'w ymholiad, dywedodd Gough: 'Dwi'n haeddu'r dioddefaint 'ma i gyd.'

'Paid â pitïo dy hun,' medda hi. 'Sa neb arall yn gneud. Jest cau dy geg; ma dreifio'n ddigon o straen fel ma'i.'

Tawelwch am sbel. Wedyn, ar ôl rhyw hanner milltir, Nel yn dweud: 'Di Nick a fi'm yn canlyn.'

'Sori am ofyn—'

'Ond dan ni yn ffwcio.'

Mi sobrodd hynny Gough yn o sydyn wrth iddyn nhw ddreifio trwy Lannerch-y-medd; wedyn cario mlaen ar yr B5ıı i gyfeiriad Amlwch. Dal i fynd wedyn. Dal i sobri. Troi i'r dde ac i lawr lôn gefn, cyn mynd i'r dde eto am Landyfrydog.

Pen draw'r byd, meddyliodd Gough. Lle anial, oedd yn teimlo filltiroedd o wareiddiad. Nid gwlad yn llifeirio o laeth a mêl oedd hon, nid tir yr addewid. Pobol yn bihafio fel y mynnon nhw yn y cysgodion, yn y caeau, yn y diffeithdiroedd.

Dilynodd y Volvo'r Panda i fyny'r lôn gul, dyllog am Lidiart Gronw. Dychwelodd y trawma brofodd Gough ar ei ymweliadau blaenorol yma i'w hawntio rŵan. Wrth i'r car fynd i fyny'r lôn, a chowt y ffarm yn dŵad i'r olwg, roedd Gough yn difaru bob dim drwg roedd o wedi'i wneud yn ei fywyd hyd yma.

* * *

Gwrandewi ar y cipar — yr un yr wyt — wedi ei baratoi ar gyfer mawredd yn absenoldeb yr etifedd, yn dweud dros y ffôn, Maen nhw ar eu ffordd yno'r funud 'ma.

Caei dy lygaid, mwytho pont dy drwyn rhwng bys a bawd: mae gennyt gur yn dy ben; melltith ymdrin â bodau llai. O dy gwmpas, twrw'r byd: caridýms Sir Gaer, Sir y Fflint; pwy a ŵyr o ba ogofâu y daethant? Rwyt ti yng ngorsaf drenau Caer, mewn ciosg, ac mae'r cipar yn gofyn, Ydach chi yna? A dywedi wrtho, Ydw siŵr iawn. Mae dy lais yn finiog; diamynedd. Synhwyri ei goludd yn gwanio. Simsana coludd pob un ohonynt pan mae dy waed yn berwi; pan wyt yn anfodlon.

Dywedi wrth y cipar, A fyntau? Mae'r cipar yn cadarnhau: Fyntau. Dywedi wrtho, Hen dro, ond fe rown gyfle arall iddo; mae'r gorlan ar agor i'r defaid coll. Gofynna'r cipar, Ac os na fydd o'n cydymffurfio? Anadli yn ddyfn; arogl disel a dinistr yn tresmasu ar dy ffroenau. Ystwytha dy ysgwyddau: dychwela dy rym; dy nerth. Dywedi, Bydd yn rhaid ei drin fel yr hen gi hwnnw gollodd y defnydd o'i goesau ôl.

Ni all y cipar na'i giwed ddygymod â natur waedlyd, er eu bod yn gyfarwydd â'th weithredoedd. Digon pell oddi wrthynt, debyg; y difrod yr wyt yn ei fwrw tu hwnt i'w milltir sgwâr.

Ond nid yn hir. Rwyt ti'n dychwelyd. Bydd yn rhaid iddynt edrych i fyw dy lygaid, a chydnabod eu rhan yn y glanhad.

*   *   *

Camodd Nick o'r Panda. Roedd cŵn yn cyfarth o'r siediau. Tri car Panda arall ar y cowt. Chwech heddwas arall yno; tri ohonyn nhw'n gwnstabliaid roedd Nick yn eu nabod. Wedyn: DI Ifan Allison, DS Robin Jones a'r Prif Uwch-arolygydd Hugh Densley. Hefyd: Kate Morris a Griff Morris. Ac Elfed Price, ffotograffydd yn *County Times*, a llanc ifanc hirwalltog: ci bach Elfed yn ôl pob golwg.

Ac roedd pob un wan jac yn sbio ar y copar ifanc o Gaerfyrddin.

Doedd o erioed wedi teimlo'n gymaint o ddyn diarth, fel tasa fo ddim yn perthyn, eu gwynebau nhw i gyd yn dweud *Ffyc off, hwntw*.

'PC James,' medda Densley.

'Syr,' medda Nick.

Dechreuodd Elfed Price dynnu lluniau o Nick; dechreuodd dynnu lluniau o John Gough ac o Nel Lewis pan ddaethon nhw o'r Volvo.

Dywedodd Densley: 'Dach chi'n *risking your career* yn gyboli efo'r *wild goose chase* 'ma. Wy'ch chi hynny?'

Roedd Elfed Price yn dal i dynnu lluniau. Roedd y DS Jones a'r DI Allison yn smocio ac yn cilwenu. Roedd Nick yn gweld 'i yrfa'n mynd efo'r mwg.

'Ewch yn ôl i'ch car, PC James,' medda Densley, '*and drive away* heb droi'ch cefn.'

'Aros lle'r wt ti.'

Trodd Nick James.

Safai John Gough yno, allan o'r car. Sefyll yn y cowt; siglo, a golwg hanner call arno fo: wedi cael gormod o whisgi'n fflat Nick cyn gadael. Roedd Nel allan o'r car hefyd, golwg rhywun wedi dwyn ei phlant a'u haberthu nhw arni hi. Ysgydwodd ei phen ar Nick. Edrychodd Nick ar Densley. Edrychodd ar Jones ac Allison: y ddau'n smocio; y ddau'n cilwenu. Edrychodd Nick ar yr heddweision eraill: y tri'n sefyll wrth eu ceir; yno i ufuddhau; gwneud argraff. Sawl gwaith oedd PC bach yn cael y cyfle i ddilyn ordor ddeuai yn uniongyrchol o enau prif uwch-arolygydd? Cadwyn awdurdod oedd hi fel arfer: sarjant yn sgrechian gorchymyn ar ôl i arolygydd ruo arno fo, ar ôl i uwch-arolygydd sgyrnygu ar hwnnw, ar ôl i ... wel ... dyna fo: ac yn y blaen, yn te.

Wedyn, edrychodd Nick ar Kate Morris ac ar Griff Morris, golwg ffyrnig ar y ddau. Gwyneb y weddw'n guchiog; dyrnau'r mab yn agor a chau.

Densley eto: 'Ewch yn ôl i'ch *vehicle*, PC James, *drive away*, dyna *good lad*.'

*   *   *

Daliodd Gough ei wynt heb sylwi ei fod o'n ei ddal o, a jest iawn iddo fo lewygu. Sugnodd aer i'w sgyfaint yn sydyn — yn rhy sydyn. Daeth pendro drosto fo. Sadiodd ei hun ar do'r Volvo. Chwiliodd am ei lais; dŵad o hyd i'w lais, dweud am yr ail waith:

'Aros lle'r wt ti, Nick.'

Chwarddodd yr Octopws. 'Cau di dy blydi ceg, Gough; ti mewn digon o helynt fel ma'i'r ffwcsyn gwirion.'

'*Ladies present*, DS Jones,' medda Densley.

'Sori, syr,' medda'r Octopws efo gwên oedd yn profi nad oedd o'n sori syr o gwbwl.

'Ffwr â chi, PC James, *back to the station*,' medda Densley. 'Gawn ni *word* bach pan ddo i'n ôl. *Meantime*, Mr Gough: dach chi *under arrest—*'

Gough: 'Arést?—'

Camodd y tri iwnifform amdano fo.

Nel: 'Am be?'

Densley: '*Driving while suspended. Threatening behaviour. Disturbing the peace. Trespass. Sexual activity with a child—*'

Gough: 'Be ffwc—'

'*— in breach of the Indecency with Children Act 1960*, y sglyfath.'

Roedd yr Octopws yn rhuo chwerthin.

... fflach, fflach, fflach ...

*   *   *

Teimlai Fflur yn swil. Teimlai fatha hogan fach a doedd hi ddim am deimlo fatha hogan fach: roedd hi am deimlo fatha Bethan; roedd hi am *fod* yn Bethan.

Roedd Bethan mor ddel. Mor hyderus. Mor *sbïwch arna fi*. Hogiau fatha gwenyn o'i chwmpas hi. Roedd hi'n gwisgo mêc-yp. Roedd ganddi ddillad cŵl. Roedd hi'n gwrando ar fiwsig hip. Roedd gynni bres bob tro. Roedd hi'n dweud bod dynion yn foch, ond gan y moch roedd y pres, ac roedd y moch yn fodlon ffeirio'r pres am ffafrau.

Doedd Fflur ddim yn dallt hynny, ond doedd hi ddim am edrach fatha ffŵl; felly fel arfer bydda Fflur yn chwerthin a nodio'i phen a dweud: 'God, ydi ma nhw; blydi moch.'

Ond roedd Bethan reit dawel heddiw: tawel ar y bỳs o Fangor i Fôn, tawel ar yr A5. Bol Fflur yn rowlio; roedd o'n gwneud sŵn ac roedd hi'n aflonydd. Llyngyr arna chdi? fasa Mam wedi'i ddweud. Teimlodd ddwrn mawr yn gwasgu'i chalon hi. Roedd ganddi ofn am ei bod hi wedi gadael tŷ Nain a Taid heb ganiatâd; wedi dweud anwiredd wrthyn nhw, wedi cael sbario mynd i'r ysgol newydd am ei bod hi'n hanner tymor, diolch byth. Ond wedi dweud wrth Nain: Dwi'n mynd i weld ffrind, fydda i'n ôl amsar te.

Steddai Bethan wrth ymyl Fflur, rhoid ei llaw ar ei bol bob hyn a hyn, fel tasa ganddi boen yno; sbio trwy'r ffenest fel tasa hi'n chwilio am rywbeth ar y tu allan, yn y byd, ond methu'i ffeindio fo. Triodd Fflur ddyfalu be oedd yn mynd ymlaen a pam oedd hi yma. Roedd Bethan wedi gaddo joban iddi; joban lle basa Fflur yn ennill pres. Pres y dynion. Ffeirio am ffafrau. Efo pres mi fasa Fflur yn medru gwneud be fynnai. Byw lle fynnai fyw; edrach ar ôl ei hun. Gofynnodd be oedd y job a chododd Bethan ei sgwyddau a dweud, Lot o orfeddian o gwmpas.

Doedd Fflur heb ddallt hynny chwaith, ond ddaru hi

ddim gofyn. Doedd hi ddim am swnio fatha hogan fach. Roedd hi am fod yn hogan fawr.

*   *   *

Roedd y copars wedi cythru'n Gough, wedi tyndroi ei freichiau tu ôl i'w gefn o, wedi bachu handcyffs am ei arddyrnau fo.

Dywedodd Densley wrth Nick James: '*Still here?*'

'Fi'n mynd i unman, syr. Fi'n tystio i'r camwedd hwn; a fi'n bwriadu mynd i Fae Colwyn i'ch riportio chi am lygredd—'

'Taflwch y *cunt* bach budur 'ma i gefn y car hefyd,' medda Densley.

Rhuthrodd yr Octopws ac Allison am Nick.

Roedd Gough yn sêt gefn un o'r Pandas: methu symud; methu siarad; methu dallt.

Sexual activity with a child ...

Roedd ei ben o'n troi. Rhithddelweddau'n rhuthro trwy'i ymennydd o. Darnau o hen seliwloid yn saethu trwy daflunydd eto; clipiau o ffilm, wedi eu torri at ei gilydd yn flêr heb naratif, heb reswm. Clipiau o gnawd; cyrff yn gweu. Mwg sigaréts yn gymylau. A thwrw chwerthin mawr. Ac wedyn *fflach fflach fflach ...*

Cofiodd eiriau Elfed rhyw dro: Profwch bob peth; daliwch yr hyn sydd dda.

Soniodd Elfed unwaith am Meirion Maharan. *Spaz* di o, medda Elfed. *Spaz* gafodd ei ffeinio am ffwcio maharan yn ochrau Rhosneigr. Tynnodd Elfed lun o Meirion Maharan tu allan i'r llys, ac mi gafodd y ddau sgwrs. Gofynnodd Elfed iddo fo, Wt ti'n difaru? Ac roedd Meirion Maharan wedi dweud:

Ewadd, nagdw; profa bob dim, dalia'r hyn sydd dda, chwadal y Beibil.

261

Roedd Gough yn mynd o'i go. Roedd ei synhwyrau'n drysu. Roedd ei reswm yn toddi.

*   *   *

Rwyt ti ar y trên i Gaergybi, yn myfyrio ar dy lwyddiannau a'th feddiannau. Rwyt ti'n tapio d'ewinedd ar y bwrdd. Maent yn hir, fel gitarydd — neu ddiafol.

Rwyt ti'n gwenu: wrth dy ffrwythau y'th adnabyddir di. Mae dy enw'n stori bwganod; yn chwedl. Mamau'n rhybuddio'u hepil sy'n anystywallt. Ewch i gysgu'r cnafon, neu fe ddaw'r gŵr traws i'ch gosod ar ffurf angylion, llygaid wedi eu plycio, tafodau wedi eu rhwygo. Bechgyn yn gorliwio dy gampweithiau i godi ofn ar enethod; i wneud argraff arnynt; i'w hudo i bechod: Mae'r gŵr traws yn bwyta brestiau genod ifanc. Hen wragedd yn hel clecs dros baned: Mae'r gŵr traws yn y cyffiniau, meddant, a' i'm allan tan y bydd o mewn jêl.

Rwyt ti'n chwerthin, a daw llais i dorri ar draws dy ddiddanwch: Tocyn, syr? Gweni ar y swyddog; dangos dy docyn iddo. Mae'n ei gymryd, yn pwnshio twll iddo: Mynd am adre, syr?

Sylli trwy'r ffenest ar lwydni Sir Fflint yn ildio i wyrddni Sir Ddinbych a dweud: Ia, ac i baratoi'r llo pasgedig.

Nid yw'r swyddog yn symud. Nid yw'n deall. Mae'n rhy dila i amgyffred dy fawredd. Rwyt ti wedi darfod gyda'r dyn, ac edrychi arno nawr; i fyw ei lygaid; i'w ddyfnderoedd.

Ac mae'n sigo wrth i ti ysgarthu ei enaid ohono.

*   *   *

'Ti'n ffwcsyn gwirion, Gough,' medda'r Octopws. 'Sa hidia i ni ddechra codi rent ana chdi, washi; ti'n byw a bod yn 'yn steshions ni. Neu ella na lecio'n cwmni ni wt ti, fi a'r bòs 'ma.'

Hanner awr ar ôl cael ei lusgo o Lidiart Gronw: stafell holi Gorsaf Heddlu Caergybi.

'Ma'r cradur di bod o dan bwysa, DS Jones,' medda Allison.

Safai'r Octopws ar ochor chwith Gough. Steddai Allison o flaen Gough. Roedd Allison wedi bod yn neis neis eto: 'Panad?' Roedd Gough wedi gwrthod. Roedd yr Octopws wedi bod yn gont: 'Sglyfath budur ddim yn haeddu panad.' Roedd Gough wedi gofyn, Ga i smôc? Roedd Allison wedi bod yn cei tad, cei tad.

Roedd Gough yn dal i smocio. Drewi baco a chwys yn llenwi'r stafell; nicotîn dros y blynyddoedd wedi troi'r pared yn felyn. Y paent yn plicio, un bylb yn hongian o'r siling yn goleuo'r drygioni oedd wedi'i gyflawni yma drwy'r oesoedd. Steddai Gough ar gadair oedd yn giwchian bob tro roedd o'n symud. Steddai wrth fwrdd pren, mellithion a datganiadau o gariad bythol wedi eu crafu i'r pren: awydd dyn i adael ei farc; yr awydd hwnnw yno ers iddo baentio ffurfiau bwystfilod ar bared ei ogof.

'Rŵan ta, Gough. Rhybudd ola, boi; ti di cal faint fynnir — ond rhai' chdi beidio â hambygio pobol.' Allison: neis neis; gwên gaws.

'Pw dwi'n hambygio?'

'Bethan Morris,' medda'r Octopws yn ei glust o; agos ar y naw. Oglau cwrw ar wynt yr Octopws hefyd. Oglau llygredd ac oglau *rho esgus i mi a mi gei di gweir.*

'Dal dy ddŵr, Jonesy,' medda Allison yn ffals i gyd, 'rhai' ni fod yn deg efo Mr Gough. Mae o di diodda dros y misodd dwytha, do; dan bentwr o bwysa. Colli'i wraig a ballu. Hen dro. Gŵr gweddw efo hogan ifanc a babi newydd. Ia; 'na fo. Hen dro.'

'Su' ma'r plant, Gough?' medda'r Octopws, sbeitlyd.

Berwodd gwaed Gough. Gwasgodd ei ddwylo'n ddyrnau.

Rowliodd fodiau'i draed a chrinjiodd ei ddannedd. Roedd o'n gorpws o gynddeiriogrwydd: pob nerf, pob gewyn, pob cyhyr yn danllyd.

Sylwodd yr Octopws. Hen law ar hyn: hen law ar drin hogiau drwg; hen law ar dynnu ar rywun, eu gwylltio nhw. 'Paid â colli dy dempar, wan,' medda fo.

Roedd Gough wedi defnyddio'i arfau'r tro dwytha: Tracey Lee ac Einir O'Hara. Ond roedd ganddo un garreg fach arall yn ei ffon daflu — dipyn o Dafydd a Goliath, ond gwerth rhoi ymgais arni:

'Ofynnist ti i Einir am yr hwyl gath 'i 'fo fi'n y Railway?'

Do: aeth yr Octopws yn ddugoch. Do: a'r garreg a soddodd yn ei dalcen ef.

Ond yn hytrach na syrthio ar ei wyneb fel Goliath, trodd y DS Jones ei gefn, rheoli ei dymer. Ac roedd hynny'n siom i Gough. Teimlodd fel tasa'r gwynt wedi'i dynnu o'i hwylia fo.

Dywedodd Allison, dal i ffalsio, dal efo'i wên gaws: 'Gough, gwranda: dwi'n rhoid ordor i chdi rŵan i beidio â hambygio teulu Llidiart Gronw. Ddim ar dir yr eiddo nac yn unman arall. Di hynny'n glir?'

'Ddaru Griff ymosod ana fi. Saethu ata fi a Nel Lewis.'

'Yddach chi'n tresmasu,' medda Allison.

'O'n i'n gneud 'yn job ac yn 'i gneud hi o fewn canllawia. Tasan nhw di gofyn i fi adal—'

'Ti di bod yno dair gwaith,' gwaeddodd yr Octopws, troi i wynebu Gough eto, gweiddi yn ei glust o; Gough yn cael ffwc o sioc. 'Ma nhw *wedi* deu'tha chdi'r coc oen.'

Allison yn fwy swynol: 'Ma nhw di gofyn, Gough; sawl gwaith.'

'Riportar dwi; ar drywydd stori. Pam dwi yma, Allison? Be di'r lol 'ma am *indecency with a child*? Dŵt ti'm jest yn gadal i rywun fynd efo rhybudd i beidio hambygio os 'dyn nhw di cam-drin plant. Ti'n 'u hoelio nhw. Be di'r lol 'ma—'

Pwysodd Allison yn ôl yn y gadair. Cododd ei sgwyddau. Gwelodd Gough sêr; homar o boen yn saethu trwy'i ben o — fel tasa'i benglog o wedi chwythu fyny. Syrthiodd; landio'n galed ar y llawr oer. Roedd o'n gwybod yn iawn, mewn eiliad o eglurder, mai dwrn yr Octopws a'i lloriodd o. Roedd ei ben o'n troi a doedd o ddim yn gweld yn iawn, sblashis mawr o inc du yn amharu ar ei olwg o. A'r Octopws wedyn yn ymrithio uwch ei ben o, yn ddannedd i gyd, yn ddau Octopws, y lleisiau ddeuai o gegau'r ddau yn atsain yn od wrth ddweud, Edrychish i mlaen i neud hyn es hydoedd.

Cythrodd yr Octopws ynddo fo gerfydd ei grys, codi Gough oddi ar y llawr. Dwrn i Gough yn ei fol y tro yma, y gwynt yn mynd ohono fo, fatha pwll nofio plant yn mynd yn fflat ar ôl gwagio'r aer. Tagodd a chwynodd a rowliodd ar y llawr. Ciciodd yr Octopws o'n ei gefn. Crymanodd Gough, gwingo, mellten boenus yn mynd trwyddo fo. Roedd o'n diodda ar lawr y stafell; methu symud. Roedd o'n wayw i gyd, ei gorff o'n sgrechian.

Allison: 'Ddaru fi drio 'ngora glas bod yn bartnars efo chdi, Gough, ond ddaru chdi'm gwrando, naddo? Herio a codi twrw; ymosod ar ddau dditectif yng nghwrs 'u gwaith. Odd yn rhaid i'r DS Jones amddiffyn 'i hun. Y sysbect fatha peth gwirion.'

Roedd gan Gough rywbeth i'w ddweud, y geiriau'n ysu i gael eu rhyddhau. Ond roedd hi'n stryffâg. Er hynny, straeniodd a dyma sŵn yn dŵad ohono fo:

'Dwi'n gwbod bod Densley'n sodro Bethan Morris.'

Hisiodd Allison fel tasa fo wedi cael ei bigo. Trodd ei gefn rhag bod yn dyst, a dweud: 'Calon ffyliaid a gyhoedda ffolineb.'

Dechreuodd yr Octopws waldio Gough go iawn.

*   *   *

Roedd Gough yn griddfan mewn poen. Am chwydu. Methu anadlu. Poen ymfflamychol yn 'i sennau o.

Roedd o yng nghefn car, Allison yn dreifio, yr Octopws efo Gough yn y cefn. Yr Octopws yn rhoid ambell hwyth i Gough. Jest bob hyn a hyn: gwneud yn siŵr bod Gough yn dallt be oedd be. A bob tro roedd o'n gwneud hynny, teimlai Gough y mellt a'r tranau, fel tasa 'na storm yn ei gorff o. Roedd dagrau'n powlio: dagrau o boen; dagrau o gwilydd. Roeddan nhw'n hallt; halen ar ei wefus o.

'Lle dach chi mynd â fi'r bastads?' medda fo, y sŵn yn dŵad ohono fo fatha crafu gwinedd ar hyd bwrdd du.

'Adra siŵr iawn,' medda Allison, yn ffalsio o hyd. 'Biti garw i chdi syrthio i lawr grisia wth ymosod ar blismyn odd yn mynd o gwmpas eu petha; biti garw i chdi golli dy afal. Ond yddach chdi'n chwil ulw: pedair gwaith dros y limit medda'r prawf. Ac o'na andros o dempar ana chdi. Fatha'r blydi Tasmanian Devil hwnnw ar Bugs Bunny. 'Y ngenod bach i'n gwatshiad y blydi thing. Doniol weithia, ond dodd o'm yn ddoniol yn steshion, Gough. Lasan ni drugarhau, peidio dy gyhuddo di o hynny. Gin ti ddigon ar dy blât, swn i'n ddeud. Be ddudwch chi, Jones?'

'Wel, *driving while suspended* — fy'na'm cwitans am y drosedd honno: ffein a cholli leishians am lot hirach na blwyddyn. Ond gân ni weld be ddaw o'r cyhuddiada erill. Mae *indecency with a child* reit siriys. Mi fy'na ymchwiliad reit drylwyr, ddudwn i. Dŵad o hyd i *evidence*. Neu ddigwydd ffeindio *evidence*, ŵrach.'

Chwarddodd yr Octopws; penelin yn sennau Gough, hwnnw'n gwingo.

Yr Octopws: 'Einir yn deud ma coc oen clwyddog wt ti, gyda llaw. Ffwcio'i ffrind hi nest ti, medda hi. Yddach chdi di meddwi a methu cal codiad.'

Dau gelwydd, meddyliodd Gough, ond dweud dim; mewn

gormod o boen. Ond ar ôl dŵad ato'i hun, dywedodd: 'Chewch chi'm getawê efo hyn. Dim yn blydi Ryshia dan ni'n byw.'

'Gwaeth na Ryshia i chdi, Gough,' medda Allison.

Dreifiodd y ditectif i mewn i Langefni: lawr Ffordd Glanhwfa; heibio i NatWest; i gyfeiriad canol y dre.

'Chdi gollith, Gough. Fedri di ddim ennill y gêm yma, sti. Pob perchan anadl efo gair drwg i ddeud yn dy erbyn di. Ma dy Groglith di'n dŵad; awr y gosb am dy bechoda, am y tramgwydda wt ti di'u cyflawni.'

Tagodd Gough eto. Drysodd yn llwyr. Disgwyliodd ddeffro o'i hunlle'n chwys doman, Helen wrth ei ymyl yn y gwely, Helen yn cysuro, dweud: breuddwydio yddach chdi.

'Pa dramgwydda? Dos'a'm tystiolaeth. Ffacin lol di'r busnas *indecency* 'ma. Sach chi di 'nghyhuddo fi'n barod am wbath felly.'

Ochneidiodd Allison. Dreifiodd i fyny'r stryd fawr. Troi wrth Lloyds Bank. Mynd i'r dde ac i faes parcio'r banc. Diffoddodd injan y car. Gwingodd Gough; disgwyl slas arall.

'Jonesy,' medda Allison, troi yn ei sêt, wynebu'r cefn, 'dangos 'i dramgwydda fo iddo fo.'

Gwenodd yr Octopws, mynd i boced tu mewn 'i gôt. Tynnodd amlen o'r boced. Mynd i'r amlen; tynnu llun du a gwyn o'r amlen. Gwthiad y llun i wyneb Gough. A blinciodd Gough ... gan fod terfyn i'w ddyddiau ... methu credu ... y mae'r godinebwr a'r odinebwraig i'w rhoi i farwolaeth ... teimlo'n chwil ... eithr puteinwyr a godinebwyr a farna Duw ... trio cael gwared ar y ddelwedd; methu. Felly: roedd y byd ar ben go iawn. Dim iachawdwriaeth ar ôl hyn; dim achubiaeth. Allison yn twt-twtio. Yr Octopws yn chwerthin. Y llyn tân yn byblian.

Sylwodd ar yr helynt
ac ar niferoedd y gelynion

Mai 11, 1979

DIM clem pa ddiwrnod oedd hi. Dim clem lle'r oedd o. Dim clem *pwy* oedd o am funud. Ond yna sylwi: sylwi ar y boen; sylwi ar y gwarth oedd yn haenau'i gorff o. A phob modfedd ohono fo ar dân, hefyd; gymaint o frifo. Teimlo fatha hen ddyn.

Roedd o'n gorweddian ar rowndabowt mewn cae chwarae. Gorweddian yno a glaw mân yn mynd at ei groen o: glaw mân fis Mai. Pwy fasa'n meddwl. Mi gymerodd hi fymryn bach o amser iddo fo sylweddoli mai ar stad gownsil yn Llangefni oedd o. Roedd y rowndabowt yn gwichian, pob gwichiad yn mynd trwyddo fo fatha lli.

Cododd yn sidêt a gwingodd: poen lle'r oedd yr Octopws wedi bod yn ei gicio fo'n ei gefn; poen lle gafodd o chwelpan ar ei wegil; poen yn ei ên o ac yn ei fysedd o ar ôl i'r Octopws sathru arnyn nhw. Roedd ei lygad chwith o wedi cau; clais yn fanno debyg. Roedd cur yn ei sennau o hefyd, yn enwedig pan oedd o'n anadlu.

Ffycars, meddyliodd.

Stopiodd car wrth giât y cae chwarae: Panda. Blydi plismyn eto. Cweir arall. Neidiodd Nel o sêt y dreifar, stopio'n stond pan welodd hi Gough; sefyll yno fatha delw, fel tasa gynni ofn dŵad yn agos rhag ofn ei fod o'n heintus.

Daeth Nick James o'r car, rhythu ar Gough.

'Fedra i'm symud,' medda fo, prin yn medru siarad chwaith.

*   *   *

Fflat Nick: Nel yn nyrsio, Gough yn cwyno.

'Ti'n glaf sâl,' medda Nyrs Nel.

'Sgin i'm amsar,' medda Gough.

'Sa hidia i chdi fynd i'r ysbyty,' medda Nel. 'Swn i'n deud bo chdi di torri asgwrn neu ddau.'

'Gin i ddau gant a chwech onyn nhw.'

'Yli clyfar di o.'

'Fflur di dysgu hynny'n rysgol llynadd.'

Tawelodd a mynd i mewn iddo fo'i hun i guddiad, i gysgodi, i fendio. Parhaodd Nel efo'i thendio heb ddweud gair. Cerddodd Nick yn ôl a blaen yn y fflat yn cnoi'i winedd. Wedyn ar ôl sbel go lew o fendio a thendio a chnoi, dyma Gough yn gofyn:

'Dy' Gwenar di'n dal?'

Nodiodd Nel.

'Lle ma 'nghar i?'

'Y car ti ddim i fod i ddreifio?' gofynnodd Nel. 'Mae o wth dy dŷ di, Gough.' Ysgydwodd ei phen.

Dywedodd Nick: 'Ti'n gweud mai DS Jones roddodd grasfa i ti.'

Nodiodd Gough. Roedd o'n dal i feddwl am y lluniau welodd o: y lluniau ddaeth o amlen yr Octopws; y lluniau wthiodd yr Octopws i'w wyneb o, gorfodi Gough i edrach arnyn nhw, sicrhau eu bod nhw'n cael eu serio ar ei feddwl o. Un llun ar ôl y llall, pob un yn gyllell ym mrest Gough. Goriad yn nrws y gell; cortyn am ei gorn gwddw fo.

'Gymera i ddatganiad gen ti ac—'

Ysgydwodd Gough ei ben; brifodd hynny hefyd.

'Rhaid i chdi,' medda Nel, dal i dendio.

Ysgydwodd Gough ei ben eto; brifo eto.

'Pam, Gough?' gofynnodd Nick.

Ddywedodd Gough ddim byd. Symudodd Gough yr un fodfedd. Teimlai, tasa fo wedi symud, y basa pawb wedi'i weld o go iawn: gweld ei bechodau fo; gweld ei gamweddau fo; gweld ei droseddau fo.

Gofynnodd Nick eto: 'Pam, Gough? Gwed, ddyn.'

Meddyliodd Gough; wedyn dweud: 'Rhai' fi gysylltu efo'r plant.' Triodd sefyll. Gwingodd wrth i'r boen fynd fel trên trwy'i gorff o. 'Eith rwun â fi adra?'

*   *   *

Roeddan nhw'n gyndyn. Roeddan nhw'n dweud, Aros yn fama; ti'm ffit. Roeddan nhw'n dweud, Sa hidia i chdi fynd i'r ysbyty.

Gwrthododd Gough. Ac yn y diwedd, ar ôl i'w styfnigrwydd ennill y dydd, aeth Nick â fo adra, hwnnw'n parablu drwy gydol y daith: deg munud yn teimlo fatha deg awr. Annog Gough i gwyno. Annog Gough i fod yn lladmerydd. Basa datganiad Gough yn taflu amheuaeth ar gyffes Chris Lewis; y datgeliad bod Allison a Jones yn llawdrwm a gormesol efo'r drwgdybiedig. Ond roedd Gough yn halogedig, ei lais yn wenwynig. Pwy fasa'n ei gymryd o ddifri?

Adra: roedd hi wedi troi pump. Fasa'r giaffar yn dal yn y swyddfa. Roedd o'n byw a bod yn y papur newydd; Medwen South wedi gorfod dygymod efo hynny dros y blynyddoedd. A dygymod hefyd efo Rita, lefran ei gŵr.

Roedd Gwyn yn disgwyl amdani rŵan, bownd o fod; am

yr hogan lawr grisiau. Disgwyl iddi ddarfod. Disgwyl i fynd
â hi i'r Dingle yn Llangefni: parcio'r car o dan ganghennau
amddiffynnol yr ynn, yng nghesail gyfrinachol y cysgodion
— a mynd i'r afael â'i gilydd eto.

Ffoniodd Gough y swyddfa.

Y giaffar yn gofyn: 'Nefi fawr, lle dach chi di bod trw'r
dydd, Gough?'

'Adra. Reit symol.' Roedd o'n swnio'n symol hefyd, y slas
gafodd o gan Robin Jones yn effeithio ar ei leferydd o;
osgôdd yr anghenraid i gogio'i fod o'n sâl, felly.

'Sa hidia i chi aros lle'r ydach chi, siawns,' medda'r giaffar,
rhywbeth rhyfedd am ei lais o: rhyw dinc o: mae'r Brawd
Mawr yn gwylio.

'Be sy matar, giaffar?'

'Matar?'

'Dŵt ti heb fod yn patro efo'r Glas, naddo? Mr Allison a
Mr Octopws? Mr Densley?'

'Asgob annwl, naddo siŵr.'

Anwiredd. Un sâl oedd Gwyn South am ddweud clwydda,
hyd yn oed dros y ffôn. Atgoffodd Gough ei hun i roi gwers
iddo fo ar sut i'w dweud nhw — os na fydda fo'n syrthio i'r
pwll diwaelod cyn cael y cyfle.

Roedd Gwyn South yn gwybod yn iawn be oedd wedi
digwydd heddiw, roedd Gough yn sicr o hynny. Meddyliodd
Gough: Llidiart Gronw. Meddyliodd: Elfed yno'n tynnu
lluniau. Meddyliodd: Pawb yn fy erbyn i.

Gough: 'Ti di cael gair efo Elfed, ta?'

'Do.'

'Soniodd o am Llidiart Gronw, lly?'

'Do.'

'A be'n union ddudodd o am Llidiart Gronw?'

'Be dach chi feddwl ddudodd o?'

'Deu bo 'na gonsbirasi ar gownt mwrdwr Robat Morris, a bod Densley a pawb yn rhan ohoni, a mai dim ond fi ac un neu ddau arall sy'n sefyll yn yr adwy?'

'Na, Gough, dim hynna ddudodd o. Ylwch: fedar y *County Times* ddim bod yn gysylltiedig efo llygredd.'

'Llygredd?'

'Cadwch o'r golwg, wir dduw. Dwi di clŵad petha styrblyd iawn amdanach chi. Swn i'm yn synnu sach chi'n mynd i'r jêl. Yr helbul 'ma efo'r dreifio heb drwydded i ddechra.'

Roedd Gough yn gwylltio. 'A be wedyn?'

'Tresmasu.'

'Gohebu.'

Oedi mymryn, wedyn: 'Ma twrna'r teulu di cwyno i'r cwmni; di bod ar y ffôn efo Syr Gwyndaf 'i hun.'

Syr Gwyndaf Miles, cadeirydd y Miles Newspaper Group, perchennog y *County Times* a llond trol o bapurau lleol ar draws gogledd Cymru a gogledd-orllewin Lloegr. Cranc o ddyn, meddan nhw; hen sinach blin.

'A gesh inna ffôn gin din y nyth,' medda Gwyn South.

Tin y nyth: Rhys Miles; tri deg un oed, prif weithredwr y Miles Newspaper Group, a mab fenga Syr Gwyndaf.

'Gesh i bryd o dafod gan y cythral bach,' medda Gwyn South, 'a sa hidia i mi roid pryd o dafod i chitha'n ych tro, Gough.'

'Gwranda, giaff—'

'Dim mwy o wrando.'

'Gin i stori bod Nel Lewis a Louise Richmond, baristyr o Langefni sy'n Llundan rŵan, am lansio apêl yn erbyn y ddedfryd. Gin i sgwrs efo Nel Lewis ar gownt y peth; a dwi di gadal negas i Louise 'yn ffonio fi.'

Distawrwydd.

'Honna'n stori go lew, giaffar.'

Distawrwydd.

'Pam sa chdi'm yn rhedag stori felly?'

Gwyn South: 'Sawl rheswm. Ydi hi o ddiddordeb i'n darllenwyr ni? Ydi'r *County Times* am gefnogi ymgyrch i ryddhau llofrudd un o hoelion wyth y gymuned? Ydi'r gohebydd yn 'i iawn bwyll?'

Gough yn dawel rŵan. Roedd o'n meddwl. Roedd o'n teimlo fel Jericho dan warchae ... a'r mur a syrthiodd ... sylwodd ar yr helynt ac ar niferoedd y gelynion: a hwy a ddifrodasant yr hyn oll oedd yn y ddinas, yn ŵr ac yn wraig, yn fachgen ac yn hynafgwr, yn eidion, ac yn ddafad, ac yn asyn, â min y cleddyf ...

Gofynnodd: 'Os'a bwynt i fi sgwennu'r stori?'

'Na. Rhoswch adra, ddyn. Di petha ddim yn argoeli'n dda, Gough. Dwi'n bod yn onast efo chi. Dach chi di pechu gormod o bobol, torri partnars efo pawb. Fedrwch chi'm peidio, nadrwch. *Liverpool Echo, County Times*. Dach chi fel tasach chi wedi'ch melltithio, wir: dach chi'n Jona.'

'Gneud 'yn job dwi,' medda Gough yn orffwyll.

Anadlodd Gwyn South yn swnllyd, wedyn mynd i sibrwd jest iawn, cryndod yn ei lais o: 'Ma nhw'n torri bedd i chi, Gough. Ma nhw di torri bedda i ni i gyd. Pidiwch â gadal iddyn nhw'ch claddu chi, wir dduw.'

Rhoddodd Gwyn y ffôn i lawr.

Rhosodd Gough efo'r ffôn wrth ei glust; fel tasa fo'n disgwyl atebion yn y tawelwch ddiddiwedd, yn disgwyl i rywun gamu o'r gwagle a datgan ei fod o'n cadw'i gefn o. Ddaeth dim: dim sŵn, dim smic o'r *Exchange*. Dim ond sisial y gwacter bythol. Sŵn yr affwys. Sŵn y — fflach, fflach, fflach — Y lluniau erchyll ddangosodd yr Octopws iddo fo'n aflonyddu arno eto; wedi eu serio ar ei feddwl o — am dragwyddoldeb. Camweddau Gough ar gof a chadw. Teimlodd yn sâl. Rhoddodd y ffôn yn ei grud o'r diwedd.

Cysidrodd arf neu dabledi, neu rasal ar draws ei arddwrn, neu neidio o flaen trên —

Profodd ddatguddiad. Cythrodd am oriadau'r Volvo.

*　　*　　*

Mi gyrhaeddon nhw Langefni ar ôl dipyn o rownd trip. Wedyn dŵad oddi ar y bỳs wrth y swyddfa bost.

Crynodd Fflur, ei stumog hi'n mynd rownd a rownd. Roedd yna gyfog yn codi o'i bol hi i'w cheg hi; blas sur wedyn ar ôl iddi lyncu rhag taflu fyny.

5.30pm: Bethan wedi gwneud iddi fynd i'r ciosg wrth y post a ffonio Nain a Taid a dweud ei bod hi'n aros dros nos efo'r ffrind.

'Pw di'r ffrind eto, 'mechan i?' gofynnodd Nain.

'Lois,' medda Fflur. 'Ma'i mam hi'n fama.'

Rhoddodd y ffôn i Bethan fel oedd Bethan wedi dweud wrthi am wneud. A dyma Bethan yn gwneud sioe fawr o fod yn fam i Lois wrth sgwrsio efo Nain, a dweud bod Fflur yn hogan dda iawn, a'i bod hi'n ddylanwad da ar Lois, a'u bod nhw'n y dre efo'i gilydd, y genod, ac ar y ffordd adra i Siliwen — 'Dyna grand,' fydda Nain yn ddweud am bobol oedd yn byw yn Siliwen — ac mae croeso mawr iddi aros acw dros nos. Ddown ni â hi adra bora fory, ylwch, oedd Bethan yn cogio bod yn fam Lois wedi'i ddweud — pwy bynnag oedd Lois.

Gaethon nhw lifft wedyn gan ddyn efo locsyn a sbectol a bol cwrw oedd yn aros amdanyn nhw. Dywedodd y dyn efo locsyn a sbectol a bol cwrw, Helô, genod wrthyn nhw pan ddaru o stopio'i gar tu allan i siop bwtshiar Gwilym Owen. Gwenodd y dyn efo locsyn a sbectol a bol cwrw wrth i Bethan lithro i mewn i ffrynt y car; a dyma fo'n gwyro a rhoid sws iddi ar ei boch. Roedd gwyneb Bethan fel tasa hi wedi bwyta rhywbeth sur. Sylwodd y dyn efo locsyn a sbectol a

274

bol cwrw ei bod hi'n sorllyd, a dweud: 'Be sy haru chdi'r globan wirion? Callia, wir dduw.' Plethodd Bethan ei breichiau, mynd i edrach fel tasa hi wedi pwdu.

Dreifiodd y dyn efo locsyn a sbectol a bol cwrw trwy Rosmeirch a thrwy Lannerch-y-medd ac ar hyd lonydd gwledig cefn gwlad Ynys Môn. Teimlai Fflur fel tasa hi mewn byd arall. Hogan o'r ynys oedd hi; hogan o Langefni. Ond fuo hi erioed y ffordd yma o'r blaen; erioed i ddyfnderoedd y tir yma.

'Lle dan ni?' gofynnodd y swil.

'Bachau,' medda Bethan.

Bachau: glywodd hi sôn am Bachau; glywodd hi sôn am bob man ar Ynys Môn. Ond jest heb fod yno. Llefydd hen bobol oedd y mwyafrif ohonyn nhw. Roedd hi wedi bod yn Borth ac yng Nghaergybi ac Amlwch a Benllech a Thraeth Coch a Mynydd Bodafon a Gaerwen a Llanfair PG. Ond erioed yn Bachau.

'Dwi rioed di bod yn Bachau.'

'Tro cynta i bob dim,' medda'r dyn efo locsyn a sbectol a bol cwrw; a chwerthin mawr.

'Cau dy geg, Iwan,' medda Bethan.

Ac ar ôl dipyn go lew o ddreifio, a phawb yn ddistaw, a'r awyrgylch yn y car yn ddigon chwithig, dyma nhw'n troi i gowt tŷ crand.

*   *   *

Doedd o ddim ffit, ond mi ddreifiodd Gough i Rosmeirch. Gwingodd trwy gydol y daith ddwy filltir, y daith yn teimlo fel dwy fil o filltiroedd. Prin y medra fo newid gêr na stirio'n iawn. A bu ond y dim iddo fo fynd ar ei ben i'r wal sawl gwaith. Ond pa ddewis oedd gynno fo mewn gwirionedd?

Cyrraedd o'r diwedd; cyrraedd yn fyw diolch i'r drefn. Neu ella ddim, cofiwch: lasa'i fod yn well tasa fo wedi cael damwain farwol a dyna hi. Dreifiodd trwy giât Tyddyn Saint. Berwodd ei waed o'n ffyrnig. Gwingodd wrth i'r Volvo fownshio ar hyd y llwybr tyllog. Pob herc yn hoelen yn ei gorff dolurus o. Ochneidiodd yn hir ac yn swnllyd pan gyrhaeddodd o'r cowt, a pharciodd y car yn flêr, hidio dim pan darodd o bostyn a malu'r golau blaen.

Baglodd o'r car. Dechreuodd gerdded am y tŷ a sylwi bod pob cam yn felltith — poenau o'i gorun at fodiau'i draed.

Herciodd fatha meddwyn; gorfod stopio i dagu weithiau am ei fod o'n methu cael ei wynt; ond bob tro roedd o'n tagu, roedd ei sennau o'n sgrechian. Ar ôl ymdrech oedd i'w chymharu â dringfa Hillary a Tenzing i fyny Everest, cyrhaeddodd ddrws Tyddyn Saint. Trodd handlen y drws; roedd y drws ar agor. Mentrodd i'r bwthyn. Mynd ar ei ben i'r llanast; ar ei ben i'r drewi; ar ei ben i'r caddug. Ac ar ei ben i'r brestiau: cwilt o *Page 3s* yn sbio arno fo oddi ar waliau Tyddyn Saint, y genod fel tasan nhw'n gwgu arno fo; yn gwybod mai gwneud drwg oedd o.

'Moss Parry?' galwodd.

Neb yno. Neb yn ateb, beth bynnag. Baglodd ymlaen, heibio'r hen gadair freichiau. At y twmpath papurau, y pornograffi, y tabloids, y drewi tamp. A dyna lle'r oedd y lluniau: jest rhyw gip ohonyn nhw dan fwndel o fudredd; cornel o bapur printio lluniau yn y golwg. Cofiodd eu gweld nhw, jest cip arnyn nhw, pan ddaeth o yma fis Mawrth. Ddaru o ddim meddwl dwywaith yr adeg honno.

Rhwygodd y lluniau o'r bryncyn o bapurau. Bu jest i'r twmpath syrthio. Edrychodd Gough ar y lluniau, mynd trwyddyn nhw fesul un. Cyfogodd; roedd o'n chwil. Roedd yna lwythi ohonyn nhw: du a gwyn bob un; wyth modfedd wrth bump; lluniau proffesiynol; lluniau oedd yn cynnwys Bethan Morris.

Bethan Morris heb ddim byd amdani. Bethan Morris efo dynion heb ddim byd amdanyn. Bethan Morris yn dangos pob dim a'r dynion yn dangos pob dim. Bethan Morris efo'i llgada gwag. Bethan Morris efo dynion hen a dynion ifanc: Hugh Densley; Iwan ap Llŷr; Robin Jones; Trevor Owen; Dr Peter Gwyn, meddyg teulu mewn oed o Lannerch-y-medd; John Ellis, cyn-ymgeisydd y Blaid ar yr ynys; David Wilkin-Jones, cynghorydd Ceidwadol blaenllaw.

'Difyr, dydyn.'

Neidiodd Gough jest o'i groen; troi. Safai Moss Parry yn nrws y llofft. Cryman o ddyn. Wedi plygu. Wedi'i lapio mewn cardigan efo tyllau ynddi. Crys gwyn yn mynd yn felyn dan y gardigan. Tyllau'n ei drowsus melfaréd o hefyd, a sgidiau hoelion mawr.

Dyma fo'n codi'i law: mwy o luniau ganddo fo. Dywedodd: 'Rhein yn ddifyr efyd.' Taflodd nhw ar lawr, 'Ond wt ti di'u gwel nhw'n barod, do.'

Ceg Gough yn llydan gorad. Pen Gough yn troi. Perfedd Gough yn corddi. Wrth syllu eto ar y lluniau ddangosodd yr Octopws iddo fo: Bethan Morris yn dangos pob dim i'r byd; fo, Gough, yn dangos pob dim i'r byd; y ddau'n noeth ar wely.

'Dwi'm yn cofio,' medda fo, wrtho fo'i hun, wrth y grymoedd fydda'n ei farnu o: ple lliniaru.

'Dwi'm yn meddwl bo hynny'n ddifféns,' medda Moss Parry, chwerthin.

'Pw sy'n gyfrifol am hyn? Densley?'

Chwarddodd Moss Parry eto: sŵn fatha crach yn ei gorn gwddw fo. Herciodd i'r stafell ac eistedd ar y soffa, llwch yn codi oddi arni hi pan landiodd o ar y clustogau. Setlodd: fatha dyn oedd yn barod i hel clecs efo hen fêt; gwneud ei hun yn gyffyrddus go iawn. Dweud: 'Sa hidia i chditha ista hefyd, washi bach.'

'Mi safa i.'

'Wt ti'n diodda? Cal slas nest ti?' Chwerthin eto. A thagu wedyn; tagu fel tasa'i sgyfaint o am dŵallt o'i geg o. Daeth ato'i hun a dweud: 'Smôcs yn deud ana fi.' Anadlodd yn ddyfn, twrw chwibianu'n dŵad ohono fo. 'Emphysema. Fydda i'm yma'n hir. Synnu mod i wedi byw hyd yma. Dwi'n bechadur fatha chditha. Dyn papur newydd wt ti, de. Meddwl bo chdi'n gweithredu ar ran y duwia; gwirionedd a chyfiawnder yn arfa.'

'Lle gest ti'r llynia 'ma?'

'Ma 'na fwy, sti; mynd yn ôl blynyddodd. Mond y ddiweddara di hogan Llidiart Gronw.'

Teimlodd Gough bwysa'n ei berfedd. 'Lle gest ti nhw?' gofynnodd eto, swnio fatha prifathro'n gofyn eilwaith — ac am y tro dwytha — i fachgen ysgol lle gafodd o'i sigaréts.

'Fi di'r curadur, de.'

'Y be?'

'Y curadur. Ma'r lle'n draed moch; dwi heb gal trefn. Ond fi di'r curadur. Es y dechra un. Es dyddia'r gŵr traws.'

Crynodd Gough: rhyw atgof. Gwthiodd y teimlad o'r neilltu, dweud: 'Y gŵr pwy?'

Gwenodd yr hen ddyn; dangos ceg heb ddannedd, dangos deintgig pinc-wyn. Winciodd ar Gough, dweud: 'Ti'n cal bedydd tân go iawn, dŵt.'

'Es faint mae hyn yn mynd ymlaen?'

'Es dechra'r byd, washi; es Adda ac Efa.'

'Sut?'

'Dynion yn goro cal genod. Dynion wedi goro cal genod rioed. Os di dynion ddim yn cal genod, be ddaw o'u gwragedd nhw, o'u genod bach nhw?'

'Be ti'n ffwcin fwydro?' Roedd Gough yn gwylltio: adrenalin yn pwmpio trwyddo fo, yn lliniaru'i boen o. 'Deu'tha fi'r diawl.'

Stryffagliodd Moss Parry ar ei draed a honcian draw at y twmpath papurau lle gafodd Gough hyd i'r lluniau. Tyrchiodd yr hen ŵr; tynnodd dri albym lluniau o'r twmpath. Fatha'r rheini fydda mam Gough yn dynnu o'r cwpwrdd reit amal a dweud, Tyd i weld pictiwrs o dy deulu, Joni bach. A mynd trwy'r tudalennau wedyn; dow dow. Treulio oes yn esbonio: hon oedd chwaer dy nain; hwn oedd cefndar dy nain; hwn oedd tad dy dad ... nogiodd meddwl Gough fel injan ... tanio eto ... nogio ... efo'r gwn 'ma'n Werddon ... cychwyn eto; hercio: lluniau gwyliau; lluniau Taid a Nain mewn moto-car; lluniau chwiorydd Mam yn priodi, ac wedyn efo'u plant; lluniau o'r chwarelwyr hefyd; lluniau o Mam a Dad yn priodi, hithau'n crio wrth sôn, wrth weld llun Eoin Gough yn ei siwt; 'run sbit â Gough heddiw; wedyn lluniau o Gough o'r crud i'r—

'Ma 'na fwy, sti,' medda Moss Parry, ymyrryd â meddyliau Gough, fflich i lwyth o albyms ar lin Gough cyn eistedd ar y soffa eto, llwch yn codi eto.

Teimlodd Gough fel tasa'i gorff o i gyd yn merwino, y boen rwygodd drwyddo fo ers y gweir yn gwywo; mynd i ryw wastadedd arallfydol. Bellach, roedd o'n glai; yn ddisymud; yn ddideimlad.

Trodd y tudalennau. Edrychodd ar y lluniau. Pydrodd o'r tu mewn. Stryffagliodd i ddygymod â'r byd newydd yma.

Cychwynnodd y lluniau tua'r 50au, o'r ffasiwn. Wedyn y 60au; wedyn y degawd yma. Dynion mewn siwtiau llac; gwenu ar y camera; cynnig llwncdestun; dathlu rhywbeth neu'i gilydd. Wedyn genod ymhlith y dynion: genod ifanc; genod yn eu harddegau. Rhai'n eu harddegau cynnar; prin yn hŷn na Fflur. Cyfog yng nghorn gwddw Gough. Gwelodd y genod: mewn ffrogiau dirndl yn y 50au; mewn ffrogiau mini yn y 60au; mewn ffrogiau maxi yn y 70au. Wedyn, mwy o luniau — llyncodd Gough, blas drwg yn ei geg o — o'r genod: yr un rhai, rhai gwahanol, yn eu dillad isa, yn noethlymun. Noeth ymhlith y dynion. Dwylo'r dynion drostyn nhw. Wynebau'r genod yn wag. Llgada fel pyllau diddiwedd. Llgada fel llgada Bethan. Yr emosiwn wedi'i sgwrio o'u calonnau nhw. Yr ofn wedi'i gannu o'u heneidiau nhw. Dim braw ar gownt y cam-drin; dim ond ymostyngiad.

Cyfrodd Gough ddau ddwsin o ddynion mewn un llun. Roedd pob llun reit debyg o ran cyfri: dau ddwsin o ddynion; hanner dwsin o genod.

Ond roedd lluniau o unigolion hefyd: dynion a genod. Hefyd parau: dynion a genod; genod a genod. Triawdau hefyd. Ambell i bedwarawd. Ac yn y blaen ac yn y blaen, y gwarth, y llygredd, y cnawd, yn ddiddiwedd.

Sylwodd Gough fod sgwennu o dan y lluniau: nodyn am y rhai oedd yn ymddangos fatha mewn papur newydd. Cofiannu'r achlysur: dyma Wil ar gefn Wilma, math o beth. Roedd Gough yn synnu: gweithred bowld ar y naw oedd enwi'r rhai oedd yn cymryd rhan. Doedd y dynion yma'n hidio dim am gael eu dal, yn amlwg. Bron fel tasan nhw'n teimlo'n ddiogel; yn teimlo tu hwnt i farn, tu hwnt i gondemniad. Tu hwnt i fai.

Roedd wynebau amlwg ac enwau amlwg ymhlith y dynion: Clive Ellis-Hughes, tad Mike; Roger Densley, tad Hugh; Jim Price, tad Elfed —

Elfed, meddyliodd; ffycin Elfed.

Weithiau roedd yna nodyn o'r achlysur:

'Dychweliad y pen dyn, 1957.'

'Dathlu pum mlynedd ers ein sefydlu, 1960.'

'Dychweliad y pen dyn, 1961.'

'Ynydu'r genethod gyda'r pen dyn, 1963.'

Pwy di'r pen dyn? meddyliodd Gough. Pwy ydi'r un maen nhw'n aros amdano fo? Trodd dudalen mewn llesmair; teimlo'n chwil. Wedyn stopiodd, dal ei wynt. Edrychodd ar y llun. Methodd â symud. Clywodd Moss Parry'n chwerthin; sbeitlyd. Blinciodd, ailedrych ar y llun:

Kate Morris, heb amheuaeth: 'run ffunud â Bethan.

Safai Kate efo Robert Morris, y ddau'n swel: y fo mewn siwt, hitha mewn ffrog, ei braich wedi'i phlethu trwy'i fraich o.

Roedd yna sgwennu o dan y llun:

'Pen-blwydd y pen dyn. Chwefror 1957. Robert a'i chwaer Kate o Llidiart Gronw. Plant Isaac.'

'Epil bwystfilod ydan ni,
nid plant i angylion'

Mai 11, 1979

'CROESO i ti, 'mechan i,' medda'r dyn tal efo'r tei Draig
Goch. 'Falch iawn bo chdi wedi ymuno efo ni heddiw. Braf
gweld wynab newydd — ac un tlws hefyd.'

'Ia wir, ia wir,' medda'r dynion eraill yn y stafell.

Edrychodd Fflur o'i chwmpas. Roedd y stafell yn fawr;
hanner maint neuadd yr ysgol. Dodrefn drud; lledr a derw.
Pentwr o bethau antîc. Pictiwrs hen ar y wal o ddynion efo
cŵn defaid a chŵn hela. Fflagiau mewn fframiau; fflagiau
Cymru a fflagiau coch efo morthwl a chryman arnyn nhw.
Roedd oglau sigârs a whisgi yn y stafell. Mwg glas o'r sigârs,
ac o sigaréts, yn yr awyr. Roedd ffenest fawr yn sbio allan ar
yr ardd, yr ardd yn mynd am byth. Tu hwnt i'r ardd, caeau;
defaid ynddyn nhw. A wedyn Ynys Môn yn mynd a mynd.
Neu tan iddi gyrraedd y dŵr, beth bynnag.

Crynodd Fflur, teimlo'n anial ac yn bell o bob man.
Gorlethwyd hi gan ias ryfedd: yr awydd i weld ei thad.

Landiodd llaw ar ei hysgwydd hi: Bethan yn ei hysio at y
dyn efo tei Draig Goch. Roedd yna wyth dyn yma i gyd, ac
roedd hi'n nabod un ohonyn nhw'n o lew: Elfed Price.
Gwenodd y tynnwr lluniau arni hi. Codi'i law. Chwifio'i

gamera, un Polaroid lle'r oedd y lluniau'n dŵad ohono fo'n syth ar ôl i chi eu tynnu nhw.

'Be am gal llun,' medda fo, 'efo dy ffrindia newydd?'

'Rhwbath i ni gofio'r achlysur,' medda'r dyn tei Draig Goch, 'ac i ddangos i'n cyfeillion sydd ddim yma.'

Heliodd y dynion o gwmpas Fflur: gwenyn at fêl. Ond symudodd y dyn tei Draig Goch o'r neilltu, mynd â Bethan efo fo. Fflur yn meddwl: Tydi o'm isho bod mewn llun efo fi. Rhoddodd un o'r dynion eraill — dyn boliog gwallt gwyn — ei fraich am sgwyddau Fflur, a stopiodd feddwl am y dyn tei Draig Goch wrth i wefr annifyr fynd trwyddi hi. Crebachodd i gyd; trio dengid rhag cyffyrddiad y dyn. Ond da i ddim. Roedd o'n rhy agos; swatio at Fflur. A'i oglau fo'n dŵad â dagrau i'w llgada hi: oglau *aftershave* dyn; oglau chwys dyn. Ac oglau'r sigâr oedd o'n smocio; trwm a thrwchus. Roeddan nhw i gyd yn smocio, yn yfed whisgi. Oglau hwnnw fatha Bell's Dad. Gwelodd eisiau'i thad yn ofnadwy'r funud honno, a difarodd fod yn flin efo fo a phwdu efo fo, a bod heb fynadd.

'Pawb yn gwenu wan,' medda Elfed, tynnu'r llun.

'Reit ta,' medda'r dyn tei Draig Goch, 'be am i Bethan fynd i ddangos fyny grisia i chdi. Isho i chdi ddŵad i arfar efo'r lle, sti.'

Chwarddodd y dynion. Teimlodd Fflur yn chwil; cyfog yn ei chorn gwddw hi. Ond wedyn dyma Elfed yn dweud, Dyma fo! ar dop ei lais wrth i'r llun rowlio o'r camera. Ar ôl i bawb gael sbio, rhoddodd Elfed y llun i ryw foi bach pengoch. Roedd Fflur yn ei nabod o: dim ei enw fo, jest ei wyneb o. Roedd o'n Nosbarth 5 yn yr ysgol. Mi heglodd y cochyn o 'na efo'r llun.

'P-pam dwi 'ma?' medda Fflur.

Cwpanodd y dyn tei Draig Goch ên Fflur yn ei law yn dyner. Sbio i fyw ei llgada hi; ei llgada fo mor dywyll, mor hypnotig. Roedd o'n ddyn smart; tua'r un oed â Dad. Oglau neis arno fo. Edrach yn debyg i'r dyn oedd yn chwarae Superman yn y ffilm y llynedd: Christopher rhywun; roedd o fatha Christopher rhywun, ond efo mwstásh.

'Hapusrwydd ydi'r rheswm wt ti yma; hapusrwydd a plesar,' medda fo. 'Wt ti yma i neud pobol yn hapus.' Wedyn diflannodd y wên. 'Wt tisho gneud pobol yn hapus, yn dwyt?' Cliciodd ei fysedd. Cythrodd Bethan ym mraich Fflur, mynd â hi o'r stafell.

Gwyliodd y dynion y genod yn mynd, gwylio a glafoerio: cŵn yn bwydo ar gnawd Jesebel.

*   *   *

'Brawd a chwaer?' medda Gough, prin yn medru dweud y geiriau; y geiriau ddim yn ffitio'r cyd-destun — na'r ddelwedd o deulu Llidiart Gronw oedd wedi ei gosod o flaen y bobl.

Cododd Moss Parry ei sgwyddau. 'Byd bach. Pobol wledig. Wy'sti su' ma'i: unig iawn ffor'ma.'

'Ffycin moch.'

Tynnodd Moss Parry wyneb. 'Pwy a'th osododd di yn bennaeth ac yn farnwr arnom ni?'

'Ti'n deud wrtha fi am beidio barnu ac wt ti a dy fêts yn ffwcio genod bach?'

''Dyn nhw'm yn "fach" fach. Ma nhw'n y coch, bob un wan jac.'

'Y coch?'

'Yn ddigon hen i fagu plant.'

Am funud roedd Gough yn meddwl ei fod o mewn hunlle; mewn byd aeth o'i go.

Moss Parry'n parablu: 'Dim magu plant di'n bwriad ni. Acin el, naci. Plesar, de; sbort. Yli, Gough: dydi'r genod 'ma sy'n dŵad atan ni'n da i ddim. Ân nhw'm i goleg na'm byd felly; ân nhw'm i ennill y Rhuban Glas. Petha i'w taflyd 'dyn nhw; fflich iddyn nhw ar doman. A dyna fasa'n digwydd iddyn nhw tasan ni'm yn mynd â nhw. Mae'u teuluoedd nhw'n garidýms i gyd—'

'Llidiart Gronw? Robat Morris?'

Cododd Moss ei sgwyddau. 'Welist ti dy hun: brawd a chwaer. Petha rhyfadd odd teulu Llidiart Gronw rioed. Y tad, Isaac: bwrlas go iawn. Chwilan yn hwnnw hefyd.'

Roedd Gough yn chwil ulw: meddwi ar haint hyn, drysu ar wallgofrwydd y datguddiad. Sylwodd Moss Parry, chwerthin a dweud:

'Rargian, Gough, chdi o bawb,' sylwi ar olwg symol Gough. 'Sa rwun yn meddwl bo chdi di hen arfar efo'r sglyfaethdra 'ma.' Chwarddodd eto. 'Moch dan ni i gyd, sti.'

Roedd cyfog ar Gough, mellt y boen yn dal i darfu arno fo.

Moss Parry eto: 'Yli: magu plant a plesio dynion di job lefran, sat ti'm yn deud? Basat, siŵr dduw. Ti di cal plesar efo nhw, do? Paid â meddwl bo chdi'n well, washi bach. Paid â rhoid dy hun efo'r angylion.Welist ti'r llynia, do: chdi; chdi a hi.'

Gough methu anadlu. Gough yn ddarnau mân. Gough yn rhuthro at ymyl y pydew. Dim i'w atal o. Codwm fydda'i hanes o. 'Mi a' i at yr heddlu,' medda fo; ymgais anobeithiol i achub ei hun, i arbed y sefyllfa.

Ond doedd Moss Parry'n hidio dim, yn ôl pob golwg.

'Colwyn Bay,' medda Gough: llwytho'r bygythiad.

Ysgydwodd yr hen ŵr ei ben. 'Ma dy ddyddia di ar y ddaear wedi'u rhagderfynu, Gough. Chdi di'r proffwyd ffug. Chdi di'r mab afradlon.'

Mab? meddyliodd Gough, prin yn medru siarad erbyn hyn.

Gadawodd Moss Parry'r stafell dan chwerthin. 'Mynd i

neud galwad. Paid â mynd i nunlla, na nei?' Chwerthin eto; am ben Gough, heb os; ei adael o'n eistedd yn fanna yn y llwch a'r llanast; yn chwilio trwy adfeilion ei fywyd am hanes o'r hyn oedd o.

Am funud, gwagiodd ei feddwl, fatha'r BBC ar ôl yr anthem: dotyn bach gwyn ar ddu; tôn undonog yn hypnoteiddio. Ond meistrolodd ei hun. Ailgrancio'r ymennydd; gwneud i'w synhwyrau weithio eto. Edrychodd o'i gwmpas. Chwilio am rywbeth; am rywbeth oedd o wedi'i weld yma o'r blaen. Dŵad o hyd i'r rhywbeth hwnnw — a neidio o'r gadair.

*   *   *

Wrth i Gough balfalu, roedd Moss Parry'n y llofft yn chwilio am y ffôn. Tyrchiodd trwy'r dillad a'r plancedi drewllyd oedd ar y gwely, dŵad o hyd i'r teclyn diawl. Deialu; aros; meddwl; chwerthin iddo fo'i hun wrth ystyried Y Godwm ddeuai i'r mab. Dweud:

'Fi sy 'ma. Di'r cipar yna?'

Aros eto tra bod y cipar yn dŵad at y ffôn. Roedd o wedi'i ffonio fo'n gynharach ar ôl iddo fo weld Volvo John Gough yn hyrddio am y tŷ; wedi ffonio i ddweud, Ma'r ffacin riportar 'na'n dŵad yma eto; a wedyn y cipar yn dweud, Hyn sy'n mynd i ddigwydd, Moss, a dweud wrth Moss be i'w wneud, be i'w ddweud. Dweud bod yn rhaid i'r matar ddŵad i ben.

'Ia?' Y cipar ar y ffôn eto.

'Su'mae.'

'Su' ma petha, Moss?'

'Ma'r mab yma a mi dan ni'n cal sgwrs reit ddifyr.'

Roedd yna eiliad fach o ddistawrwydd cyn i'r cipar ddweud: 'Ma'r giard ar 'i ffor efo llun bach del.'

'Di yna, lly?'

'Ma'i yma.'

'Sa rai' ni gal madal ano fo, dŵad?'

Anadlodd y cipar, wedyn: 'Mae o tu hwnt i iachadwriath, sti.'

'Ond gynnon ni'r llynia; fo ar gefn y lefran.'

'Wn i. Dyna pam laddodd o'i hun, yli. Dyna pam ddaethon nhw o hyd iddo fo'n ochra Cemaes 'cw'n 'i gar, peipan o'r egsôst. Wedyn deud, Ylwch, fyd: dyna pam ddaru John Gough ddifa'i hun. Sglyfath odd o. Hogan ysgol. Dyna pam.'

'Ia. Dyna pam.' Dal ddim yn siŵr oedd Moss: yr un ohonyn nhw'n lleol wedi cynllwynio i ladd o'r blaen.

'Neu sa well gin ti dreulio gweddill dy oes yn jêl, Moss, yn gyff gwawd, yn fag dyrnu i weddill hoelion wyth Strangeways?'

*   *   *

'Syth bìn i Golwyn Be?' medda Nel.

Nodiodd Nick James. Canolbwyntio ar y lôn; canolbwyntio ar yr A5. Roedd hi'n mynd yn hwyr: wedi troi saith bellach. Ond dal faint fynnir o oleuni; noson braf — i bawb arall.

'Ti meddwl y gnân nhw rwbath?' gofynnodd Nel.

'Fi'n ffaelu gwel pam ddim,' medda Nick. 'Ma Densley a'i ddinion e'n llygredig; torri'r gyfreth.'

'Di'r heddlu'm yn poeni am betha felly?'

'Fi'n poeni am bethe felly, Nel.'

'Dim chdi di'r heddlu, Nick. Un plisman ti.'

Ysgydwodd ei ben.

'Lle'r ath Gough?' gofynnodd Nel.

'Becso amdano fe?'

Nodiodd Nel, dim cwilydd cydnabod ei bod hi'n pryderu am y gohebydd. Nid am ei bod hi'n ffansïo'r dyn na dim; ond oherwydd: 'Mae 'na sbrydion dieflig a'u traed yn rhydd. Dim ond trw uno medrwn ni'u gorchfygu nhw.'

'Nid 'da hud a lledrith y concrwn ni hyn, Nel. 'Da cyfreth a threfn.'

Fflachiodd y goleuadau glas yn nrych y car. Sgrechiodd y seiren. Arafodd Nick a dweud: 'Damo. Paid â gweud gair. Gad i fi siarad 'da nhw.'

Ciledrychodd Nel yn y drych. Gwelodd ddau ffigwr yn dŵad o'r car oedd wedi eu stopio nhw. Roedd y goleuadau glas yn dal i fflachio. Crynodd a synhwyro bygythiad go iawn yn ei pherfedd: silwetiau'r dieithriaid yn rhagarwydd o drallod.

'Nick, bydda'n—'

Ond mi agorodd Nick y drws a dweud: 'Shwmae, fechg—'

Ysgydwodd y car. Syrthiodd Nick. Gwaeddodd Nel. Agorwyd ei drws hi. Dwylo'n cythru ynddi. Llais yn ordro: 'Allan â chdi'r ast.' Sgrechiodd Nel wrth i labwst ei llusgo hi o'r car.

*   *   *

Ymddangosodd Moss Parry o'r llofft, fflich i dwmpath o luniau at Gough: mwy o luniau ohono fo a Bethan. Gan gynnwys llun o'r ddau wrth doiledau cyhoeddus maes parcio Sgwâr Llangefni. Cofiodd; meddyliodd am y fflach roedd o'n sicr iddo'i gweld: rhywun wedi tynnu llun. Ac mi wydda fo pwy.

'Elfed?' medda fo, dal y llun i fyny, ei ddangos i Moss.

Gwenodd yr hen ddyn: deintgig yn y golwg eto. 'Fo di'r tynnwr llynia, de.'

Teimlodd Gough wendid yn ei stumog. Fflachiodd y delweddau yn ei ben o. Dechreuodd gofio'n gliriach; y niwl yn gwasgaru.

'Fydd rhein yn ychwanegiad difyr i'r casgliad,' medda'r hen ddyn; y curadur yn curadu.

Cofiodd Gough: Y Bull efo Elfed; ambell i beint ac ambell i whisgi; meddwi'n dwll; mynd i'r tŷ bach; dŵad o'r tŷ bach; clec i'r whisgi —

A'r blas rhyfedd hwnnw'n ei geg o: sylwi ar y blas er ei fod o'n chwil. Cofio dweud, Blas od ar y whisgi 'ma, Pricey ar ôl i Elfed ddweud, Lawr â fo, a Gough yn rhoid clec i'r Bell's. A dyna fo. Cofio dim byd ar ôl hynny; dim byd tan iddo fo ddeffro'n ei wely a chael homar o ffrae gan Mrs Evans drws nesa; dim byd ond am ambell i fflach.

Ond roedd rheini'n gwneud synnwyr rŵan, y fflachiadau: Bethan yn y pytiau golygfeydd oedd wedi'i hawntio fo; sŵn dynion yn chwerthin, dynion yn herio wrth iddo fo syrthio ar wely mewn llofft ddiarth yn noethlymun, ac wedyn fflach, fflach, fflach — Elfed a'i gamera'n cofnodi pob dim.

'Ma hyn yn salwch. Dach chi'n ffacin sâl.'

'Criw o hogia'n cael sbort yn sâl?'

'Dach chi'n treisio genod dan oed; plant.'

'Dim plant 'dyn nhw,' medda Moss Parry, cuchio; reit flin bod yr hyn roedd o a'i gyfeillion yn cyfranogi ynddo fo'n gamdriniaeth. 'Be sa di dŵad o'r genod 'ma, Gough? Mynd ar gyfeiliorn. Magu; mynd i ddibynnu ar y wladwriaeth. Maen nhw'n cal eu trin fatha tywysogesa; pres pocad; presanta fasan nhw byth di gal.'

'Lle ma nhw rŵan, y rhei erill? Y genod cyn ...' Prin y medra fo ddweud ei henw hi; cyllell ynddo fo. Dyma fo'n dweud: 'Hogan Llidiart Gronw.'

'Lle ma nhw? Wn i'm. O gwmpas. Byw'n o lew, debyg. Gosa'u bod nhw wedi gwario'r pres enillon nhw, wedi gwerthu'u ceir a'u fflatia; y gemau gawson nhw. Gynnyn nhw wŷr a phlant bellach, bownd o fod; rheini'n gwbod dim.'

'Os ddo i o hyd iddyn nhw, mi hola i nhw ar gyfar y papur
— ych dinoethi chi'r ffycars.'

Chwarddodd Moss Parry. 'Pwy sa'n 'u credu nhw? Neb,
washi. Ti meddwl sa Gwyn South yn cyhoeddi stori am ryw
jadan fach o dwll din Amlwch yn honni bod gweinidog
duwiol neu gynghorydd parchus wedi'i ffwcio hi pan odd
hi'n bedair ar ddeg? Ti'n meddwl hynny go iawn, Gough?
Pwy sa chdi'n gredu?'

Rheolodd Gough yr awydd i lansio'i hun megis roced at
yr hen ddyn, a'i stido fo'n ddu las. Dechreuodd gysidro pam
bod Moss Parry mor barod i drafod hyn; barod i ddatgelu a
hel clecs. Synhwyrodd fod cynllun yn y gwynt: un i sicrhau
na fydda fo, Gough, yn gadael Tyddyn Saint. Roedd Moss
Parry rêl boi: nid rhyw hen gojar anghofus oedd o. Fasa fo
byth yn rhoid ei droed ynddi heb reswm. A'r rheswm oedd
bod Gough am fynd yn fwyd i'r tyrchod. Amdani felly:

'Pryd dechreuodd hyn?'

Heb oedi: 'Ar ôl yr Ail Ryfal Byd. Hogia ar i fyny ar ôl dŵad
adra. Wedi gweld gwaed a lladdfa; cymrodyr yn marw fesul
cannoedd; cael 'u malu yn y mwd. Wy'sti be ma marwolaeth
yn neud i ddyn, Gough? Gneud i ddyn fod isho byw — byw
a creu bywyd newydd.'

Roedd yr hen granc yn dawel; yn synfyfyrio. Gadawodd
Gough iddo fo fwydo'n ei feddyliau. Wedyn dechreuodd y
curadur siarad eto:

'Esh i'm i'r rhyfal. O'n i'n was ffarm yn ystod y ddwy ryfal.
Llidiart Gronw. Gweithio i Isaac Morris. Coblyn o ddyn;
hannar call, de, fatha rhwbath di'i adal ar ôl o Oes y Cerrig,
sti.'

Tawodd; palu trwy'i atgofion, yn ôl pob golwg; ailgofio,
siŵr o fod; ail-fyw. A dyma fo'n dechrau eto:

'Mi ath hogyn hyna Llidiart Gronw — Dafydd, de — i ryfal
yn ddeunaw oed yn *Forty-three*. Odd y bachgan yn

benderfynol; Isaac o'i go. Ddoth o adra mewn un darn — o ran 'i gorff, beth bynnag. Odd Robat yn ddwy ar bymthag erbyn hynny. Mary flwyddyn yn iau. Katherine — Kate — yn chwech oed; tin y nyth. Petha rhyfadd ydyn nhw i gyd, i ddeu gwir. Sôn bod Isaac a'i wraig Margiad yn gefndryd. Neu'n frawd a chwaer, ẃrach. Pentwr o sôn. Epil y ffasiwn uniad yn bownd o fod yn ...' Meddyliodd; chwilio am air; dŵad o hyd i un: 'Anghywir. A pan ddychwelodd Dafydd o'r rhyfal, odd o di mynd o'i go, meddan nhw. Lasa'i fod o'n wallgo bost cyn iddo fo fynd, cofia; jest neb di sylwi radag honno. Beth bynnag i chdi: yn fuan ar ôl iddo fo landio adra, mi'r ath o i'r afal â Mary.'

Gwenodd Moss Parry fel tasa fo'n dychmygu stafell wely Mary Morris, Dafydd ei brawd ar ei chefn i. Ac ar ôl sbel o drochi'n ei feddyliau, dywedodd:

'Dow dow, ddaru Dafydd wahodd rhei o'i ffrindia draw i gyboli efo Mary.'

Mudferwai Gough; gwaed yn llosgi'n ei wythiennau fo. Teimlai ffieidd-dod.

'Gesh inna fynd ar 'i chefn hi, chan,' medda Moss Parry; gwên hiraethus. 'Yddwn i dros 'y neugain oed. Byw'n fama, Tyddyn Saint; hen lanc. Ond duwcs, pam lai? Genod, de. Titha'r un peth, Gough. Paid â dechra meddwl bo chdi'n well na fi; na'r un ohonan ni. Hogia dan ni i gyd, yli.'

Gough yn ysu i daeru nad oedd o'r un peth â nhw — ond hwyrach ei fod o. Be fasa fo wedi'i wneud pan oedd o'n ddwy ar bymtheg, yn y sefyllfa honno?

'Sa hidia i ni beidio rhoid 'yn hunan uwchlaw'r anifeiliad, Gough. Epil bwystfilod ydan ni, nid plant i angylion.'

Rhuthrodd rhywbeth oer, hynafol trwy Gough; geiriau'n atsain yn ei enaid o. Geiriau'i dad. A dyma fo'n dweud: 'Odd 'y nhad i'n arfar deud hynna, chan.'

Nodiodd Moss Parry; gwenu fel tasa fo'n gwybod. ''Na fo:

ma dy dad yn gwbod ma'r un ystum sy'n 'yn gyrru ni â sy'n gyrru brain neu lygod neu forgrug neu facteria.'

Rhoddodd Gough y cyfeiriad at ei dad i'r neilltu. Sgrwbiodd rwtsh athronyddol Moss Parry o'i feddyliau. Dim byd ond ymdrechion troseddwr i esgusodi'i hun. A gofynnodd: 'Lle mae Mary?'

'Ath hi'n symol, difa'i hun. Chwarel Arberth, ochra Pesda. Lluchio'i hun i'r dŵr, *nineteen forty-eight*; a fanno ma hi: neb di dŵad o hyd i'r gryduras.'

Tair blynedd o gael ei threisio gan ei brawd a'i fêts, meddyliodd Gough. Roedd ei chodwm hir i'r dŵr yn gysur iddi, bownd o fod. Nid disgyn oedd hi, yn gymaint ag esgyn — at angylion. Dyma fo'n dweud: 'Ond ddaru chi'm stopio, naddo; ar ôl iddi farw. Neb yn gweld bai. Neb yn teimlo'n euog? 'Run onach chi am gydnabod ych pechoda.'

Chwarddodd Moss Parry. 'Paid â bod yn wirion. Mi ddysgon ni wers, cofia di. O'na'm trefn, yli. Ond ar ôl iddi ddifa'i hun, mi gafwyd trefn. Un dyn yn dŵad i'n plith ni fatha proffwyd.'

'Clive Ellis-Hughes?'

Chwarddodd Moss Parry eto. 'Clive? Naci, dim Clive. Un da oedd Clive. A'i fab o hefyd. Ond dim Clive. Y pen dyn; hwnnw ma nhw'n alw'r gŵr traws. Wy'sti: mae o'n y Beibil a ballu.'

Meddyliodd Gough: Gwared fi, O Arglwydd, oddi wrth y dyn drwg; cadw fi rhag y gŵr traws. Gofynnodd: 'Pw di o ta?' yn cofio'r cyfeiriadau ato fo o dan y lluniau: y pen dyn yn dŵad adra a ballu. 'Isaac Morris oedd o?'

'Blydi hel, Gough, glywist ti'm be ddudish am hwnnw? Cradur, sgin ti'm clem.'

'Chdi?'

'Ewadd, chwara teg i chdi. Ti'n meddwl yn fawr o'na fi, ma rhaid. Taswn i wedi medru, mi faswn i wedi gneud.'

Edrychodd Gough ar y llun o Kate a Robert Morris yn ifanc, yn aros am y gŵr traws. Crychodd ei dalcen. Meddwl: pwy ydi o? Trio dyfalu. Mynd trwyddyn nhw i gyd, y dynion. Neu ella'i fod o'n rhywun nad oedd o'n nabod, rhywun enwog. Ac mi oedd ar fin gofyn hynny i Moss Parry pan ddaeth rhywbeth arall i'w feddwl wrth iddo syllu ar y llun: 'Gafodd Kate 'i gorfodi fatha'r lleill?'

'Gorfodi?'

Syllodd Gough ar Moss Parry drwy llgada culion; dim gair o'i ben.

Tuchanodd yr hen ddyn, dweud: 'Kate yn llai cyndyn na ma genod erill i gychwyn. O'r un iau â'i theulu. Hi'n un ohonan ni, bellach. Handi cal hogan ar y pwyllgor, sti.' Gwenodd eto; hel meddyliau. 'Syniad y pen dyn odd hynny. Genod yn trystio genod; haws denu'r lefrod wedyn, yli. Dyna neith Bethan yn o fuan. Fatha rhyw Fadam, lly: *duenna*; gwarchodwraig.'

'Di'r genod 'ma'm byd ond darna o gig i chi; porthiant i'ch ffacin salwch.'

'Do'na neb yn llawdrwm efo nhw,' medda fo, reit flin.

'Ti'n deu'tha fi bo gynnyn nhw ddewis?'

Tywyllodd gwyneb Moss Parry. 'Pwy sgin ddewis yn y byd 'ma, Gough?'

'Be di'r rhein, lly?' gofynnodd Gough, dal un o'r albyms lluniau i fyny.

'Cofnod.'

'Cofnod?'

'Syniad y pen dyn, eto. Andros o foi clyfar, sti. Sa chdi'n 'i licio fo.' Mân-chwarddodd Moss Parry, fel dyn oedd yn gwrthod rhannu jôc. 'Tad Elfed Price odd y tynnwr llunia radag honno. Ddoth Elfed atan ni ar ôl iddo fo adal rysgol; dechra gweithio efo'r *County Times*. Homar o syniad da di'r cofnod, chan.'

'Pam lly?'

'O'na amball i frawd yn difaru; haint ar 'u cydwybod nhw. Un neu ddau am anghofio'u cyfrifoldeba i'w cyfeillion ac i'r frawdoliaeth: pan yddan nhw'n priodi, neu fynd i'r coleg, joban newydd; rwbath felly. Odd y cofnod yn 'u cadw nhw'n driw. Ti a'm gadewaist, medd yr Arglwydd, ac a aethost yn ôl: am hynny yr estynnaf fy llaw yn dy erbyn di — ac a'th ddifethaf.'

'Blacmel.'

Cododd Moss Parry ei sgwyddau. 'Galw di o'n hynna, Gough. Inshiwrans fasan ni'n 'i alw fo.'

'A pam gafodd Robat Morris ei fwrdro?'

Disgwyliai Gough glywed bod Robert Morris wedi difaru; wedi cael llond bol; wedi mynnu gadael yr afiachrwydd yma a mynd â'i deulu efo fo — wedi eu rhybuddio nhw i adael llonydd i Bethan.

'Mynd yn farus ddaru o,' medda Moss Parry.

'Barus?'

'Mynnu tâl am 'i Fethan.'

Roedd Gough yn ddistaw.

'Ac mi ddaru o fygwth Densley,' medda Moss Parry. 'Bygwth anfon ffilm o Densley a Bethan at North Wêls Polîs yn Bae Colwyn.'

Roedd Gough yn dal yn ddistaw.

'Odd Robat di cal llond bol ar Densley.'

Corn gwddw Gough yn sych.

'Llidiart Gronw odd hafan y frawdoliaeth, yli; man cyfarfod y cyfeillion.'

Oerodd stumog Gough.

'Ond rhyw flwyddyn yn ôl, mi ddechreuodd Densley a'i fêt Mike Ellis-Hughes redag y sioe; symud yr — wy'sti — yr "achlysuron" i Bachau, i gartra Mike: Plas Owain. Tŷ crand.'

Gough yn drysu; meddwl: Ro'n i yno yn nhŷ'r cwilydd.

'Y pen dyn am iddyn nhw gymyd yr awena — ac mi bwdodd Robat.'

Gwelodd Gough sêr; cyfog yn ei stumog.

'Bygythiodd y twl-al chwalu'r cwbwl lot, mynd at y papura'n Llundan: *News of the World*, medda fo. Ac wedyn ath hi'n ffrae rhyngtho fo a Densley dros Bethan.'

Mewn lle anial, daeth Gough o hyd i'w lais: 'Hugh Densley laddodd Robert Morris?'

'Ia ...'

'Asu Grist.'

'... a na.'

*   *   *

Hen feudy ar hen ffarm yng nghanol nunlle, 8.50pm, a bygythiad yn atsain: 'Cau hi'r ffycar bach hwntw cont!' Poerodd y ffyrnigrwydd o enau'r DS Robin Jones. Roedd ei fochau'n biws jest iawn; lliw Ribena. Ei ddannedd yn dangos; lliw wy wedi'i guro. Ei ddyrnau'n dynn; lliw sialc.

Yddach chdi ar dipyn o frys, 'ngwash i, oedd y DI Ifan Allison wedi'i ddweud: gwên ffals; llais tadol.

Triodd Nick gwyno a chael llond ceg gan Jones.

Yr Octopws, meddyliodd Nel. Crynodd wrth feddwl amdano fo'n ddwylo i gyd; wyth braich farus.

Taflwyd Nel a Nick i gefn y car heddlu ar ôl cael eu stopio gan Allison a Jones. Bygythiwyd y ddau wrth i'r car ddreifio trwy gefn gwlad; am Lidiart Gronw, roedd Nel yn feddwl. Ond troi ddaru nhw: gweu trwy lonydd culion Môn; nunlle go iawn. Troi wedyn trwy hen agoriad mewn clawdd. Gweddillion hen arwydd yn llechu'n y drain. Gwelodd Nel y llythrennau 'GODR'.

Dreifiodd Allison i gowt fferm wag, yr adeiladau'n adfeilion. Trugareddau ar y cowt yn pydru: tractorau, trelars, hen rawiau'n goch o rwd, picwarch neu ddwy.

295

Hwythwyd Nel a Nick i'r beudy. Roedd y lle'n llwch ac yn drewi; gwe pry cop ym mhobman. Oglau tail yma. Dim golau ond am olau'r dydd, yn prysuro tuag at fachlud. Roedd mainc bren yn erbyn y wal; hen beth.

Steddwch yn fanna, oedd yr Octopws wedi'i ddweud, pwyntio at y fainc: 'Un bob pen.' Steddodd Nick a Nel, a Nick yn taeru, Sda chi ddim hawl gwneud hyn.

Ac yn ateb i hynny cael ei regi — *hwntw cont* — gan yr Octopws.

'Pa mor gyflym, syr?' gofynnodd Nick i Allison rŵan.

Gwenodd Allison. 'Rhy ffast, washi.'

'Os di'r Di-Ai yn deud rhy ffast, hwntw, rhy ffast odd hi,' medda'r DS blin.

Nick yn dweud: 'Ca dy geg—'

Rhoddodd yr Octopws homar o glustan i Nick, y glec yn atsain, a Nel yn sylweddoli wedyn eu bod nhw mewn dipyn o helbul. Daliodd ei gwynt. Gwelodd Nick sêr. Edrychodd Nel ar Nick wrth i'w ben o ddŵad rownd i'r tu blaen eto. Diferodd rhuban o waed o'i wefus i lawr ei ên. Roedd siâp llaw'r Octopws ar ei foch, yn goch, yn llachar. Dyfriodd ei llgada.

Chwarddodd yr Octopws. 'Hogyn bach clyfar o ffycin hwntwland. Meddwl 'i fod o'n well na ni. Meddwl 'i fod o dipyn o ffacin foi efo'i radd brifysgol. Meddwl y medar o newid sut ma dal dynion drwg. Dim ffiars, washi.'

'Ych chi'n caniatáu anghyfiawnder,' medda Nick, bron yn ei ddagrau; ei lais o'n crynu.

Nel yn poeri: 'Ma 'mrawd i'n jêl ar gownt chi'ch dau.'

Yr Octopws yn herio: 'Lle gora iddo fo di mewn jêl.'

Ffrwydrodd Nel oddi ar y fainc fatha jac yn y bocs. Taflodd ei hun at yr Octopws. Ansefydlogodd ei hymosodiad annisgwyl y ditectif. Baglodd yn ei ôl wrth i Nel boeri a chrafu. Ymyrrodd Allison, ond sythodd Nick ei goes; y DI'n baglu dros ffêr y PC.

Neidiodd Nick ar Allison. Chwelpiodd Nel yr Octopws. Dyrnodd Nick yr arolygydd. Diffyg breichiau gan yr Octopws, ond digon o nerth: dŵad ato fo'i hun yn o sydyn. Hwyth i Nel wyllt o'r neilltu. Sgyrnygodd arni. Ei galw hi'n ast a bygwth ei slanu hi: Mi flinga i di'r ffacin bitsh. Rhuthrodd amdani. Stranciodd Nel; gwichian; cicio fel mul. Cicio'r Octopws reit o dan ei ên: llgada hwnnw'n mynd i'w ben o; coesau hwnnw'n mynd yn feddal, ac i lawr â fo.

Roedd Nick ac Allison yn dal i ymrafael: yr Angel a Jacob. Trodd Nel ei sylw atyn nhw; barod i ymyrryd. Ond adferodd yr Octopws ei synhwyrau. Dod ato'i hun; penelin yng nghefn Nel, honno'n sgrialu.

Cythrodd y DS wedyn yn sgrepan Nick. Neidiodd Nel ar gefn yr Octopws. Rhuodd yr Octopws; wedi'i gorddi go iawn. Estynnodd dros ei ben, cael gafael ar lond llaw o wallt Nel; ei thynnu oddi ar ei gefn, dros ei ben gerfydd ei gwallt — fflich iddi, fatha sach, ar y llawr. Honno'n hitio'r llawr efo clec; y gwynt yn rhuthro o'i sgyfaint. Ffrwydrodd sêr o flaen ei llgada hi; fflachiodd andros o boen trwyddi. Ond daeth gwaeth:

Stampiodd yr Octopws ar ei brest hi. Gwasgwyd ei sgyfaint; roedd hi fel tasa rhywun wedi stompio ar falŵn.

Cododd y boen gyfog arni hi. Tagodd a mygodd a rowliodd a thuchan wrth i'r Octopws waldio Nick; ei lusgo oddi ar Allison. Ciciodd yr Octopws Nick unwaith. Ciciodd Nick ddwywaith. Ciciodd Nick deirgwaith. Nick yn llipa; Nick yn llonydd.

A Nel: Nel yn brwydro am ei gwynt. 'Nick,' medda hi. Methu gwneud sŵn go iawn; twrw hisian yn dŵad ohoni. Llamodd yr Octopws i'w chyfeiriad; cythru'n ei gwallt eto a glafoerio a dangos ei ddannedd: dyn wedi troi'n ddraig.

'Rho gora iddi, Jonesy,' medda Allison.

'Ffac off,' medda'r DS wrth ei fòs.

'Rho'r ffacin gora iddi,' medda Allison, ei lais yn fwy awdurdodol rŵan: yr uwch-swyddog. A dyma Jones yn llacio'i afael ar Nel, yn lleddfu. Golwg rhywbeth annynol arno fo o hyd. A dyma Allison yn dweud: 'A dos i nôl y rhawia o'r car.'

*　　*　　*

'Be ti'n falu'r ci rhech?'

'Wy'sti be di Golem, Gough? Fo, Christopher, ddyrnodd Robat: ond Golem oedd o.'

'Golem?'

'Chwedl Iddewig. Cradur dwl, dideimlad. Un sy'n gweithredu ar ran pobol erill. Annelwig ddefnydd, chwadal y Salmau; lwmpyn o glai wedi'i siapio'n ddyn. Gneud 'i ddyletswydd odd Christopher. Fo oedd yr annelwig ddefnydd: y Golem.'

'Chdi di ewyrth y cradur. Sgin ti'm otsh 'i fod o'n jêl?'

'Otsh? Na, sgin i'm otsh, siŵr dduw. Un da i ddim fuo fo rioed; ara deg; dim iws i neb. Oni bai am 'i chwaer o, mi fasa fo di landio'n jêl neu mewn seilam flynyddoedd yn ôl. Mae'i fam o — 'yn chwaer i, de — honno'n un llipa'i meddwl hefyd.'

Meddyliodd Gough am funud a dweud: 'Pw di'i dad o, Moss? Chdi? Fatha Robert a Kate Morris? Brawd a chwaer?'

Chwarddodd Moss Parry yn frochus; chwerthiniad oedd yn dweud mai dyna'r peth mwya gwirion glywodd o'n ei fyw.

'Fi?' rhuodd. 'Dim ffiars. Swn i'm yn twtshiad 'yn chwaer efo un rhywun arall, washi. Na. Wy'sti pwy di'i dad o? Dduda i tha chdi.'

*　　*　　*

298

Dreifiodd Hugh Densley ar hyd ar A5. Dreifiodd heb ganolbwyntio ar y lôn. Dreifiodd y ffordd yma ganwaith: gwybod yn iawn lle'r oedd o'n mynd; nabod y mapiau.

Trodd ei feddwl rownd a rownd fatha peiriant corddi'i dad slawer dydd.

Capten llong oedd Roger Densley; ar y fferi o Gaergybi i Ddulyn. Gŵr cefnog; gŵr cas. Mab fferm oedd o: Godreddi, ochrau Llannerch-y-medd. Treuliai Roger ei amser hamdden yno pan oedd o ddim ar y môr. Etifeddodd y ffarm ar ôl i'w dad farw. Roedd Hugh, mab fenga Roger, wedi ymuno efo'r heddlu erbyn hynny; wedi gadael y cartre yng Nghaergybi. Ond roedd yntau, hefyd, yn mwynhau'r tir agored; oglau'r tail; garw'r buchod yn slwj ar lawr y beudy ar ôl i'r lloeau gael eu geni. Adfail oedd Godreddi bellach. Lle handi i drin pobol, cofiwch; dweud y drefn wrth rywun. Pell o bob man; canol nunlle.

Roedd Godreddi'n o agos at Lidiart Gronw. Roedd Roger Densley ac Isaac Morris yn hen bartnars; Roger Densley ac Isaac Morris a Clive Ellis-Hughes, y dyn bysus o Bachau.

Dyna gymysgedd: Tori, sosialydd a chenedlaetholwr — wel, rhyw siâp ar un; un gwyllt oedd Isaac Morris yn fwy na dim. Gan fod y ddau arall yn Geidwadwr ac y sosialydd, lasa'i fod o wedi penderfynu bod yn genedlaetholwr jest er mwyn bod yn groes. Ond dyna lle fyddai'r tri, beth bynnag: yn ffraeo dros wleidyddiaeth; uno dros ddiod a genod a ffwtbol. Tri gŵr doeth. Tri yn un. Ond dim cweit. Roedd yna un arall. Un oedd ar wahân; uwchben. Y pen dyn. Roedd o'n mynd a dŵad. Byth a beunydd ar ei drafals: mynd â Duw i'r byd, medda fo. Mynd â Duw a gadael ei deulu, dyna'r sôn. Byth adra. Y wraig druan; yr holl wragedd; y mamau: mewn poen y dygant blant.

Meddyliodd Densley am ei dad yn hefru: A'th ddymuniad fydd at dy ŵr, ac efe a lywodraetha arnat ti. Fel yna magwyd

o. Fel yna magwyd nhw i gyd. Er gwell, meddyliodd. Dyna drefn pethau. Brathodd ei wefus; crinodd. Meddwl am y pethau roeddan nhw'n wneud. Meddwl am bechodau'r tadau; wedyn meddwl: Gough druan. Dim gobaith ganddo fo. O'r un iau â'i dad fel y cwbwl lot ohonyn nhw. Gwenwyn trwy'r cenedlaethau; feirws sy'n mynnu organeb letyol.

Tasa'r modd gynno fo, mi fasa fo'n darganfod brechlyn neu ddyfeisio iachâd. Ond doedd dim dengid rhag yr archoll yma. Roedd y drwg mor ddyfn, yn nhoriad eu bogail; a'r unig beth i'w wneud oedd ymrwymo'n gyfan gwbwl i'r achos. Heb ddyfalbarhau, byddai'n alltud o'r ardd. Felly bachwyd o gan y cyffur; hawliwyd o gan y pleser; rhwymwyd o gan yr angel. Un angel: angyles. Sut oedd modd byw hebddi? Sut oedd modd mynd o gwmpas ei bethau heb ddarnio?

Roedd o'n sgut amdani — hi o flaen pob un arall. Ond gofyn gormod ddaru o, wrach: mynnu siâr y ciaptan. A mynnu gan Robert Morris hefyd: mi goda hwnnw dwrw mewn tŷ gwag.

Cofiodd y sgwrs ar gowt Llidiart Gronw. Noson oer, diwedd mis Chwefror. Glaw mân a gwynt o'r dwyrain: A' i â hi, oedd o wedi'i fynnu. Na, nei di ddim, Hughie, medda Robert Morris, a wedyn, fel hyn yr aeth y sgwrs:

Robert: 'Eiddo Cesar i Gesar.'

'Mi dala i. *Clear your debts, Bob.*'

A'r fam yn datgan, Rho hi, Robat. Rho hi iddo fo; Robert Morris yn sgyrnygu arni a dweud, Cau dy geg, Katie, a throi a rhoid chwelpan iddi.

'Cont gwirion,' medda hitha. Hidio dim am y swadan; wedi arfer ers eu bod nhw'n blant. A dal i drio perswadio'i brawd: 'Gei di bris da amdani.'

Robert Morris yn sbio i fyw llgada Densley, ond siarad efo'i chwaer: 'Mae o meddwl na ryw garidýms dan ni'n

Llidiart Gronw. Odd 'i dad o'r u' fath. Troi'i drwyn ar 'y nhad—'

'*Don't talk nonsense, Bob*. Odd 'yn tada ni'n fwy brodyr na brodyr. *Isaac Morris would turn in his grave*.'

'Paid â ffocin sôn am 'y nhad, y c—'

Dyrnodd Densley'r ffarmwr. Syrthiodd y ffarmwr fatha sach o datw. Edrychodd Densley ar Kate Morris. Edrychodd Kate Morris yn ôl. Dywedodd Densley wrth y dyn oedd yn gorfadd ar y cowt: 'Dwyt ti ddim am ddifetha *everything*, Bob?'

Griddfanodd Robert Morris. Gwaed yn pistyllio o'i drwyn. Cyrcydiodd Densley drosto fo:

'Wt ti'n addo *that you'll keep your head*, Bob?'

Taflodd Robert Morris ddwrn chwithig; methu'r targed. Safodd Densley; ysgwyd ei ben yn flin.

Dywedodd Kate Morris: 'Dan ni mewn dylad i'r banc, Hugh. Ond neith hwn 'im byd; rhy styfnig.'

Dywedodd Densley wrth Robert Morris: 'Glywist ti be ddudodd Katie? *Let me pay you and make Bethan mine*. Gei di lonydd wedyn; llonydd gin y bancia, gin y *creditors* i gyd, Bob.'

Stryffagliodd Robert Morris ar ei draed; gwaed wedi staenio'i grys. Siglodd rhyw fymryn; gofyn i Densley, Faint wt ti'n gynnig?

Dywedodd Densley faint a dywedodd Robert Morris:

'Doro ddeg mil arall i mi, a mi gei di hi. Jest chdi.'

Chwarddodd Densley ar y pryd a dweud, *She's not worth* hynny, siŵr iawn; ond gofynnwch iddo fo heddiw, yn ei gar yn dreifio ar hyd yr A5, ac mi fasa fo'n rhoid y byd amdani.

Beth bynnag:

Ymosododd Robert Morris arno fo, ond roedd hwnnw'n dal yn llipa ar ôl cael swadan. Osgôdd Densley'r hyrddiad yn ddi-lol. Baglu'r ffarmwr. Hwnnw'n sgrialu ar lawr eto.

'Diawl gwirion,' medda Densley. *I'll give you a hiding*, coc oen. Pw ti' feddwl wt ti?'

Rhoddodd gic i Robert Morris a sbio ar Kate Morris. Sgleiniodd llgada Kate Morris wrth iddi watshiad ei brawd yn cael ei stompio. Dyna pam oedd Kate, slawer dydd, wedi denu lot o sylw: y llgada rheini yn ddisglair efo addewid. Jest fel oedd llgada'i merch hi'n ddisglair heddiw.

Gwaeddodd Densley: Chris! dros ei ysgwydd. Llamodd Christopher Lewis o'r Land Rover. Trampiodd yr hurtyn atyn nhw. Pen dafad go iawn: epil Densley. Roedd o'n goblyn o hogyn mawr: solat a nobl, ond rhyw olwg bell-i-ffwrdd arno fo, fel tasa fo mewn byd arall; nid y byd yma. Roedd ei leferydd o'n ara deg ond ei ddyrnau fo'n chwim a chadarn, fel dau fwrthwl.

'Robert Morris yn deud *you can't see Bethan ever again*,' medda Densley wrtho fo. 'Mae o di'i churo hi'n *black and blue*, Chris.'

Amneidiodd Kate Morris fel tasa hi am ymyrryd. Ond wedyn bagiodd yn ôl. Nodiodd: rhoid caniatâd.

Oedodd Chris; sbio ar Robert, wedyn sbio ar Densley.

'Mae o' mynd i nadu chdi fod yn ffrindia efo Bethan *and you must teach him a lesson, Chris*,' medda Densley. '*Put him down like you'd put a dog down.*'

'Ewch â fo i'r sied wair,' medda Kate Morris.

Llusgodd Chris y ffarmwr i'r sied wair.

Wrth i sŵn y waldio a sŵn y cwyno ddŵad o'r sied wair, aeth Densley a Kate i'r tŷ, a chloi'r drws jest rhag ofn. Ac wrth i'r nos gloi am Lidiart Gronw, y ddau'n chwys doman ac yn trio dal eu gwynt, dywedodd Densley: '*For the best*, Katie. Mi sortia i'r ddyled. Cadwa'r ffarm. *Stay here for good. I will look after you.* A Bethan fydd 'yn lefran i wedyn. *My girl.*'

Dreifiodd rŵan ac ail-fyw'r noson; y noson i gyd: o'r gweir i'r gwely. Meddyliodd am gau pen y mwdwl. Meddyliodd am gael gwared ar ei dramgwydd. Meddyliodd am ladd dau aderyn ag un ergyd:

Chris a Robert.

Dreifiodd trwy Rosmeirch, dros Ben Bryn; troi i'r dde i lawr Lôn Ragla ac am Dyddyn Saint.

Ond i ddechrau, cyn sicrhau ei iachawdwriaeth, roedd hi'n bryd sortio sarff arall oedd yn anharddu Eden.

*　　*　　*

Gough: 'Densley? Asu Grist. Sa hidiach i'r cwbwl lot onach chi fod yn jêl.'

'Hoelion wyth y gymuned? Be sy haru chdi, ddyn? Nhw sy'n sefyll yn yr adwy ac yn nadu anhrefn; dynion smart i gyd: twt. Dim ryw hipis blêr sy'n drewi, sy isho shêf.' Chwarddodd ar ben Gough eto. 'Fel hyn fydd hi, Gough. Mi fydd dynion cefnog fel hyn yn gneud fel y mynnon nhw. Pw sy'n mynd i' nadu nhw?'

'Fi.'

Tagodd Moss Parry: 'Chdi, wir dduw.'

'Mi dach chi'n medi corwynt.'

Culhaodd llgada'r hen ddyn; hoeliodd nhw ar Gough: 'Sgin ti'm syniad o'r grym sy'n dy erbyn di, washi.'

'Dos'a'm byd yn para'r hen gont. Ddaw ych diwadd chi rhyw dro. Mi fydd 'na setlo cownt, gewch chi ffacin—'

Daeth cnoc ar y drws, a chyn i Moss Parry wahodd pwy bynnag oedd yno i mewn, agorodd y drws.

Ddaru Gough ddim nabod yr ymwelydd yn syth bìn: roedd hi'n twllu a safai'r newydd-ddyfodiad mewn silwét. Ond pan gamodd y dieithryn i lafn o olau'r lleuad lifodd i mewn efo fo, gwelodd Gough pwy oedd o: Densley, a'r sarhad yn blwmp ac yn blaen ar ei wedd.

Edrychodd y prif uwch-arolygydd ar Gough. Ysgydwodd ei ben a thwt-twtio. 'Roedd coron yn ych disgwl chi, Gough.

Ond y sawl sydd ddim efo ni, Mr Gough, *they are against us.* Gaethoch chi'ch *chance,* yn do.'

'Do?'

'*Chance* i beidio ffycin bysnesu; *not to interfere.*'

'Dyna di'n job i, bysnesu, Densley. Siŵr y bydd darllenwyr y *County Times* — ac ella'r *News of the World* — yn lecio clŵad am hanas y prif uwch-arolygydd gynllwyniodd i hel 'i fab o'i hun i'r jêl.'

Chwarddodd Densley; sarhaus o hyd. 'Ydach chi'n *seriously* meddwl y basan ni wedi deud hynny wrthach chi tasan ni'n meddwl bod gin y papura newydd *interest*? Pwy gredith, Gough? Ewch o'r tu arall heibio. *You should not have concerned yourself,* gyfaill. Ddaru Gwyn South ddim rhoid *warning* i chi?'

'Fo'n un o'r hogia hefyd, ydi?'

'Mr South *is not one of us,* ond dydi o ddim *against us* chwaith. A mae o'n gwerthfawrogi'r *good deeds we do* yn y *community.*'

'Be: treisio genod, molestu plant?'

Crychodd gwyneb yr heddwas; golwg dywyll arno fo: '*No one gets abused,* Gough. Dwi'n caru ... *love the girls.* Ddaw 'na'm niwad iddyn nhw. *Never. Not on my watch.* Mi fydd Bethan yn cael 'i thrin fatha *queen from now on. I own her.* A phan fydd merch yn eiddo i ddyn, ma hi'n saff rhag y byd. *One day this one will be safe too*' — tyrchodd ym mhoced ei gôt, tynnu rhywbeth o'r boced — 'yn lefran i'w dyn' — rhoid fflich i'r rhywbeth at Gough — 'na chwennych wraig dy gymydog, na dim a'r sydd eiddo dy gymydog.'

Llun daflodd Densley: Polaroid. Mi landiodd o ar lin Gough, ben ucha'n isa. Trodd Gough y llun a'i ben i fyny. Darniodd ei reswm.

* * *

'Digon o r'feddod wan,' medda Bethan.

'O'n i'm igon o r'feddod o blaen?' gofynnodd Fflur.

'Ma nhw'n licio dipyn o liw a ballu; ffrogia neis. Ti'm yn teimlo tha hogan fawr, wan?'

Cododd Fflur ei sgwyddau. Roedd hi'n eistedd o flaen drych mawr mewn homar o stafell wely yn nhŷ anferthol Mr Ellis-Hughes: y dyn efo'r tei Draig Goch. Roedd pob dim yn uffernol o grand, a Fflur ofn pechu; ofn dweud rhywbeth o'i le neu fihafio'n goman. Ond doedd hi'm yn lecio be oedd yn digwydd iddi; roedd yna rywbeth anghynnes ynglŷn â phob dim.

Mi helpodd Bethan hi efo'r mêc-yp. Chafodd hi'm pentwr o brofiad cyn hyn, er bod Mam wedi dysgu chydig iddi; ond roedd Mam wedi marw rŵan. O wardrob fawr, dewisodd Bethan ffrog goch iddi a ffitiai fatha maneg. Twtiodd Bethan ei gwallt hi: brwshio'r gwallt; ei adael o'n donnau dros ei sgwyddau hi.

Teimlai'n hŷn na deuddeg oed; teimlo'n debycach i Bethan: hogan fawr oedd yn cael gwneud be oedd hi'n drofun wneud; mynd i lle bynnag oedd hi'n drofun mynd; aros allan yn hwyr a pheidio gorfod bod adra am saith.

Gofynnodd be oeddan nhw am iddi'i wneud a dywedodd Bethan: 'Jest edrach yn ddigon o sioe.' Taniodd Bethan sigarét. Cynigiodd un i Fflur. Fflur yn cymryd sigarét; rhoid y sigarét yn ei cheg. Taniodd Bethan y sigarét iddi. Tagodd Fflur fel roedd hi'n arfer tagu wrth smocio. Dyfriodd ei llgada fel roeddan nhw'n arfer dyfrio: y mwg yn eu pigo nhw. Ond mi smociodd hi oherwydd mai smocio oedd y peth iawn i'w wneud mewn lle fel hyn — a hithau'n hogan fawr.

'Paid â holi gormod, OK,' medda Bethan. 'Jest gwena. Atab 'u cwestiyna nhw os 'dyn nhw'n gofyn wbath. Yli ...' Brathodd Bethan ei gwefus; tynnu gwyneb; gafael yn nwylo Fflur a'u gwasgu nhw: 'Ẃrach, de, ẃrach fydd rhei o'r petha ddigwyddith heno ddim yn braf i ddechra, ond ddoi di i arfar, a mi gei di bres gynnyn nhw, a presanta. Beth bynnag wt tisho mi gei di o.'

Nodiodd Fflur. Cadw'n ddistaw. Peidio holi gormod. Ofn am ei bywyd. Isho Dad.

'A rhyw ben, fydd un onyn nhw ...' Oedodd Bethan; smocio. Wedyn: 'Fydd un onyn nhw'n dy alw di'n "lefran"—'

'Lefran?'

'Chdi fydd 'i lefran o. Jest fo. Jest un dyn.'

'Be ... be mae hynny'n—'

'Llonydd; mwy o bres; presanta: pentwr o bresanta. A jest un dyn. Jest un: lot brafiach.' Roedd golwg wedi ypsetio ar Bethan: llgada'n goch; cnoi'i gwinedd; crynu drosti. 'Fel hyn ma petha. Ddoi di i arfar. Byd nhw di hwn. A rhai' chdi drio ffitio 'no fo a gneud y gora—'

Diferodd dagrau i lawr ei bochau, ac roedd hi'n ysgwyd i gyd. Neidiodd ar ei thraed fel tasa hi'n trio dengid rhag ei chrio. Smociodd fatha stemar. Sugno'r sigarét; pen y sigarét yn fflam flin. Wedyn mathrodd y sigarét mewn blwch llwch.

'Ti'n iawn?' medda Fflur.

'Ndw siŵr,' medda Bethan; ddim yn drofun ffysio.

Ond synhwyrodd Fflur fod yna rywbeth o'i le, a gofynnodd, Be sy, Beth? iddi.

Sodrodd Bethan ei hun wrth ymyl Fflur ar y gwely. 'Ma hyn yn *top secret*, reit,' medda hi mewn llais rhyw hanner ffordd rhwng sibrwd a siarad.

Nodiodd Fflur; dweud dim.

'Dwi'n disgwl babi.'

Syrthiodd gên Fflur.

'Babi dy dad.'

*   *   *

Llwythodd Gough y Mauser pan adawodd Moss Parry'r stafell yn gynharach. Ffeindiodd stôr o fwledi mewn bocs sgidiau o dan y shilff lle'r oedd y gwn. Gwthiodd y stôr i'r arf. Cafodd helbul, ond roedd hyn yn fatar o raid.

Wedyn: astudiodd y Mauser; trio dallt mecanyddiaeth y gwn. Penderfynodd mai'r unig beth oedd yn rhaid iddo fo'i wneud oedd tynnu'r trigyr. Wrth sbio ar y gwn roedd o wedi meddwl am y llun o'i daid, Sean Gough, yr arferai'i fam ddangos iddo fo — *tad dy dad* — yn dal arf oedd yn union yr un fath. Arferai'i dad sôn hefyd am Sean yn brwydro'n erbyn y Brits yn y gwrthryfel. Llanc ifanc oedd ei daid yn yr hen lun du a gwyn: yn ei ugeiniau. Gwisgai lifrai'r Gwirfoddolwyr Gwyddelig: Óglaigh na hÉireann. Safai ysgwydd wrth ysgwydd efo gwirfoddolwyr eraill. Hanner dwsin arfog yn sgwario i'r camera. Hanner dwsin yn sefyll o flaen un o bileri Groegaidd y GPO — y swyddfa bost — yn Nulyn, pencadlys Gwrthryfel y Pasg, 1916. Bu farw Sean Gough yn y gwrthryfel: gwyddai Gough gymaint â hynny o'i hanes o. Be ddaeth o'i arf? meddyliodd wrth astudio'r Mauser ar ôl ei lwytho.

Rŵan: llithrodd ei law dros fraich y gadair; estyn o dan y dodrefnyn lle'r oedd o wedi cuddiad y Mauser eiliadau cyn i Moss Parry ddychwelyd o'r llofft.

Tynnodd y gwn o'i guddfan; anelodd y gwn at Hugh Densley. Diferodd y lliw o wyneb y prif uwch-arolygydd. Baglodd Moss Parry'n ôl a dweud, Asu Grist. Teimlai Gough fel tasa fo mewn gliw: pob dim yn ara deg; pob dim yn arnofio.

Sgrwnshiodd y llun Polaroid o Fflur a'r dynion yn ei mwytho hi yn ei ddwrn a chanolbwyntio'i holl gasineb, ei holl gynddeiriogrwydd, ei holl ddialedd, ar gynnwys y dwrn.

Pan welodd o'r llun, llaciodd rhywbeth yn Gough: y sgriw neu'r rhybed sy'n cadw dyn yn gall. Y caets sy'n cadw'r bwystfil oddi mewn dan glo'n agor. Greddfau nid rheswm oedd yn ei yrru o bellach.

Dywedodd Densley: 'Gough, ddyn—'

Gwasgodd y trigyr. Byddarwyd o gan y glec. Saethodd y fwled o'r baril pedair modfedd ar sbid o 1,450 trodfedd yr eiliad a mynd i sgyfaint Densley, jest o dan ei galon o; wedyn gwyro mymryn i'r dde a hollti ei asgwrn cefn o. Lluchiwyd y plisman yn ôl i gyfeiriad y drws; trodd blaen ei grys gwyn o'n goch.

Pistol lled-awtomatig ydi'r Mauser C96: mae egni un getrisen yn symud yr un nesa i'r safle danio. Felly pan dynnodd Gough y trigyr eilwaith, roedd y getrisen 7.63×25mm yn barod i fynd. A mynd ddaru hi: i ganol brest Densley; malu ei esoffagws o'n grybibion; claddu ei hun yn nhrapesiws y siwperintendynt. Tasgodd gwaed Densley dros bared a charped Tyddyn Saint.

Tra bod Densley ar lawr ac yn hisian fatha teiar efo twll ynddo fo, y bywyd yn mynd ohono fo, trodd Gough ei sylw at Moss Parry.

Gorweddai'r hen gojar ar lawr. Cwynodd a chriodd, y fi fawr wedi llifeirio ohono fo'n llwyr. 'Hen ŵr dwi, dim ond hen ŵr,' medda fo'n erfyn; swnian go iawn.

Pwysodd a mesurodd Gough hyn am eiliad wrth sefyll uwchben Moss Parry; wedyn gofyn: 'Pw di'r pen dyn? Y gŵr traws 'ma?'

'Ti'n gaddo peidio 'mrifo fi?'

'Gaddo,' medda Gough.

'Yr albym cynta welist ti. Y dudalan gefn. Llun ono fo. Paid ag ypsetio pan weli di o, iawn? Odd petha ddim i fod fel hyn. O'na le i chdi, sti; dy enedigaeth-fraint di: etifeddu'r goron, yn de.'

Tyrchiodd Gough trwy'r albym. Troi i'r dudalen ola un.

Dyna fo: y pen dyn; y gŵr traws.

Dyna fo: mewn siwt ddu a bo-tei.

Dyna fo: yn dal ac yn rymus ac yn bowld.

Dyna fo: Eoin Gough; Dad.

* * *

Rhed ias trwot yn sydyn, ac yn llygaid dy go gweli, o'r pydew, ysbryd y fall yn esgyn. Y mae cysgod yn gwibio'n chwim trwy'r cerbyd, ac yna wedi mynd. Ond mae'n aflonyddu arnat: rhagrybudd o ddinistr.

Eisteddi yng nghefn y car, y gyrrwr boliog, barfog yn baldorddi: llif o eiriau'n tywallt o'i enau; rwtsh diystyr.

Rwyt ti'n troi sain y stwcyn i lawr ac yn cilio i balas dy atgofion. Cerddi'n hamddenol ar hyd y coridorau. Rhaid i ti beidio â cholli dy ben. Ti sydd â'r llaw uchaf; ti yw'r bod uwch.

Cyrhaeddi nawr, ym mhalas dy atgofion, y llawr a gedwi ar gyfer teulu. Rwyt ti'n agor drws ac yn mynd i ystafell, ac yn yr ystafell y mae plentyn bach, tair oed, yn chwarae gyda'i deganau: anifeiliaid fferm; anifeiliaid gwyllt. Mae'n creu stori a'i lais bach yn adrodd y chwedl, ac yn rhoi geiriau yng ngenau'r bwystfilod. Y mae eliffant yn cyfarch dafad:

Bora da, Mr Dafad, su' dach chi heddiw?

Rwyt ti'n dal dy wynt ac yn magnu dan droed yr emosiwn sy'n sibrwd weithiau yn dy ddyfnderoedd; rwyt ti'n gwadu'r gwendid sydd yn rhwystro'r ddynol ryw rhag cyfodi.

Ni all dyn o gig a gwaed aflonyddu arnat, siŵr iawn. Ni all dy epil dy lorio. Gadewi dy balas, wedi dy sgytio.

Dywed y gyrrwr, Bron ym Mhlas Owain, syr.

* * *

Roedd pob diferyn o reswm oedd gan Gough wedi toddi yn ffwrnais yr hyn oedd o newydd ei weld, a llifodd ohono fo.

Dad ...

Heb air, dychwelodd at Moss Parry.

309

'Gough, ddaru chdi addo, cofia,' medda'r hen ŵr; atgoffa draig o'i moesau.

'Na wna gyfamod â hwynt, ac na thrugarha wrthynt,' medda Gough.

Daeth edrychiad dyn oedd yn syllu ar byrth uffern i llgada Moss Parry. Wedyn, mewn ymgais arall i ymestyn ei fywyd ychydig funudau, dywedodd: 'Gwn dy daid di hwnna, sti.'

Oedodd Gough; sbio ar y Mauser.

'Sbia dan y bôn.'

Trodd Gough y gwn ben ucha'n isa: 'S.G. 1916' wedi'i grafu yno. Aeth sarff trwy'i berfedd.

'Laddodd o gyrnol yn y Fyddin Brydeinig efo'r gwn 'na. Laddwyd o'n y gwrthryfel. Ond mi oedd o isho'i deulu gal y gwn. Mi smyglodd 'i fêts o'r arf yma, i Gymru, at dy nain, a dy nain — Biddy, de, Biddy Gough — dy nain yn rhoid y gwn i'w mhab, dy dad ... y pen dyn ... y gŵr traws ... a chditha rŵan, yli ... chdi bia fo ... dos â fo, Gough ... dos a gad lonydd i fi, yli ...'

Trodd Gough ei sylw at yr hen ddyn eto, ei astudio fo fel tasa fo'n ddim ond arteffact mewn amgueddfa. Wedyn: ysgwyd ei ben.

Crebachodd wep Moss Parry: rhyw ymwybyddiaeth bod diwedd ei oes wedi cyrraedd yn ei galedu; sylweddoliad bod ei amser ar ben. Cynddeiriogrwydd yn cymryd lle'r ofn. A heb ddim i'w golli dywedodd, 'Ar ba fryn wt ti am farw, Gough?'

Colbiodd Gough yr hen ŵr efo bôn y gwn. Colbiodd nes bod penglog Moss Parry wedi'i stwnshio; tan bod gwyneb Moss Parry'n bwdin gwaedlyd. Tan bod esgyrn a gwaed dros bob man.

Wydda fo ddim am faint fuo fo'n colbio Moss Parry, ond roedd o'n waed drosto pan stopiodd o ar ôl clywed cnewian.

Gorweddai Hugh Densley mewn pwll o waed, gwaed yn

llifo o'i geg o, gwaed ar ei frest o. Y cnewian yn dŵad ohono fo. Roedd o'n erfyn hefyd — Ffonia 999. Gofyn maddeuant; gaddo basa fo'n mynd efo Gough at yr heddlu a chyfadda pob dim. Datgelu camweddau'r dynion i gyd. Gaddo helpu Gough i ddŵad â Fflur adra'n saff; gaddo'i helpu i ddymchwel Sodom.

Saethodd Gough Densley'n ei wyneb. Trin yr anifail ar y llawr fel basa fo'n trin unrhyw anifail oedd wedi ei anafu'n farwol. Heliodd y lluniau i gyd at ei gilydd. A thra'i fod o wrthi, roedd pum gair yn record wedi sticio'n ei ben o:

Tri bwlad saith ar ôl, tri bwlad saith ar ôl, tri bwlad saith ar ôl, tri bwlad —

Ni elli weled fy wyneb

Mai 11–14, 1979

'DYMA hi'n 'i gogoniant, ylwch,' medda Elfed Price, murmur o gonsensws yn llifo trwy'r lolfa.

Ysai Fflur am bydew lle basa hi'n syrthio; crymanu yn y twllwch dyfn rhag y sbotolau dychrynllyd yma. Teimlai fel tasa pethau'n ei chnoi hi o'r tu mewn; pethau aflan yn ymlusgo ynddi.

Dechreuodd droi o'r neilltu ond rhoddodd Bethan hwyth iddi hi; hysio Fflur ymlaen i blith y dynion. Ar ben hyn i gyd, y dynion yn sbio arni, roedd cyffes Bethan wedi'i sgytio hi: Dwi'n disgwl babi. Babi dy dad.

Dalltodd yn syth bìn sut oedd hynny wedi digwydd. Dysgodd yn yr ysgol. Esboniodd Mam wrthi am wartheg a defaid pan ofynnodd, O lle mae'r ŵyn bach a'r lloea'n dŵad, Mam? pan oedd hi'n ddeg.

Ond sgrialodd y ddealltwriaeth o gwmpas ei phen hi. Methodd weu'r wybodaeth yn ôl at ei gilydd. Doedd o ddim yn gwneud synnwyr: Dad a Bethan?

Bethan wedi dweud, Ddaru nhw wenwyno dy dad, rhoid fatha ffisig iddo fo, rwbath sy'n drysu chdi, odd o fatha'i fod o wedi meddwi; a Fflur yn ddistaw wrth i Bethan esbonio:

Dwi ar y pil fel arfar, oedd Bethan wedi'i ddweud yn y

llofft, ond o'n i heb gal y cyflenwad gan y doctor; mae hwnnw lawr grisia hefyd: Doctor Gwyn.

'Nesh i ddeud bo fi ddim isho gneud be ddan nhw'n ofyn i fi neud efo dy dad, ond naethon nhw orfodi fi. Naethon nhw ddŵad â dy dad i'r llofft 'ma; hon. Yddwn i'n y gwely'n fama; di tynnu amdana. O'n i'n ypsét ofnadwy, ond sgynnyn nhw'm otsh am hynny. Odd dy dad yn chwil ulw, Fflur. Odd i llgada fo'n mynd rownd a rownd yn 'i ben o; odd o'n glafoerio: off 'i ben. O'na ddynion yma'n gwatshiad ac yn chwerthin wrth i Ifan Allison a Robin Jones dynnu amdano fo ...'

Roedd Fflur wedi dechrau crynu erbyn hynny. Teimlai hithau'n chwil hefyd. Roedd ei sgyfaint yn dynn i gyd: fel tasa nhw'n gadachau gwlyb yn hongian tu ôl i'w sennau hi.

'... a dyma nhw'n 'i roid o'n y gwely, ac odd rhaid i fi—'

Chwydodd Fflur ar garped crand llofft grand tŷ crand Mike Ellis-Hughes.

Doedd dy dad ddim ar fai, oedd Bethan wedi sibrwd yn ei chlust hi wrth fynd â hi i lawr y grisiau; mynd â hi at y dynion: 'Mae o'n OK. Mae o'n ddyn iawn, dy dad.'

*　　*　　*

Smociai Iwan ap Llŷr wrth y Capri. Gwardio'r tir jest rhag ofn: cadw llygad fatha'r ci ffyddlon oedd o.

Roedd y Capri wedi'i barcio ar gowt mawr Mike Ellis-Hughes, pentwr o geir erill yno hefyd: ceir yr hoelion wyth. Y brodyr wedi heidio yma am noson arbennig. Y brodyr yno i ynydu heffar newydd i'r gyr. Y brodyr yn sgut am gig ffresh. Y brodyr yn awyddus i groesawu'r pen dyn adra; hwnnw wedi bod ar ei drafals. Teithio'r wlad yn gwisgo masg arall; yn gwisgo mantell ddu: y gŵr traws. Un annifyr oedd o. Un annaearol. Aeth Iwan i'w nôl o i Gaergybi oddi ar y trên yn gynharach, ac roedd ei gael o'n sêt gefn y car fel cael y diafol ei hun ar dy ysgwydd. Crynodd rŵan wrth feddwl am y daith. Chwarddodd; dweud y drefn wrtho'i hun am fod mor wirion: roedd o'n ddyn rhesymol; dim rhyw hogan ddwl oedd yn credu mewn ysbrydion ... Ond roeddan nhw i gyd yn colli eu rheswm ym mhresenoldeb y pen dyn: gwerinwyr ofergoelus.

Smociodd; cilwenodd. Mi fasa fo'n medru dymchwel hyn i gyd, y frawdoliaeth yma. Racsio chwedl y gŵr traws: sawl cryduras oedd wedi diodda dan ei law, sgwn i? Meddyliodd am Mike yn ei dŷ crand efo'i westeion pwysig; pileri'r gymuned: plismyn a chynghorwyr a blaenoriaid; gweinidogion, doctoriaid a phrifathrawon. Meddyliodd am Mike yn hogyn ysgol, y ddau'n fêts ysgol yn Syr Thomas Jones, Amlwch: y ddau'n ddygyn am y lefrod yr adeg hynny; y ddau'n ddygyn am wrthryfel: genod a gwleidyddiaeth.

Mike oedd y dyn blaen; Iwan dyn yr esgyll.

Mike oedd yr areithiwr; Iwan y gweithredwr.

Mike oedd y goleuni; Iwan y fagddu.

Mike oedd y cipar; Iwan y potshiar.

Mike oedd yn dal a golygus; Iwan yn fyr a llydan.

Sawl gwaith fuo'n rhaid iddo fo slanu rhywun ar ôl i Mike fynd yn rhy bell efo gwraig neu gariad? Sawl gwaith fynnodd Mike bod rhywun neu'i gilydd yn haeddu cosb offisar am dramgwyddo? Sawl gwaith fuo'n rhaid iddo fo dorri mewn i swyddfeydd cwmni bysus newydd oedd wedi'i sefydlu, malu eu trugareddau, gollwng y gwynt o deiars eu cerbydau? Sawl gwaith fuo'n rhaid iddo fo fygwth cont fatha Robert Morris i gau ei geg: neu mi'th gweiria i di?

Ffodus bod Hugh Densley wedi magnu ar yr helbul hwnnw a chreu'r bwch dihangol perffaith: Christopher Lewis.

Perffaith oni bai bod yna fylchau yn y plot, a bod ambell ddinllach wedi dechrau busnesu: John Gough.

Roedd Iwan wedi'i gyfarfod o'n yr ysbyty: gwragedd y ddau'n magu. Hen dro bod un wedi mynd yn fwyd i'r tyrchod; ond fel'a mae hi. Roedd gan Iwan hogyn bach — ei bedwerydd; meibion i gyd — a gwraig oedd heb farw: teulu perffaith. Dyna pam na phorthai yng ngweithgareddau Mike. Roedd o'n digwydd caru, a ffansïo, a pharchu ei wraig o hyd.

Priododd Esyllt yn syth bìn o'r coleg. Daeth mab: Owain, bellach yn bedair ar ddeg. Tra bod Mike wedi godinebu gant a mil o weithiau'n erbyn Nest, fuo Iwan yn driw drwy gydol ei garwriaeth. Roedd o'n andros o hapus ac yn rhagweld bywyd hir a ffrwythlon efo'i wraig. Myfyriai'r ddau bob penblwydd priodas ar eu dyfodol: y plant yn tyfu; yr wyrion yn dŵad i Fryn Castell, y drigfan; Esyllt a fyntau'n hen a pharchus, chwadal y gerdd. Ac mi fydda hynny i gyd yn digwydd mewn Cymru Rydd.

Mi fuo'r refferendwm yn glec; a bu ethol y Ffasgwyr ddechrau'r mis yn slas go iawn. Neu dyna fasa rhywun wedi'i feddwl. Ond roedd Mike wedi gweld y darlun mawr — fel arfer. Gwelodd gyfle: rhoddodd help llaw ar y slei i'r Torïaid yn Ynys Môn — a hynny'n erbyn pob greddf. Ond fo oedd yn iawn: diawl clyfar. Taerodd y basa buddugoliaeth i'r Ceidwadwyr ym Mam Cymru'n *bownd* o danio'i gydwladwyr diog. Tŷ wedi ymrannu di Cymru, medda Mike. Roedd angen cic go iawn yn nhin y gwladgarwyr honedig oedd yn eisteddfota a chapela. Nid trwy ganu sol-ffa a dweud Câr dy gymydog oedd ennill rhyddid. Caru cymdogion wir! Caru Saeson? Na: Cadw dy droed allan o dŷ dy gymydog: rhag iddo flino arnat, a'th gasáu — dyna gyngor Beiblaidd go iawn i'r tresmaswyr: y *White Settlers*, fel y gelwid nhw; eu cymharu efo'r gwynion oedd yn gormesu'r duon yn Ne Affrica dan drefn Apartheid. Dynion dŵad yn magnu'r llwythau cynhenid. Lasa bod golwg barchus ar Mike ac arno fyntau: hogiau swel yn aelodau o Blaid Cymru. Ond go iawn, gweriniaethwyr sosialaidd Cymreig oedd y ddau: dyna'u crefydd nhw. Roedd gan Mike un arall yn ogystal: y frawdoliaeth yma; ac roedd Iwan yn berffaith fodlon hwyluso hynny: ond paid â gofyn i mi gymryd rhan yn y gloddestau, oedd o wedi'i ddweud o'r cychwyn cynta; a Mike wedi cilwenu, gofyn, Ti siŵr?

Gwenodd rŵan wrth gofio; wrth feddwl am eu cyfeillgarwch. Taflodd y sigarét ar lawr, ei sarnu hi. Marwodd y fflam. Ond roedd yna dân newydd yn dŵad; Mike wedi mynnu. A fo, Iwan, oedd am gynnau'r llosgi.

Edrychodd ar ei watsh: agosáu at naw.

'Dyma fo, gwas y neidr,' medda llais o rywle.

Neidiodd Iwan. Syllu i'r düwch tu hwnt i'r fynedfa. Crychodd ei dalcen; culhau ei llgada: a gwelodd ffurf yn y fagddu. 'Pw sy 'na? Aros lle'r wt ti. Ti'n tresmasu a mi gei di slas os — John Gough, myn uffar i.'

Drysodd Iwan. Doedd ganddo fo ddim ofn Gough. Riportar dwy a dima; hanner dyn wedi'i fwydo mewn whisgi a hunandosturi. Ond roedd Densley a Moss, y giard a'r curadur, wedi cael ordors i roid clec iddo fo. Serch hynny, dyma fo, yn fyw ac yn iach ond yn waed drosto: be aeth o'i le'n Nhyddyn Saint, felly?

Cododd Gough y gwn.

Dyna aeth o'i le, meddyliodd Iwan; bagio'n ôl. Gwibiodd delweddau o'i blant ac o Esyllt trwy'i feddwl pan welodd o'r arf. 'Ara deg, Gough,' medda fo. Dwylo i fyny; dal i fagio.

'Lle ma'n hogan fach i'r ffwcsyn?'

Roedd ei lais o fatha llais anifail: crebachlyd; chwyrnu jest iawn. Fel tasa ci blin yn medru siarad. Roedd y dyn wedi cael ei golli a'r bwystfil wedi cyfodi o'r difrod.

'Ma'i'n saff, sti,' medda Iwan. 'Ddaw 'na'm niwad iddi ...'

316

Taflodd fawd dros ei ysgwydd; i gyfeiriad Plas Owain: 'Ma'i'n tŷ 'cw—'

Torrodd Gough ar ei draws. 'Deu su'mae wth dy dad yng nghyfrath pan weli di o'n y fflama.'

Aeth llgada Iwan yn llydan. Saethodd Gough; y glec yn atsain. Pen Iwan ap Llŷr yn ffrwydro. Y meddyliau oedd yn fyw yn ei ymennydd funud ynghynt — am ei deulu bach perffaith; eu dyfodol mewn gwlad o laeth a mêl — yn cael eu gwasgaru i'r gwynt mewn cwmwl o waed.

Ymlusgodd strimyn o fwg o faril y Mauser; oglau cordeit ar yr awyr.

Pedwar, meddyliodd Gough: chwech ar ôl.

*   *   *

Clywodd Elfed glec yn y pellter. Trodd oddi wrth y myrraeth yn lolfa Mike Ellis-Hughes am funud. Clŵad petha wt i, washi, medda fo wrtho fo'i hun. Ysgydwodd ei ben. Troi'n ôl at y sioe, meddwl: A rhanasant ei ddillad gan fwrw coelbren arnynt, wrth wylio'r sêl dda byw oedd yn digwydd o'i flaen o.

Dwsin ohonyn nhw oedd yn y frawdoliaeth bellach, rŵan bod Robert wedi cicio'r bwcad. Roedd rhyw hanner dwsin arall ar y cyrion: gweision a galluogwyr; cyfeillion a chynghreiriaid. Hogia fatha Gwyn South. Ond dyma'r giwed. Oni bai am Densley: lle'r oedd o? Mi fasa fo'n landio'n o fuan, bownd o fod; dŵad i hawlio'i lefran, Bethan; dŵad i weld yr ast newydd ar ei phedwar.

Teimlodd don o dristwch yn sydyn wrth feddwl am Gough. Hen dro bod y cont gwirion wedi cael ei ddenu gan Nel Lewis a'r drygioni. Mi fasa fo wedi ffitio'n dda efo'r frawdoliaeth — yn enwedig a fynta'n fab i'r pen dyn. Crynodd Elfed wrth feddwl am Eoin Gough: Dyn oedd yn codi ofn ar ddynion erill; dyn oedd yn oeri'r gwaed. Mynd a dŵad, byth yn aros; rhyw angel tywyll yn gwibio dros y byd gan ymestyn ei adenydd duon a lledaenu drygioni. Roedd hi bron yn, *Ni elli weled fy wyneb: canys ni'm gwêl dyn, a byw*, efo Eoin Gough.

Soniodd John Gough sawl gwaith wrth Elfed yn ei gwrw am y tad dirgel oedd ganddo fo; diflannu am fisoedd cyn ymddangos o'r nos wedi'i lwytho efo rhoddion a melltithion. Diflannu eto o fewn dyddiau; gwibio trwy'r byd yn rhyddhau llid.

Dyn y Beibl oedd Eoin Gough: yr Ysgrythur lân ar flaenau'i fysedd o; yr Ysgrythur lân yn tŵallt o'i enau o. Ond yr Hen Destament, wrth gwrs: y llid a'r dial a'r genfigen; y cyfiawnder a'r cosbi; y gŵr traws oedd yn teithio ar draws Prydain ac ymdrochi yn nioddefaint y teuluoedd roedd o'n eu hamddifadu o'u plant.

Genod i gyd: deuddeg hyd yn hyn, ar hyd a lled y wlad. Neu ddeuddeg oedd Elfed yn gwybod amdanyn nhw. Roedd mwy dros y blynyddoedd, heb os; cannoedd. Beth bynnag: roedd y ddiweddara'n bedair ar ddeg, o Gaer: Sandra Mellor. Ei chorff, pan ddarganfuwyd hi, wedi ei osod i ddynwared llun enwog. Y rhifau 6:24 wedi'u crafu ar ei thalcen, yr un fath â'r rhai laddywyd o'i blaen hi. Llyfr y Diarhebion: I'th gadw rhag y fenyw ddrwg, a rhag gweniaith tafod y ddieithr. Yr Ysgrythur ar eu cnawd, i'w hamddiffyn.

Trodd stumog Elfed. Ond dyna fo: mae duwiau'n gwneud fel y mynnon nhw. Dyn o'i go oedd Eoin Gough; dyn i godi ofn. A pwy feiddiai'i herio fo? Rhannodd ei gyfrinach — fi di'r gŵr traws, wedi ei ddyrchafu uwchlaw dynion — gydag un neu ddau, gan gynnwys Elfed: dynion oedd yn dadau i genod ifanc; dynion oedd wedi bwyta o bren gwybodaeth da a drwg, ac wedi marw; nid yn gorfforol, hwyrach, ond yn foesol. Dynion oedd wedi rhoid eu plant diniwed ar allor, fel poethoffrwm. Crynodd Elfed rŵan wrth feddwl amdano fo,

Eoin Gough. Meddwl am ei genod bach o'i hun, y ddwy, un yn Amlwch a'r llall yng Nghaernarfon, efo'u mamau: dwy o bedair cyn-wraig oedd o wedi'u casglu.

Gough druan. Mi fasa fyntau wedi medru rhannu'r baich yma. Dyna oedd y bwriad: disgwyl dychweliad y pen dyn; hwnnw wedyn yn datgelu ei wirioneddau i Gough a rhwymo hwnnw'n yr un ffordd: paid â meiddio 'mradychu i, neu mi ddo i ar ôl dy hogan fach di, ei chymryd yn boethoffrwm. Mi fasa Gough hefyd wedi medru dilyn ei dad: cymryd yr awenau o fewn y frawdoliaeth. Ond dyna fo. Biti garw: byddai Elfed yn colli cwmni'r riportar. Roedd o'n fêt meddwi da, ond dyna oedd dechrau diwedd Gough: y cwrw.

Cilwenodd Elfed, meddwl am y ddau yn y Bull. Meddwl amdano fo'n rhoi'r bilsen gafodd o gan Doctor Gwyn — oedd wrthi rŵan yn haglo dros yr heffar — yn whisgi Gough tra bod hwnnw'n cael gwagiad. Meddwl amdano fo'n drysu. Wedyn: Iwan yn landio i ddreifio'r ddau, Elfed a Gough, yma i Blas Owain.

A Bethan: yn noeth ac yn nwydus; pymtheg oed radag honno; siâp da arni hi. Awch Elfed yn codi. Awydd Elfed yn chwyddo. Ond hold on: Densley oedd bia Bethan bellach. Fasa'n rhaid i'r gweddill rannu'r sborion am y tro. Ond roedd mwy o genod yn bownd o ddŵad. A Bethan fatha mistras wedyn, yn bachu'r lefrod newydd; eu denu nhw fel oedd hi wedi denu Fflur.

'*Photoshoot* i chi a'ch teulu am ddim,' medda Elfed ar dop ei lais, bodio am y fuches ifanc.

Murmur o gonsensws. Nodio mawr yn awgrymu bod y cynnig yn un da.

Edrychodd Fflur arno fo: ei cheg yn llydan gorad, ei llgada hi'n llawn dychryn. Trodd o'r neilltu, ddim am sbio arni hi. Roedd yn rhaid trio anwybyddu petha felly; sgwrio'r emosiwn: perswadio dy hun bod y genod yn cael sbort.

Steddai Fflur ar gadair yng nghanol y stafell; golwg hogan fach arni hi er ei bod hi wedi'i gwisgo fyny. Ta waeth. Roedd hi'n oed magu, meddyliodd Elfed. Dyna'r rheol; dyna fuo'r rheol erioed. Nid jest yn fama, ond trwy gydol y ddaear; trwy gydol hanes. Mae hyn wedi digwydd erioed, ac mi fydd o'n digwydd eto, trwy'r byd i gyd. Does yna ddim byd newydd dan yr haul, meddyliodd.

* * *

Sleifiodd o'r tŷ ac i'r nos. Cafodd guddfan yno: y fagddu'n groth iddi — lle saff.

Clywodd y glec a chripiodd i weld, er i'r llais yn ei phen hi weiddi: Rhed, y globan wirion. Ond gwn oedd wedi achosi'r sŵn; roedd yn rhaid bod yn ofalus er ei bod hi am weld.

Crynodd; aros am sbel lle'r oedd hi; dŵad ati hi'i hun. Meddyliodd am bethau: Lle'r oedd hi am fynd? Bangor ella? Neu'n bellach. Caer? Chwilio am loches; rhywle lle gallai eni'r babi'n saff.

Teimlai faich ar ei sgwyddau: pwysau euogrwydd am ei bod hi wedi hudo Fflur yma, a'i gadael hi'n asgwrn sych iddyn nhw ei llunio'n hŵr.

Ond dyna ddaru nhw efo hi; dyna ddaru dynion erioed; dyna ddaru Dad: dŵad ati hi pan nad oedd hi ond yn naw oed. A Mam, wedyn, yn rhoid chwelpan iddi pan gwynodd hi'r bore wedyn, dweud wrthi be oedd Dad wedi'i wneud.

'Rhoswch tan 'i bod hi'n hŷn,' oedd Mike Ellis-Hughes wedi'i ddweud. Ac mi fuo'n rhaid i bentwr ohonyn nhw aros. Ond dim Dad: dal i ddŵad ati ddaru hwnnw; a dal i ddweud wrthi am beidio swnian, y babi clwt, ddaru Mam.

Dechreuodd grio, galaru am y pethau oedd hi wedi'u colli. Roedd y boen yn amrwd am y tro cynta ers blynyddoedd. Tuchanodd a throi am y fynedfa. Doedd hi byth am ddŵad yn ôl i'r lle dychrynllyd yma.

Roedd hi'n sbel o amser ers twrw'r gwn, felly pender-fynodd mai rŵan oedd yr adeg orau i'w heglu hi.

'Yr euog a ffy heb neb yn ei herlid,' medda llais o rywle.

Stopiodd yn stond a dal ei gwynt.

Camodd Satan o'r fagddu, yn waed i gyd. Ond nid Satan oedd o: John Gough oedd o. Bu ond y dim i Bethan lewygu'n y fan a'r lle.

Rhoddodd law ar ei bol. 'Paid â brifo fi,' medda hi.

'Lle mae Fflur?' medda fo. Roedd yna oglau fatha lladd-dy arno fo; oglau cig a gwaed; perfedd anifeiliaid. Ac oglau llosgi hefyd: oglau'r llyn tân.

Wedyn gwelodd Bethan y gwn. Methodd siarad. Cythrodd Gough yn ei gwallt hi. Gwthiodd y gwn dan ei gên hi. Gwichiodd Bethan; gwlychu'i hun.

'Dwi'n magu,' medda hi.

Anwybyddodd Gough ei swnian hi. Un peth oedd ar ei feddwl o:

'Lle mae Fflur?'

*　*　*

Ffrwydrodd y ffenestri Ffrengig ar agor. Baglodd dyn oedd yn waed o'i gorun i'w sowdwl i'r lolfa. Pistol hen ffasiwn gynno fo, fatha'r gynnau oedd yr Almaenwyr yn eu defnyddio'n y Rhyfel Byd Cynta; neu o leia dyna oedd y ffilmiau roedd Mike wedi'u gweld yn ei honni. Ond gwelodd wn tebyg mewn llun, hefyd; ac mewn llaw.

Rhuthrodd ochenaid trwy'r frawdoliaeth. Pob un wan jac yn cymryd cam yn ôl; y cwbwl lot yn cachu brics.

'Fflur,' medda'r dyn gwaedlyd.

Gough, meddyliodd Mike: fasa fo byth wedi nabod y talp gwaedlyd; a meddyliodd: Gwaed pwy? a daeth i'r casgliad bod rhyw ddrwg wedi digwydd i Densley ac i'r hen guradur Moss Parry, ẃrach. A beth am Iwan, oedd i fod i gadw golwg? Tynhaodd brest Mike: y byd yn dymchwel; roedd yn rhaid gweithredu.

'Dad,' medda Fflur. Neidio oddi ar y gadair lle'r oedd hi'n cael ei gwerthu, rhuthro at ei thad gwaedlyd; neb yn trio cythru ynddi na dim.

Sylwodd Mike ar Elfed yn codi'r camera: dechrau tynnu lluniau o Gough efo'r gwn tra bod Fflur yn swatio i'w gesail o.

'Ewadd, Gough,' medda Mike. 'Wt ti'n—'

'Cau dy geg, y ffacin sglyfath,' medda Gough, wedyn troi ei lid at y dynion i gyd: 'Molestwyr plant dach chi i gyd. A dwi'n ych nabod chi, ac mi'ch dinistria i chi: gin i'r llynia'r diawlad — gin y wasg y llynia.' Sŵn sioc yn llenwi'r lolfa; wedyn Gough eto: 'Mi'ch enwa i chi i gyd. Chditha hefyd, Pricey.' Llwydodd Elfed. 'A chditha, Trevor: fasa Louise 'im di troi ata fi tasat ti'n ddyn.' Stemiodd Trevor Owen; dyrnau'n tynhau. 'Doctor Gwyn,' medda Gough, 'a'r Parchedig Elfyn Harris; y cynghorydd—' Enwodd Gough nhw i gyd: eu henwi nhw er mwyn eu dileu nhw o lyfr y byw a'r cyfiawn.

Chwarddodd Mike, torri ar y tyndra. 'Gough, wt ti'n llofrudd,' medda fo, gamblo bod Gough wedi lladd Densley, Moss, Iwan. 'Pw sy am drystio llofrudd?'

Edrychodd Fflur ar ei thad. Roedd ei gwyneb hithau'n waedlyd rŵan; y ffrog ddrud brynodd Mike ar ei chyfer hi wedi'i maeddu. Staen pechod Gough ar y lefran ifanc. Hen dro, meddyliodd Mike. Fasa'i wedi bod yn bishyn mewn blwyddyn neu ddwy. Ond rŵan roedd hi wedi cael ei llygru; ei meflu.

'A nid jest llofrudd, ond molestwr dy hun: mynd ar gefn genod ysgol,' medda Mike.

Murmur o gilchwerthin oddi wrth y frawdoliaeth: hyder yn dychwelyd.

'Welist ti'r llynia, Gough? Rargian! Chdi a Bethan. Welodd Fflur nhw?'

Gwasgodd Gough ei law dros glust Fflur, trio'i orau i'w hamddiffyn hi rhag be oedd yn y byd. Mi fethodd o hyd yn hyn: tad ar y naw.

Dywedodd Fflur er mwyn i bawb glywed a gwybod nad oedd hi wedi'i phechu: 'Dwi'n gwbod, Dad. Dwi'n gwbod be ddaru nhw i chi. Bethan di deu pob dim: bo chi di rhoid babi iddi.'

Ebychiodd y frawdoliaeth fel un. Jest iawn i goesau Gough sigo; ei du mewn o'n tollti ohono fo. Teimlai Mike fel tasa rhywun wedi'i ddyrnu o'n ei stumog. 'Lle mae hi?' medda fo, panig yn gwasgu'i geilliau fo; rhuo: 'Ewch i chwilio amdani—'

'Neb i symud,' medda Gough, 'neu mi'th ddifa i di fatha'r ci wt ti, Mike.'

Gan Gough oedd y llaw ucha eto; melltithiodd Mike ei hun. Ond wedyn daeth llais fel sarff yn ymlusgo o rywle, 'Joni bach,' ac mi drodd y byd ben ucha'n isa.

*　*　*

Gwibiodd y llais o'r gorffennol ac ysgwyd Gough at ei graidd.

Ymrannodd y dynion — yn null y Môr Coch — a chreu llwybr i berchennog y llais. A dyna lle'r oedd o: mewn siwt ddu, crys gwyn fel ymgymerwr; tal efo gwallt lliw calch at ei sgwyddau; y llgada duon yn llydan ac yn gynhyrfus; y wên yn llachar ac yn beryglus, fatha gwên Cath Caer; y dwylo'n rhawiau ac yn farwol; rhyw awra o'i gwmpas o; ac oglau fel ffwrnais yn deillio ohono fo.

'Gwn dy daid, Joni bach,' medda Eoin Gough; medda'i dad o, 'y curadur wedi bod yn gofalu amdano fo i mi — a dyma chdi: yn arfog. Rho fo i lawr, Joni bach; rho fo i lawr a thyrd i'r babell sanctaidd — neu cer i'r anialwch: dy ddewis di. Hon di'n wyres i, ia? Fflur: Taid dwi, yli. Tad dy dad. Faswn i byth yn gadal i neb achosi niwad i chdi, sti. Wt ti'n ormod o angel a mae Duw'n caru'r angylion. Tyd ata fi: mae dy dad wedi cael 'i hawlio gan Satan.'

Roedd Gough yn crynu fel tasa 'na haint arno fo; chwysu fel tasa 'na wres arno fo. Roedd o'n drofun piso a chorddai ei stumog. Methodd siarad. Methodd ddatgan ei atgasedd. Methodd sgrechian ar ei dad a datgan sut oedd o wedi dinistrio'i fab.

'Hyn wedi rhoid clec i chdi, Joni bach, ydi?' gofynnodd Eoin Gough. 'Ty'laen: ti o'r un iau â fi, sti; o'r un iau â dy daid a'i dad ynta. Un peth sy'n uno dynion, yli: 'yn hawch ni. Fedrwn ni gytuno ar hynny, medrwn.' Lledodd y wên; cynyddodd y bygythiad; ymledodd y gwenwyn. 'Mi all Tori a Phleidiwr — a sosialydd, Joni bach — dorri bara dros 'u blys am fanag. Greddfa sy'n 'yn gyrru ni ar ddiwedd y dydd, nid eidioleg. Cnawd ydan ni: cnawd sy'n chwantu cnawd. Dyma'r drefn ma natur di'i gosod yn 'yn geneteg ni. Anifeiliaid, 'y ngwash i; does 'na'm rheola, yli: nid ym myd natur. Paid â mynd yn groes i dy natur, Joni bach, paid â—'

Dwy glec — pump, pedwar — fatha'r nefoedd yn syrthio a'r ddaear yn hollti. Sgytwyd pob dim: y gwydr yn y ffenestri; y ffiolau ar y byrddau a'r cypyrddau; y platiau; y lluniau ar y pared. Gwyrodd y frawdoliaeth fel un: coreograffi brawychus.

Un dyn arhosodd lle'r oedd o: Eoin Gough.

Syrthiodd Mike Ellis-Hughes ar ôl iddo fo luchio'i hun i lwybr y fwled.

Anelodd Gough at ei dad eto. Taniodd eto — tri — a'r tro yma, Elfed gamodd i'r taflwybr: lloriwyd hwnnw hefyd. Roedd pawb yn sgrialu. Roedd Fflur yn sgrechian. Roedd Eoin Gough yn sefyll fel piler Groegaidd yng nghanol y dymchwel. Anelodd Gough eto, gadael i Fflur lithro o'i afael, ei olwg yn sefydlog ar ei dad: syllu i lawr y baril, tanio — dau — David Wilkin-Jones, cynghorydd, yn gwichian, bwled yn ei glun — tanio — un; *un bwled ar ôl* — taro Trevor Owen yn ei ysgwydd.

Chwysai Gough; griddfanai; crynai: camu a chamu at ei dad; pwyso a phwyso'r trigyr — ond doedd yna ddim byd on clic-clic-clic a gwacter, a chan weiddi crio, syrthiodd Gough ar ei liniau o flaen ei dad: Dychweliad y Mab Afradlon, Rembrandt.

* * *

Tri diwrnod yn ddiweddarach, Tom Lloyd *Daily Post* yn laddar o chwys.

'Lle gaethoch chi nhw?' gofynnodd y dyn arall.

Tom yn ysgwyd ei ben.

'Golwg ar y diân arnach chi, Tom?'

'Gin i ofn, sti.'

'Ofn be, dwch?'

'Yli ... yli, mae 'na ddynion go ddylanwadol yn y llynia 'ma.'

'Oes wir: sgandal go iawn.'

'Ond fedra i'm bod yn gyfrifol am y stori, sti.'

'Pam lly?'

Cochodd Tom Lloyd; chwys yn tŵallt oddi ar ei dalcen o; tŵallt a diferu ar y ddesg yn y swyddfa lle'r oedd o'n eistedd. Chwiliodd am eiriau; ffwdanodd; brathodd ei wefus. Wedyn dweud: 'Ma 'na gath yng nghhwpwrdd powb, does.'

Nodiodd y dyn arall, astudio'r lluniau.

Tom: 'A ma nhw'n gwbod amdana i, sti: rhein.' Pwyntiodd at y lluniau. 'Y dynion 'ma; gwbod 'y mod i wedi bod ... wel ... toileda cyhoeddus yn ... gyhoeddus. Nid rhein di'r unig lynia, ti'n dallt?'

Nodiodd y dyn arall.

'Rargian,' medda Tom, 'pwy sa'n meddwl: Elfed druan di'i

ladd; Hugh Densley hefyd; yr hen gradur hwnnw odd efo fo, be odd ...?'

'Moss Parry.'

''Na fo; llanast ar y naw, meddan nhw. A'r hogyn Iwan ap Llŷr hwnnw. Cradur. Pedwar o blant bach gynno fo. A wedyn David Wilkin-Jones, Trevor Owen — a Mike, druan: rheini di cal 'u hanafu. Be ddoth dros Gough, dŵad?'

Ysgydwodd y dyn arall ei ben. 'Newch chi ddim efo rhein felly?'

'Fedra i'm,' medda Tom, tynnu'i hun yn griau.

'Sach chi'n 'u danfon nhw i'r *Daily Post* yn anhysbys?'

'San nhw'n rhoid y stori i fi, basan: *Our Man in North Wales*; y rwtsh hwnnw.'

Nodiodd y dyn arall, dweud dim.

'Felly meddwl basa chdi'n gneu rwbath ... ti'n gwbod ... Gough a ballu ... Elfed ... wn i'm; ella sa hidia cadw'r peth yn dawal: neb yn cal niwad.'

'Y genod, ẃrach?'

Cododd Tom ei sgwyddau. 'Wel, dwn i'm, be sa'n dŵad ohonyn nhw sa hyn 'im yn digwydd?'

Roedd y dyn arall yn dawel am sbel, cyn dweud: 'Gadwch nhw 'fo fi, Tom. Mi ga i air efo Rhys Miles; lasa'n bod ni'n gadal 'yn hunan yn gorad i achos o enllib.'

'Duwcs, na: gin ti'r llynia, chan.'

Rhythodd y llall ar Tom, a brathu go iawn: 'Iwshiwch chi nhw, ta.'

Crinodd Tom Lloyd.

*   *   *

Ar ôl i Tom Lloyd fynd, ac ar ôl gwneud yn siŵr nad oedd neb yn cadw llygad arno fo, aeth Gwyn South i lawr i archidfdy'r *County Times*. Roedd hi'n bump bron iawn: mi fasa Rita'n aros amdano fo'n boeth i gyd; yn fudur. Ond roedd yn rhaid iddo fo fynd adra at Medwen. Roedd hi wedi'i hypsetio efo'r drasiedi yn Bachau, parablu a chrio a dweud, Druan ohonyn nhw, druan o John Gough, druan o Elfed, o nefi. Roedd pawb yn ypsét; wedi cael eu dychryn. Roedd Gwyn yn wynebu her i roi sylw i'r digwyddiad: wedi colli ei riportar gorau a'i ddyn tynnu lluniau yn yr anlladrwydd; ac mi heidiodd papurau Llundain yma, hefyd: Rheini efo'u llyfrau siec; talu am glwydda. Crynodd; meddwl am y lluniau yn yr amlen. Roeddan nhw wedi'i heintio fo: byddai'r delweddau wedi eu serio ar ei feddwl am byth. Aeth trwy'r drws a dweud, Pnawn da, Siân, a honno'n dweud yn ôl, Pnawn da, Mistyr South. Dywedodd wrthi mai am roid rwbath yn y sêff dwi, Siân. Trodd y deial, sicrhau bod ei gorff yn cuddio'r cod rhag Siân. Dim ond y golygydd oedd yn gwybod y cod oherwydd mai cyfrinachau oedd yn y sêff; rhai'n ymwneud â'r papur — yn swyddogol, beth bynnag. Ond go iawn, blacmel a budredd oedd yn y cynhwysydd mawr dur; cyfrinachau am hoelion wyth; cambihafio; tor cyfraith: storfa o sen. Agorodd Gwyn y sêff; sŵn gwichian mawr. Siân yn dweud bod angen olew ar y colfachau, Gwyn; hwnnw'n mân-chwerthin. Llithrodd yr amlen frown oedd yn cynnwys y lluniau dan dwmpath o ddogfennau a ffeiliau. Chwythodd anadl o ryddhad o'i sgyfaint, cau'r drws, troi'r deial; meddwl: Dyna ddiwadd ar hynna, gobeithio.

Dydd o brysur bwyso

Rhagfyr 13, 1979

AC YN y gaea gwaetha: fflach, fflach, fflach — Llys Ynadon Bangor — fflach, fflach, fflach — lleisiau'n driphlith draphlith. Lleisiau'n lluchio cwestiynau. Pwnio, gwthio, baglu — fflach, fflach, fflach — ac o'r fabel, trwy'r fflach, fflach, fflach:

'Chdi laddodd Hugh Densley?

'Gnewch le! Gnewch le!'

Lleisiau'n plethu, geiriau'n gweu, y cwestiynau'n heidio — fflach, fflach, fflach — i un cyfeiriad — fflach, fflach, fflach:

'Chdi laddodd Elfed Morris?' — fflach, fflach, fflach —

'Chdi laddodd Iwan ap Llŷr?' — fflach, fflach, fflach —

o'r fabel: 'Gnewch le! Gnewch le!' — fflach, fflach, fflach — lleisiau'n plethu, geiriau'n gweu, y cwestiynau'n heidio — i un cyfeiriad — o'r fabel: 'Gough! Gough!' —

*   *   *

Gwyn South yn swyddfa'r *County Times* efo copi o bapur ddoe.

'Ma hanas Gough yn y llys di landio,' medda llais: gohebydd newydd, merch o'r enw Keisha Vaughn; ceg i gyd; llawn ysbryd: 'Dach chi isho rwbath am y tân yn Nefyn nithiwr, giaffar?'

Hon yn ei alw fo'n giaffar hefyd fatha'r hen Gough. Edrychodd arni a dweud: 'Nefyn?'

'Tŷ ha'n cal 'i losgi. Maen Gwêr di enw'r lle, tŷ ha golygydd y *Daily Post*.'

Cysidrodd Gwyn y wybodaeth yn ofalus cyn dweud:

'Ynys Môn dan ni, 'mechan i. Dim Pen Llŷn. Gynnon ni bapur ffor'cw, chi: Y *Lleyn Times*.'

'Ia, ond fydd hon yn stori fawr, chi.'

Syllodd Gwyn South arni efo pwy dach chi feddwl ydach chi, 'mechan i? yn ei llgada fo: 'Ma plant Ysgol Gynradd Llangefni'n perfformio Stori'r Geni efo anifeiliaid go iawn yn y stabal: trefnwch lun, a sgwennwch y stori.'

*   *   *

Caffi yng Nghaer, a merch yn eistedd yn y gornel, coffi ar y bwrdd, copi o'r *County Times* yr holl ffordd o Ynys Môn ar agor ganddi, ac mae hi'n darllen:

PLEASE BRING OUR DADDIES HOME

Children Of Missing Anglesey Police Officers Make Christmas Plea

By Barry Williams

THE children of two Anglesey police officers who disappeared in May have made an appeal for information as they face a sad Christmas without their fathers.

Detective Inspector Ifan Allison, 44, and Detective Sergeant Robin Jones, 36, were last seen by colleagues at Llangefni Police Station on the evening of May 11, the night their commanding officer, Superintendent Hugh Densley, was shot dead by former County Times reporter, John Gough.

Their Ford Escort car was later found burnt out near Llangollen, but the whereabouts of both officers, and their colleague, PC Nicholas James, 27, originally from Carmarthen, South Wales, remain a mystery.

This week, Mr Allison's children, Susan, 15, and Colin, 13, made an emotional plea for their father to come home, or for anyone who knows anything about his disappearance to come forward with information.

'We miss our Dad terribly,' the children said. 'He was the best Dad in the world, and Christmas will be very sad without him. Please help us find him.'

DS Jones's 11-year-old daughter Ceri made a similar appeal, begging anyone who knew anything about her Dad's whereabouts to contact his colleagues.

'He was the best Dad in the world,' said the Llangefni Primary School pupil. 'He always played with me and made me laugh and I miss his hugs so much. My Christmas wish is for Jesus to bring him home to Mum and me.'

Superintendent Tom Rees at Llangefni said the missing persons investigation into the disappearance of all three officers continued.

'No stone will be left unturned in this investigation,' he said.

'We do suspect foul play, and we want whoever is responsible to know that our quest for justice will be a relentless one. We will find out what happened to these brave officers, these loving husbands, these beloved fathers.'

Ar ôl darllen, mae hi'n cau'r papur ac yn sbio eto ar y dudalen flaen: EX-REPORTER FACES FOUR MURDER CHARGES AFTER MASS SHOOTING a llun o John Gough mewn handcyffs, golwg ar y naw arno fo; fel tasa fo wedi'i lusgo trwy ddrain. Roedd o wedi'i gyhuddo fis Mai, wedi bod yn y ddalfa ers hynny. Yr achos wedi cael ei ohirio a'i ohirio a'i ohirio; John Gough yn stricio a stricio a stricio. Gwaelu yn y ddalfa; cweir yn dilyn cweir. Y carcharorion yn ei waldio fo; y swyddogion yn ei waldio fo. A phan ddôi o'n ôl i ogledd Cymru i sefyll o flaen ei well, mi fydda'r plismyn ffor'na'n ei waldio fo.

Mae yna gynllwyn i ymestyn ei artaith, dim cwestiwn: fasa hidia i'w achos o fod wedi cael ei gynnal fisoedd ynghynt.

Ond mae hon sy'n darllen y papur, yn darllen yr arwyddion, yn gwybod yn well na neb nad yn erbyn gwaed a chnawd rydan ni'n ymdrechu. Mae bydol lywiawdwyr tywyllwch y byd hwn a'u bysedd yn y brwes yma: y gŵr traws a'i gŵn rhech.

Ond mae hi'n gwybod hefyd y bydd dydd o brysur bwyso'n dŵad i'r dynion yma rhyw bryd. Nid fory, ella, nid mewn pum mlynedd na degawd. Ond rhyw ddydd bydd barnu. Enwau'r cwbwl lot yn faw, er y bydd rhai wedi marw pan ddôi'r setlo cownt.

Mae hi'n lluchio'r papur o'r neilltu, wedi cael hen ddigon ar hanesion drwg. Mae hi'n yfed ei choffi, y weinyddes yn dod ati a gofyn yn Saesneg, Rhywbeth arall, del? ac mae hi'n dweud dim diolch, a gadael i'r weinyddes fynd â'r llestri, a'r papur, a rhoi cadach sydyn dros y bwrdd.

Allan ar y stryd, lle mae hi'n rhewllyd, mae'r ferch yn tynnu'r gôt yn dynn amdani. Rhoi cap gwlân dros ei gwallt lliw brân, rhoi sbectol haul ar ei thrwyn i guddiad ei llgada llydan gwyrdd sy'n llawn pethau ffyrnig a chyntefig.